Marina Heib
Tödliches Ritual

PIPER

Zu diesem Buch

In den blutdurchtränkten Rabatten des Botanischen Gartens liegt die erste Leiche, eine junge Frau, getötet mit drei Messerstichen. Wenige Wochen später wird die Tochter der Bürgermeisterin erdrosselt und mit einem ausgelöffelten Auge aufgefunden. Der Göttinger Polizeichef Markus Lorenz ist der Grausamkeit dieses Falls nicht gewachsen, zu frisch ist für ihn zudem der Schmerz über den kürzlichen Tod seiner Frau. Auch der hinzugezogene Sonderermittler Christian Beyer, ein Jugendfreund von Lorenz, tappt mit seinem Team im Dunkeln. Unterstützung findet Christian bei seiner Geliebten, der Psychologin Anna Maybach. Ihre Intuition ist es, die Christian auf eine heiße Spur führt. Denn Anna erkennt ein System hinter den Morden: Der Täter schlägt an keltischen Festtagen zu. Und die Uhr tickt, der Höhepunkt der Feierlichkeiten steht kurz bevor …

Marina Heib, geboren in St. Ingbert im Saarland, lebt nach ihrem Philosophiestudium und journalistischer Arbeit als Schriftstellerin und Drehbuchautorin in Hamburg. Nach ihren Kriminalromanen »Weißes Licht« und »Eisblut« ist »Tödliches Ritual« der dritte Fall für die Sonderermittler um Christian Beyer.

Marina Heib

Tödliches Ritual

Thriller

Piper München Zürich

Mehr über unsere Autoren und Bücher:
www.piper.de

Von Marina Heib liegen bei Piper vor:
Weißes Licht
Eisblut
Tödliches Ritual

FSC
Mix
Produktgruppe aus vorbildlich bewirtschafteten
Wäldern und anderen kontrollierten Herkünften
www.fsc.org Zert.-Nr. GFA-COC-001223

Ungekürzte Taschenbuchausgabe
1. Auflage Juni 2010
2. Auflage Juni 2010

Umschlagkonzeption: semper smile, München
Umschlaggestaltung: Cornelia Niere, München
Umschlagfoto: Pawel Piatek / Trevillion Images
Autorenfoto: Marion Beckhäuser
Satz: psb, Berlin
Papier: Munken Print von Arctic Paper Munkedals AB, Schweden
Druck und Bindung: CPI – Clausen & Bosse, Leck
Printed in Germany ISBN 978-3-492-25888-3

Das Zimmer lag im Halbdunkel, die Dämmerung sickerte schwach durch die zugezogenen Baumwollvorhänge. Aus den Boxen, die sich im Regal zwischen Büchern versteckten, klang leise Jazzmusik. Ein Tenorsaxofonist improvisierte mit rauchigem Timbre über das Thema von »Lush Life«. Die CD-Hülle lag geöffnet neben einer zusammengeknüllten Wolldecke auf dem Kanapee, das ein wenig abgewetzt war, aber die frühere Qualität noch erahnen ließ. Vor dem Kanapee, auf einem Berberteppich, stand ein niedriger Sofatisch aus dunkler Eiche. Mit seinen gedrechselten Füßen sah er altmodisch aus, fügte sich aber gerade deswegen gut in das gediegene Ambiente des Zimmers, das eher an die mit Möbelpolitur sorgsam konservierte Variation eines wertigen Wohnzimmers aus den Fünfzigern erinnerte als an eine wahllos beim Sperrmüll zusammengesuchte Hommage daran. Auch der Duft nach Bratkartoffeln und Zwiebeln, den der halb abgegessene Teller auf dem Couchtisch im Zimmer verströmte, passte gut. Neben dem Teller lag ein in Leder gebundenes Notizbuch, das mit kleinen Zeichnungen und handschriftlichen Eintragungen vollgekritzelt war. Eine Tür wurde geöffnet, sodass Durchzug entstand und sich die zerschlissenen Vorhänge am Fenster aufblähten. Der Wind blätterte in dem Buch ein paar Seiten zurück, während nackte Männerfüße übers Parkett tappten, eine weitere Tür geöffnet und wieder geschlossen wurde und das Geräusch einer laufenden Dusche den Saxofonisten durch die »Bridge« begleitete. Es dauerte einige Minuten, dann wurde die Badezimmertür wieder geöffnet, die Füße tappten zurück, hinterließen nasse Spuren auf dem Parkett, die zweite Tür wurde geöffnet, und der Wind blätterte wieder durch das Buch, diesmal nach vorne, als hätte er sich absichtlich gedreht, um die neueste Eintragung zu lesen.

Heute war wieder eine da. Dieselbe wie beim letzten Mal. Ich war auf dem Kanapee eingeschlafen, mit einer Wolldecke zugedeckt, als sie kam. Die dunkle Wolke schob sich über mich, wurde größer und dichter und schwärzer, und dann nahm ich wieder diesen unangenehmen Geruch wahr, ein regelrechter Gestank, und ich bekam Angst im Schlaf und wälzte mich hin und her und versuchte aufzuwachen, aber die Wolke hatte mich schon fest umschlossen, sich über mich gestülpt und gab mich nicht mehr frei. Da war kein Licht mehr. Ich hörte mich stöhnen und wimmern vor Angst, und ich wehrte mich, weil ich ja schon wusste, was nun kommen würde. Ich wollte es nicht, ich will es nie, und trotzdem passiert es. Und dann schälte sie sich aus der Wolke, wuchs daraus hervor wie schnell wucherndes Fleisch, und als sie dann da war, in der Gänze ihrer Weibesfülle, da zog sie mir langsam und lasziv die Wolldecke von meinem Leib, lächelnd und üppig, sie war schön und von festem Fleisch, ihre Haut so weiß wie die Unschuld, verlogene Brut, und lockiges schwarzes Haar floss in Kaskaden an ihr herab und umspielte ihre Hüften, mit denen sie über mir kreiste. Wollust. Sie war nackt, immer sind sie nackt, vollkommen nackt, und sie streckte mir ihre wogenden, prallen Brüste ins Gesicht, vor die Augen, vor den Mund, vor die Nase, ganz dicht, die Brüste dufteten nach Amber, und ihre Brustwarzen waren unnatürlich rot, so rot wie frisches Blut, sie reckten sich mir entgegen, fordernd, ich wollte wegsehen, meinen Kopf wegdrehen, aber es ging nicht, sie machte, dass ich nach ihnen griff, mit meinen Augen und den Händen, ich fasste die Brüste an, vergaß den Gestank der Wolke, aus der sie geboren war, vergaß meine Angst, und noch mehr Wollust machte sich breit, ich war verloren, denn sie setzte sich auf meine Lenden, heiß war sie und nass, und schwer wie die Sünde wog sie, ich konnte nichts mehr tun, ich war wie Blei, auch der Geist stand still und hielt die Luft an, sie ritt mich, erst sanft, dann mit Gewalt, ich wurde schwitzend in die Polster gedrängt, stöhnend, war hilflos ausgeliefert, meine Männlichkeit schmerzte vor verderbter Lust, bis sie mir schließlich den Samen raubte, ihre Hand in den Schoß vergrub und roch und leckte und triumphierend ihre Haare in den Nacken warf, und sich bewegungslos zurückzog von mir, sie wurde zurückgezogen, langsam, in den Schatten, ihre Dimensionen lösten sich auf in konturlosem Äther, ich hörte nur noch ihr leises, vergiftetes Lachen, bevor sie wieder mit der schwarzen Wolke verschmolz, und der Duft von Amber wieder überlagert war von dem Gestank der Hölle.

Ich wurde wach, mein Unterleib schmerzte, und mein Bauch und meine heruntergezerrte Kleidung waren nass von meinem Samen. Ich weinte vor Verzweiflung.

Jetzt geht es mir besser. Ein wenig. Ich habe alles durchdacht. Ich weiß, welch große Gefahren lauern. Sie wollen mich auf ihre dunkle Seite ziehen. Ich bin ihr Spielzeug, denn ich verspüre Lust. Meine Lust ist das Einfallstor, das sie nutzen. Ich versuche jedes Mal, mich zu wehren. Aber es ist schwer. Die verderbte Frau, die mich im Schlaf besucht, bietet mir alles dar, und die Sünde macht mich schwach, denn sie ist verführerisch in der Leere meines Lebens.

Aber ich bin nicht dumm! Die verderbte Frau ist nur eine Versuchung, so wie man Jesus versucht hat in der Wüste. Ich bin nicht Jesus, ich bin nicht wie Jesus, aber ich lebe in einer Wüste. Ich muss aufpassen. Die Menschen um mich herum lächeln mich an wie Puppen. Sie sind aus Plastik, sie haben keinen Kontakt zu mir, wollen ihn nicht haben, können nicht. Ihr Fleisch und mein Fleisch bluten in unterschiedlichen Welten.

Ich blute in einer Welt, die unendlich fern ist von den Menschen um mich herum. Ich wohne am Nordpol der Unzugänglichkeit bei den Koordinaten 84° 3′ N, 174° 51′ W, im Packeis der Arktis. Ich kann mich häufig nicht mal selbst erreichen.

Aber sie haben mich ausgesucht. Es muss etwas an mir, es muss etwas in mir sein, was ihnen sagt, dass ich verderbt bin, ein leichtes Opfer. Sie glauben, dass sie mich auf ihre Seite ziehen können.

»Der Grund aber, warum sich die Dämonen zu Inkubi und Sukkubi machen, ist nicht die Verlockung, da Geister nicht Fleisch und Knochen haben, sondern vor allem, dass sie durch die Laster der Wollust die Natur der Menschen beiderseits, nämlich körperlich wie seelisch erregen, damit sich die Menschen allen Lastern umso willfähriger ausliefern.«

Sie haben recht. Es ist schön. Verführerisch. Geil. Wenn sie zu mir kommen, gebe ich sofort auf. Ich will ihnen zu Diensten sein. Weil sonst niemand den Nordpol der Unzugänglichkeit erreicht. Nur diese dunkle, nach Verderben stinkende Wolke, die mir die größte Lust verheißt.

Aber ich bin nicht nur gefährdet, ich bin auch vorbestimmt. Vorbestimmt vom Guten. Und sosehr ich ihnen ein offenes Einfallstor bin, sosehr bin ich auch die Falle, in die sie tappen werden.

Denn sie machen mich wütend mit ihrer Sicherheit, mich so leicht zu kriegen. Ich werde mich ihnen nicht weiter überlassen. Ich werde mich wehren. Heute werde ich damit anfangen.

»Für jetzt genügt der Grund, der früher angeführt worden ist, nämlich dass die Macht des Dämons in den Lenden des Menschen liegt, weil unter allen Kämpfen die Streitigkeiten am heftigsten sind, wo ein andauernder Kampf und selten ein Sieg ist.«

Ich werde es ihnen zeigen! Ich werde siegen! Heute Nacht. Heute ist die Nacht.

Samhain. Erstes Ritual.

Jedes Jahr, wenn der Sommer sich zurückzieht, bricht eine Nacht herein, in der sich die Grenze öffnet zwischen den Welten. Ein erster, noch harmlos scheinender Riss in der Membran zwischen dem Diesseits und dem Jenseits tut sich bei Sonnenuntergang auf mit einem leisen Geräusch, es entsteht ein Sog, ein unheilvoller Sturm naht und wird laut und gewalttätig, es bildet sich ein Korridor des Grauens, der sich in wildem Wirbeln verbreitert, bis um Mitternacht die Welten verschmelzen. Tote kehren zurück und wandeln unter den Lebenden, Geister und Schauergestalten treiben ihr Unwesen. Diese Nacht ist eine Nacht der Angst und der Gefahr. Aus Furcht vor den Wesen des Totenreichs zünden die Lebenden große Feuer an und verkleiden sich mit Gewändern und Masken, um die Dämonen abzuschrecken.

Die Hundertschaften von jungen Menschen, die in dieser Halloweennacht das Zentrale Hörsaalgebäude der Göttinger Universität Georgia Augusta in Grund und Boden feierten, hatten ihre Verkleidungen jedoch aus schlicht finanziellen Gründen angelegt. Mit Kostüm Eintritt frei, so einfach war das.

Es herrschte ein vergnügliches, fast schon hysterisches Durcheinander von Henkersknechten, Vampiren, Werwölfen, Hexen und Skeletten, die allesamt ihre schwitzenden Leiber aneinander vorbei und auch ineinander drängten, man glaubte zu schieben und wurde geschoben.

Der wilde Reigen durchmischte Ikonen des Grauens aus Literatur und Kino. Frankenstein und sein Monster waren mehrfach vertreten, auch Jack the Ripper hielt Hof zwischen jeder Menge Leatherfaces, Freddy Kruegers und Hannibal Lecters. In der Mehrzahl schienen die männlichen Partygäste lieber in die Haut eines bestimmten Serienkillers zu schlüpfen als die Rolle irgendeines nicht identifizierbaren Henkersknechtes oder Werwolfs zu übernehmen.

Auch bei den Frauen ließ sich eine deutliche Kostümtendenz ausmachen. Sie gaben sich stark, kämpferisch oder gar gefährlich – in jedem Fall sexy. Die Hexen zeigten sich als eine Mischung aus Rockerbraut in Lederkluft samt Arschgeweih oder Domina in Lederkluft samt Arschgeweih, das war nicht so genau zu unterscheiden. Ebenfalls häufig waren Gruftis und Gothicanhängerinnen. So unterschiedlich die Stile im Detail sein mochten, schwarz war die vorherrschende Unfarbe, bei Männern wie bei Frauen. Einig schienen sich all die vermummten Unterweltgestalten auch über ein anderes Diktum zu sein: Sex und Alkohol sind die Quintessenz einer jeden Party. Bier, Schlammbowle und Wodka-Bull flossen in Strömen, man trank, baggerte, trank, tanzte, trank, sortierte ein und aus, trank …

Kurz vor Mitternacht gingen im Saal plötzlich alle Lichter aus, protestierendes Stimmengewirr erhob sich. Doch schon nach wenigen Sekunden legte sich eine unheimliche Stille über den Raum. Aus den Lautsprechern erklang der schmerzhaft laute Ton einer Kirchenglocke, die zwölf Mal schlug. Dann ertönte eine fast sakral klingende Männerstimme: »Dies ist das Blut, welches das Böse für euch vergossen hat.«

Kurz darauf gellte ein Frauenschrei, der allerdings nicht aus den Lautsprechern kam, sondern überaus echt aus der Mitte des Raumes. Weitere Frauen stimmten hysterisch ein. Plötzlich ging das Licht wieder an, in der Mitte der Tanzfläche duckten, drängten und schubsten sich die Menschen in chaotischem Durcheinander. Ursache der Panik waren als Henkersknechte verkleidete »studentische Hilfskräfte«, die mit batteriebetriebenen Plastik-Pumpguns von den Treppen zu den oben liegenden Galerien literweise Kunstblut in die Menge jagten. Dabei erklang die markante Musik aus Carpenters »Halloween – Die Nacht des Grauens«. Die Schreie lösten sich in Gelächter auf, jeder wollte sich möglichst intensiv von den Kunstblutschwallen duschen lassen ohne Rücksicht auf gegelte Frisuren und aufwendige Kostümierungen. Die Musik Carpenters wurde in James Browns Partyklassiker »Sexmachine« überblendet, die Menge begann auf der Tanzfläche zu toben, das frische Blut sprühte und spritzte bei besonders wilden Drehungen und Verrenkungen meterweit.

Etwas erhöht auf einer der Treppen standen ein Michael Myers und ein Hannibal Lecter und ließen ihre Blicke schweifen. Beide saugten der Masken wegen die neonfarbenen Alcopops in ihren Händen mit Strohhalmen aus, was die Furcht einflößende Wirkung ihrer Verkleidungen erstaunlicherweise noch unterstrich.

Ohne den suchenden Blick von der Tanzfläche abzuwenden, sagte Michael zu Hannibal: »Na, was meinst du? Wollen wir noch etwas mit den Kindern spielen, oder sollen wir der Nacht langsam mal den Stempel aufdrücken?«

Hannibal nickte gleichmütig. »Stempel aufdrücken. Bin breit. Wenn ich breit bin, werde ich spitz.«

»Hast du schon was gesehen?«

Hannibal wies mit dem gebogenen Strohhalm in seinem Plastikbecher auf eine unrhythmisch tanzende Frau, die als eine der wenigen nicht verkleidet war.

»Was will die denn darstellen? Die Ausgeburt der Hölle, die man Sozialpädagogin nennt?«, fragte Michael verächtlich.

»Gute Titten hat sie. Aber du hast recht, sie studiert Soziologie. Hab sie mal auf einer Theologenparty getroffen.« Hannibal kicherte hinter seiner Maske.

»Alle Soziologinnen fallen durchs Raster, die rasieren sich nicht.«

»Alle?«

»Und wenn es nur zehn Prozent sind, stell dir vor, wir stoßen ausgerechnet auf eine von ihnen!«

»Auf was willst du denn ... stoßen? Wie wär's mit der scharfen Lederbraut da vorne bei dem Henker?«

Michael betrachtete die Frau aufmerksam und schüttelte den Kopf. »Weißt du, mir gehen die ganzen Tussen auf den Wecker, die hier einen auf verludert machen. Meistens sind das verklemmte Juristinnen, die sich einmal im Jahr aufpimpen, um sich zu beweisen, dass auch in ihnen eine befreite Schlampe wohnt.«

Hannibal lachte gedämpft hinter seiner Maske: »Komm, wir gehen in den Hades. Mein Glas ist leer.«

In dem verwinkelten Gebäude gab es mehrere Aufgänge zu

der oberen Etage, die von einer großzügigen Galerie bestimmt war. Dort waren in den verschiedenen Ecken die Freiflächen zu Bars umdekoriert worden und hatten der Nacht entsprechend düstere Namen erhalten. Neben dem »Hades« gab es »Xibalba«, die Unterwelt der Maya, man konnte aber auch in »Psycho« oder »Elm Street« einkehren.

Hannibal und Michael zwängten sich Richtung Theke, über der ein riesiger, zottiger Stoffhund mit gebleckten Zähnen von der Decke hing, und besorgten sich neue Getränke. Hannibal sah sich um: »Schau mal, da drüben sind Katsche und Großfuß.« Er wollte erfreut die Hand heben, um zu winken, doch Martin hielt ihn fest: »Bist du noch ganz dicht? Die erkennen uns nicht, und das soll so bleiben. Klar?«

»Logn, Mann, reg dich ab.«

In der gegenüberliegenden Ecke standen drei Frauen, die aus Reagenzgläsern eine hellrote Flüssigkeit tranken und sich dabei lautstark und lachend unterhielten. Eine von ihnen trug ein hautenges, hochgeschlitztes Kleid, um die Hüften hatte sie mehrere Nietengürtel geschlungen. Ihr Make-up war dramatisch, der Schmuck auffallend martialisch. Die Haare fielen pechschwarz bis zur Taille herab, ganz offensichtlich eine billige Perücke, denn der Glanz dieser Haare wirkte überaus künstlich.

»Die da. Die nehmen wir«, sagte Michael zu Hannibal.

Die Frau kam auf die Theke zu, in der Hand drei leere Reagenzgläser, schwankend wie bei hohem Seegang, und das lag nicht nur an ihren Zehn-Zentimeter-Stilettos. Wenig bescheiden drängte sie sich zwischen die um Getränke bettelnden Gäste, rollte die Reagenzgläser Richtung Barmann und bestellte Nachschub.

»Was trinkt ihr denn da?«, eröffnete Hannibal reichlich uninspiriert die Konversation.

»Venöses Blut. Oder ist es alteri... arterielles? Was von beiden is ’n das helle?«, gab die Frau lallend zurück.

»Ist doch egal, Hauptsache, es schmeckt«, mischte sich Michael ein. »Du bist Morticia Addams, oder?«

Sie warf Michael einen abschätzigen Blick zu: »Nee, hast du keine Augen im Kopf? Ich bin Elvira, Mistress of the Dark!«

»Verstehe. Morticias laufen zuhauf herum. Das macht dich, zumindest hier und heute Abend einzigartig, Elvira.«

Elvira zahlte die drei gefüllten Reagenzgläser, legte den Kopf in den Nacken und lachte. »Kann man von euch nicht behaupten, Jungs. Michael Myers und Hannibal Lecter. Wie viele von euch gibt's hier? Dutzende!«

Michael und Hannibal sahen sich an. Dann beugte sich Hannibal vor und flüsterte Elvira verschwörerisch ins Ohr: »Wenn du die Drinks bei deinen Freundinnen ablieferst und zu uns zurückkommst, verrate ich dir unser Geheimnis. Aber nur dir. Weil du Elvira bist, die Mistress of the Dark!«

Elvira lachte wieder, schwankte zu ihren Freundinnen, lieferte zwei Reagenzgläser ab, tuschelte kurz und kam zurück. »Also, was ist denn euer Geheimnis, Michael und Hannibal?«

Nun beugte sich Michael zu Elvira und flüsterte ihr ins Ohr: »Hier treiben sich viele von uns rum, das ist wahr. Aber wir ... wir sind die echten! Du darfst jetzt ruhig Angst haben.« Nach einer oder zwei Sekunden, die Elvira zum Begreifen benötigte, brach sie in Gelächter aus. Von der anderen Seite näherte sich Hannibal, strich Elviras Plastikhaare nach hinten und beschnupperte und leckte begierig ihren Hals. »Ein wenig Walnussöl plus Balsamico, und ich glaube, du wirst mir ganz hervorragend schmecken«, sagte er.

Es dauerte knapp anderthalb Stunden, bis Hannibal und Michael Elvira so abgefüllt hatten, dass sie kaum noch auf den Beinen stehen konnte. Ihre beiden Freundinnen hatten sich schon vor geraumer Zeit aus dem »Hades« verzogen, verärgert darüber, dass Elvira zwei Typen an der Backe hatte und sie keinen. Elvira lachte und lachte, und dieses grundlose Lachen schien ihr ein prächtiges Indiz dafür, wie gut es ihr ging. Deswegen fand sie es auch bescheuert, als Hannibal und Michael eine Trinkpause einlegen und frische Luft schnappen wollten. Nichtsdestotrotz ging sie mit.

Die Luft draußen war kühl und feucht, inzwischen war die Temperatur unter zehn Grad gesunken, über den Himmel jagten dunkle Wolken, getrieben von heftigen Sturmböen. Elvira fand die Idee, in der Kälte herumzulaufen extrem ungemütlich und fing an zu maulen. Mit charmanten Komplimenten und seiner dicken Jacke, die er ihr umhängte, brachte Michael sie dazu, wenigstens eine kleine Runde um den Block zu traben. Die drei verschwanden in den Schatten der Nacht.

Etwa eine Stunde später kamen Michael und Hannibal alleine zurück. Kurz bevor sie wieder in das Partytreiben eintauchten, hielten sie inne. Michael zündete sich eine Zigarette an. »Na, wie war das, Brandon?«, fragte er mit zufriedener Miene, die kurz im Licht des Feuerzeuges aufflackerte.

»Äußerst befriedigend, Philip.«

Sie hatten Durst und gingen hinein.

Ich habe gesiegt! Nein, es war ein Teilsieg, nur ein Teilsieg! Ich war gut, ich war GUT, aber dann hat sie die Beine gespreizt, und ich war schlecht, sie hat mich in die dunkle Wolke gesogen, und ich bin in sie gestoßen, ich wollte es, unbedingt, kurz habe ich verloren, bin in sie gestoßen, mit dem Ding, immerhin, ich habe aufgepasst, nur mit dem Ding, ich wusste trotz ihrer gespreizten Beine, ich DARF sie nicht anfassen, nicht mit meiner Haut, nicht direkt, es war ein Teilsieg, ich habe sie überführt, ich habe sie erlegt, ich habe sie getötet, aus der Welt geschafft. Ihr weißer Schoß, rasiert, er war so … so weiß … ich wollte mich verlieren, sie küssen, aber ich habe es nicht getan, kein Kontakt, ich weiß jetzt, wo ich hingehöre, ich habe es geschafft, sie hat mich wütend gemacht, meine Lust zur Wut, ich bin gut … Ich bin GUT.

»Was anderes ist die Frau als Feindin der Freundschaft, eine unentrinnbare Strafe, ein notwendiges Übel, eine natürliche Heimsuchung, ein wünschenswerter Verlust, eine häusliche Gefahr, ein ergötzlicher Schaden, ein Fehler der Natur, der mit schöner Farbe bemalt ist?«

Aber es war nicht schön. Ihr Blut spritzte in die Höhe, die Fontäne war eine Anklage, ich konnte das nur tun, weil ich es musste. Sie war böse. Ich habe etwas Gutes getan. Keine dunkle Wolke mehr. Keine nassen Wolldecken. Keine Schmach.

»Ich fand die Frau bitterer als den Tod.«

Diese Nacht war nur eine von vielen, in denen Markus Lorenz glaubte, verrückt zu werden. Ihm war nicht klar gewesen, wie schlimm Halloween sein würde. Überall brannten Feuer, lodernde Kürbisfratzen schienen ihn zu verhöhnen, als er durch die Straßen lief. Heute würde er sich besonders ins Zeug legen müssen, um sich und seine Erinnerungen in Alkohol zu ertränken – ein hilfloses Unterfangen, denn er wusste genau, das Feuer, das in ihm flammte, war unauslöschlich.

Er verbrachte die Nacht in der Kneipe, die seinem Kumpel Norbert gehörte. Norberts Schenke, eher eine dunkle Kaschemme als eine freundliche Gaststube, war in einem der vielen mittelalterlichen Gewölbekeller Göttingens untergebracht, die teilweise von den Hausbesitzern eigenhändig ausgebuddelt und wieder in einen einigermaßen originalen Zustand versetzt worden waren. Norberts Keller war karg eingerichtet. Wenn man die enge Treppe herunterkam, stieß man im ersten Raum auf einen quer zum Eingang stehenden Tresen aus massiven, fein polierten Holzbalken, der von acht Barhockern gesäumt wurde. Von dort aus gelangte man in einen weiteren, noch einmal einige Stufen tiefer liegenden Keller, in dem vier alte, wurmstichige Tische mit dazu passenden Stühlen standen.

Markus Lorenz war längst der einzige Gast im Keller, Norbert hatte die Tür schon vor Stunden abgesperrt. Markus, ein dunkler, stets schlecht rasierter Typ von südländischem Aussehen, hatte seinen massigen Leib von über ein Meter neunzig gleich zu Beginn des Abends auf seinen Stammhocker gewuchtet, den er nur zum Pinkeln verließ. Norbert saß ihm gegenüber hinter dem Tresen. Die Beine waren ihm schwer geworden im Verlauf der Nacht. Norbert war ein großer, kräftiger Kerl in Jeans und Baumwollhemd, die langen, aber schon ausgedünnten, schwarz-grau melierten Haare zu einem Zopf zusammengebunden. Fast sahen die beiden aus wie Brüder, und so etwas Ähnliches waren sie auch. Sie kannten sich schon aus Schulzeiten, hatten in den frühen Siebzigern zusammen Drogen genommen, Demos besucht, Steine geworfen, Lehrer zur Verzweiflung gebracht, verbotenerweise in der Kommune von Norberts älterer Schwester übernachtet und dort ihre ersten sexuellen Erfahrungen gesammelt. Norbert hatte dann später Politik und Geschichte studiert, das Studium aber aus Langeweile abgebrochen. Das war zumindest die offizielle Variante. Markus war einer der wenigen, die wussten, dass Norbert im siebten Semester nach einem kleinen Skandal exmatrikuliert worden war: Er hatte dem damaligen Dekan der Uni auf den Schreibtisch gekackt, und das nicht im metaphorischen Sinne. An die genauen Gründe für diese renitente Operation konnte sich Norbert angeblich selbst nicht mehr erinnern. Er behauptete, es hätte irgendetwas mit Joseph Beuys zu tun gehabt. Norbert habe mit seiner »Sozialen Plastik« das Dekanat in ein »Büro für Direkte Demokratie« verwandeln wollen. Noch heute philosophierten Norbert und Markus in manchen Nächten bedauernd darüber, dass große Künstler wie Beuys von Jüngern wie Norbert oder große Künstler wie Norbert von Banausen wie dem Dekan stets missverstanden werden.

Heute Nacht jedoch fielen nur wenige, karge Sätze. Norbert und Markus spielten schweigend »17 und 4« und rauchten und tranken dabei. Gelegentlich warf Norbert einen prüfenden Blick auf Markus. Wenn ihm dieser zu sehr in Schieflage geriet, stellte er ihm Wasser oder einen Kaffee hin, und Markus trank ohne Widerrede alles aus. Um dann wieder auf Bier umzusteigen. Niemals hätte Norbert seinen Kumpel nach Hause geschickt. Niemals. In solchen Nächten hielt er zu Markus und bildete mit ihm ein brüderliches Bollwerk gegen die Angst, verrückt zu werden.

Gegen Viertel nach sieben kroch ein Schimmer von herannahendem Tageslicht die Treppe herunter. Schwerfällig erhob sich Norbert, ging nach oben, schloss die Tür auf, trat einen Schritt nach draußen und streckte seine Glieder. Er sah in den bedeckten Himmel, der der Herbstsonne nicht die geringste Chance auf Durchkommen ließ.

»Wird ein beschissener erster November«, meinte er, kam zurück zum Tresen und warf die Kaffeemaschine an. Die Tür hatte er offen gelassen, um zu lüften.

Kaum waren die beiden Espressi mit lautem Brodeln und Zischen durchgelaufen, kam ein mürrisch aussehender Mann Anfang fünfzig mit einem überaus hässlichen Hund die Treppe herunter.

»Schon auf? Krieg ich einen Kaffee?«, fragte er.

»Auf: Nein. Kaffee: Ja«, gab Norbert zur Antwort und machte sich erneut an der Maschine zu schaffen.

Der Mann setzte sich auf einen Hocker und hielt dabei zwei Meter Abstand zu Markus, der den Neuankömmling keines Blickes würdigte. Schon gar nicht den Hund, der sich neben seinem Besitzer zusammenrollte. Markus konnte Hunde nicht ausstehen. Er war damit beschäftigt, sehr, sehr langsam und konzentriert Unmengen von Zucker in seinen Espresso einzurühren.

Ohne Gespür für das Schweigen in diesem Raum, das ein sorgsam gezüchtetes war, begann der Gast sich lautstark zu echauffieren, ganz so als habe er mit seiner Kaffeebestellung auch unbeschränkte Redefreiheit eingekauft. Immerhin richtete er sich ausschließlich an Norbert, der als Wirt jeden Kummer gewöhnt war, und ließ mit einem letzten Rest von Instinkt Markus außen vor: »Sie können sich gar nicht vorstellen, was mir heute Morgen schon alles passiert ist.«

»*Will* ich mir das denn vorstellen?«, erwiderte Norbert, ohne auf Verständnis zu hoffen.

»Und ob. Sie können es natürlich auch in der Zeitung lesen. Aber ich hab's immerhin aus erster Hand. Kronzeuge sozusagen. Also, ich lauf da mit Heiner, das ist mein Hund, bis rüber zum Alten Botanischen Garten, da fängt Heiner an zu ziehen wie bekloppt. Tut er sonst nicht, hab ihn nämlich streng erzogen. Hunden muss man von klein an zeigen, wo's langgeht. Mein Heiner weiß, wer der Rudelführer ist. Nämlich ich und sonst keiner, schon gar nicht der Heiner.« Dabei kicherte der Mann über sich und seinen miesen Witz.

Norbert lehnte sich mit dem Rücken an den Tresenschrank und sinnierte, ob er den Typen nicht einfach wieder rauswerfen sollte. Das hatte man von seiner Gutmütigkeit.

»Der Heiner zerrt und zerrt, und ich hinterher, und dann, langer Rede kurzer Sinn: Da liegt 'ne junge Frau in den Rabatten am Großen Teich. Total nackig, ich konnte alles sehen. Mausetot. Und alles voller Blut. 'ne richtige Sauerei.«

Norbert warf einen kurzen Blick zu Markus, welcher zum ersten Mal von seinem Espresso hochsah. Er schwieg jedoch weiterhin.

»Ich die Polizei angerufen, von der nächsten Telefonzelle aus, ich halte ja nichts von diesen Mobildingern, immer erreichbar, soweit kommt's noch, jedenfalls gibt's kaum noch Telefonzellen. Weil die Japsen und Finnen einen zwingen wollen, ihre Handys zu kaufen … Egal, jedenfalls halte ich mit Heiner Wache, bis die Polizei kommt. Will ja meine Aussage zu Protokoll geben. Kenn doch meine Bürgerpflichten.« Wieder lachte der Mann, diesmal mit einer leicht verächtlichen Note. »Aber das ist denen egal! Da taucht irgendwann nach der Streife so ein junger Schnösel in Zivil auf, macht sich mopsig, schickt mich hinter eine Absperrung wie all die anderen Gaffer, die sich inzwischen versammelt haben. Und lässt mich warten. Mich! Ich bin Zeuge! Scheiß Bullen! Ich konnte die noch nie ausstehen. Von wegen Dienst am Volk. Sind doch allesamt korrupte Idioten. Und immer am Jammern. Zu viel Stress, zu grüne Uniformen … Na ja!, was hat man von denen schon zu erwarten? Dieser Schnösel jedenfalls lässt mich 'ne geschlagene halbe Stunde die Beine in den Bauch stehen. Und dann fragt er mich nicht mal selbst, was Sache ist, sondern schickt so 'ne unattraktive Mopsfrau, die um den Hintern einen riesigen Speckgürtel mit sich rumschleppt.«

Markus trank mit einem großen Schluck seinen Espresso aus und erhob sich. »Sag ihm, er soll die Fresse halten.«

Norbert wandte sich gleichmütig an den Gast. »Du sollst die Fresse halten.«

Schwankenden Schrittes nahm Markus seine Lederjacke von

der Garderobe und ging hinaus. Der Mann sah ihm böse hinterher.

»Was war denn das für ein besoffenes Arschloch?«

»Das war der Oberoberoberfuzzi von der Göttinger Kripo. Also sei froh, dass du noch alle Zähne hast.«

»Und der lässt sich hier volllaufen, während draußen Frauen abgemurkst werden? Scheiß Bullen, sag ich doch.«

Norbert beugte sich über den Tresen, beide Hände auf das polierte Holz gestützt. »Mach dich vom Acker, aber zack! Ich kann dich nicht leiden.«

Der Alte Botanische Garten war um diese Uhrzeit noch geschlossen. Markus wunderte sich nicht, dass dennoch ein Passant zu dieser frühen Stunde dort spazieren ging und sich kurz nach dem Leichenfund Schaulustige an dem eigentlich gesperrten Ort versammelt hatten. Schließlich kannte fast jeder Göttinger die Schlupflöcher, durch die man auch des Nachts in den Garten kommen konnte, was vor allem Studenten häufig nutzten, um dort ihren Liebesspielen zu frönen oder einen Joint zu rauchen. Auch Markus nutzte keinen der offiziellen Eingänge, sondern stieg schlicht über den Zaun, wobei er sich aufgrund seines Alkoholpegels so ungeschickt anstellte, dass er sich die Hose im Schritt aufriss und seine blauschwarz karierte Boxershorts freilegte. Sein ohnehin schon lädiertes Äußeres glich nun dem eines Obdachlosen, der seit Tagen kein Bett und kein Bad mehr gesehen hatte. Torkelnd folgte er dem Pfad bis zum Großen Teich, der seinen Namen mitnichten verdiente, denn er war definitiv nur ein Tümpel mit geringem Durchmesser und einer Wassertiefe von nur etwa vierzig Zentimetern.

Der Tümpel war durch rot-weißes Polizeiband abgesperrt, hinter dem sich das Publikum zu langweilen begann. Ein Blick auf die Leiche war nicht zu erhaschen, die Polizei benahm sich abweisend, und auch die beiden Journalisten vom »Göttinger Morgenecho« verbreiteten schlechte Laune, weil sie nicht zum Fundort vorgelassen wurden, um ihre Fotos zu machen. Außerdem war das Wetter ungemütlich. Es regnete zwar nicht, aber die Luft war kalt und feucht, sodass einem die starken Windböen permanent einen nassen Waschlappen ins Gesicht zu werfen schienen.

Markus wurde von einem Streifenpolizisten am Absperrband von oben bis unten mit einem missbilligenden Blick bedacht, dennoch hob der Beamte betont höflich das Band und ließ ihn durch. Der Pressefotograf schoss ein Foto. Markus umrundete den Teich, bis er zu der großen Sumpfeiche kam, an der sich seine

Kollegen tummelten. Das Gelände war weitgehend gesichert, zwei Bedienstete der Pathologie näherten sich mit einem Blechsarg, um die Leiche abzutransportieren. Mit einer schroffen Geste und noch schrofferen Worten gebot Markus ihnen zu warten.

Konrad Künzel, mit achtundzwanzig Jahren Göttingens jüngster Kriminalkommissar und damit Untergebener des Ersten Hauptkommissars Markus Lorenz, ließ von seinem Gespräch mit dem Polizeiarzt ab, als er die barsche Stimme seines Chefs hörte. Im Gegensatz zu dem Beamten am Absperrband ließ er sich keine Reaktion über Markus' Aussehen anmerken.

»Wieso hat mich keiner angerufen?«, bellte Markus seinen jungen Kollegen an.

»Zu Hause hat niemand abgehoben. Und das Handy ist ausgeschaltet.« Künzel, ein auffallend kleiner Mann, wandte sich wieder dem Polizeiarzt zu, der Markus mit einem knappen Nicken begrüßte.

Mit kurzem Blick auf sein Handy sah Markus die Angabe Künzels bestätigt. Verärgert, weil er niemandem die Schuld für sein verspätetes Auftauchen geben konnte, schnippte er seine brennende Kippe in die Natur. Sofort kam grinsend einer der Beamten von der Spurensicherung und stellte ein Schild mit einer Nummer neben die neue »Spur«. Er wollte gerade ein Foto zur Dokumentation schießen, als Markus das Schild mit dem Fuß ein paar Meter weit wegkickte und die Kippe so gewalttätig austrat, dass sie in die feuchte Erde gebohrt wurde und darin verschwand. Hinter ihm wurde getuschelt. Er bemerkte es immer, wenn hinter seinem Rücken getuschelt wurde, was häufig vorkam. Manchmal fragte er sich, ob seine Kollegen wirklich über ihn tuschelten oder nur die Bundesliga-Ergebnisse diskutierten. Er fragte sich, ob er langsam paranoid wurde und bald weiße Mäuse sehen würde. Doch da es ausreichend Gründe gab, hinter seinem Rücken zu tuscheln, nahm er beruhigt an, dass es keine wahnhafte Vorstellung und mit seiner Wahrnehmung alles in Ordnung war. Noch.

»Chef, du siehst scheiße aus«, sagt eine kleine, in Zivil gekleidete Frau, die um die Hüften herum etwas füllig war. Und noch leiser fügte sie hinzu: »Und du benimmst dich auch so. Reiß dich zusammen, Chef!«

»Halt die Klappe, Elli. Wo liegt die Leiche?«

»Und stinken tust du auch. Nach Alk. Die Leiche liegt links von der Sumpfeiche in diesen großen grünen Dingern. Komm, ich zeig's dir.«

Kriminalmeisterin Elfriede Schumann, genannt Elli, führte Markus zu einer Anpflanzung von üppigen, großblättrigen Pflanzen, die knapp einen Meter hoch waren und sehr dicht standen. Windböen fegten darüber hinweg. Vorsichtig bog Elli die dicken Stängel auseinander. Die Pflanzen waren an dieser Stelle von dunkelroten, noch nicht eingetrockneten Spritzern verklebt. Dazwischen auf dem feuchten, schwarzen Boden lag eine Frau, Anfang zwanzig, in ihrem Blut. Lange, lockige rote Haare voller nasser Erdklumpen. Die dunkelgrünen Augen weit aufgerissen, ein Ausdruck von Panik darin verewigt. Das Gesicht verzerrt, Lippenstift und Wimperntusche völlig verschmiert, Wangen und Stirn schmutzig. Ihr Körper von unterschiedlich tiefen Einstichen übersät. Ihr Unterleib eine offene Wunde. Nackt. Verdreht. Die Finger Halt suchend in die Erde gekrallt. Die Beine angezogen, als habe sie ihren Torso vor den Stichen schützen wollen. Kleine Tätowierung am rechten Fußgelenk, ein roter Habicht oder ein Bussard.

Markus wandte sich ab, sein bis auf den Alkohol leerer Magen rebellierte und schickte einen Schwall Säure nach oben. Zittrig fummelte er in seiner Jacke nach einem Eukalyptusbonbon und schob es sich in den Mund.

Aus nördlicher Richtung näherte sich die Oberbürgermeisterin mit ihrem Assistenten. Sie blieb kurz bei Konrad Künzel stehen, wechselte ein paar Worte, warf einen Blick herüber und kam dann auf Markus zu. Marlene Falck, die selbst zur Überraschung ihrer eigenen Fraktion bei der letzten Wahl den CDU-Oberbürgermeister abgelöst hatte, war eine große, hagere, aber nicht unattraktive Frau Anfang fünfzig, die es mit scharfer Intelligenz und an den richtigen Stellen eingesetzten Ellbogen geschafft hatte, sich in der männlichen Domäne der Stadtpolitik nach oben zu boxen. Markus hatte nichts für sie übrig, aber auch nichts gegen sie, sie war ihm egal. Seit ihrem Amtsantritt hatte sie ihn und seine Abteilung vollkommen in Ruhe gelassen. Markus fürchtete allerdings, dass sich dies genau jetzt ändern würde. Der erste Mord in ihrer Amtszeit, das war Grund genug für einen pressewirksamen Auftritt und eine Möglichkeit, sich zu profilieren. Jedenfalls war der Schritt, mit dem Frau Oberbürgermeisterin Falck auf ihren Ersten Hauptkommissar zustrebte, ein äußerst entschlossener.

Sie schüttelte ihm die Hand und begrüßte ihn. Als Markus ihren Gruß erwiderte, drehte sie intuitiv ihren Oberkörper weg von seiner übelriechenden Fahne. In den Augenwinkeln bemerkten beide, wie sich die Presse auf ihre Höhe arbeitete und Fotos machte. Frau Falck ging auf Abstand.

»Herr Lorenz, was können Sie mir über die Vorkommnisse hier sagen?«

»Noch nicht viel, bin selbst erst eingetroffen. Eine junge Frau wurde ermordet, ziemlich brutal. Liegt dort im Gebüsch, wollen Sie sie sehen?«

In der Oberbürgermeisterin arbeiteten die Synapsen auf Hochtouren. War sie für die Presse nun eher die sensitive Frau, die sich den Blick in die Abgründe der Gewalt ersparen will, oder war sie die knallharte Stadtlenkerin, die ihre Augen vor keiner noch so unliebsamen Realität verschließt? Frau Falck entschloss sich für Letzteres. Und gab nach der Besichtigung durch leichtes Taumeln eine Prise Ersteres hinzu. Dann hatte sie sich wieder gefasst. Mit gestrengem Blick wandte sie sich an Markus. »Ich hoffe, nein, ich erwarte, dass Sie den Täter schnellstmöglich fassen!«

»Wir tun unsere Arbeit.«

Marlene Falck betrachtete Markus von Kopf bis Fuß. »Davon gehe ich aus. Ich erwarte außerdem, dass Sie zu Ihrer Arbeit künftig präsentabler erscheinen. Auch Sie vertreten die Stadt Göttingen, und ich möchte, dass Ihre Außenwirkung konveniert.«

Markus schwankte leicht, ihm war flau, er brauchte dringend

ein Frühstück. Grinsend blickt er auf seine zerrissene Hose. »Ich würde ja so gerne konvenieren, aber … Wie geschickt sind Sie eigentlich in Nähdingen, Gnädigste?«

Mit einer fast unmerklichen Bewegung richtete sich die Oberbürgermeisterin in ihrer aufrechten Haltung noch ein wenig mehr auf, sodass sie nun wie ein Respekt einflößendes Ausrufezeichen wirkte. »Werden Sie nicht frech, Lorenz! Ihr Auftritt ist absolut inakzeptabel. Sie sind hier nicht im Fernsehen, wo einem schäbigen und versoffenen Kommissar eine telegene Romantik des Verfalls zugesprochen wird. Sie müssen nicht glauben, dass Sie einen Freifahrschein haben, bloß weil Ihre Frau …«

Weiter kam sie nicht. Markus hatte ohne zu überlegen ausgeholt und der Oberbürgermeisterin eine schallende Ohrfeige versetzt. Die Umstehenden erstarrten in entsetztem Schweigen. Nur die Presse freute sich, denn sie hatte ein fantastisches Foto im Kasten: im Vordergrund der total abgerissene Hauptkommissar im Clinch mit der piekfeinen Stadtobersten, im Hintergrund das grün-rot-fleckige Gebüsch, das just in diesem Moment von einer starken Windböe auseinandergebogen wurde und den Blick auf die blutüberströmte Frauenleiche freigab.

Yule. Zweites Ritual.

Es hat ihnen nicht gereicht. Ich habe ein Zeichen gesetzt, ein blutiges, grausames Zeichen, sie wollten wissen, auf welche Seite ich gehöre. Aber sie wollen es nicht akzeptieren, sie kommen wieder, sind weiterhin hinter mir her. Im Schlaf finden sie mich. Wehrlos. Ich erliege. Und hasse mich selbst, wenn ich beschmutzt aufwache. Sie wollen mich nicht in Ruhe lassen, also kann ich sie auch nicht ignorieren. Ich würde so gerne in Ruhe leben. Am Nordpol der Unzugänglichkeit. Aber sie lassen mich nicht. Weil sie mich immer wieder heimsuchen, muss ich das Unvermeidliche schließlich zulassen. Es ist meine Aufgabe. Ich habe sie mir nicht ausgesucht, ich habe sie nicht gewollt, ich glaube nicht einmal, dass ich sie gut erledige. Aber ich nehme sie an. Nicht mehr und nicht weniger. Das ist meine Pflicht.

Es war der sehr frühe Morgen des 21. Dezember als Claudia loslief, um ihre übliche Runde um den Wall zu laufen. Heute wollte sie zwei laufen, als vorbeugende Maßnahme gegen die Pfunde von Gans, Plätzchen und Marzipan, die über Weihnachten bei den Eltern ihre Hüften bedrohten. Claudia lief gerne, und sie mochte die frühmorgendliche Stille, den Bodennebel, das feuchte Glitzern der Nässe auf dem Laub und das Rascheln der Blätter, wenn sie die von der Stadtgärtnerei schon zusammengekehrten Haufen mit ihren Laufschuhen mutwillig wie ein spielendes Kind wieder aufwirbelte. Einige Frauen in Göttingen liefen nicht gerne über den Wall, denn manchmal fanden sich dort Gruppen trinkender Jugendlicher oder Obdachloser, die den Joggerinnen schlüpfrige Bemerkungen hinterherriefen oder ihnen sogar, wenn sie sich besonders männlich vor ihren Kumpels zeigen wollten, den Weg verstellten und sie belästigten. Claudia jedoch hatte keine Angst vor derlei Situationen, sie war mit drei älteren Brüdern aufgewachsen und von Kindesbeinen an gewohnt, sich durchzusetzen, zur Not auch mit körperlichem Einsatz. Ihr ältester Bruder Harald, der sich in den achtziger Jahren als Mod regelmäßig Schlägereien mit den ortsansässigen Rockerbanden geliefert hatte, war selbst nicht sonderlich groß und stark gewesen, aber meist siegreich aus seinen Scharmützeln hervorgegangen. Er hatte ihr erklärt, dass es bei diesen zum Teil sehr gewalttätigen Auseinandersetzungen nicht in erster Linie auf körperliche Stärke ankam, sondern auf Skrupellosigkeit. Nicht zögern, sondern als Erster zuschlagen, und das mit gnadenloser Härte. Claudia hatte sich diese Philosophie zu eigen gemacht und erfolgreich bei einer häufig am Abend auf dem Wall herumhängenden Gruppe angewandt. Nachdem sie dem Rädelsführer der pubertierenden Halbstarken einen Pferdekuss verpasst hatte, ließ man sie in Ruhe. Dennoch war Claudia dazu übergegangen, frühmorgens zu laufen. Morgens gefiel es ihr besser. Es war ruhiger und einsamer, und die Luft war unverbraucht. Heute Morgen hatte sie besonders gute

Laune. Nach dem Laufen würde sie duschen, das Brötchen von gestern in ihren Milchkaffee stippen, ihre Reisetasche packen mit den wenigen Utensilien, die sie über die Feiertage brauchte, und den vielen Geschenken, die sie für ihre Brüder und die Eltern besorgt hatte. Dann würde sie nach Bielefeld fahren, ein paar Tage mit ihren Brüdern herumalbern, sich von Mama und Papa verwöhnen lassen und am Abend alte Schulfreunde in der früheren Stammkneipe treffen. Claudia schwelgte so in Vorfreude, dass sie sich nichts dabei dachte, als sich hinter ihr das Keuchen eines anderen Joggers näherte. Er würde sie überholen, denn Claudia lief stets langsam, um ihre Kräfte gut einzuteilen. Sie dachte sich auch nichts dabei, als das Keuchen eilig näher kam, dann aber hinter ihr blieb. Das war Claudias Fehler. Hätte sich Claudia auch nur wenige Sekunden früher umgedreht, hätte sie den Angreifer vielleicht abwehren können. Doch so legte sich plötzlich von hinten eine Schlinge um ihren Hals, wurde zugezogen, und alles Strampeln, Treten und Schlagen half Claudia nichts. Sie verlor das Bewusstsein. Als sie es wieder erlangte, war es zu spät. Die einzige Reaktion, die ihr blieb, war ein panischer Schrei, der nicht mehr gehört werden konnte, weil er in einem Gurgeln unterging.

Anna Maybach freute sich wie ein kleines Kind auf Weihnachten. Weihnachten in Paris. Es war ihr immer noch ein Rätsel, wie sie ihren reiseunlustigen Lebensgefährten Christian zu zwei Wochen in der französischen Hauptstadt hatte überreden können. Christian war Weihnachten herzlich egal, die Franzosen waren ihm egal und Paris sowieso. Für Anna jedoch bedeutete die Reise nicht nur ein Ausweichen vor den eigenen familiären Verpflichtungen im Kreise der sentimentalen Mutter, des schwierigen Vaters und einer verhassten Forelle blau. Sie freute sich vor allem auf eine Zeit mit Christian außerhalb der gewohnten Hamburger Umgebung und seines aufreibenden Jobs als Chef eines Sonderkommandos für Serienmörder; und vor allem ganz weit weg von den Erinnerungen an den letzten Fall, der erst im November seinen grausamen Abschluss gefunden hatte.

Sie würde mit Christian nächtliche Spaziergänge an der Seine unternehmen, sie würde ihm Notre Dame und Sacre Cœur zeigen, das Quartier Latin und das Centre Georges Pompidou, den Louvre würde sie ihm ersparen, aber den Eiffelturm nicht. Und vielleicht würde er sich verlieben in Croissants zum Frühstück, Crêpe au Grand Marnier am Nachmittag und Bouillabaisse am Abend, in die Künstler am Seine-Ufer, die Musiker in der Metro und die kleinen Antiquitätenläden voller Ramsch und Kunst; genauso wie sie sich in all das verliebt hatte, als sie dort zwei Austauschsemester Psychologie an der Sorbonne studierte.

Mit ihren knapp sechzig Kilogramm kniete sich Anna auf den prall gefüllten Koffer, um ihn zu schließen. Da sie aufgrund von Christians Flugangst die lange Zugreise auf sich nahmen, wollte Anna so wenig Gepäckstücke schleppen wie möglich. Dass ein Koffer deswegen nun übervoll war, lag an den hohen Anforderungen, die eine Stadt wie Paris an eine Frau wie Anna stellte: bei jedem Wetter und an jedem Ort die passende Kleidung inklusive Schuhwerk zu tragen.

Anna sah auf die Uhr. Der Zug ging in drei Stunden. Christians Koffer stand fertig gepackt im Flur. Noch war genug Zeit für einen Kaffee. Anna ging in die Küche und kochte sich einen Espresso. Mit der Tasse in der Hand lief sie ein letztes Mal durch ihre kleine Stadtvilla im Hamburger Generalsviertel und kontrollierte die Fenster, die Eingänge von Keller, Garten und den Durchgang zur Garage. Christian war noch kurz in die Einsatzzentrale seiner Soko gefahren, um mit seinem Kollegen Pete eine letzte Lagebesprechung durchzuführen. Im Grunde gab es kaum etwas zu besprechen, denn die Soko war zurzeit mit keinem aktuellen Fall betraut und kümmerte sich nur um Schulungen für den polizeilichen Nachwuchs – sonst hätte Christian sich auch geweigert, Urlaub zu nehmen. Dennoch hatte Anna Verständnis für Christians Besuch in der Zentrale. Sein Beruf und seine Kollegen gingen ihm über alles. Und obwohl er im Oktober nach Aufhebung seiner einjährigen Suspendierung die Leitung der Soko freiwillig nicht wieder übernommen, sondern sie Pete überlassen hatte, so war er in den Augen aller der Chef, dank seiner Erfahrung und Erfolge.

Als Christian eine Stunde später nach Hause kam, sah Anna ihm sofort an, dass etwas passiert sein musste. Sie goss ihm einen Kaffee ein, setzte sich stumm aufs Sofa und blickte ihn erwartungsvoll an.

Christian fuhr sich, wie immer wenn er verlegen war, durch sein unordentliches schwarz gelocktes Haar und räusperte sich: »Es gibt ein Problem.«

»Ein neuer Fall?«

»Nein, was Privates. Als ich im Büro war, rief mich ein alter Freund an. Markus aus Göttingen. Nicht irgendein Freund … mein bester, wir kennen uns seit ewigen Zeiten.«

»Du hast mir nie von ihm erzählt.«

»Wir haben seit knapp zwei Jahren nicht mehr miteinander telefoniert.«

Anna schwieg. Die Art und Weise, mit der Männer ihre Freundschaften pflegten oder eher nicht pflegten, war ihr fremd.

»Er klang total scheiße. Besoffen, verzweifelt, stinkwütend. Ich habe keine Ahnung, was genau los ist, er hat nur wirres Zeug geredet. Aber er braucht mich. Ich soll sofort kommen.«

»Göttingen«, konstatierte Anna schwach.

»Ich dachte mir, ich fahre kurz hin und komme dann von dort aus zu dir nach Paris. An Heiligabend oder so.«

»Oder so.«

»Ich muss da hin. Auch wenn du das nicht verstehst. Tut mir wirklich leid.«

»Wie süß: Winnetou und Old Shatterhand. Hat er sich mal 'ne Kugel für dich eingefangen? Oder dich im Krieg auf seinem Rücken über die feindlichen Linien getragen?«

Christian schwieg. Nach einer halben Minute tat Anna ihr Sarkasmus leid. Sie war seit dem letzten Fall nicht in der Position, Christian wegen irgendetwas Vorwürfe zu machen. Also verabschiedete sie sich mit einem heimlichen Stoßseufzer von der Seine, von Croissants, Crêpes und Bouillabaisse und strich ihm durch seine dunklen Locken. »Göttingen also. Ich war noch nie in Göttingen.«

»Du willst mitkommen?« Christians grüne Augen flackerten erfreut auf.

»Warum nicht? Paris kenne ich. Außerdem ist mir die Gefahr zu groß, dass ich Heiligabend ohne dich verbringen muss. Für mich klingt das nicht so, als hättest du das Problem mit deinem Freund in einem Tag gelöst. Ich werde unser Hotel in Paris stornieren. Unkosten gehen auf dich. Oder deinen Kumpel. Mir wurscht.«

»Das wirst du mir garantiert mein ganzes Leben lang vorwerfen.«

»Darauf kannst du Gift nehmen«, sagte sie und lächelte verhalten. Erst später, kurz vor der Abreise nach Göttingen statt nach Paris, wischte sie sich im Badezimmer wütend ein paar Tränen aus den Augenwinkeln.

Im Zug nach Göttingen – Christian fuhr nur Auto, wenn es wirklich die bequemste Reisemöglichkeit war – erzählte er Anna von seiner Freundschaft zu Markus Lorenz. Die zwei hatten sich bei einer Fortbildung Anfang der Achtziger in Frankfurt kennengelernt. Zuerst konnten sie sich nicht ausstehen, vermutlich, weil sie einander zu ähnlich waren. Mehrere Alphamännchen im gleichen Revier, das konnte nicht gut gehen. Als sie dann aber feststellten, dass sie sich beide heimlich mit den AKW-Gegnern verbrüderten, um mal kurz an deren Joints zu ziehen, statt sie zu verprügeln oder zumindest unsanft von Zäunen und Gleisen wegzutragen, war die Saat der Freundschaft ausgebracht. Eine heftige Schlägerei, die sie wegen einer Kollegin austrugen, an der beide nicht einmal ernsthaft interessiert waren, besiegelte den Männerbund auf Lebenszeit. Schließlich heirateten beide, stellten sich gegenseitig als Trauzeugen zur Verfügung, und begossen auch gemeinsam ihre knapp aufeinanderfolgenden Scheidungen, wobei sie gelobten, sich nie wieder von einer Frau im Gefängnis der Ehe einkerkern zu lassen. Dann lieber Einzelhaft. Markus hatte sich nicht an das Versprechen gehalten und vor fünf Jahren eine französische Malerin namens Marie geheiratet, die er abgöttisch liebte. Er hatte sie auf der Expo in Hannover kennengelernt, wo sie als noch unbekannte Künstlerin im französischen Pavillon gekellnert hatte.

Christian ging davon aus, dass Marie und Anna sich auf Anhieb mögen würden und die Frauengespräche auf Französisch Anna für die verschobene Parisreise entschädigen könnten. Anna selbst war sich da nicht so sicher. Wenn dieser Markus so verzweifelt war, dass er nach einer fast zweijährigen Funkstille Christian anrief und ihn mit wirren Worten um sein sofortiges Erscheinen in Göttingen bat, dann konnte man nicht davon ausgehen, gemeinsam eine traute Pärchen-Weihnacht zu verbringen mit Gans beim Kerzenschein und »Süßer die Glocken nie klingen«. Christian war lebenserfahren genug, um das selbst zu wissen, doch er stellte blauäugig seine Wiedersehensfreude in den Mittelpunkt und tat so, als seien sie auf einer Vergnügungsreise in seine wildbewegte Vergangenheit.

Den ersten Kratzer bekam diese aufgesetzte Naivität, als sie das Bahnhofsgebäude von Göttingen verließen und weit und breit nichts von Markus zu sehen war, obwohl Christian ihm ihre Ankunftszeit per SMS mitgeteilt hatte. Telefonisch erreichbar war Markus schon seit über zwei Stunden nicht mehr. Die Luft hatte knapp sechs Grad, es war inzwischen stockdunkel und nieselte. Anna sah sich nach einem Taxi um, doch Christian erklärte ihr, dass man vom Bahnhof aus alles, was sich innerhalb der Altstadt befand, bequem zu Fuß erreichen konnte. Markus lebte in der Altstadt, seit er mit Marie verheiratet war. Während Anna bemüht gleichmütig ihren Rollkoffer über das Kopfsteinpflaster hinter sich herzog und von einem Spaziergang durch trockene Pariser Einkaufspassagen träumte, schwärmte ihr Christian von Markus' und Maries Haus in der Geismarstraße vor. Als Marie nach dem Tod ihrer Mutter eine ansehnliche Summe erbte, hatten sie das alte Fachwerkhaus komplett entkernen lassen, die Räume vergrößert und modernisiert und den Dachboden zu einem lichtdurchfluteten Atelier umgebaut, an das eine große, begrünte Dachterrasse anschloss, auf der man im Sommer grillen konnte. Anna spürte wohl, wie viel Mühe sich Christian gab, gute Stimmung zu verbreiten und ihr den ungewollten Besuch in Göttingen schmackhaft zu machen, um sein schlechtes Gewissen zu neutralisieren.

Als sie vor dem lorenzschen Haus anlangten und nach mehrmaligem Klingeln niemand öffnete, fiel es Anna immer schwerer, auf Christians Bemühungen mit netten Nachfragen zu reagieren. Die klamme Kälte war ihr bis in die Knochen gedrungen, ihre halblangen, brünetten Haare klebten am Kopf. Doch auch Christians Miene verdüsterte sich, er fing an zu brummeln und zu schimpfen, und trat schließlich wütend gegen die alte, massive Holztür des Hauses. Gerade, als sie beschlossen, einen Kaffee trinken zu gehen, um sich aufzuwärmen, wurde in der Haustür von innen ein Schlüssel gedreht und die Tür mit einem Quietschen geöffnet. Markus Lorenz bot einen erschreckenden Anblick. Seine Augen waren sowohl trüb als auch stark gerötet und von dunklen Ringen umrandet, die Wangen eingefallen und unrasiert, das Haar schon länger nicht mehr gewaschen, die Kleidung nachlässig. Als er Christian sah, nahm er ihn schweigend in die Arme. Anna hatte den Eindruck, seine Augen würden feucht werden. Dann warf er einen irritierten Blick auf Anna.

»Ich hatte keine Ahnung, dass du eine Frau mitbringst.«

»Das ist Anna. Anna, das ist Markus.«

»Anna? Bist du die Psychologin, die Chris auf der Jagd nach dem Kindermörder kennengelernt hat?«

»Erinnere mich nicht daran«, gab Anna zurück, und das war keine Koketterie. Sie hatte nach der Aufklärung jenes Falles starke Depressionen gehabt und infolgedessen ihre psychotherapeutische Praxis aufgegeben. Seitdem dozierte sie an der Hamburger Universität. Und der letzte Fall, in den sie durch ihre Liaison mit Christian verstrickt worden war, trug erst recht nicht zur Plauderlaune bei.

Markus gab Anna die Hand, dann schlurfte er ins Innere des Hauses. Christian hatte nicht übertrieben mit seiner begeisterten Beschreibung. Bei der alten Fachwerkfassade hätte man nie vermutet, welche ruhige und reduzierte Modernität sich hinter den Mauern befand, sowohl was die Architektur als auch die Einrichtung betraf.

»Du kennst dich ja aus, Chris. Zeig deiner Freundin die Zimmer, sucht euch eins oder zwei aus. Ich bin gleich wieder da.« Markus verschwand, während Christian Anna das große Gästezimmer im ersten Stock zeigte und die Koffer hinaufbrachte. Anna packte aus und machte sich ein wenig frisch. Als sie ins Wohnzimmer herunterkam, war niemand zu sehen. Was Anna ebenfalls überraschte, war, dass in diesem Haus, immerhin dem Haus einer Malerin, kein einziges Bild an den Wänden hing. Sie rief nach Christian und bekam Antwort aus dem hinteren Teil des Gebäudes. Anna fand die beiden Männer in einem kleinen Raum, der sich komplett von den anderen unterschied. Hier schien noch der ursprüngliche Geist des alten Hauses zu herrschen. Der Raum war niedrig und mit einem sehr rußigen Kaminofen, drei abgewetzten Ohrensesseln, verstaubten Bücherregalen und einem Schachtisch bis zum Bersten gefüllt.

»Ist der Flur hierher so eine Art Zeittunnel in die Vergangenheit?«, fragte Anna.

Markus hatte sich höflich erhoben und rückte Anna einen Sessel zurecht. Außerdem war er inzwischen einigermaßen rasiert und trug ein gebügeltes Hemd.

»Kann man so sagen. Gefällt dir meine Bibliothek?« Ohne eine Antwort abzuwarten, fuhr er fort: »Dieses Zimmer ist das Refugium, mit dem mich meine Frau im Haus eingerahmt hat. Ich bin ein eher verstaubter und vergilbter Typ und fühle mich in der Klarheit der anderen Räume wie ein Fettfleck. Cognac? Whisky? Wein?«

Anna nahm Platz und bat um Wein.

»Ist Marie nicht da?«, fragte Christian.

Markus überging die Frage und goss Anna ein Glas schweren Bordeaux ein. Anna nahm nur einen kleinen Schluck, als die drei anstießen. »Ihr zwei wollt sicher allein sein und über alte Zeiten reden. Aber ich habe Hunger. Wie ist das mit euch?«

Christian gab zu, auch Hunger zu haben. Markus kratzte sich am Kinn: »Wir könnten in den Kleinen Ratskeller gehen. Dort gibt es Bratkartoffeln und Salat und so. Oder … in der Küche sind noch Eier und Speck, falls ihr zu müde seid, noch auszugehen.« Markus' eigener übermüdeter Blick sprach Bände. Also erhob sich Anna, suchte und fand den Weg in die Küche und schlug zwölf Eier in eine gusseiserne Pfanne. Etwas Vitaminreiches, was sie hätte dazugeben können, fand sie nicht. Sie rief die Männer, die mit großem Appetit aßen. Dann verabschiedete sich Anna ins Bett.

Als Christian sich Stunden später neben sie fallen ließ, wurde sie wach. Er hatte eine beträchtliche Fahne.

»Und? Warum sind wir hier?«, fragte sie schlaftrunken.

»Ein Mord. Nein, zwei Morde. Vielleicht ein Serientäter.«

»Oh«, sagte Anna nur. Sie hatte gehofft, sie seien aus privaten Gründen hergekommen. Ihr Parisbesuch rückte in weite Ferne.

Christian war ein Jäger. Wenn er einmal Fährte aufgenommen hatte, ließ er nicht nach, bis das Wild zur Strecke gebracht war.

»Und seine Frau? Marie?«, fragte Anna, »wo ist die?«

»Ich fürchte, sie hat ihn verlassen. Er hat das Thema so auffällig vermieden, dass ich nicht nachfragen wollte.«

»Ich glaube auch, dass sie weg ist. Die Küche hat schon seit Längerem keinen Menschen mehr gesehen, der regelmäßig Essen zubereitet.«

»Wahrscheinlich säuft er deswegen so«, mutmaßte Christian.

»Und warum säufst du mit?«

»Ich kann doch meinen alten Kumpel nicht allein trinken lassen.« Mit einem Grinsen schlief Christian ein und begann zu schnarchen. Er hatte sich nicht mal ausgezogen.

Als Anna am nächsten Morgen erwachte, waren Christian und Markus schon weg. Auf dem Küchentisch lag ein Zettel, der sie über einen morgendlichen Spaziergang der beiden Männer informierte. Anna vermutete, dass die beiden zu einer Tatortbesichtigung unterwegs waren. Spaziergänge einfach nur um der Naturbetrachtung willen waren Christians Sache nicht. Und auch Markus machte auf sie eher den Eindruck eines Mannes, der sich zielgerichtet bewegte, in den meisten Fällen vermutlich zu einer Bar oder Kneipe, auf jeden Fall Richtung Abgrund. In der Küche war nichts Essbares mehr zu finden, wenn sie frühstücken wollte, würde sie das Haus verlassen müssen. Leicht genervt beschloss sie, erst einmal zu duschen. Wenn die beiden bis dahin nicht zurück waren, würde sie sich ein Café suchen und danach ein wenig durch die Innenstadt bummeln.

Als sie aus der Dusche heraustrat, klingelte es. Anna wickelte sich ein Handtuch um den schlanken, durchtrainierten Körper und tappte barfuß zur Tür. Vor ihr stand eine kleine, etwas rundliche Frau Mitte dreißig, in altmodischem Mantel, zu engen Jeans, einem rosafarbenen Sakko mit goldenen Knöpfen und grauen Nylonsöckchen in den weißen Slippern. Anna war ein wenig schockiert über diesen stilistischen Super-GAU, ertappte sich aber sofort dabei und rief sich zur Ordnung. Sie wollte keinesfalls die Haltung der Hamburger Schicki-Zicken einnehmen, die jedwede modische Spielart jenseits des korrekten Kostüms mit Perlenkette als Verirrung des Prekariats abtat. Doch die kleine Frau starrte Anna trotz ihres freundlichen Lächelns misstrauisch an. Vielleicht ein typisches Göttinger Tussengebaren halb nackten Fremden im Handtuch gegenüber.

»Wer sind Sie?«, fragte die Frau im Ton einer Oberoberaufseherin.

»Anna Maybach, guten Tag. Sie wollen sicher zu Herrn Lorenz, aber der ist im Moment nicht da.«

Die rundliche Frau wirkte etwas überfordert von der Situation, eine fremde Frau in Markus' Türrahmen anzutreffen. Doch plötzlich erhellte sich ihr Gesicht: »Sind Sie mit dem Kommissar aus Hamburg gekommen?«

»Sind das da frische Brötchen in Ihrer Bäckereitüte? Wenn ja, kommen Sie doch rein und warten Sie auf Markus. Wenn Sie mir ein Brötchen anbieten, gebe ich Ihnen Antwort auf weitere Fragen.«

Die Frau streckte Anna die Hand hin. »Gerne. Ich bin Elli Schumann, guten Morgen.« Anna ging voraus und entschuldigte sich kurz, um sich anzuziehen. Als sie in die Küche kam, brodelte Kaffee in der edlen Maschine, und Elli hatte den Tisch für vier gedeckt. Offensichtlich kannte sie sich in der Küche gut aus, mit sicherem Griff holte sie Salz und Pfeffer aus einem Schrank. Anna machte sich mit großem Appetit über das mit Putenbrust und Tomaten belegte Brötchen her. Auch der Espresso schmeckte wie eine Offenbarung. Elli aß nichts. Sie saß am Tisch, wirkte mit ihrem rosa Rollkragenpullover, dem dazu passenden Lippenstift und ihren trügerisch kindlich wirkenden, hellblauen Augen wie ein frühlingshafter Farbfleck in dem trüben Dezemberlicht, das von draußen hereinsickerte. Sie nippte an ihrem Cappuccino und sah Anna neugierig an.

»Ja, ich bin mit dem Kommissar aus Hamburg hier«, beglich Anna ihre Brötchenschuld. »Kennen Sie ihn?«

»Nein, aber Markus hat mir viel von ihm erzählt. Sie sind sehr alte Freunde, soweit ich weiß.«

»Und Sie sind eine Kollegin von Markus?«

Elli nickte: »Kommissar-Anwärterin. Und Sie? Was machen Sie so?«

»Psychologin«, versuchte Anna einigermaßen deutlich zu formulieren, trotz ihrer vollen Backen.

»Polizeipsychologin?«

»Nein, Dozentin an der Hamburger Uni.«

»Und Sie kennen Markus gut?«

»Überhaupt nicht. Wir haben uns gestern Abend zum ersten

Mal gesehen. – Wie viele Antworten kostet denn ein zusätzlicher Milchkaffee?«

Zum ersten Mal lächelte Elli: »Entschuldigen Sie, mein Gespräch ähnelt wohl eher einem Verhör. Berufskrankheit.« Sie erhob sich und bereitete Anna einen zweiten Kaffee zu.

»Wo ist eigentlich Marie, die Frau von Markus?«, fragte Anna beiläufig.

Elli hantierte stumm an der Kaffeemaschine, die reichlich Lärm machte. Geduldig wartete Anna auf eine Antwort. Elli stellte Anna einen wunderbar aufgeschäumten Kaffee hin, setzte sich wieder ihr gegenüber und legte nachdenklich Zeige- und Mittelfinger der rechten Hand an ihre schmalen, rosa Lippen. Fast eine Minute tippte sie ohne zu sprechen mit den Fingerkuppen auf ihre Lippen, erst mit dem Zeigefinger, dann mit dem Mittelfinger, in einer schnellen Abfolge, die wohl dem Hummelflug ihrer Gedanken entsprach. Aus ihrem blauen Blick war alles Kindliche gewichen.

»Marie ist tot. An Heiligabend ist es genau ein Jahr her.«

Anna, die gerade ihre Kaffeetasse mit der hübschen Milchschaumkrone zum Mund führen wollte, setzte sie erschrocken wieder ab.

»Was ist passiert?«

»Ich würde dringend davon abraten, Markus danach zu fragen. In Ihrem und – was mich erheblich mehr interessiert – in seinem Interesse.«

»Ich frage *Sie.*«

Mit verschlossenem Blick kaute Elli auf ihrer rosa Unterlippe herum und entfernte dabei ihren Lippenstift. »Wenn er es nicht mal seinem alten Kumpel Christian Beyer aus Hamburg erzählt hat … entschuldigen Sie, Frau Maybach, aber ich kenne Sie nicht.«

Elli erhob sich und zog aus ihrer türkisfarbenen Stoffumhängetasche einen dicken braunen Umschlag. »Würden Sie den bitte Markus geben? Ich kann nicht mehr länger warten. Aber er soll mich anrufen, wenn er noch was braucht.« Mit leicht rollendem Gang verließ Elli die Küche. Anna brauchte ihr den Weg nicht zu zeigen. Elli war hier keine Fremde, sondern ganz offensichtlich eine Frau, die Markus mehr als kollegialen Respekt entgegenbrachte.

Unterdessen saßen Christian und Markus im Albani-Park am Schwänchenteich auf einer kleinen Mauer. Sie waren von Markus' Haus aus zur Wallanlage hochgestiegen, die die Innenstadt von Göttingen wie ein hochgelegener Grünstreifen umrundete. Von dort aus waren es nur wenige Meter wieder hinab bis zum Gewässer auf der anderen Seite des Walls. Der Schwänchenteich war nicht sehr groß, man konnte ihn ohne Mühe mit einem Blick komplett erfassen. Er war rundum von einer Mauer eingefasst. Herabgefallenes Laub bedeckte fast die gesamte Oberfläche des Teichs, aber auch an den freien Stellen konnte man keine zehn Zentimeter hinabblicken, so dunkel, fast schwarz schien das Wasser. Dort spiegelten sich die dicken Wolken, die von einem beachtlichen Wind über den Göttinger Himmel gejagt wurden.

Frühe Jogger und Spaziergänger liefen an den beiden Männern vorbei, einige blieben ein paar Minuten am Teich stehen und entfernten sich wortlos wieder. Der ein oder andere grüßte Markus, doch keiner zwang den beiden Männern ein Gespräch auf.

»Gestern Morgen«, begann Markus, »so gegen acht Uhr, ist die alte Frau Simon hier entlangspaziert. Das macht sie jeden Morgen. Frau Simon ist zweiundachtzig, aber für ihr Alter noch sehr rüstig und geistig hellwach. Sie wohnt dort drüben in der roten Villa.« Markus wies zur angrenzenden Straße, wo die herrschaftliche Fassade eines großen, ziegelroten Hauses durch die laublosen Bäume durchschimmerte. »In der Grundschule war Frau Simon meine Zeichenlehrerin. Jetzt ist sie alt. Jeden Morgen kommt sie hierher, um Abschied zu nehmen, wie sie selbst sagt. Weil sie dem Tod jede Minute begegnen könnte. Nun, gestern Morgen ist sie ihm begegnet. Nur hat er nicht sie geholt, sondern eine junge Frau Anfang zwanzig.«

»Das zweite Opfer?«, fragte Christian.

»Ich bin mir ziemlich sicher, dass es derselbe Täter war. Frau Simon hat mich sofort angerufen, ich war bei Norbert in der Kneipe, sie kennt meine Gewohnheiten. Feine, alte Dame, nie kommt ein blöder Kommentar. Deswegen konnte ich mir alles in Ruhe anschauen, bevor ich die Spurensicherung gerufen habe.«

Mit zittrigen Fingern zündete sich Markus eine Zigarette an, Christian lehnte die ihm angebotene dankend ab. Nach einem Zug drückte Markus die Zigarette wieder aus, er war bleich geworden, sein Kreislauf, der von der nächtlichen Sauferei und dem mangelnden Schlaf eh schon im Keller war, hatte einen bedrohlichen Tiefpunkt erreicht.

»Man hat kaum was erkennen können, ein Wunder, dass Frau Simon die Leiche überhaupt aufgefallen ist. Hier vorne, in dem schwarzen Wasser sah mich mit weit aufgerissenen Augen ein schneeweißes Frauengesicht an, sie schwamm knapp unter der Wasseroberfläche, und der Rest des Körpers war nicht zu erahnen wegen des herumschwimmenden Laubes. Ich sage dir, das war unheimlich. Nur dieses Gesicht und lange blonde Haare, die um den Kopf herumschwebten. Das Gesicht fast durchsichtig, das ganze Bild trotzdem scharf und voller Kontraste. Frau Simon war ganz andächtig, und mir ging es ähnlich.«

Christian wusste, was sein Freund meinte. Nur zu gut erinnerte er sich an die Kinderleiche, der er vor zwei Jahren im Saarland gegenübergestanden hatte. Sie hatte im Wald gelegen, auf einer kleinen Lichtung vor einem Felsen, sorgsam aufgebahrt auf einem Bett aus Reisig, in ein weißes Laken gehüllt. Es war ein friedliches Bild gewesen, ein ästhetisch anmutendes Arrangement. Wie die meisten Polizisten war Christian es gewohnt, Leichen in städtischer Umgebung aufzufinden. Sie lagen in Hamburg vorzugsweise in sozialen Randgebieten der Stadt, in deprimierenden Wohnungen, in schmutzigen Hinterhöfen des Kiezes oder in zweifelhaften Spelunken zwischen ausgetretenen Kippen und Bierlachen, wo es zu Auseinandersetzungen gekommen war. Diese Leichen waren mitten aus dem Leben, oft aus irgendeiner banalen Alltagssituation herausgerissen worden, sodass das abrupt Gewalttätige daran sinnfällig wurde und man sich als Betrachter vehement dagegen wehrte, diesen Tod zu akzeptieren. Eine Leiche in der Natur jedoch, zumal wenn der Akt der Gewalt nicht direkt ins Auge sprang, schien manchmal als stimmiges Bild des Werdens und Vergehens. Als Betrachter konnte man sich dem bestürzenden Gefühl der eigenen Vergänglichkeit bei einem solchen Anblick nicht entziehen.

Markus unterbrach Christians Gedankengang: »Dann habe ich meinen Nachfolger, diese Nullnummer Konrad Künzel, genannt KK, angerufen.«

Christian rieb sich mit einem schabenden Geräusch durch die Bartstoppeln, die in der vergangenen Nacht auf seinem durchfurchten Gesicht gewachsen waren. »Ich kann immer noch nicht begreifen, dass du bei der ersten Leiche in den Sack gehauen hast. Das passt nicht zu dir. Du kriegst 'ne tote Frau in dein Revier gelegt und gibst den Fall ab. Fristlose Kündigung. Nee, Alter …«

»Ich hab's dir doch erklärt. Was hätte ich denn machen sollen? Ich knall der Oberbürgermeisterin eine, und zwar vor versammelter Presse! Da gehe ich am besten sofort und ohne ein weiteres Wort. Ich wollte mir die Demütigung ersparen, dass sie mir ihren Stöckelschuh hochkant in den Hintern jagt.«

»Vielleicht hätte sich eine andere Lösung gefunden. Du bist ein guter Mann …«

»Und sie ist eine eiskalte Frau. Die frisst so was wie uns zum Frühstück und hat nicht mal Verdauungsprobleme.«

Christian konnte es zwar immer noch nicht nachvollziehen, aber er unterließ es, Markus weiter damit zu nerven. Er konstatierte nur, dass sein Freund in den letzten Jahren empfindlicher geworden war.

»Also, KK kommt mit der kompletten Mannschaft, die Leiche wird aus dem Wasser gezogen. Von den Kleidern keine Spur. Sie ist nackt, scheint auf den ersten Blick relativ unverletzt. Ein paar Kratzer von einem Kampf, eine heftige Rötung um den Hals von einem dicken, groben Seil, das man ihr um die Kehle geschlungen hat, vermutlich um sie zu überwältigen und ihren Widerstand zu brechen. Erdrosselt worden ist sie nicht, das steht fest. Aber sie ist kunstvoll gefesselt. Mit einem festen Tau, das sich bei Nässe zusammenzieht. Arme und Beine über Kreuz vor dem Körper zusammengeknotet. Sie ist schlicht ertrunken. Vorher vergewaltigt worden.«

»Wieso glaubst du, dass es sich um den gleichen Täter wie in dem Botanischen Garten handelt? Die Frau dort war von Messerstichen übersät. Eine blutige Schlachtung, hast du gesagt. Das ist ein ganz anderer Modus Operandi.«

»Ja, aber beide Morde haben etwas sehr Rituelles. Warte, bis du die Fotos siehst. Meine Lieblingskollegin Elli, nein, ich müsste wohl Exkollegin sagen, bringt sie mir heute vorbei.«

»Wozu? Du bist raus aus der Truppe.«

Markus schwieg, und Christian hörte fast, wie es in seinem Freund arbeitete. Er wusste, wie schwer es Markus fiel, nicht selbst ermitteln zu können. Markus war seit mehreren Jahren der Leiter der Göttinger Kripo, Göttingen war *seine* Stadt, und wenn da ein Mörder sein Unwesen trieb, dann musste es für Markus unerträglich sein, die Hände gezwungenermaßen in den Schoß zu legen. Christian wäre es genauso gegangen. Als er nach dem Kindermordfall wegen Manipulierung von Beweismaterial für eine gewisse Zeit suspendiert worden war, wäre er fast verrückt geworden. Er hatte zu viel getrunken, seine noch junge Beziehung mit Anna in den Sand gesetzt und in Selbstmitleid gebadet. Glücklicherweise hatte man ihn zurückgeholt. Sowohl die Kripo als auch Anna.

»Und? Wie kann ich dir helfen?«, fragte er.

»Du sollst den Fall übernehmen. Beide. Denn Künzel hat noch nichts herausgefunden wegen des Mädchens im Botanischen Garten. Er tappt völlig im Dunkeln, und das wird ihm hier mit dem Fall vom Schwänchenteich sicher auch so ergehen. Zumal er noch nicht mal glaubt, dass die beiden Morde vom selben Täter begangen wurden.« Markus fummelte sich wieder eine Zigarette aus der Schachtel. Jetzt schien er das Nikotin etwas besser zu vertragen. Zumindest wurde er beim ersten Zug nicht wieder so bleich, dass man fürchten musste, er würde gleich von dem Mäuerchen sacken.

»Ich kann da leider überhaupt nichts tun«, bedauerte Christian und lehnte die ihm angebotene Kippe erneut ab.

»Du bist Chef des ersten deutschen Sonderkommandos, das bei Serientätern bundesweit ermittelt. Mit allen länderübergreifenden Kompetenzen. Also schnapp dir den Fall!«

»So einfach ist das nicht. Erstens bin ich nicht mehr der Chef, das ist offiziell mein Kollege Pete Altmann.«

»Wieso das denn?«

»Ich war eine Zeit lang suspendiert. Da hat Pete übernommen, ein junger Typ, den ich am Anfang nicht ausstehen konnte. Aber er hat durchaus was auf dem Kasten. Kluger Kerl. Und loyal. Profiler. Vom FBI ausgebildet. Er hat mich letztes Jahr wieder zurückgeholt und wollte mir auch die Leitung überlassen. War aber nicht mein Interesse.«

»Du bist ein Idiot. Dieser Profiler-Pete ist doch nie im Leben besser als du!«

Christian lachte. »Reine Formsache. Es sind immer noch meine Leute, auch Pete. Gemacht wird, was ich sage. Dass Pete hinterher sein fotogenes Gesicht der Presse hinhält, ist mir nur recht.«

»Verstehe. Dann ruf deine Wundertruppe am besten gleich an und hol sie her.«

»Wir bekommen unsere Aufträge vom BKA. In Fällen, wo die örtliche Polizei uns anfordert. Was nie vorkommt, logisch. Keiner will zugeben, dass er es alleine nicht schafft. Oder wenn die Medien so einen Druck machen, dass von den Politikern schnelle Ergebnisse gefordert werden. Und man einen Sündenbock braucht, wenn's nicht klappt.«

»Verstehe. Und du kannst beim BKA nicht dran drehen?«

»Kaum.«

Wütend schnippte Markus seine Kippe Richtung Straße. »Komm, wir gehen, ich brauche einen Drink!«

»Frühstück wäre besser«, mahnte Christian mit Blick auf die zitternden Hände seines Freundes. »Außerdem wird Anna auf uns warten.«

Christian kam allein zurück. Markus war zu seinem Kumpel Norbert gegangen, angeblich um mit dem zu frühstücken. Doch Christian konnte sich ausmalen, dass Markus seine erste Mahlzeit des Tages in flüssiger Form einnehmen würde. Entsprechend besorgt war er auch, als er ins Wohnzimmer trat, wo Anna auf dem Sofa lag und in einer Zeitschrift blätterte. Er nahm sie in die Arme und küsste sie. Anna wirkte verhalten.

»Komm in die Küche, du musst was essen. Wo ist Markus?«

Der Tisch in der Küche war nur noch für zwei gedeckt. Ellis Umschlag lag neben den Tellern.

»Markus ist zu irgendeinem Norbert, der eine Kneipe hat. Schätze, er trinkt ein paar Bier zum Frühstück«, sagte Christian. »Er ist echt runter mit den Nerven, weil er … Ach, das weißt du ja noch gar nicht. Vor gut sechs Wochen, als sie die erste Leiche gefunden haben, hat Markus die Bürgermeisterin geohrfeigt. Frag mich nicht warum. Jedenfalls hat er am gleichen Tag gekündigt, bevor sie ihn rauswerfen konnte. Seitdem ist er anscheinend völlig aus der Spur! Der konnte heute Morgen kaum seine Kippe halten!«

Anna goss Christian Kaffee ein und setzte sich zu ihm: »Du glaubst, er säuft wegen des Jobs?«

Nachdenklich nickte Christian: »Ich kann ihm nicht helfen. Markus selbst hat keinerlei Kompetenzen mehr, und ich kann den Fall nicht einfach so an mich reißen. Was denkt der sich bloß?«

Anna stützte den Kopf in ihre Hände und sah Christian kopfschüttelnd an: »Ihr Männer seid unglaublich. Da redet ihr Stunde um Stunde und schafft es, das Wesentliche nicht mal zu berühren.«

»Mach dir keinen Kopf wegen Paris. Wir reisen heute noch ab. Markus muss selbst sehen, wie er klarkommt. Soll er doch vor der Bürgermeisterin zu Kreuze kriechen.«

»Vergiss Paris. Wir bleiben hier«, entgegnete Anna. Christian sah sie irritiert an.

»Markus säuft nicht erst seit ein paar Wochen«, fuhr Anna mit ruhiger Stimme fort. »Marie ist vor einem Jahr gestorben. An Heiligabend. Deswegen hat Markus dich angerufen. Die Morde waren nur der Anlass, aber nicht der Grund. Ich glaube, er hat Angst vor übermorgen. Vor Heiligabend. Vor sich selbst.«

Nachdem Anna Christian das Wenige erzählt hatte, was sie von Elli wusste, bedankte sich Christian aufrichtig bei ihr. Anna verstand, dass er unter den gegebenen Umständen Markus nicht würde allein lassen können und wollen. Und sie wollte es ebenfalls nicht. Paris war auch ihr angesichts des emotionalen Elends von Markus egal geworden. Paris lief nicht weg. Aber Markus' Anruf bei Christian war der typische Hilferuf eines Suizidgefährdeten, das wusste Anna als Psychologin.

Sie empfahl Christian, sich ein paar Stunden hinzulegen. Er war von der letzten Nacht immer noch verkatert und übermüdet. Sie würde einkaufen gehen und Vorräte für ein ruhiges Weihnachtsfest zu dritt besorgen. Christian gab ihr den Schlüssel und einen Kuss. Dann legte er sich hin.

Als Anna einige Stunden später zurückkam, die Dämmerung legte sich inzwischen schon wie ein schwarzer Schleier über die Stadt, war sie schwer beladen. In der rechten Hand trug sie drei übervolle Einkaufstüten, im linken Arm schleppte sie den sturzbetrunkenen Markus halb neben sich, halb hinter sich her und versuchte, ihn ins Haus zu bugsieren. Christian, der im oberen Stockwerk dabei war, sich zu rasieren, hörte die beiden unter großem Getöse hereinpoltern. Alarmiert kam er die Treppe herab. Auf einen Blick erfasste er die Situation und spürte eine plötzliche Wut in sich aufsteigen. Mit der linken nahm er Anna die Tüten ab, mit der rechten löste er Markus mit hartem Griff aus Annas Schutzhaft. Markus donnerte mit einem Grinsen rückwärts gegen die Flurwand, dann torkelte er in die Küche. Christian und Anna folgten ihm. Markus öffnete die Tür eines Hängeschrankes und nahm eine Flasche Whisky heraus. Als er sie geöffnet hatte und an den Mund führen wollte, war Christian so weit. Die Taschen hatte er auf dem Tisch abgestellt. Eine war umgefallen. Es kullerten Orangen heraus, sprangen über die Tischkante und rollten über einen Stuhl auf den Boden. Ohne auf das Durcheinander zu achten, schlug Christian Markus die Flasche aus der Hand. Knallend zerschellte das Glas auf den Bodenfliesen. »Glaubst du, ich sehe dir dabei zu?«, schrie er ihn an. »Glaubst du das wirklich? Und wieso hast du kein Wort gesagt, du blöder Wichser?!«

Markus lehnte sich schwankend gegen die Küchenzeile und sah betrübt auf den Boden in die Whiskypfütze. »Leck mich doch am Arsch.«

Christian packte Markus unsanft am Oberarm und schubste ihn in Richtung Bibliothek. Als sie Anna im Türrahmen passierten, warnte er sie. »Wehe, du räumst hier auf! Das macht dieser Penner hier, und wenn ich ihn schlagen muss!«

Anna nickte. »Ich koche Kaffee. Starken Kaffee.« Doch Christian war mit Markus schon im Flur um die Ecke gebogen. Sie hörte nur noch, wie Markus unterwegs rechts und links gegen die Wand donnerte oder gedonnert wurde, ohne sich jedoch zu beschweren. Wahrscheinlich spürte er es nicht einmal.

Ein paar Minuten später kam Anna mit einer großen Kanne Kaffee zu ihnen. Es war kalt im Zimmer, Christian war gerade dabei, den Kaminofen einzuheizen. Markus saß vornübergebeugt in seinem Sessel, die Ellbogen auf die Knie gestützt und schwankte hin und her wie ein geschundenes Kind. Schweigend goss Anna ihm Kaffee ein. Er nahm die Tasse ohne Widerrede, und trank in kleinen Schlucken. Im Kaminofen begann es zu prasseln, es wurde schnell wärmer. Anna und Christian setzten sich in die anderen beiden Sessel und nahmen sich ebenfalls Kaffee.

»Ho, ho, die Inquisition!«, höhnte Markus.

Christian ignorierte seine Aggressivität: »Was ist mit Marie passiert?« Er fragte es leise.

»Leck mich, leck mich, leck mich, leck mich!« Markus echaufferte sich, bis er schrie. Dabei sah er Christian hasserfüllt an. Dann brach sein Widerstand zusammen, und er begann haltlos zu heulen. Anna trat hinter seinen Sessel und strich ihm leicht durchs Haar. Markus ergriff ihre Hand, hielt sie sich an die Wange, küsste sie. Er schien völlig weggetreten und wiederholte immer wieder schmerzerfüllt den Namen seiner Frau.

»Marie … Marie … sie hat sich verbrannt … mit Benzin übergossen … da oben … auf der Dachterrasse … Wie eine Fackel … lichterloh … und ich stand da, stand vor ihr … ich konnte nichts tun … konnte mich nicht bewegen … habe ihr nicht geholfen … ich … ich habe sie brennen sehen …«

Voller Grauen setzte sich Anna auf die Sessellehne, nahm Markus in den Arm und hielt ihn fest. Er klammerte sich an sie, Halt suchend, in einem verzweifelten Weinkrampf. Es dauerte ein wenig, bis sein Weinen abebbte und in Schluchzen überging. Anna setzte sich wieder in ihren Sessel und nahm einen Schluck Kaffee.

»Warum hat sie das getan?«, fragte sie.

Markus lehnte sich erschöpft in seinem Sessel zurück. Er schien nun fast wieder nüchtern: »Sie war Malerin, das hat dir Christian sicher erzählt.«

Anna nickte stumm.

»Hat er dir auch erzählt, wie schön sie war?« In Markus' Augen flackerten weitentfernte Glühwürmchen auf. »Sie war unglaublich schön. Und begabt. Ihre Bilder … alles voller kräftiger Farben … Ich kann mit abstrakter Malerei nicht viel anfangen, kann nichts darüber sagen, aber sie hat gut verkauft … hohe Preise erzielt … Ausstellungen gehabt, und von den Kritikern wurde sie gefeiert. Ihre Farben … sie waren so lebendig … als könne man sie hören und riechen und schmecken. Das hat sie immer gesagt. Dass sie Farben hören, riechen und schmecken kann. Dann hatte sie einen Unfall. Sie war im sechsten Monat schwanger. Sie verlor das Kind. Und erblindete.«

»Wann war das?«, fragte Christian. Ihm wurde bitter klar, wie wenig er in den letzten Jahren vom Leben seines Freundes mitbekommen hatte.

»Im Juli letzten Jahres. Ein besoffener Lkw-Fahrer hat sie auf dem Fahrrad erwischt und einige Meter mitgeschleift. Keine Chance, dass sie jemals wieder würde sehen können. Oder ein Kind haben.«

»Wie schrecklich«, flüsterte Anna, als Markus in ein dumpfes Schweigen verfallen war.

»Sie war depressiv, hat kaum noch geredet. Ging nur selten vor die Tür, lief durch das Haus wie eine lebende Tote. Ab Oktober wurde es schlimmer. Sie verlor – so hat sie es jedenfalls formuliert – in der Schwärze ihres Seins die Erinnerung an das Bunte der Welt und fing an, ihre Farben zu suchen. Wie besessen. Am Anfang habe ich ihr geholfen. Ich habe sie mit Zitronenscheiben eingerieben, damit sie ein leuchtendes Gelb riecht. Sie wollte es nicht nur riechen, sie wollte es durch ihre Poren spüren, hat sie gesagt. Ich habe ihr das ganze Atelier mit frisch gemähtem Gras ausgelegt und es befeuchtet, damit es noch intensiver duftet. Sie hat sich darin stundenlang nackt gewälzt.« Markus lachte kurz auf. »Ihr hättet sie sehen sollen. Ihre ganze Haut war voller Grasflecken, tagelang, das Zeug geht nur schwer wieder ab.«

Doch gleich verdüsterte sich seine Miene wieder: »Ich habe ihr die ganze Badewanne mit Eiswürfeln aufgefüllt. Da hat sie sich ewig lang reingelegt, bis ihre Lippen und ihre Haut ganz blau waren. Ich musste sie mit Gewalt rausholen, sie war total unterkühlt. Da hat sie mich zum ersten Mal beschimpft. Ihre Obsession wurde immer selbstzerstörerischer, sodass ich mich schließlich weigerte, sie zu unterstützen. Mir fiel auf, dass sie sich kleinere Schnitte an den Armen zufügte und an ihrem Blut leckte. Ich wollte, dass sie in Therapie ging, aber sie weigerte sich. Kein Psychologe könne ihr das Augenlicht wiedergeben, hat sie gesagt.«

Markus schwieg. Das Weitersprechen fiel ihm sichtlich schwer. Nach einigen Minuten, in denen nur das Knacken des Kamins zu hören war, räusperte er sich und sah durch das Fenster in die

Nacht hinaus. »Rot ist immer ihre Lieblingsfarbe gewesen. Das helle, flackernde Rot des Feuers. Wie hier im Kaminofen.« Markus sah in die Flammen. Seine Miene verhärtete sich. »Und dann an Heiligabend … wir hatten zusammen gekocht und gegessen … Beim Essen war sie ganz entspannt gewesen. Sie hat mit mir über das Sehen gesprochen. Sie konnte nicht verstehen, dass ich manchmal das ganze Wochenende im Haus blieb, mich in Akten und Fachliteratur vergrub. Sie fand, wenn der Blick durch Räume eingeengt wird, wird die Seele nicht beatmet. Sie hatte recht. Ihr kennt das doch, wenn man nach Tagen in der Wohnung hinausgeht und sich an einem Fluss oder auf einem Berg wiederfindet, oder auch nach Stunden des Werkelns in einem geschlossenen Raum in den Himmel blickt, was so gut ist wie auf das Meer zu schauen, und diese unerwartete Weite einem das Herz aufreißt und man sich an eine Ahnung von Freiheit erinnert – falls man sie nicht ganz aus dem Blick verloren hat. Aus dem Blick«, wiederholte er leise und machte eine Pause.

»Wusstet ihr, das hat mir Marie erzählt, dass Bergvölker, egal in welchem Land, egal in welcher Sprache, die Vokale dunkler färben als die Bewohner des Flachlandes? Marie meinte, das liege daran, dass ihr Blick nicht weit schweifen könne, dass ihr Sehen immer auf Wände und Mauern stoße, dass mehr Schatten und weniger Licht auf ihre Augen und damit in ihre Seelen träfen. Ihr Leben sei dunkler.«

Markus machte wieder eine Pause. »Dann sagte sie: ›Wer nicht sehen kann, muss fühlen.‹ Und sie ging nach oben in ihr Atelier. Zuerst dachte ich mir nichts dabei, sie war so friedlich an dem Abend. Bis ich einen ungewöhnlichen Lichtschein von unserer Dachterrasse sah. Eine Nachbarin, die ein paar Häuser weiter in ihrem hinteren Garten stand, schrie auf. Ich spürte es, ich spürte, dass etwas Schreckliches passiert war. Ich rannte nach oben und … ich sah sie … konnte mich nicht bewegen …«

Markus versagte die Stimme.

Christian und Anna waren so erschüttert, dass ihnen kein Wort über die Lippen kam. Wenig später schaffte Christian seinen körperlich und seelisch völlig ausgepumpten Freund ins Bett. Als er in die Bibliothek zurückkam, saß Anna immer noch genauso da wie vorher.

»Was hältst du davon, wenn wir rausgehen? Ich muss unter Leute. Und einen Drink brauche ich auch.«

Anna erhob sich. »Meinst du, wir können Markus allein lassen?«

Christian nickte: »Der schläft bis morgen Mittag.«

Anna und Christian spazierten stumm durch die Altstadt und betraten schließlich eine Studentenkneipe namens »Thanners«. Es war Freitagabend, kurz vor elf, die Kneipe entsprechend gut besucht. Das »Thanners« erstreckte sich weit nach hinten, unverputzte Wände, grober Stein und viel Holz bestimmten die rustikale Atmosphäre. Der lang gestreckte Tresen war voll besetzt, sodass Anna und Christian sich an einem der erhöhten Seitentische auf Barhockern niederließen. Sie sahen sich um und hatten beide das Gefühl, wie Außerirdische aus einem dunklen Universum angespült worden zu sein in eine Welt aus Sorglosigkeit und Zukunft. Natürlich war ihnen klar, dass die sie umgebende Jugend weder so sorglos war, wie ihr von den Intellektuellen der Feuilletons und anderen zynischen Mündern oft nachgesagt wurde, noch dass deren Zukunft Anlass zur Euphorie gab. Aber sie wollten es so sehen, zumindest für ein paar Stunden, bevor sie wieder in das schwarze Loch zurückkehren würden, das Markus vor einiger Zeit verschluckt hatte. Und so sprachen sie in stiller Übereinkunft weder von Markus und Marie, noch von Tod und Elend, sondern planten mehr oder weniger virtuelle Weihnachtsmenüs und versuchten mit fast kindlicher Begeisterung, ihre gegenseitigen Geschenke zu erraten. Von Britta, einer freundlichen Bedienung mit dunkelroter Turmfrisur und Metallaccessoires im hübschen Gesicht, ließen sie sich diverse Biere bringen. Gegen halb eins leerte sich der Laden. Nur im hinteren Teil des »Thanners« befand sich noch eine lärmende Gruppe, die dem Alkohol heftig zusprach.

Anna hatte schon den ganzen Abend den Eindruck gehabt, dass gelegentlich lateinische Wortfetzen durch die rauchgeschwängerte Luft flogen, doch nun hörte sie ganz deutlich, wie jemand lautstark mit »Verbum peto« um Wort bat, was ihm mit »Non habes« verweigert wurde. Sie sah sich um. Die Gruppe bestand ausschließlich aus jungen Männern, die fast alle aussahen wie kleine Westerwelles: gepflegte Kurzhaarschnitte, wohlrasiert und Polohemden mit hochgeschlagenen Kragen. Lediglich der Vorsitzende am Kopfende sah nicht ganz so stereotyp aus mit seinem sauber konturierten Menjoubärtchen und dem hauteng sitzenden schwarzen T-Shirt, das seinen sportlichen Körperbau betonte. Einer von den Westerwelle-Klons hatte einen vollen Bierstiefel in der Hand, alle blickten ihn vergnügt an, während sein Sitznachbar auffordernd rief: »Ex pleno! Eins ist eins, zwei ist zwei, und drei ist eine böse Zahl!« Bei drei setzte der junge Mann den Stiefel an und trank ihn auf ex aus. Einiges ging daneben, lief ihm das Kinn hinab, sodass sein schickes gelbes Polohemd mit dem grünen Krokodil auf der Brust durchnässt wurde.

Anna wandte sich an die Bedienung, die ihr und Christian gerade zwei neue, kleine Biere brachte und wies mit dem Daumen hinter sich auf die Kampftrinker: »Sind das Burschenschafter?«

Britta mit den blinkenden Metallaccessoires nickte angewidert: »Von der Herculania. Meistens bleiben sie ja in ihren Häusern und belästigen normale Menschen nicht. Aber jetzt sind Weihnachtsferien, und da kommen sie aus ihren Luxuslöchern und ziehen ihre Saufrituale durch. Wird 'ne lange, miese Nacht für mich.« Mit verächtlichem Blick zog sich Britta hinter den Tresen zurück und zapfte einige Stiefel.

»Ich hätte nicht gedacht, dass es noch Burschenschaften gibt«, sagte Christian überrascht.

»Hast du 'ne Ahnung!«, gab Anna zurück, »in alten Universitätsstädten gibt es noch massenweise Korporationen. Burschenschaften sind nur eine Variante. Wie auch die Korps, Verbindungen, Landsmannschaften, Turner- und Sängerschaften, und wie sie sonst noch alle heißen. Was die Jungs da hinten durchziehen, ist der sogenannte Bier-Comment, eine reglementierte Sauferei, bei der es um ›Bierehre‹ und ›Bierrechte‹ geht. Wenn der Typ den Stiefel nicht bei drei ausgetrunken hätte, wäre er in den ›Bierverschiss‹ geraten, hätte sich aber durch ein ›Bierduell‹ wieder herauspauken können.«

Christian lachte.

»Glaube nicht, dass das lustig ist, auch wenn es so klingt und in der Tat ursprünglich als Satire auf ein Korporationsreglement entwickelt wurde. Der Bier-Comment ist tatsächlich ein Saufzwang, dem vor allem die jüngeren Semester hilflos ausgeliefert sind. Bis zum Kotzen. Dafür gibt's auf den Verbindungshäusern den ›Bierpapst‹, so 'ne Art Waschbecken mit Haltegriffen. Oder zum außerhäusigen Mitnehmen den ›mobilen Papst‹. Gott sei dank haben die Jungs dahinten ihre Kotzschüssel nicht auf dem Tisch, sondern gehen brav aufs Klo. Hoffe ich zumindest.«

»Woher weißt du so was, um Himmels willen?«

Anna nahm einen kleinen Schluck von ihrem Bier, setzte das Glas aber unfroh wieder ab. Irgendwie war ihr gerade die Lust am Trinken vergangen. »Mein Vater hat in Göttingen studiert. Hier war zu seiner Zeit die beste Uni für Physik. Er war in einem ziemlich elitären Korps. Ich habe mich vor Jahren mal mit dem Thema unter dem Aspekt der Frauenfeindlichkeit beschäftigt. Man muss seine Gegner kennen.«

Christian hakte nicht nach. Er wusste um die komplizierte Hassliebe, die Anna mit ihrem Vater, einem renommierten, seit einigen Jahren pensionierten Physikprofessor, verband. Ihr Vater hatte in seinem Leben einiges getan, was der Tochter missfiel, unter anderem über Jahre hinweg die Mutter geschlagen. Auch Anna vertiefte das Thema nicht weiter. Sie stand auf und ging um den Tresen herum in Richtung Toiletten, die sich im Keller befanden. Auf dem Rückweg lief sie am Fußende der Kellertreppe in zwei Burschenschafter. Angetrunken verstellten die beiden ihr den Weg und belästigten sie mit anzüglichen Bemerkungen. Anna wies sie harsch in die Schranken und versuchte, sich an ihnen vorbeizudrängeln. Doch der eine packte sie am Arm, hielt sie fest, lallte etwas von »Du bist doch scharf auf uns, Püppi« und grapschte in ihr Dekolleté. Anna scheuerte ihm eine, doch der Griff lockerte sich nicht. Stattdessen lachte der Kerl blöde, als habe Anna einen guten Witz gemacht.

»Was ist hier los?«, kam plötzlich ein herrischer Ruf vom oberen Treppenabsatz. Dort stand der Typ mit dem Menjoubärtchen und schaute streng auf seine Verbindungsbrüder.

»Wir wollten doch nur ...«, begann einer der beiden Betrunkenen, doch Monsieur Menjou unterbrach ihn mit drohender Miene: »Couche!«

Der Griff um Annas Arm wurde gelöst, sie ging die Treppe hoch, wo ihr der Menjoukerl galant eine kleine Verbeugung andeutete: »Wenn ich mich vorstellen darf, mein Name ist Alexander Demant.« Seinen Nachnamen sprach er französisch aus. »Ich bitte Sie in aller Form um Entschuldigung für das rüde Benehmen meiner Freunde.«

Die beiden Zurechtgewiesenen wollten sich gesenkten Hauptes an Anna vorbeidrücken. Doch Alexander packte den einen Übeltäter am hochgestellten Kragen seines Polohemdes. »Das können die beiden allerdings auch selbst tun«, lächelte Alexander. Er sah seine Freunde an und forderte sie mit überaus geschmeidiger Stimme auf, sich bei der »schönen Dame« zu entschuldigen. Was die beiden auch unterwürfig taten, bevor sie sich zurück an ihren Tisch schlichen. Alexander verbeugte sich ein zweites Mal vor Anna und verschwand.

»Wollte dieser kleine Lackaffe mit seinen zwei Adjutanten was von dir?«, fragte Christian, als Anna zurück an den Tisch kam. Er hatte das kurze Gespräch beobachtet, jederzeit bereit einzugreifen. Anna winkte ab: »Zu viel Alkohol, zu viel Testosteron, zu wenig Hirn. Vergiss es.«

Kurz darauf gingen Anna und Christian nach Hause. Markus lag laut schnarchend in seinem Bett.

Heiligabend ging es im lorenzschen Haushalt vergleichsweise besinnlich zu. Da sich Markus überhaupt kein und Anna wenig Talent für die Zubereitung eines Festmahls zuschrieb, oblag es Christian, die Gans auszunehmen, mit schmackhaften Ingredienzien wieder zu füllen und sorgsam zu braten. Beim Essen wurde ein nicht zu schwerer Rotwein gereicht, und Markus gelang es sogar, sich nicht vollständig zu betrinken. Am späten Abend verfiel er stattdessen in dumpfes Schweigen und kramte, wohl um sich abzulenken, Ellis Umschlag hervor.

Den Tag zuvor hatte Anna im hektischen Einkaufsgewusel verbracht, das sich vor Heiligabend zwangsweise einstellt. Während sie in mehreren Anläufen den Kühlschrank und die Vorratskammer gefüllt und dabei dankend auf die Hilfe der Männer verzichtet hatte, hatten Christian und Markus über dem Material gesessen, das Elli Schumann heimlich für Markus fotokopiert hatte. Natürlich war es sinnlos, die Fotos vom Leichenfundort zu betrachten, die Zeugenaussagen zu lesen und den Bericht der Rechtsmedizin. Sie würden nichts tun können, und es war lediglich eine Form von beruflicher Besessenheit, dass sie den Umschlag dennoch öffneten und sich stundenlang mit dem Inhalt beschäftigten. Christian war sich nicht so sicher wie Markus, dass die beiden Morde vom selben Täter begangen worden waren, die Tathergänge waren recht unterschiedlich, auch wenn die Opfer einiges an Gemeinsamkeiten aufwiesen: beide hübsch, Anfang zwanzig und Studentinnen. Ob es eine Beziehung zwischen den beiden jungen Frauen gab, war bislang nicht festgestellt worden. Ebenso wenig war die Frage geklärt, ob der Täter, wenn es denn ein einziger war, die Mädchen per Zufall oder nach einem bestimmten Muster ausgesucht hatte. Dennoch hatten die Männer erst am späteren Abend auf Annas Drängen hin die fruchtlosen Diskussionen aufgegeben und sich zu einem Essen in einem nahe gelegenen Restaurant bewegen lassen.

Als Markus die Fotos nun – sehr unpassend zur weihnachtlichen Musik, die von den Nachbarn herüberdrang – wieder herausholte, warf Christian Anna einen entschuldigenden Blick zu. Sie verstand. Besser Markus beschäftigte sich mit Mord als mit Selbstmord. Doch selbst die intensive Beschäftigung mit dem Tod der Studentin konnte Markus an diesem Abend nicht auf Dauer von dem Tod seiner Frau ablenken. Schließlich griff er zum Cognac und goss sich richtig einen hinter die Binde. Es dauerte nicht lange, bis er jenseits der Fähigkeit war, ein vernünftiges Wort von sich zu geben. Er wurde immer lauter, bis er schließlich das Glas hob und Anna und Christian mit dem glitzernden Übermut der Selbstzerstörung in den Augen aufforderte »mit ihm zur Hölle zu fahren«. Da war nichts zu machen. Anna ging ins Bett.

Die nächsten beiden Weihnachtstage bemühte sie sich mit Christians Hilfe, Markus von der Notwendigkeit eines Alkoholentzugs zu überzeugen. Vergeblich. Das Einzige, was sie erreichten, war, dass er ausfallend wurde. Also reisten sie schweren Herzens ab.

Christian und Anna fuhren nach Paris, Markus fuhr zur Hölle.

Es dauerte eine knappe Woche, bis er am Ende war. In der Silvesternacht betrank er sich bei Norbert, fing an zu randalieren, bis Norbert seinen Freund gewaltsam vor die Tür setzte. Norbert brach fast das Herz dabei, aber was hätte er tun sollen: die Polizei rufen?

Am Neujahrsmorgen wurde Markus von der alten Frau Simon auf der Parkbank beim Schwänchenteich entdeckt. Er war bewusstlos und kurz vorm Erfrieren.

Zwei Tage später befand er sich auf eigenen Wunsch in einer Entzugsklinik.

In der Nacht des Jahreswechsels begab sich der Mörder allein in ein Waldstück bei Göttingen. Er fühlte sich sicher, denn in dieser Nacht würde nicht einmal ein Förster seine Runden drehen. Es war still im Wald, er hörte nur das Knacken von Zweigen unter seinen schweren Schritten und das Rufen einer Eule. Der Boden war aufgeweicht vom Regen und den viel zu warmen Temperaturen, der Himmel bedeckt, sodass nicht mal ein fahles Mondlicht den schlammigen Weg zwischen den Tannen erhellte. Er jedoch bewegte sich wie immer sicher über Unebenheiten und Wurzeln, er war mit dem Laufen im Wald vertraut. Als er an einer kleinen Lichtung ankam, die von umsäumendem Dickicht geschützt war, hielt er inne, sah prüfend in das Dunkel hinein und lud den geschulterten Jutesack und die bauchige Tasche in seiner Hand ab. Aus dem Sack nahm er gut abgelagertes Kaminholz, da das Reisig im Wald viel zu nass war, um ein Feuer anzuzünden. Mit kundigen Griffen schichtete er das Holz und entzündete es mit einem Brandbeschleuniger. Als die Flammen loderten, öffnete er die Tasche und nahm Frauenkleidung und -schuhe heraus, die er nacheinander ins Feuer warf. Nachdenklich sah er zu, wie alles verbrannte. Er wusste, es war höchste Zeit, den Kram zu verbrennen. Zu Hause hatte er sich noch ein paarmal mit den Frauenkleidern ins Bett gelegt und sich triumphierend befriedigt. Aber das Zeug musste weg. Nur die beiden Schlüpfer … Er nahm sie in die Hand, roch ein letztes Mal daran und befühlte den Stoff … Nein, die würde er nicht verbrennen, die behielt er. Als Zeichen seines Sieges. Aber er würde sie gut verstecken, er durfte nicht erwischt werden. Auch wenn man ihm im Grunde nichts vorwerfen konnte, schließlich erwies er der Menschheit einen Dienst nach dem anderen. Die Menschen hatten ja keine Ahnung von der Bedrohung, die mitten unter ihnen lebte. Er war der Einzige, der sie erkannte. Diese Weiber. Diese elenden Wesen, die die Männer verrückt machten mit ihrem nackten Fleisch und ihrem verdorben süßen Geruch. Die ihn und seine Geschlechtsgenossen ins Unglück stürzten, sie verführten, sie hilflos und willenlos machten und ihnen dann das Herz bei lebendigem Leib herausrissen, mit bloßer Hand, und ihre Zähne gierig hineinschlugen, während es noch blutend in ihren Fingern mit den langen, scharfen Krallen pulsierte, diese Weiber, die den Männern Körper und Seele vernichteten mit einem gemeinen Lachen auf ihren grellroten, feuchten Lippen.

Er würde sie alle töten, er würde sie aufspüren und töten, alle, die ihm begegneten und die nicht reinen Herzens waren, das war seine Aufgabe. Es war eine schlimme und keine schöne Aufgabe, und er fühlte sich elend, weil er ihnen erlag, diesen Weibern, bevor er die Welt von ihnen befreite, er erlag ihnen, weil er ein Mann war und sie das Feuer in seinen Lenden entzündeten, um ihn zu unterjochen, und fast gelang es ihnen, als sei er süchtig nach dem Verderben, er würde höllisch aufpassen müssen, um nicht von ihnen geholt zu werden. Er durfte sich ihnen nicht hingeben, sonst war er verloren, sein Körper und seine Seele, und sie würden ihm das Herz herausreißen und es aufessen, noch während es schlug.

Imbolc. Drittes Ritual.

Marlene Falck, die Oberbürgermeisterin von Göttingen, war schwer genervt, dabei war es noch sehr früh am Morgen. Zuerst war ihr Dienstwagen nicht angesprungen, und sie hatte mit einem Taxi zum Rathaus fahren müssen. Dann war ihre Sekretärin krankgemeldet, ihr Assistent hatte die Stadtratssitzung ungenügend vorbereitet und ihr für einige der anstehenden heiklen Fragen nur dünne Argumente geliefert, mit denen sie sich lächerlich machen würde. Außerdem war sie erkältet, fühlte sich matt und leicht fiebrig und würde sich in der Sitzung doppelt zusammenreißen müssen, um den politischen Kontrahenten und missgünstigen Parteigenossen keine Angriffsfläche zu bieten. Marlene Falck fürchtete den Moment, wenn der erste Hauch ihres politischen Untergangs sie umwehen würde. Angeschlagen war sie schon. Nach dem zweiten Mord hatte die Presse mehrere Wochen lang ganze Arbeit geleistet und schließlich auch bei ihr erste Wunden geschlagen. Die Lokalredaktion war zuerst über die Polizei hergefallen, die in den beiden Mordfällen kein Stück weiterkam, und hatte sich dann auf die Oberbürgermeisterin eingeschossen, die »mit weiblicher Hysterie den verdienten Göttinger Hauptkommissar Markus Lorenz dermaßen brüskierte, sodass er sich in Folge einer unüberlegten Ohrfeige zur fristlosen Kündigung gezwungen sah und das Überleben unserer jungen Frauen nunmehr von Kommissar Konrad Künzel abhängt, einem unerfahrenen Anfänger, der mit seinen Aufgaben so überfordert ist wie unsere führungsstillose Oberbürgermeisterin mit ihrer Position«. Marlene Falck hatte sich maßlos über diese Verdrehung der Tatsachen geärgert. Dass unterschwellig die Meinung zu herrschen schien, sie habe die Klatsche verdient, lag wohl daran, dass sie eine Frau war, die sich erfolgreich in die Politik gedrängt hatte. Die Tatsache, dass niemand Markus Lorenz Fahnenflucht vorwarf in einem Moment, in dem Göttingen ihn dringender brauchte denn je, stützte zusätzlich Marlene Falcks These vom immer noch herrschenden Diktat des nur angeblich starken Geschlechts.

Sie war sauer, es war einfach ein verfluchter Morgen. Vor etwa einer Stunde hatte zu all dem Pech mit Auto, Sekretärin und Assistent auch noch ihre Freundin Ulrike Graf angerufen. Die Professorin für Politikwissenschaften steckte Marlene, dass ihre Tochter Bonnie nicht zur mündlichen Prüfung erschienen war und auch versäumt hatte, sich zu entschuldigen. Marlene erzog ihre Tochter seit der Scheidung vor zehn Jahren allein, und abgesehen von den üblichen Pubertätsreibereien hatte das Zusammenleben der beiden recht gut funktioniert. Marlene hatte sie auch unterstützt, als Bonnie sich die erste eigene Wohnung nahm. Ihr Verständnis jedoch begann zu schwinden, als Bonnie ihr Studium immer mehr vernachlässigte, um sich mit ihrem neuen Freund Florian zu vergnügen. Und nun einfach nicht zur Prüfung zu erscheinen, war schlichtweg inakzeptabel. Sie würde ihre Tochter zusammenfalten, wenn sie die Hyänen vom Stadtrat auf Abstand gebracht hatte.

Marlene Falck leitete die Sitzung mit instinktsicherem Improvisationstalent und reagierte unwirsch, als die Sekretärin sie zwei Stunden nach Beginn störte. Ein Polizist war da, um Frau Falck im Auftrag von Kommissar Künzel abzuholen. Es ging um ihre Tochter, mehr wusste der Polizist nicht zu sagen. Oder er wagte es nicht. Stumm saß Marlene hinten im Wagen und versuchte erst gar nicht, mehr Informationen aus ihrem Chauffeur herauszuholen. Dem jungen Mann war sichtbar mulmig zumute, und auch seine oberste Vorgesetzte fühlte sich von elenden Vorahnungen niedergedrückt. Noch hoffte sie, Bonnie wäre beim Stehlen erwischt worden, vielleicht ein Kajal im Kaufhaus, oder sie hätte Ecstasy genommen und im Rausch randaliert. Mit jeder Minute Fahrt gestand Marlene Falck dem Schicksal einen härteren Schlag zu, um den härtesten nicht in Erwägung ziehen zu müssen. Bonnie könnte überfallen, ausgeraubt und verprügelt worden sein, möglicherweise sogar vergewaltigt, alles erschien Marlene plötzlich erträglich und irgendwie zu überstehen, nur nicht das Undenkbare. Als der Wagen vorm Alten Botanischen Garten hielt und Künzel mit blasser Miene auf sie zukam, um sie persönlich zu geleiten, wusste Marlene Falck, dass sie verloren hatte. Bonnie war tot.

Wacklig auf den Beinen stieg sie aus dem Wagen. Künzel wollte etwas sagen, doch mit einer harschen Handbewegung schnitt sie ihm das Wort ab. »Wo ist sie?«

Künzel nickte stumm und ging vor. Es war viel zu warm für die Jahreszeit, der Himmel war komplett bedeckt, und starke Windböen fegten über die Stadt. Marlene erinnerte sich nur zu gut an den Anblick des jungen Mädchens, das am Morgen des ersten Novembers hier gefunden worden war. An all das Blut, die unzähligen Schnitte und Stiche und die glasigen Augen. Als Künzel vor einem dichten Gebüsch anhielt und sich zu Marlene Falck wandte, wusste sie nicht, wie sie das Folgende überstehen sollte. Die anderen Polizisten, die am Fundort versammelt waren, hielten sich diskret im Hintergrund. Die Presse hatte anscheinend noch keinen Wind von der Sache bekommen. Marlene atmete durch und nickte Künzel zu. Der schob die tief hängenden Zweige des Gehölzes beiseite und gab den Blick frei. Da lag sie. Marlene konnte sich kaum auf den Beinen halten, ihr wurde übel. Dennoch verspürte sie auch so etwas wie Erleichterung, weil Bonnie weder nackt noch brutal von Messerstichen zerfetzt war. Marlenes Blick tastete sich vorsichtig von unten nach oben. Sie wollte den Blick in die leblosen Augen so weit wie möglich hinauszögern, als könne sich das Ganze noch als Irrtum oder als Scherz herausstellen, wenn man nur lange genug warten würde. Bonnie trug ihre Lieblingsstiefel, abgetretene Dinger aus rötlichem Echsenleder, die sie vor Jahren in Santa Fe gekauft hatte und die Marlene schon mehrfach hatte wegwerfen wollen. Um die Fußgelenke war ein grobes Seil geschlungen. Die Jeans stand offen, sie war ein wenig schmutzig, sicher vom Liegen auf der feuchten Erde, dachte Marlene, und war überzeugt, dass sie die Flecken wieder würde rauswaschen können. Dabei machte Marlene schon seit Jahren nicht mehr Bonnies Wäsche, das wäre ihr nicht im Traum eingefallen. Aber irgendwie hatte die Beschäftigung mit dem Fleckenproblem etwas Tröstliches. Als Marlene auffiel, dass Bonnie mal wieder ihre Lederjacke aus den Siebzigern aus ihrem Schrank stibitzt hatte, wurde sie für eine Sekunde lang sauer: Wehe, wenn sie nach Hause kam …

Konrad Künzel warf der Oberbürgermeisterin einen prüfenden Blick zu, als diese kurz und krächzend auflachte. Er ahnte, dass Marlene Falck vor einem hysterischen Anfall oder einem Zusammenbruch stand, auch wenn er nicht wusste, dass sie gerade über ihre Dummheit gelacht hatte. Wie dumm sie war, wie dumm! Bonnie würde keine Jacken mehr ausleihen, sie würde nicht mehr nach Hause kommen. Nie mehr. Marlene atmete tief ein und schaute in Bonnies Gesicht. Ein Stoffknebel quoll ihr aus dem Mund, sie hatte Stranguliermale am Hals, und die leere linke Augenhöhle war eine klaffende Wunde aus schwarzem Nichts, umsäumt von blutverkrusteten Wimpern. Marlene Falck fiel in Ohnmacht.

Drei Stunden später wurde Florian Schwertfeger, fünfundzwanzig Jahre alt, Philosophiestudent und Bonnies Freund, unter dringendem Mordverdacht vorläufig festgenommen. Er lag verkatert in seiner Wohnung auf der Matratze, um ihn herum einige leere Bierflaschen und eine ebenso leere Wodkaflasche, ein Gedichtband von Stephen Crane, ein paar zerbrochene CDs und das weiße T-Shirt, mit einigen Blutstropfen verschmutzt. Blut, das, wie man schnell herausfand, mit Bonnies Blutgruppe übereinstimmte. Kommissar Künzel nahm den weinenden jungen Mann ins Kreuzverhör und fragte ihn immer und immer wieder, wie Bonnies Blut auf sein Shirt komme. Florian gab ihm stets die gleiche Antwort. Dass er mit Bonnie in seinen Geburtstag hineingefeiert habe. Dass es später aus relativ nichtigen Gründen zum Streit kam, Bonnie in Wut einige von Florians Lieblings-CDs zerbrach, ein Glas an die Wand warf, sich beim Einsammeln der Scherben verletzte und in die Hand schnitt und er die kleine Blutung mit seinem Shirt stillen wollte. Schließlich hatte Bonnie Florians Wohnung zornentbrannt verlassen, um in ihrer eigenen zu übernachten.

Künzel hielt die ganze Geschichte in letzter Konsequenz für unglaubwürdig, auch wenn an Bonnies Leiche tatsächlich ein kleiner Schnitt in der rechten Hand festgestellt wurde. Er war überzeugt, dass niemand, der in Wut ein Glas an die Wand warf, die Scherben gleich selbst wieder einsammeln würde. Bestenfalls am nächsten Morgen. So landete Florian im Untersuchungsgefängnis, und Konrad Künzel freute sich, eine Presseerklärung abgeben zu dürfen, da die Oberbürgermeisterin bis auf Weiteres für keinerlei Fragen zur Verfügung stand.

Während Marlene Falck allein in ihrer Villa auf dem champagnerfarbenen Wohnzimmersofa lag, vollgepumpt mit Beruhigungsmitteln, an die Decke starrte und über den Sinn von Geburt und Tod grübelte, befand sich Markus Lorenz in einer Düsseldorfer Entzugsklinik langsam auf dem Wege der Besserung. Die Sinnfrage hatte er inzwischen ausgeklammert, es genügte ihm, sich ans Leben und Überleben zu klammern. Als er sich vor fünf Wochen selbst eingewiesen hatte, hatte er zwar panische Angst vor diesem Schritt verspürt und gewusst, dass es nicht einfach werden würde, aber er wollte es. Und er war sicher, dass er es schaffen würde. So schlimm stand es seiner Meinung nach nicht um ihn, immerhin soff er erst seit einem Jahr, war noch längst nicht im Delirium gestrandet, und es gab genug Leute, die den Ausstieg aus der Sucht nach Jahrzehnten der Abhängigkeit geschafft hatten.

Selten hatte er sich so geirrt. Der erste Tag ging gut, der zweite auch. Er war noch viel zu erschöpft vom knappen Überleben der Neujahrsnacht, als dass er die Energie für eine Sauftour in sich gespürt hätte. Am dritten Tag fand sein Körper wieder die Kraft, Bedürfnisse anzumelden. Markus bekam Durst, einen unbändigen Durst, und der war weder mit Wasser noch mit Tee zu stillen. Er begann zu schwitzen, seine Hände zitterten, ihm wurde übel, er musste sich übergeben, sein Herz raste. Und er fing an zu betteln. Er bettelte die Angestellten der Klinik um ein kleines

Schlückchen an, aus rein medizinischer Sicht, um seine Symptome zu mildern, die den Körper und den Geist zu zerlegen drohten. Dass die Therapeuten sich auf seine Argumentation so gar nicht einlassen wollten und ihm gleichmütig mit der Rechtfertigung entgegentraten, das sei schon der Entzug und nicht die langsame Vorbereitung darauf, machte ihn rasend. Er tobte durch die Flure der Klinik wie ein wild gewordener Stier, bereit, alles auf die Hörner zu nehmen oder unter den Hufen zu zermalmen, was sich ihm in den Weg stellte. Schließlich brach er, wie es der Klinikleiter unaufgeregt prophezeit hatte, vor Erschöpfung zusammen. Danach war und blieb er ruhig. Bis zum nächsten Anfall. Und zum nächsten.

Am Morgen des achten Februar wurde Markus in das Büro des Klinikleiters gerufen. Zu seiner Überraschung saß seine Exlieblingskollegin Elli Schumann auf dem Besucherstuhl und blickte ihm unsicher entgegen. Sie erhob sich nach ein, zwei Sekunden des Zögerns, strahlte erleichtert und umarmte ihn. »Gut siehst du aus, sehr gut!« Markus fragte amüsiert, was sie erwartet hatte: einen total abgemagerten Irren? Der Klinikleiter lachte und ließ die beiden allein. Markus musste Elli erst ganz genau erzählen, wie es ihm in den letzten Wochen ergangen war. Dabei beschönigte er keineswegs den Weg, der schon hinter ihm lag. Doch die Strecke, die er noch vor sich hatte, verkürzte er aus neu gewonnenem Optimismus und aus Rücksicht auf Ellis Mitgefühl.

»Doch genug von mir«, schloss er seinen Bericht. »Wieso bist du hier? Alte Freundschaft? Oder wolltest du sehen, wie mir eine Zwangsjacke steht?«

Elli wurde ernst. »Ich führe einen Auftrag aus, der mir nicht passt, glaube mir. Liest du hier Zeitungen, bist du auf dem Laufenden?«

Markus schüttelte den Kopf. »Bin viel zu sehr mit mir selbst beschäftigt gewesen.«

»Okay, ich mache es kurz. Vor sechs Tagen haben wir im Alten Botanischen Garten die nächste Leiche gefunden. Bonnie Falck, die dreiundzwanzigjährige Tochter unserer Oberbürgermeisterin. Erdrosselt, ein Auge rausgerissen.«

»Scheiße«, entfuhr es Markus.

»Künzel hat noch am gleichen Tag Bonnies Freund verhaftet. Der hat versucht, sich im Untersuchungsgefängnis zu erhängen. Was allerdings kein Schuldeingeständnis war, wie Künzel sich das gewünscht hätte, sondern einfach haltlose Verzweiflung über den Tod seiner Freundin. Inzwischen ist nämlich klar, dass der Junge es nicht gewesen sein kann. Fast genau zum Todeszeitpunkt des Mädchens war eine Streife bei ihm, die der Wohnungsnachbar wegen zu lauter Musik gerufen hatte. Und mit dem Nachbarn hatte er vorher alle zehn Minuten gezankt deswegen. Unglaublich, wir selbst geben dem Jungen sein Alibi und merken es erst vier Tage später. Der Junge hatte sich wegen seines Blackouts an nichts erinnert. So betrunken war er. Stell dir mal vor, wir hätten den Kerl erhängt in seiner Zelle gefunden!«

»Scheiße«, sagte Markus.

»Kannst du auch noch was anderes sagen als Scheiße? Auch wenn ich dir grundsätzlich recht gebe.«

»Warum erzählst du mir das alles?«

»Weil unsere Oberbürgermeisterin dich bittet, in den Dienst zurückzukehren. Sie traut Künzel den Fall nicht zu und will, dass du zurückkommst.«

»Trotz Ohrfeige?«

»Trotz Ohrfeige. Sie war sogar bereit, selbst hierherzufahren, um mit dir zu reden. Da war ich aber gegen. Ich wollte erst sehen, wie es dir geht. Und wenn du mich fragst: bleib hier. Bring deine Therapie zu Ende.«

»Seit wann frage ich dich?«

Elli seufzte. »Das habe ich befürchtet.«

Eine Woche später, es war am 15. Februar, wiederholte sich eine Szene, als hätte das Leben nur eine bestimmte Anzahl von Ereignissen parat und könne lediglich Variationen dieser Geschehnisse anbieten. Während sich für Marlene Falck die Szene im Alten Botanischen Garten in der schrecklichsten Variation wiederholt hatte, wurde Anna an diesem Abend von einem ihr bekannten Murmeltier mit vergleichsweise harmloser Botschaft gegrüßt.

Sie packte gerade eine Reisetasche, um mit Christian ein verlängertes Wochenende an der Küste Dänemarks zu verbringen. Ihre Vorlesungen und Seminare an der Uni hatte sie sich zu Beginn des Semesters auf dienstags bis donnerstags verteilt, sodass sie über lange Wochenenden verfügen konnte. Anna liebte Dänemark im Winter, speziell in der Nachsaison, wenn weder Einheimische noch Touristen die Dünen und Strände bevölkerten und abends, wenn man im Haus den Kamin anzündete, die Nacht draußen so finster war wie das Innere eines schwarzen Handschuhs.

Anna legte gerade ihren Kosmetikbeutel auf die sorgfältig zusammengepackte Winterkleidung, als sie hörte, wie die Tür ihrer kleinen Hamburger Stadtvilla aufgeschlossen wurde. Sie sah überrascht auf die Uhr, es war nicht mal sechs. Das konnte nur Christian sein, der entgegen seiner Gewohnheit früher nach Hause kam als geplant. Mit ernster Miene erschien er im Türrahmen zum Schlafzimmer, blickte bedauernd auf Annas Reisetasche und meinte: »Ich kann nicht mit nach Dänemark. Ich muss nach Göttingen.«

Anna ließ sich aufs Bett fallen. Nicht schon wieder! »Ich denke, Markus ist in der Klinik?«

»Nicht mehr. Er hat sich selbst entlassen.«

»Viel zu früh.«

»Es gibt einen guten Grund. Eine neue Leiche. Die Tochter der Oberbürgermeisterin. Sie hat ihn angefleht, wieder zurückzukommen, weil sein Nachfolger ein Idiot ist.«

»War das nicht die Frau, die er geohrfeigt hat?«

Christian nickte: »Aber jetzt sind sie ein Herz und eine Seele.«

»Und was hast du damit zu tun?«

»Markus hat mich mit Unterstützung der Oberbürgermeisterin über das BKA ganz hochoffiziell als Berater angefordert.«

»Na, viel Spaß. Der noch nicht trockene Alkoholiker und die geohrfeigte Politikerin. Schönes Paar. Und du machst einen auf Schiller.«

Mit fragendem Blick sah Christian sie an.

»So sei ich, gewährt mir die Bitte, in eurem Bunde der Dritte.«

Christian setzte sich neben Anna aufs Bett und legte den Arm um sie. »Bist du sauer?«

»Nein.«

»Kommst du mit?«

Anna stand auf und zog entschlossen den Reißverschluss ihrer Tasche zu.

»Ich fahre wie geplant morgen früh nach Dänemark und suche mir einen neuen Liebhaber. Jung, knackig und arbeitslos.«

Christian fasste sie von hinten am Gürtel und zog sie wieder zu sich aufs Bett. Sein Zug ging erst am nächsten Morgen.

Der Mörder saß am Tisch und schrieb in sein Buch. Die Hand war verkrampft, man konnte das leise Kratzen des Füllfederhalters hören, als die Worte mit schwarzer Tinte ins Papier graviert wurden.

Ich will nicht! Das nicht! Das Blut klebt an meinen Händen, sosehr ich auch schrubbe. Es riecht metallisch, der Geruch geht nicht weg! Ich kann das nicht! Warum ich? WARUM?

Bin ich verdammt? Wegen meines Namens? Oder wegen meiner ersten Leidenschaft? Wieso MUSS ich es tun? Wieso suchen sie MICH heim? Nacht für Nacht, Schlaf für Schlaf setzen sie sich auf mich und FICKEN mich, lachend, sie verspotten mich, ich hasse sie, aber wenn sie NICHT kommen, in der Nacht, dann fühle ich mich betrogen um die verderbte Lust, die sie mir verschaffen.

Der Mörder legte den Füllfederhalter weg und sah auf die Sätze, die er geschrieben hatte. Auf seiner Oberlippe stand Schweiß. Er schluckte. Er hob den Blick vom Buch und stierte auf das Auge in einem mit Formaldehyd angefüllten Einmachglas. Er dachte an die ehemalige Besitzerin des Auges. Er hatte sie gekannt, diese arrogante Kuh von Bürgermeistertochter. Die ganze Stadt kannte sie. Auf dem letzten Stadtfest war er ihr zum ersten Mal begegnet. Sie hatte ihn angerempelt, und anstatt sich zu entschuldigen, hatte sie ihn bepöbelt und verächtlich angesehen. Mit diesem Auge und dem anderen. Den Augen, die nicht weinten. In der Nacht, ihrer letzten Nacht, als sie ihm buchstäblich in die Hände lief auf einem seiner Streifzüge, hatte sie ihn sogar ausgelacht, als er sie ansprach. Obwohl er nur nett sein wollte. Seit dem Stadtfest folgte er ihr gelegentlich. Dass sie in jener Nacht die Wohnung ihres Freundes verlassen würde, damit hatte er nicht gerechnet. Aber er hatte die Chance wahrgenommen. Und ihr alle Chancen gegeben. Er war nett gewesen, wirklich nett. Sie hingegen betrunken und unflätig.

»Es ist kein schlimmeres Haupt als das Haupt der Schlange. Und es ist kein Zorn (schlimmer) als der Zorn der Frau. Mit dem Löwen und dem Drachen zu verweilen, wird (einem) lieber sein, als mit einer liederlichen Frau zu wohnen. Gering ist alle Bosheit gegen die Bosheit der Frau.«

Da hatte er sofort gewusst, dass sie eine von denen war. Kein Respekt vor Männern, nicht einmal Furcht. Genau wie die kleine Joggerin, die er beobachtet hatte, als sie sich mit einer Gruppe Halbstarker anlegte. Beide hatten kein Mitleid verdient, auch nicht die Erste. Die Erste hatte ihn richtig wütend gemacht. Sie hatte alles darangesetzt, ihn zu verführen, hatte die Beine gespreizt, damit er sie nicht tötete. Er verfiel ihr, sein Verstand setzte aus. Wie in einem Anfall nahm er sie, kurz und heftig. Dann hatte er sich mit dem Messer gerächt, für ihre Attacke auf seine Seele und seinen Körper.

»Jeder wird von seiner Begierde versucht, weggezogen und angelockt. Dann gebiert die Begierde, wenn die Begierde schwanger geworden ist, die Sünde. Die Sünde aber, wenn sie vollbracht ist, gebiert den Tod.«

Die Zweite war ohnmächtig, als er sie genommen hatte. Sie konnte ihm nichts tun. Die Bürgermeistertochter hatte sich am meisten gewehrt. Bonnie hieß sie. Das stand einmal in der Zeitung, als sie mit ihrer Mutter abgebildet war. Bonnie hatte ihn angespuckt. Lange musste er sich waschen, als er frühmorgens nach Hause kam. Er wusch sich immer sehr gründlich, damit garantiert nichts von denen an ihm klebte. Kein Blut und kein anderer giftiger Saft.

Der Mörder starrte das Auge an. Das Auge starrte zurück. Es war nicht einfach gewesen, es aus der Höhle zu nehmen. Er hatte es sogar abstoßend gefunden. Aber er musste es tun, und es war eine faire Chance gewesen für Bonnie. Er hatte sich gedacht, wenn er das linke Auge herausnahm, würde es wehtun, und sie könnte vielleicht mit dem rechten weinen. Drei Tränen. Nur drei!

Wenigstens eine! Dann hätte er sie gehen lassen. Er zückte den Füllfederhalter und trug in sein Buch ein:

Ich war gnädig. Was hätte ich denn sonst noch tun können? Ich war korrekt. Ich habe sie gebeten. Ich habe sie beschworen.

»Ich beschwöre dich bei den bittersten Tränen, die von unserem Heiland und Herrn, Jesus Christus, am Kreuz zum Heil der Welt vergossen wurden und bei den heißesten Tränen der glorreichsten Jungfrau Maria, seiner Mutter, die sie über seine Wunden in der Abendstunde hat fließen lassen, und bei allen Tränen, welche hier in der Welt alle Heiligen und Auserwählten Gottes vergossen haben, und von deren Augen (Gott) jetzt jede Träne abgewischt hat, dass du, sofern du unschuldig bist, Tränen vergießest; wenn schuldig, keinesfalls. Im Namen des Vaters, des Sohnes und des Heiligen Geistes. Amen.«

Sie hätte zwar ein Auge weniger gehabt, aber sie hätte gelebt. Ein anständiger Preis. Aber nicht eine einzige Träne hatte sie vergossen. Da gab es kein Zurück.

Ich will dir doch nur helfen, das eine Auge, scheiß drauf, BABY, ich nehme es, um dir zu helfen, wein, wein, du Schlampe, ich wusste es, du kannst es nicht, du gottverdammte Schlampe, fass mich bloß nicht an, du Sau, du kranke!

Er hatte sie töten müssen. Nur nehmen konnte er sie nicht. Ihre Füße waren zusammengebunden, und es wurde hell. Er hatte keine Zeit mehr. Er hatte sie kurz angefasst, aber nur mit den Handschuhen. Schnell in seine Hose abgespritzt. Nur wegen des Sieges. Es war ein gutes Gefühl.

Der Mörder starrte das Auge an. Das Auge starrte zurück. Verächtlich. Da nahm er es mit drei Fingern aus dem Glas, ging zur Toilette und spülte. Sollten sich doch die Kanalratten darum kümmern.

Christian traf im ZKD, dem Zentralen Kriminaldienst Göttingen, am Freitagmorgen kurz nach zehn ein. Er hatte sich im Zug dorthin wiederholt gefragt, ob er die richtige Entscheidung getroffen hatte. Markus hätte sicher auch noch bis Montag oder Dienstag auf ihn verzichten können. Und Anna wäre nicht enttäuscht gewesen. Andererseits spürte er, wie sehr ihn diese Morde interessierten. Seine Hamburger Soko war seit Mitte November ohne herausfordernde Aufgabe geblieben, und Schulung der Nachwuchskräfte war nun wirklich nicht sein Ding. Christian wollte auf die Straße, er wollte jagen und erlegen. Außerdem verspürte er Lust, etwas Zeit mit seinem alten Kumpel zu verbringen, den er mehr vernachlässigt hatte, als es ihrer Freundschaft zustand.

Markus begrüßte Christian erfreut und nahm ihn erst einmal in seinem Büro beiseite: »Gut, dass du da bist. Ich stehe hier auf verlorenem Posten. Alle sind gegen mich außer Elli. Künzel, der kleine Sesselpuper, macht Front. Ich brauche dich, Alter, wirklich!«

Besorgt bemerkte Christian, wie nervös sein Freund war. Markus hatte in der Klinik einige Kilo verloren, sah eingefallen und übernächtigt aus. Seine Hände zitterten, die Augen flirrten unruhig hin und her. Von der früheren Souveränität keine Spur mehr. Er nahm Christian mit in den Sitzungsraum, wo eine Versammlung einberufen war, um ihn vorzustellen und in die Fälle einzuführen. An den Tischen hatten vier Männer und eine Frau Platz genommen und signalisierten mit missmutigen Mienen, dass sie schon geraume Zeit warteten. Christian konnte sich gleich denken, welcher von den Männern Künzel war: Ein Endzwanziger, auf eine bestürzende Art unauffällig, wäre da nicht seine mangelnde Größe gewesen, saß mit verschränkten Armen und blasierter Miene mit dem Rücken zur Fensterfront und zeigte deutlich seinen mangelnden Respekt vor Markus wie auch Ablehnung dem Gast gegenüber.

Christian gab allen die Hand und versuchte, sich die Namen

zu merken. Elli Schumann und Konrad Künzel waren kein Problem, die waren ihm schon aus Markus' Erzählungen ein Begriff. Außerdem lernte er noch Henning Prell kennen, Anfang vierzig, Carsten Grewe und Egon Sachs, beide Mitte/Ende dreißig. Was Christian auf den ersten Blick an Markus' Männern auffiel, waren ihre rosa Hemden, in unterschiedlichen Tönen und Intensitäten zwar, dennoch erweckten sie nebeneinandersitzend den Eindruck einer kleinen Schweinefamilie. Zumal Henning leicht übergewichtig war und Egon nicht anders als fett zu nennen. Nur Künzel trug unter seinem nicht billigen, aber dennoch schlecht sitzenden Anzug ein weißes Hemd und wirkte einigermaßen sportlich.

Wie üblich begegnete man Christian, dem vermeintlichen Besserwisser von außen, reserviert. In den letzten beiden Jahren hatte Christian mit den verschiedensten Revieren in ganz Deutschland zusammengearbeitet und dabei immer wieder ähnliche Erfahrung gemacht. Erst mal Distanz. Manche Klischees hatten sich bestätigt, in anderen Bundesländern hatte er angenehme Überraschungen erlebt. Die Saarländer beispielsweise waren uneitel und kooperativ gewesen, während sich die bayerischen Kollegen erwartungsgemäß stur und verschlossen den Hamburgern gegenüber gezeigt hatten. Hier in Göttingen war das Nord-Süd-Gefälle nicht so groß wie die Welten zwischen Schweinshaxe und Fischbrötchen, sodass Christian auf nicht allzu große Ressentiments hoffte. Dennoch lächelte ihn nur Elli, die einzige Frau in der fünfköpfigen Truppe, warmherzig an. Was auch an Christian Beyers attraktiver Männlichkeit liegen mochte: dunkle Locken, blitzende grüne Augen, ein ausdrucksstarkes Gesicht, in dem jede einzelne Falte von Lebenserfahrung sprach, und eine hochgewachsene, sportliche Figur. Bei so vielen Vorzügen sahen fast alle Frauen über seine zerbeulten Cordsakkos, die ungebügelten Hemden und die stets schmutzigen Schuhe hinweg.

Alle setzten sich. Markus mit Christian ans Kopfende. An der Wand waren die Fundortfotos und Aufnahmen von sichergestellten Spuren angepinnt. Vor jedem Sitzplatz auf dem Tisch lag ein

Dossier mit dem Ermittlungsplan, den Zeugenvernehmungen und den Berichten der Rechtsmedizin. Markus führte Christian mit ein paar offiziellen Worten ein. Christian selbst erzählte in knappen Sätzen von der vor zwei Jahren durch das Innenministerium gebildeten »Soko Bund«, die – mit Sitz in Hamburg, aber häufig auf Achse in ganz Deutschland – aufgrund ihrer länderübergreifenden Befugnisse in besonderen Fällen alle Möglichkeiten ausschöpfen konnte, um Kommunikations- und Verfahrensfehler sowie Reibungsverluste durch Kompetenzgerangel zu vermeiden.

Künzel gab sich desinteressiert, die Story kannte er schon, und er wollte sich keinesfalls beeindruckt zeigen von Wörtern wie Befugnis, Kompetenz und Kommunikation. Als Markus dann Elli bat, die bisherigen Morde und den Stand der Ermittlungen vorzutragen, war er sichtlich verärgert. Zwar war er der Jüngste in der Truppe, aber nichtsdestotrotz nach Markus der Ranghöchste. Markus' Bevorzugung von Elli hatte ihn dem Hamburger gegenüber deutlich herabgesetzt, was auch die drei kleinen Schweinchen mit missbilligenden Blicken untereinander quittierten.

Elli stand auf und ging zur Pinnwand.

»Wir haben bislang drei tote Frauen. Die erste Leiche, aufgefunden am Morgen des 1. November 2006 im Alten Botanischen Garten ...« Sie zeigte mit einem Laserpointer auf das entsprechende Foto an der Pinwand. »... Fundort entspricht der Spurenlage nach auch dem Tatort. Das Opfer heißt Juliane Effenberg, 22 Jahre jung, geboren in Goslar. Seit 2003 in Göttingen wohnhaft, arbeitete als Verkäuferin in der hiesigen Bäckerei ›Backwahn‹. In der Nacht vom 31. Oktober auf den 1. November befand sie sich mit Freunden auf einer Halloweenparty an der Göttinger Uni. Ihre Freunde haben nicht mitbekommen, wann und mit wem sie die Party verlassen hat, was aber nichts Ungewöhnliches darstellte, da Juliane häufiger den, wie ihre Freunde sagen, ›französischen Abgang‹ wählte. Der Alte Botanische Garten liegt zwischen der Uni und Juliane Effenbergs Wohnung, sodass sie vermutlich eine Abkürzung genommen hat und dort auf ihren Mörder stieß. Falls sie ihn nicht schon auf der Party traf. Sie wurde laut rechtsmedizinischem Gutachten durch 27 verschieden tiefe Messerstiche, verteilt über den ganzen Körper, verletzt. Es gab unterblutete Fingermale am Hals, das Opfer wurde gewürgt, doch der Tod trat durch Verbluten ein. Sie wurde post mortem vergewaltigt und nackt aufgefunden. Ihre Sachen wie Handtasche und Kleidung wurden vom Täter mitgenommen. Näheres über die Art der Verletzungen und die Bestimmung des Todeszeitpunkts entnehmen Sie bitte dem Dossier.«

Elli hatte sich direkt an Christian gewandt, der zustimmend nickte. »Bevor ich die ganzen Zeugenaussagen durchwühle, eine Zwischenfrage«, bat er. »Den Verletzungen nach zu urteilen ist jede Menge Blut geflossen. Zweifelsohne hat der Täter davon etwas abbekommen. Gab es niemandem, dem ein blutverschmierter Passant aufgefallen ist? Oder hat sich der Mörder in dem Teich eventuell gewaschen? Habt ihr da Spuren gefunden?«

»Auf der Halloweenparty wurden um Mitternacht Hunderte von Litern Kunstblut versprüht«, ergänzte Egon. »Danach liefen ich weiß nicht wie viele Leute durch Göttingen, als kämen sie gerade frisch von der Schlachtbank. Unser Täter wäre nicht mal aufgefallen, wenn er nach dem Mord zur Uni gegangen und bis zum Morgengrauen auf der Tanzfläche rumgetobt wäre.«

Christian nahm diesen unliebsamen Umstand zur Kenntnis und fragte sich, ob das ein für den Mörder passender Zufall war oder Teil seines Plans. Aber vor den ersten Spekulationen wollte er den Rest hören und bat Elli fortzufahren.

»Das zweite Opfer wurde am frühen Morgen des 22. Dezember von einer Spaziergängerin im Schwänchenteich am Park Albani-Friedhof entdeckt. Claudia Schmidt aus Bielefeld, 24 Jahre alt, seit 2005 Studentin der Soziologie in Göttingen. Laut Zeugenaussagen joggte sie jeden Morgen gegen sieben Uhr den Wall entlang. Sie wurde von hinten stranguliert, vergewaltigt, gefesselt und im Teich ertränkt. Sie war ebenfalls nackt, persönliche Gegenstände und Kleidung wurden nicht gefunden. Das dritte Opfer, Bonnie Falck, 23 Jahre alt, Studentin der Politik- und Geschichtswissenschaften, wurde auch im Alten Botanischen Garten entdeckt, und zwar am Morgen des 2. Februar. Gefesselt an den Füßen, geknebelt, das linke Auge herausgerissen, danach erdrosselt. Nicht vergewaltigt. Angezogen, Umhängetasche samt Inhalt und Kleidung verblieben am Tatort. Es schien nichts zu fehlen. In allen Fällen keine Augenzeugen, keine verwertbaren Fingerabdrücke, weder Sperma noch Haare oder sonst etwas, das uns weiterbringt. Spuren von Laufschuhen der Marke Adidas in Größe 44 wurden an zwei Tatorten gefunden, sind allerdings viel zu weit verbreitet, als dass sie einen echten Hinweis darstellen würden. Die drei Tatorte sind mit Fußspuren übersät, auch mit Kippen, Getränkedosen, Taschentüchern, Kondomen und dem ganzen anderen Unrat, den Menschen in öffentlichen Räumen hinterlassen.«

Elli setzte sich erschöpft wieder hin, als habe das begleitende Zeigen auf die entsprechenden Fotos an der Pinwand sie völlig ausgelaugt.

»Kannten die Frauen sich?«, wollte Christian wissen.

Markus verneinte: »Göttingen ist zwar klein, aber so klein nun auch wieder nicht. Das Einzige, was wir finden konnten, ist ein Student, der mit dem dritten Opfer befreundet war und dem zweiten vor Monaten mal flüchtig auf einer Party begegnet ist. Zwischen den Frauen selbst konnten wir bislang keinerlei Verbindung feststellen.«

Das rosa Hemd namens Carsten erhob sich und goss allen Kaffee ein. Auch Christian. Dann reichte er Zucker und Milch herum und bot beides zuerst dem Gast an. Christian stellte diese Höflichkeiten zufrieden fest. Dann setzte sich Carsten wieder. »Die Opfer sind alle im gleichen Alter, aber vom Aussehen her völlig unterschiedliche Typen. Da lässt sich also keine Fixierung ableiten.«

Henning meldete sich zu Wort: »Aber alle stehen in einer Verbindung zur Uni. Zwei waren Studentinnen, eine war auf einer Uniparty, wo sich hauptsächlich Studenten rumtreiben. Es liegt also doch nahe, dass wir unseren Mörder erst einmal unter Studenten suchen sollten.«

»Oder unter Dozenten oder unter …«, warf Christian kritisch ein.

»… unter Assistenten, Hausmeistern, Technikern, Zulieferern, Köchen und was sonst noch so alles kreucht und fleucht an einer Uni«, ergänzte Konrad mit verschlossener Miene. »Falls es nicht jemand ganz anderes war. Ein Stadtgärtner beispielsweise. Botanischer Garten, Albani-Park … Vielleicht arbeitet der Typ da, und greift sich ab, was vorbeikommt.«

»Ganz zufällig in der Nacht? Wo er übereifrig auf seinen Schichtbeginn wartet?«, fragte Egon skeptisch.

Künzel zuckte mit den Schultern. »Keinen Schimmer.«

Christian war absolut Konrads Meinung: »Wir wissen noch viel zu wenig. Kennt der Täter die Opfer? Wählt er sie planvoll aus oder zufällig? Ist es überhaupt ein Täter oder sind es mehrere?«

»Die verschiedenen Tötungsarten könnten zwar auf unterschiedliche Täter hindeuten, dennoch halte ich es allein schon rein statistisch für unwahrscheinlich, dass sich zur gleichen Zeit zwei oder gar drei Mörder in Göttingen über junge Frauen einer ähnlichen Altersstruktur hermachen«, meinte Carsten.

»Es sei denn, sie arbeiten zusammen«, gab Elli müde zu bedenken.

»Eine organisierte Killergruppe mit dem Ziel, die gebärfreudigen Frauen Göttingens auszurotten? Klingt nach weiblicher Paranoia, Elli, sorry«, spottete Henning.

Sofort wurde er von Markus angeknurrt, der dem Reflex erlag, seine einzige Verbündete in Schutz zu nehmen: »Klappe, Henning, wir sind hier nicht im Kasperletheater.«

Christian versuchte, ein wenig Schärfe aus der Kommunikation zu nehmen. »Wir dürfen nichts außer Acht lassen. So abwegig uns bestimmte Versionen zu Anfang auch erscheinen mögen, die Wirklichkeit kümmert sich einen Dreck um unsere Versuche, sie zu kategorisieren. Wahrscheinlichkeiten sind rein mathematische Größen, wir haben es meist mit den Ausnahmen von der Regel zu tun. Allein schon aus psychologischen Gründen. Wir suchen Menschen, die eben nicht ticken wie die Norm.«

»Dennoch gibt es auch über unsere Klientel statistisch gesicherte Erkenntnisse. Serienkiller arbeiten meist allein, sind männlich, häufig vorbestraft, zwischen Mitte zwanzig und …«, warf Künzel ein.

»Danke, Konrad. Aber das ist Christian und auch uns alles wohlbekannt«, unterbrach Markus seinen Untergebenen scharf.

Augenblicklich trat Stille ein. Die Feindseligkeit zwischen den beiden Männern war fast körperlich spürbar. Christian fiel auf, wie unwohl sich die drei rosa Hemden auf diesem Schlachtfeld der Eitelkeiten fühlten. Carsten blickte verlegen auf die Tischplatte, Egon zupfte ein paar Fusseln von seiner Strickjacke, und Henning versteckte sich hinter einem großen Stofftaschentuch, in das er äußerst geräuschvoll schnäuzte. Christian wusste, dass diese kippelige Situation die Arbeit unnötig erschweren würde. Markus und Konrad würden ihr Problem klären oder verschieben müssen. Christian hatte keinen Bock auf diesen Kindergarten, obwohl er sich noch gut an seinen eigenen erinnerte: Als die Soko Bund gegründet worden war, hatte ihm das BKA als Aufpasser den jungen, halbamerikanischen Profiler Pete in sein ansonsten eigenhändig verlesenes Nest gesetzt. Er hatte den Kerl von Anfang an nicht ausstehen können. Christian besaß damals allerdings den Vorteil, dass seine Leute wie ein Mann hinter ihm standen. Markus konnte sich dieser Solidarität nicht sicher sein. Im Gegenteil. So wie Christian das sah, würde die Waage eher zu seinen Ungunsten ausschlagen. Vor allem, wenn er sich weiterhin so ungnädig den Kollegen gegenüber benahm.

»Markus, so geht das nicht«, fuhr er seinen Kumpel dann auch an, als sie zurück in dessen Büro waren. »Du beleidigst diesen Künzel, indem du Elli, das unterste Glied in der Truppe, deinen Vortragsjob machen lässt, und ihn dann noch abkanzelst wie ein kleines Kind. Dazu schnauzt du wie ein Irrer diesen Henning an … Was soll das?«

Markus hob seine beiden Hände in die Höhe. Sie zitterten wie

Espenlaub. »Hier, sieh dir das an! Ich bin fertig, Christian, ich pack's nicht.«

»Deswegen hast du dich nicht nach vorne an die Pinwand gestellt? Feigling!«

»Ich will nicht, dass alle sehen, wie ich zittere. Ich bin ein Wrack. Ich hab die Leute nicht im Griff, ich hab nicht mal meine Hände im Griff!«

Christian wurde sauer: »Dann hättest du in der Klinik bleiben sollen!«

Kraftlos sackte Markus in sich zusammen und barg die Hände ins Gesicht. »Du hast ja keine Ahnung«, sagte er leise. »In der Klinik ging es mir ganz okay, ich war wieder einigermaßen in der Spur. Aber der Chef dort hat recht gehabt. In der Klinik bekommst du morgens, mittags und abends dein Essen hingestellt. Du wirst rundum beschäftigt mit Therapien, einzeln oder in Gruppe, mit Sport ... Du kommst kaum zum Nachdenken. Aber wenn du die Klinik verlässt, tut sich eine ganz andere Hölle auf. Die unendliche kalte Hölle der Leere, die du kennst. Aber du bist gewohnt, diese Leere mit Alkohol aufzufüllen. Und jetzt? Nichts. Ein großes Nichts, das dir Angst macht, ein schwarzes Loch, das dich schwitzen und zittern lässt.«

Christian stand mit verschränkten Armen an die Wand gelehnt und sah auf die Reste seines Freundes hinab, der wie ein nasser Waschlappen in seinem Chefsessel hing und diesen nicht mehr auszufüllen vermochte. Er fühlte kein Mitleid, stattdessen kroch Wut in ihm hoch. Dieses Überbleibsel eines Freundes, er vermisste den Widerpart. Im November letzten Jahres erst war ihm Anna als Sparringspartner weggebrochen, wochenlang war sie nur noch eine Attrappe der von ihm so geliebten selbstbewussten, starken Anna gewesen, bis sie endlich wieder zu sich zurückfand. Ihm hatte in der Zeit der Gegner gefehlt, mit dem er freundschaftlich raufen konnte, wenn er es brauchte, dem er in verbalen Scharmützeln mal die Fresse polieren durfte ohne Rücksicht auf Verluste. Deswegen hatte er sich im Dezember so auf Markus gefreut. Stattdessen war er auf ein Wrack getroffen.

Ein weinerliches Wrack, das sich nicht mal die Mühe gab, Unversehrtheit nach dem Crash vorzutäuschen. Christian wusste, dass er egoistisch war. Und mitleidlos. Er fragte sich plötzlich, wieso. Ging er tatsächlich immer unbeschadet aus allem hervor, aus den Enttäuschungen, kaputten Beziehungen, aus diesen ganzen Fällen, dem Grauen, dem Tod, dem Wahnsinn? Was war mit ihm? War er völlig abgestumpft? Oder war er schon in die Kälte hineingeboren? In diesem schäbigen Haus mit Außenklo im versifften Kleinstadtgetto. Wo er zu früh zur Welt kam, weil seiner Mutter eine Ratte über den Fuß huschte und vor Schreck und Ekel bei ihr die Wehen einsetzten. Wo Mitschüler mit fünfzehn Jahren an Heroin verreckten, mit siebzehn auf der Baustelle vom Kran erschlagen wurden, sich mit achtzehn beim Motorradunfall um einen Baum wickelten und mit zwanzig elend verbrannten, weil sie besoffen im Bett geraucht hatten und dabei eingeschlafen waren. Was sollte ihn noch erschüttern? Pädophile? Folterer? Frauenmörder? Ach Gott. Wenn es ihn denn gäbe, woran Christian nicht glaubte. Was würde der schon tun?

»Reiß dich zusammen, oder steig aus und überlass die Ermittlungen einem anderen«, sagte er kühl.

Markus riss sich zusammen. »Mit deiner Hilfe schaffe ich es. Okay?«

»Wir müssen mit deinen Leuten zusammenarbeiten. Nicht gegen sie. Wir sind eh viel zu wenige. Sonst bin ich weg.«

Markus nickte wieder schwach, was Christian noch mehr verärgerte. Früher hätte Markus auf eine solch billige Drohung mit Verachtung reagiert. Wo war dieser Berserker von einem Mann, mit dem er sich gemessen, gestritten und geprügelt hatte? Dieser felsenfest von sich selbst überzeugte Kerl, der alle anderen mit dem Charme einer oft fröhlichen, manchmal wahnwitzigen Verwegenheit für sich einnahm? Hatte er das alles unwiderruflich in Alkohol ersäuft? Oder würde er irgendwann wieder der Alte sein?

»Ich werde mir jetzt die Kopien der Akten einpacken und übers Wochenende nach Hause fahren, um mich mit meinen Leuten zu besprechen. Am Dienstagmorgen bin ich wieder hier.

Ohne gründliche Einarbeitung kann ich sowieso nicht vernünftig helfen. Zwischen den Morden liegen jeweils fünf bis sieben Wochen. Es ist also unwahrscheinlich, dass in den nächsten Tagen was passiert. Ruh du dich aus, krieg deine Nerven in den Griff. Die anderen sollen am Wochenende bitte alle ihre Versionen und Ideen notieren, muss nicht geordnet sein, einfach Brainstorming zu den Tatorten, den Vorgehensweisen, möglichen Motiven ...«

»Glaubst du, wir sind schon so weit, dass das Sinn macht?«

»Schaden tut es nicht. Hab ich von Anna. Das freie Spiel der assoziativen Kräfte. Manchmal ist was Beklopptes dabei, was ins Schwarze trifft.«

Als Christian mit einer riesigen Tasche voller Akten auf den Flur trat, um zum Bahnhof zu gehen, begegnete er Henning an der Kaffeemaschine. Christian nickte ihm freundlich zu und wollte an ihm vorbeigehen.

»Herr Beyer, auf ein Wort ...«

Christian blieb stehen. »Ich heiße Christian, und ich denke, wir sollten uns duzen. In den nächsten Wochen werden wir so eng zusammenarbeiten, dass kein Auge trocken bleibt. Förmlichkeiten helfen da wenig.«

»Gerne. Ich bin Henning. Haben wir einen sehr schlechten Eindruck auf Sie gemacht in der Sitzung?« Henning wirkte unsicher.

»Na ja ...« Christian grinste. »Die rosa Hemden, ich weiß nicht ... Muss ich mir auch eins kaufen?«

Erleichtert lächelte Henning. Er war Christian dankbar, dass er nicht den Finger in die Wunden legte, auch wenn Henning ihm das angeboten hatte. »Warte mit dem Kaufen. Wir haben alle eins von Elli geschenkt bekommen. Gestern hat sie uns eingeschärft, zu Ehren des neuen Kollegen aus Hamburg anständig angezogen zu kommen. Da haben wir uns zum Spaß auf unsere Schweinchenhemden geeinigt. Elli hat's gefallen. Wenn du nett zu ihr bist, schenkt sie dir auch eins!«

»Ich betrachte das als Drohung! Was ist mit Konrad? Ist der nicht in die Kleiderordnung eingebunden?«

Henning verstand sehr wohl, dass Christians leichthin geäußerte Frage auf die Solidarität in der Truppe abzielte, so albern der äußere Anlass hier auch sein mochte. »Der hat auch eins, Elli ist gerecht. Und er wurde von uns informiert. Aber er wollte sich nicht lächerlich machen vor dem Großstädter.«

»Und Markus?«

Henning lachte. »Der hat mindestens drei. Aber er ist der Einzige, dem Elli verzeiht, wenn er sie nicht trägt.«

Christian reichte Henning die Hand: »Wir sehen uns am Dienstag. Ich hoffe, ihr habt ein ruhiges Wochenende.«

»Bis dann. Auf gute Zusammenarbeit.« Henning schüttelte die Hand kräftig. Vielleicht würde es mit den Göttingern doch besser laufen als befürchtet, dachte Christian, als er mit dem Taxi zum Bahnhof fuhr.

Anna joggte am menschenleeren Strand entlang und lauschte dem Rhythmus ihrer Schritte, ihres Atems und der Brandung. Sie fühlte sich wohl, spürte genussvoll die Kraft in ihrer Muskulatur, den Sauerstoff, der durch ihre Adern gepumpt wurde, den Wind, der an ihren langen braunen Haaren zerrte und ihr erfrischend feuchte Luft ins Gesicht peitschte. Die Enttäuschung, dass Christian nicht mitgekommen war, war inzwischen einer tiefen Freude gewichen, mal wieder ein paar Tage allein zu verbringen. Nur Natur, Sauna, Whirlpool, ein gutes Buch, ein paar spannende DVDs und ein großes Bett, in dem niemand schnarchte. Anfang November, nach dem Abschluss des letzten Falles, in den sie sich hatte hineinziehen lassen, war sie eine Woche lang allein auf die Kanaren geflogen, um sich zu sortieren und zu entscheiden, in welcher Form sie mit dem erlebten Grauen umzugehen gedachte. Sie war zurückgekehrt mit dem Entschluss, sich nicht wieder in die Knie zwingen zu lassen, sich ihren Schuldgefühlen zu stellen und auch und gerade der Beziehung zu Christian nicht auszuweichen. Seitdem hatten sie jede Nacht zusammen verbracht, er war bei ihr eingezogen, und es ging ihnen überraschenderweise besser denn je. Dennoch konnte es nicht schaden, mal wieder drei Tage allein in den Himmel zu sehen und mit sich selbst zu schweigen.

Als sie über die Dünen zurück zum Haus trabte, sah sie ein Auto neben der Terrasse geparkt. In einer windgeschützten Ecke saßen in wackligen Plastikstühlen Christian, Volker und Pete.

»Was macht *ihr* denn hier?«

Christian erhob sich und küsste sie auf den verschwitzten Hals.

»Wir besuchen dich. Pete war noch nie in Dänemark, und Volkers Wochenenden sind öde, wenn er nichts zu tun hat. Da hab ich gedacht, ich bring sie mit. Das Haus ist doch groß genug. Tagsüber arbeite ich mit den Jungs, abends kochst du uns was, und nachts belohne ich dich dafür.«

»Na toll.« Anna zog den Hausschlüssel hervor, den sie an einer

Schnur unter ihrer Funktionswäsche trug, und schloss auf. Volker holte das Gepäck aus dem Wagen. Anna wies Pete eines der leer stehenden Zimmer im Erdgeschoss zu, Volker entschied sich für die Hems, den offenen Schlafboden im Wohnzimmer, weil er von dort aus das Meer sehen konnte.

»Freust du dich, dass ich hier bin?«, fragte Christian. Er war ihr ins Badezimmer gefolgt, wo Anna sich auszog, um zu duschen.

Anna zog eine Grimasse: »Sieht man das nicht?«

»Wir können auch wieder fahren. Ich dachte nur ...«

Anna unterbrach ihn, indem sie ihm die Jacke auszog und das Hemd aufknöpfte. »Vergiss es, ich freue mich ja. Willst du mit mir duschen?«

Noch bevor Christian bejahen konnte, steckte Volker seinen Kopf herein: »Schon gemerkt? Wir sind zu viert. Spielen wir heute Abend Doppelkopf?«

Die nackte Anna warf ihm ein Stück Seife an seinen kahlen Schädel, woraufhin Volker sich grinsend zurückzog.

Eine Stunde später saßen alle am Tisch versammelt und nahmen ein spätes Frühstück ein. Anna konzentrierte sich mit großem Appetit auf das Essen, während Christian mit Pete und Volker die Göttinger Morde besprach. Volker, ein turmlanger, asketischer Typ mit Glatze und seltsamen Angewohnheiten, war der Fallanalytiker der Soko Bund, ein brillanter Denker, dem kein noch so unwichtig scheinendes Detail entging. Pete sollte sich als Profiler ein Bild von den unterschiedlichen Vorgehensweisen des Täters machen und sich eine Meinung darüber bilden, ob sie es womöglich doch mit mehreren zu tun hatten. Entsprechend verteilte Christian die Aktenstapel. Er selbst teilte sich mit Pete die Befunde aus der Rechtsmedizin, um dann zu tauschen. Jeder zog sich in eine Ecke des rustikalen Holzhauses zurück und begann zu lesen, Anna lümmelte sich mit ihrem Dostojewski in einen großen Fernsehsessel mit ausziehbarer Fußstütze. Sie liebte Dostojewski. Dennoch wanderte ihr Blick immer wieder auf den letzten Aktenstapel, der verwaist auf dem Küchentisch lag und von Christian nicht verteilt worden war. Schließlich konnte sie ihre Neugier nicht mehr zügeln.

»Was sind das für Akten, Christian? Unwichtig?«

Christian lag unweit von ihr auf dem Sofa. »Es gibt keine unwichtigen Akten«, meinte er, ohne von seinen Unterlagen hochzublicken.

»Und warum lest ihr die dann nicht?«

Nun setzte sich Christian auf, legte seinen Stapel beiseite und grinste Anna an. »Ich dachte, die wären vielleicht was für dich. Aussagen über die Opfer. Was sie gemacht haben, wo sie herkommen, wie sie drauf waren. Die Frauen sind optisch ganz unterschiedliche Typen. Sie kannten sich nicht. Wir müssen wissen, ob es irgendetwas Gemeinsames gibt, was wiederum hieße, dass sie nicht zufällig ausgewählt wurden. Die bisherigen Ermittlungen der Göttinger Kollegen sind leider auch in diesen Bereichen lückenhaft.«

Anna starrte auf die Akten, dann auf ihren Dostojewski. Sie schwankte nur kurz, legte ihr Buch beiseite, stand auf, nahm den Aktenstapel und begann zu lesen. Seit sie Christian kannte, war sie mehr oder weniger versehentlich in zwei Fälle verwickelt worden. Der erste hatte sie fast das Leben gekostet, der zweite fast den Verstand. Dennoch fühlte sie sich auch jetzt wieder magisch angezogen von den menschlichen Abgründen, die zwischen diesen harmlosen Aktendeckeln lauerten. All die Fragen, wie der Mensch in seinem Innersten funktioniert, was ihn zusammenhält und auseinanderfallen lässt, hatten sie zum Studium der Psychologie gebracht. Und sie waren noch längst nicht beantwortet. Auch nicht von Dostojewski.

Die vier lasen den ganzen Tag, jeder in seiner Ecke. Nur das Rascheln von Papier war zu hören, gelegentliches Räuspern und zwischendurch eine Frage, um die eigenen Nachforschungen durch Informationen aus den Akten der anderen zu ergänzen. Das Kaffee- und Teekochen ging reihum. Am Abend waren alle erschöpft, obwohl keiner mit seinem Aktenberg durch war. Sie würden wohl das ganze Wochenende brauchen. Pete ging in den kleinen Supermarkt des nahe gelegenen Dorfes einkaufen, damit Volker Nudeln mit Hackfleischsoße kochen konnte. Keiner sprach über den Fall, sie waren noch nicht tief genug eingedrungen, um sich ein Urteil zu bilden. Nach dem Essen packte Volker ein Kartenspiel aus, mischte versiert und steckte sich eine seiner obligatorischen Dinkelstangen wie eine Cohiba in den Mundwinkel. »Der Geist muss auch mal an Oasen des Glücks wandern dürfen«, fand er. »Kennt ihr alle meine ›Doko-Regeln‹?«

Am gleichen Samstagabend fand auf dem Göttinger Verbindungshaus der Burschenschaft Herculania eine kleine Festivität, genannt Kneipabend, statt. Die Herculanier hatten als Mitglieder ihrer pflichtschlagenden Verbindung einen langen Pauktag in einem verschwiegenen Lokal auf dem Lande hinter sich, auf dessen Dachboden sie einige Mensuren gegen eine befreundete Korporation ausgefochten hatten. Sie hatten sich tapfer geschlagen mit ihren Degen und Rapiers, keiner von ihnen war gewichen noch gewankt. Lukas Voss, der als Einziger einen »Schmiss« davongetragen hatte, in diesem Fall eine stark blutende Verletzung an der Stirn, trug diese mit Stolz. Seine Betriebswirtschaftstudentenbrust war noch zusätzlich angeschwollen, als Alexander Demant, sein bester Freund und Vorsitzender des Verbindungshauses, nach der offiziellen Eröffnung der Feier mit den Worten »Omnes ad loca. Silentium!« ein Loblied auf Lukas anstimmte: »Freunde, Waffenbrüder! Heute war ein glorreicher Tag für die Herculania! Wir haben den feigen Hunden der ›Ingobertia‹ nicht nur die Stirn geboten, sondern auch noch gezeigt, dass wir keine ›Schokoladisten‹ sind, die ihre Händel in Aussprachen bei einer Tasse Kakao schlichten! Wir sind Männer und scheuen nicht den blutigen Zweikampf! Seht in das Gesicht unseres Bruders Lukas, und zelebriert mit mir die tapferen Taten des honorigen Studiosus! Lasst mich zu seinen Ehren ein Gedicht des Nürnberger Kupferstechers Johann Georg Puschner zitieren:

Der raufende Student
Das weibliche Geschlecht, der Schmaus und tolles Saufen,
bringt oft die Musen-Söhn zum Zanken und zum Raufen,
Ein bloßes Wörtlein richt so großen Jammer an,
der sonst nicht, als durch Blut, gestillet werden kann.
Jedoch wie leicht geschieht's, dass die entblößten Klingen
den einen Gegenpart um Leib und Leben bringen?
Entflieht der Täter dann dem weltlichen Gericht,
verlässt denselben doch das bös Gewissen nicht.«

Alex, der am Kopfende der langen Tafel stand, hob seinen mit Bier gefüllten Maßkrug: »Ich eröffne hiermit die Kneipe und komme der Corona ein Gewaltiges.« Die bislang noch hinter ihren Stühlen stehenden Burschenschafter antworteten gemeinsam mit dem traditionellen »Fiducit!«. Dann setzten sich alle hin und leerten die ersten Humpen auf Lukas.

Gegen zehn Uhr abends, nachdem die temporeiche Sauferei die meisten der etwa zwanzig Anwesenden schon unziemlich zerlegt hatte, schlug einer vor, die »Fidelitat ad infinitum« in die Stadt zu verlegen, um noch einige »Couleur-Damen« aufzureißen. Frauen waren im Verbindungshaus der Herculania strikt verboten, niemals durfte eine auch nur einen halben Fuß über die Schwelle setzen. Sogar der Haushalt der Herculania wurde komplett von einem Mann erledigt, dem Hausmeister – oder in Verbindungssprache »Fax« – Heinrich Kramer. Kramer war den ganzen Tag damit beschäftigt gewesen, Bierfässer herbeizuschleppen, die Zapfanlage zu reinigen, Gläser aufzupolieren, eimerweise Nudel- und Kartoffelsalat zuzubereiten, um dann während des Abends pausenlos zu zapfen. Er hoffte sehr, dass Alex auf den laut Korporationssitte ungebührlichen Vorschlag einging und die Jungs sich aus dem Haus verzogen, damit auch er noch etwas von seinem Samstagabend hatte. Schließlich war er selbst erst Mitte dreißig und lebenshungrig. Kramer hatte sich bei der Herculania als Fax einstellen lassen, weil die Korporation weitaus besser zahlte als sein früherer Arbeitgeber, die Post. Außerdem hatte er trotz aller über die gewöhnlichen Tätigkeiten eines Hausmeisters hinausgehenden Aufgaben ausreichend Freizeit. Auch heute hatte er Glück. Alex erhob sich und schloss die Kneipe mit den Worten »Offizielle Kneipe ex, Fidelitas incipit!«. Schwankend, aber vor Vergnügen grölend erhoben sich die Herculanier und begaben sich in den Flur, um ihre Winterjacken überzuziehen. Nur Martin Johansen, der Theologiestudent, zog sich auf sein Zimmer zurück. Obwohl er evangelisch war und sich somit in keinem Fall dem Zölibat würde verschreiben müssen, war er an der allgemeinen Weiberjagd nicht interessiert. Manche seiner Verbindungsbrüder behaupteten, er würde nur nie mitkommen, weil er der zu erwartenden Erfolglosigkeit ausweichen wolle. Denn Martins Gesicht war von Aknenarben übersät, und er besaß fette, kleine Hände mit kurzen Wurstfingern, die immer schmutzig wirkten. Martin reagierte auf die Unterstellung mit Gleichmut. Sollten die anderen doch losziehen, er würde sich der Exegese der Heiligen Schrift widmen.

Alex indes nahm Lukas beiseite: »Was meinst du, sollen wir unser eigenes Ding durchziehen?«

Unwohl entzog sich Lukas der Vertraulichkeit seines Freundes: »Heute nicht. Ich will mal wieder normal ficken.«

»Ist doch öd. Diese blöden Tussen, die sich gewöhnlich anbaggern lassen, stöhnen dir umso lauter ins Ohr, je mehr Kohle dein Daddy hat. Wenn dagegen die Frauen quieken, die wir aufreißen, dann ist das verdammt echt.« Alex legte jovial den Arm um seinen Kumpel. Lukas ließ es geschehen.

»Mir ist das zu heiß im Moment. Die drei Leichen … Die ganze Stadt ist in Aufruhr. Und die Weiber passen höllisch auf. Voll risky, Alter. Wir warten besser, bis sich alles wieder beruhigt hat.«

»Eben nicht! Genau das ödet mich an! Dieser Schlamm aus Monotonie und Sicherheit. Darin ersticke ich. Genau darum geht es uns doch! No risk, no fun!«

»Du bist irre, Mann, vollkommen irre!«

Unwillig machte sich Lukas von Alexander frei und folgte den anderen. Alex sah ihm verächtlich hinterher.

Die Frau spazierte durch den Alten Botanischen Garten. Es war sehr früher Morgen, noch lange nicht hell, doch sie schien keine Eile zu haben. Sie verweilte sinnierend am Seerosenbassin, streifte durch die Kräutergärten. Vor zwei Tagen war Vollmond gewesen, und da der Himmel ausnahmsweise nicht vollkommen bedeckt war, konnte sie zumindest schemenhaft Bäume, Sträucher und Bodendecker erkennen. Die Stille im Garten gefiel ihr, und das Schattenrissartige der Pflanzen erinnerte sie an die poetische Ästhetik alter Schwarz-Weiß-Filme. Langsam näherte sie sich dem Großen Teich, wo die erste Leiche gefunden worden war. Obwohl sie keine Angst verspürte, stieg ihre Aufmerksamkeit an. Sie schwitzte ein wenig, obwohl es nicht warm war. Plötzlich hörte sie ein Geräusch, das nicht in die anderen Geräusche der Nacht zu passen schien. Ein Rascheln, rechts hinter ihr, zu laut, um von einer durch das Laub huschenden Maus oder einem Vogel zu stammen. Stille. Dann erneutes Rascheln. Schritte, eindeutig Schritte. Die Frau hielt den Atem an und drehte sich vorsichtig um. Ihre Pupillen waren geweitet, die Muskulatur angespannt bis zur Schmerzgrenze. Nun befand sich das Rascheln links hinter ihr, ganz nah, zu nah. Noch bevor sich die Frau umdrehen konnte, wurde sie von hinten angesprungen, fiel in einen Busch, unter dem ein großer, kantiger Stein verborgen lag, sie hörte ihre Rippen knacken, stöhnte auf. Der Angreifer über ihr drückte sie nieder, wollte ihr den Mund zuhalten mit einer behandschuhten Hand, sie biss kräftig hinein, dem Mann entfuhr ein Schmerzenslaut, er zog seine Hand zurück, war kurz irritiert, woraufhin die Frau sich unter ihm wegrollen konnte, und ihm, noch im Rollen, mit dem Schlagring, den sie über ihre rechte Hand gezogen hatte, einen kräftigen Hieb mitten ins maskierte Gesicht verpasste. »Diesmal bist du an die Falsche geraten, du Wichser!«, schrie sie. Der Rest der Begegnung verlief allerdings ganz anders, als die Frau es sich vorgestellt hatte.

Christian kam wie angekündigt am Faschingsdienstag nach Göttingen zurück. Im Schlepptau hatte er Karen Kretschmer, eine Rechtsmedizinerin aus Hamburg, die bei Bedarf der Soko Bund zugeteilt war und Christians höchsten Respekt genoss. Im Grunde befand sich Christian vielmehr in Karens Schlepptau, denn sie hatte ihn tatsächlich in ihr kleines Cabriolet genötigt, da sie Bahnfahren hasste, so wie Christian Autofahren. Karen hatte den kurzen Disput gewonnen, da es keine offizielle Anforderung ihrer Dienste gab und sie sich zwei Tage von ihrer Arbeit in Hamburg freigemacht hatte, nur um Christian aus Kollegialität den Gefallen zu tun. Christian blieb keine Wahl, er musste den Kopf einziehen, seine knapp ein Meter neunzig irgendwie zusammenklappen, damit er in den schmucken Kleinwagen passte, und Karens sehr zügige Fahrweise über sich ergehen lassen.

Als sie in Göttingen eintrafen, stellten sie erleichtert fest, dass sie wider Erwarten nicht von allen Seiten durch Jecken und Karnevalisten belästigt wurden. »Göttingen ist eine Diaspora des Humors. Wir reagieren genauso wie die Hanseaten angewidert auf Karneval, was wir Martin Luther verdanken. Er hat diese heidnische Unsitte aus den evangelischen Hochburgen verbannt«, erklärte Markus die Ruhe in der Stadt, als er Karen in seinem Büro begrüßte. Christian stellte mit Befriedigung fest, dass sein Kumpel durch Kummer und Suff noch nicht ganz seinen männlichen Instinkt verloren hatte, denn Markus reagierte wie alle Männer auf Karen: mit herabfallender Kinnlade. Die einunddreißigährige Rechtsmedizinerin war das, was man einen »Hingucker« nennt. Groß, atemberaubend gebaut, blassblaue Augen in einem fein geschnittenen Gesicht und hüftlange, goldglänzende Haare. Aufgrund ihres weichen, weiblichen Aussehens wurde Karen immer falsch eingeschätzt. Die Männer benahmen sich ihr gegenüber mit ausgesuchter Höflichkeit und Rücksicht. Christian freute sich schon jetzt auf den Moment, wenn Karen das zu ihren Füßen kniende Publikum aus den süßen Träumen aufwecken würde – mit ihrem kruden Pathologenhumor und dem Charme einer peitschenschwingenden Domina. So reagierte sie auch jetzt eher kühl auf Markus' bewundernde Blicke, forderte sachlich einen Chauffeur, der sie zur Rechtsmedizin bringen sollte, lehnte den Kaffee ab und verabschiedete sich, als der Fahrer innerhalb weniger Minuten auftauchte. Karen würde bis spät in die Nacht arbeiten und nur ein paar Stunden im Hotel schlafen, um am frühen Morgen weiterzumachen.

Christian wohnte bei Markus und hatte Karen, mit dem Einverständnis seines Freundes rechnend, das ebenfalls angeboten. Markus' Haus war groß genug. Doch Karen hatte ein Hotel in der Altstadt vorgezogen. Karen liebte Hotels. Sie hatte einige Jahre für die IDKO gearbeitet, eine international operierende Identifizierungskommission, die im In- und Ausland nach Flugzeugabstürzen und Naturkatastrophen Leichen identifizierte. Ein harter Job, der sie häufig in die letzten Winkel der Erde führte, wo sie in Zelten ohne jeglichen Komfort untergebracht war. Wenn sie dann nach einem Einsatz in die nächstgelegene Stadt zurückkam, um das Flugzeug in die Heimat zu nehmen, übernachtete sie meist in einem Hotel. Seitdem liebte sie vor allem die luxuriösen Hotels.

Die Leichen, die sie hier in Göttingen untersuchen wollte, waren zwar schon identifiziert, doch hatte Karen nach Durchsicht der Unterlagen Christians Eindruck bestätigt: Auch wenn ihre Göttinger Kollegen gute Arbeit geleistet hatten, war die eine oder andere Frage offengeblieben. Da Christian wusste, dass Karen nicht nur eine überaus gründliche Rechtsmedizinerin war, sondern auch noch ein Gespür für die richtigen Schlussfolgerungen aus den ihr vorliegenden Fakten hatte, wollte er, dass sie sich die exhumierten Leichen der drei jungen Frauen noch einmal anschaute.

Als Karen weg war, gingen Christian und Markus hinüber zum Konferenzraum. Christian wollte den Kollegen eine Zusammenfassung der Thesen geben, die er übers Wochenende mit Volker, Pete und nicht zuletzt Anna entwickelt hatte. Doch im

Konferenzraum war niemand. Dafür schrie Konrad Künzel unüberhörbar jemanden im Nebenbüro an.

»Was ist hier los?«, blökte Markus, als er die Tür zu Hennings und Egons Büro aufriss. Die beiden saßen wie zwei Häufchen Elend auf ihren Stühlen, während Konrad vor ihnen aufgebaut stand und sie mit wütenden Augen anfunkelte. »Und wo sind Elli und Carsten, verdammt noch mal? Wir haben jetzt eine Sitzung! Macht hier denn jeder, was er will?!«

Konrad sah Markus verächtlich an: »Auch schon gemerkt?« Damit verließ er türenknallend das Zimmer.

»Also?«, wandte sich Markus drohend an die Kollegen.

Christian zog sich einen Besucherstuhl heran und nahm im Hintergrund Platz. Er hatte das Gefühl, gleich etwas Besonderes geboten zu bekommen. Er hatte recht.

»Sag's ihm«, meinte Henning zerknirscht zu Egon.

»Wieso ich? Sag du's ihm!«

»Wird's bald?«

In dem bedrohlich knurrenden Markus erkannte Christian erfreut einen weiteren Überrest seines alten Freundes wieder.

»Carsten ist im Krankenhaus. Und Elli beim Arzt. Aber sie hat angerufen. Kommt gleich. Obwohl es ihr ziemlich mies geht. Sie kann nicht richtig atmen«, meinte Henning zögerlich. Markus sagte kein Wort, sondern blickte deutlich auffordernd in die beiden Armesündermienen.

»Elli hat seit einiger Zeit den Lockvogel gespielt und ist nachts durch den Botanischen Garten patrouilliert. Mit Rückendeckung selbstverständlich«, ergänzte Egon.

»Wie bitte? Wieso weiß ich nichts davon?« Markus war stinksauer.

»Weil Elli gemeint hat, dass du es ihr verbieten würdest«, sagte Henning. Henning und Egon wechselten sich in ihren Sätzen nun ab, als könnten sie damit das zu erwartende Donnerwetter brüderlich auf ihren Schultern verteilen.

»Und dann … es ist nichts passiert … Elli hat natürlich gehofft, dass der Mörder sie überfällt … Aber nichts war …«

»Gott sei Dank!«, meinte Markus entgeistert. »Seid ihr noch zu retten? Elli hat zwar den schwarzen Gürtel, aber für solche Einsätze ist sie nicht ausgebildet!«

Egon blickte Henning überrascht an: »Wusstest du das mit dem Gürtel?«

»Nö. Carsten auch nicht.« Henning kicherte kurz.

»Was, zur Hölle, hat Carsten damit zu tun? Wieso liegt der im Krankenhaus?«

»Na ja, weil … Elli war ziemlich frustriert, wahrscheinlich hat sie gedacht, der Mörder überfällt sie bloß nicht, weil sie klein und hässlich und pummelig ist …«

»Bestimmt war sie übermüdet, sonst ist Elli ja nicht so empfindlich. Obwohl ihr das wirklich zu schaffen macht, dass sie schon ewig Single ist. Und dann noch seit Dezember fast jede Nacht im Mondschein spazieren gehen und auf einen Killer warten, das geht an die Nerven …«

»Seit Dezember zieht ihr diese bescheuerte Nummer durch?«

Egon nickte schuldbewusst. »Jedenfalls war Elli kurz vor der Depression. Da haben wir uns gedacht, so zum Trost, wir überfallen sie, nur zum Schein natürlich, kurz erschrecken und dann abhauen … Damit sie sieht, dass sie begehrenswert ist. Und Carsten ist nicht so dick wie Egon und ich … Also musste der es machen …«

»Den beiden von der Streife, die Elli als Rückendeckung hatte, haben wir Bescheid gesagt. Damit sie Carsten unerkannt entkommen lassen, wenn sie dazustoßen.«

Markus schüttelte nur den Kopf, er konnte es nicht fassen.

»Na ja, also hat Carsten Elli überfallen, und sie ist dabei blöd gestürzt und hat sich zwei Rippen gebrochen, und dann hat sie Carsten die Nase zu Klump gekloppt und das Jochbein … Ach ja, und zwei Backenzähne sind auch hin. Wer hätte denn gedacht, dass unsere kleine Furie einen Schlagring über der Hand hat?«

»Carsten wird morgen operiert. Er kriegt eine Metallplatte in die Fresse geschraubt«, ergänzte Henning abschließend.

Markus blickte fassungslos zu Christian: »Ich arbeite mit grenzdebilen Wahnsinnigen zusammen. Was sagst du dazu?«

»Großes Kino. Ganz großes Kino!« Christian konnte sich nicht länger beherrschen und brach in schallendes Gelächter aus. Auch Henning und Egon grinsten in sich hinein.

Elli kam kurz danach an, sie wirkte müde und mitgenommen. Dennoch schrie Markus sie schon an, bevor sie ganz zur Tür herein war: »Am liebsten würde ich dir noch ein paar Rippen brechen!«

»Tu dir keinen Zwang an, ich bin bis zur Halskrause voll mit Schmerzmitteln.«

Kaum wollte sich die dezimierte und lädierte Truppe im Konferenzraum versammeln, um die kargen Ergebnisse ihres Brainstormings zusammenzufassen, gab es eine erneute Störung des Ablaufs. Frau Oberbürgermeisterin Marlene Falck war angekommen, um Christian Beyer ihre Aufwartung zu machen. Auch wenn Christian auf derlei Höflichkeiten keinerlei Wert legte, mochte er die Frau nicht vor den Kopf stoßen, was weniger an ihrer politischen Position lag als an der Tatsache, dass sie gerade ihre einzige Tochter verloren hatte. Christian sprach ihr sein Beileid aus, sie bedankte sich knapp, ging aber nicht näher darauf ein. Sie begrüßte Christian in Göttingen, wie es Stadtväter und -mütter zu tun pflegen, und verlieh ihrer Hoffnung Ausdruck, dass seine professionelle Unterstützung zu einer schnellen Aufklärung der Mordfälle führen würde. Mit keinem Satz, keiner Geste, keinem Blick ließ sie persönliches Interesse daran durchscheinen. Ebenso schnell, wie sie aufgetaucht war, verabschiedete sie sich auch wieder: sie wolle beileibe niemanden von seiner wichtigen Arbeit abhalten.

»Ein verhärteter Mensch«, meinte Christian, als sie Markus' Büro verlassen hatte.

»Die tut nur so.«

Christian wunderte sich, dass Markus die Frau in Schutz

nahm, die ihn vor nicht allzu langer Zeit dermaßen verletzt hatte, dass er handgreiflich geworden war und seinen Job kündigte.

»Sie hat sich für einen Monat Urlaub genommen und die Geschäfte an ihren Stellvertreter übergeben«, fuhr Markus fort. »Es heißt, sie geht kaum noch aus dem Haus.«

»Sie roch sehr stark nach Pfefferminz.«

Markus nickte. »Und darunter lag ein feiner Hauch von Whisky. Scotch. Kein Bourbon.«

Dann endlich konnte die Sitzung beginnen. Christian fasste zusammen: »Wir haben eine Menge zu klären, wie etwa die grundsätzliche Frage, ob wir einen oder mehrere Täter haben. Oder wie es mit der gezielten oder willkürlichen Auswahl der Opfer ausschaut. Doch sehen wir uns erst einmal an, was wir haben: Die Tatorte sind frei zugänglich und bieten ausreichend Sichtschutz. Wie kamen die Opfer zum Tatort? Opfer zwei joggte regelmäßig auf dem Wall. Für Opfer drei lag der Tatort auf dem Nachhauseweg. Nur Opfer eins hatte keinen für uns ersichtlichen Grund, in jener Nacht den Botanischen Garten aufzusuchen. Allerdings ist es auch nicht abwegig, dass sie sich freiwillig dahinbegeben hat. Wie wir wissen, wird der Botanische Garten nachts wegen Alkohol, Drogen oder Sex aufgesucht. Welche Ideen habt ihr übers Wochenende entwickelt? Was sagen uns diese Fakten?«

»Nichts«, gab Konrad mürrisch zur Antwort. »Der Täter könnte Opfer zwei schon länger beobachtet haben und ihre Gewohnheiten kennen. Auch Bonnie Falck könnte er länger nachgespürt haben. Dass sie sich jedoch in der Nacht mit ihrem Freund streiten und die Wohnung verlassen würde, war nicht planbar. Zufall. Ebenso wenig, dass Opfer eins sich auf der Halloweenparty von ihren Freunden trennen würde. Das wäre manipulierbar, aber kaum zu planen.«

»Genau«, stimmte Christian zu. »Wir müssen weitere Faktoren in Betracht ziehen. Der Fundort ist in allen Fällen auch der Tatort. Ein öffentlicher Raum mit erhöhter Gefahr, gestört oder entdeckt zu werden. Das könnte für Affekt sprechen. Die Leichen wurden nicht sorgsam versteckt, aber auch nicht zur Schau gestellt. Dazu später mehr. Die Tatmittel wie Messer und Strick stammen nicht vom Fundort, sondern wurden mitgebracht und als Beweismittel sorgsam wieder vom Tatort entfernt. Das spricht für planvolles Vorgehen. An den Leichen wurden bislang keine Fingerabdrücke, Haare, Sperma entdeckt. Wir hoffen, dass die erneuten Untersuchungen vielleicht den einen oder anderen Hautpartikel …«

»Was für erneute Untersuchungen?«, fragte Konrad dazwischen.

Christian warf einen genervten Blick zu Markus, der offensichtlich seine Untergebenen nicht über Karens Einsatz informiert hatte. Also musste er das jetzt nachholen. Konrad reagierte erwartungsgemäß angefressen. »Hält man unsere Rechtsmediziner in Hamburg für unerfahrene Trottel?«

»Es geht nicht um Kontrolle, sondern um Hilfe«, entgegnete Christian, wohl wissend, dass er log. Alle wussten es.

»Jaja, und vier Augen sehen mehr als zwei.« Konrad schnaubte verächtlich auf.

»Wenn man bei den vergewaltigten Opfern keine Schamhaare gefunden hat, ist der Täter im Genitalbereich wahrscheinlich rasiert. Ich glaube nicht, dass er sich im Park die Zeit nehmen konnte, die Frauen zu waschen oder durchzukämmen.« Elli lenkte die Männer gekonnt von ihren kleinen Scharmützeln ab.

»Guter Punkt«, fand Christian.

»Hilft uns aber kaum weiter«, wand Konrad ein. »Wir können es nicht kontrollieren. Und heutzutage ist doch fast jeder Mann rasiert.«

»Echt?«, fragte Egon überrascht und griff sich unwillkürlich in den Schritt.

Henning hingegen grinste Konrad offen an. »Woher weißt du das? Schwulenbar?«

»Sauna. Dusche. Fitnessstudio. Aber da verkehrt ihr zwei sicher nicht«, gab Konrad ungerührt zur Antwort und ließ seinen Blick auf den Bäuchen der Kollegen ruhen.

»Leute, können wir von den aktuellen Intimfrisuren wieder zurück zum Thema kommen?« Markus wurde ungeduldig.

Christian fuhr fort: »Zwei gleiche Tatorte, ein strukturell ganz ähnlicher. Drei Frauen im gleichen Alter. Stranguliert, respektive gewürgt wurden alle drei, zwei Vergewaltigungen. Zwischen dem ersten und zweiten und dem zweiten und dritten Mord liegt ein etwa gleich großer Zeitraum. Ich denke, wir können mit an Sicherheit grenzender Wahrscheinlichkeit davon ausgehen, dass wir es mit einem und nicht mit zwei oder drei Tätern zu tun haben.«

»Wenn wir die Gemeinsamkeiten aufzählen, drängt sich dieser Eindruck auf. Wenn man die Unterschiede aufzählt, ergibt es ein etwas anderes Bild«, bemerkte Konrad mit leicht bockigem Unterton. Markus wollte ihn zurechtweisen, doch Christian ließ es nicht dazu kommen.

»Es gibt noch mehr Gemeinsamkeiten. Sie sind zwar etwas vage, aber vorhanden. Die drei Opfer haben äußerlich keine Ähnlichkeit, es wird bei der Auswahl der Opfer kaum um den Phänotyp gehen. Aber alle drei Frauen waren laut Aussagen von Freunden und Verwandten extrem unabhängig, stark, furchtlos und in ihrem Sexualverhalten eher fordernd. Wir können also nach der bisherigen Lage der Dinge folgende Hypothesen aufstellen: Wir haben es mit einem Einzeltäter zu tun, der den ersten Mord vermutlich nicht planvoll ausgeführt hat, sondern durch irgendetwas im Aussehen oder Verhalten des Opfers zu der Tat animiert wurde. Dafür spricht, dass er bei der ersten Tat weder einen Strick zur Fesselung noch Knebel dabeihatte ...«

»Aber ein Messer«, gab Henning zu bedenken.

»Das gehört zur Grundausstattung vieler Männer. Strick und Knebel hingegen trägt man nicht bei sich, es sei denn, man weiß, dass man es braucht. Okay. Für einen Mord im Affekt spricht im ersten Fall das Erstechen, und zwar in der manischen Weise des sogenannten Overdoings. Er hat viel öfter zugestochen, als es nötig gewesen wäre, um sein Opfer zu töten. Bei Opfer zwei und drei wirkt der Modus Operandi viel kontrollierter, der Mörder weiß jetzt, was er tun will und wie. Er hat ein Problem mit jungen selbstbewussten Frauen. Vielleicht wird er regelmäßig von ihnen abgewiesen …«

Henning unterbrach Christian und wandte sich gespielt entsetzt an Egon: »Du bist es! Du bist der Mörder!«

Dieses Mal wurde Christian ungeduldig. »Ich denke, wir hatten alle heute schon genug Spaß! … Es geht dem Mörder jedenfalls nicht um das einfache Befriedigen seiner sexuellen Bedürfnisse. Erstechen, Ertränken, Erdrosseln … Er bestraft die Frauen für etwas, woraus wir schließen können, dass es eine Gemeinsamkeit zwischen ihnen gibt oder er zumindest eine sieht. Ich denke, es handelt sich dabei eventuell um die Tatsache, dass alle drei Opfer in ihrem Verhalten Männern gegenüber eher aggressiv auftraten.«

»Wenn Frauen sich ihre Liebhaber aktiv aussuchen und sie nach Lust und Laune wechseln, nennt man sie aggressiv. Wenn Männer das tun, nennt man sie bewundernd Casanovas.« Ellis müde Augen blickten mürrisch.

»Ich gebe hier nicht meine private Meinung wieder, Elli, sondern versuche, mich in die Sichtweise des Täters zu versetzen«, lächelte Christian. »Das erste Opfer wurde post mortem vergewaltigt, das zweite, bevor der Tod eintrat. Am Körper von Opfer zwei sind keine Kampfspuren erkennbar. Die Kratzspuren, die wir gefunden haben, stammen wohl eher vom Transport bis zum See. Möglicherweise hat der Täter Opfer zwei stranguliert, bis es das Bewusstsein verlor. Und dann vergewaltigt. Schließlich ertränkt. Er stürzt sich auf nachweislich starke, selbstbewusste Frauen und nimmt ihnen das, was er an ihnen hasst. Ihre Stärke, ihre sexuelle Unabhängigkeit.«

»Wieso ist die Dritte nicht vergewaltigt worden? Und ihre Sachen hat er auch nicht mitgenommen …«, fragte Egon.

»Ihre Hose war geöffnet, es kann also durchaus sein, dass er sie vergewaltigen wollte. Aber vielleicht hatte er keine Zeit mehr. Vielleicht wurde er gestört.«

»Und was sollte das mit dem Auge?«, wollte Henning wissen.

Christian nickte. »Alle Morde haben etwas Rituelles an sich. Wir müssen verstehen, wie der Täter tickt. Was seine Signatur ist. Wir werden Folgendes machen: Die Akten aller vorbestraften Sexualtäter aus dem Raum Göttingen müssen überprüft werden …«

»Das läuft seit dem zweiten Mord. Wir haben auch schon mit einigen der üblichen Verdächtigen gesprochen. Hat aber noch nichts Zwingendes ergeben«, warf Markus ein.

»Okay, außerdem sollten wir tatsächlich mal die Stadtgärtner unter die Lupe nehmen. Die Idee ist gar nicht schlecht, und manchmal landet man ja einen Zufallstreffer. Außerdem soll sich einer hinsetzen und einschlägige Bondage-Magazine durchsehen. Die Fesselung bei Opfer zwei war sehr speziell, vielleicht finden wir Vorbilder oder einen Hinweis.«

»Das mache ich«, rief Henning fröhlich dazwischen.

»Das macht Elli«, widersprach Markus.

Die Tür wurde geöffnet, und eine ältliche Dame kam herein, die Christian bislang noch nicht vorgestellt worden war. Sie flüsterte Markus etwas ins Ohr und verschwand wieder.

Markus wandte sich an Christian: »Sind wir vorerst durch?«

»Ich würde die nächste Besprechung gerne abhalten, sobald Karens Ergebnisse vorliegen.«

Die Versammlung löste sich auf, jeder machte sich an seine Arbeit. Es gab mehr als genug zu tun. Markus informierte Christian, dass in seinem Büro der Leiter der renommierten Göttinger Einrichtung für Psychoanalyse, des Lou-Andreas-Salomé-Instituts, warten würde, der ihm dringend etwas erzählen wolle.

Auf dem Besucherstuhl in Markus' Büro saß ein knapp über fünfzigjähriger attraktiver Mann, der sich als Professor Doktor Karl Egebrecht vorstellte. Er war fast dandyhaft gekleidet, mit einem teuren Anzug, einer üppig bestickten Brokatweste darunter und einem lässig um den Hals geworfenen Seidentuch. Christian belächelte solche Tüchlein heimlich als ›Künstlerwindel‹ und sortierte Egebrecht zu genau dem Typ aufgesetzter Intellektueller, den er nicht ausstehen konnte. Markus und Christian machten sich mit ihm bekannt und setzten sich.

»Ich bin hier als Privatperson. Ich möchte keine offizielle Aussage machen. Dennoch scheint es mir angebracht, die Aufmerksamkeit der Polizei auf einen bestimmten Umstand zu lenken. Es handelt sich dabei eventuell um einen Zusammenhang zu den Frauenmorden«, begann der Professor mit der sanft modulierten Stimme eines geübten Vortragenden.

»Wir sind ganz Ohr«, entgegnete Markus und verbarg seine zittrigen Hände unter der Schreibtischkante. Auf seiner Oberlippe stand ein leichter Schweißfilm, die Sitzung hatte ihn mehr angestrengt, als er zugeben mochte.

»Gestern Morgen kam eine meiner Studentinnen zu mir. Sie ist in der Nacht vom 17. auf den 18. auf dem Bartholomäus-Friedhof vergewaltigt worden.«

»Hat sie es gemeldet?«, fragte Markus.

»Nein. Sie war völlig verstört, hat den Sonntag allein zu Hause verbracht, geweint, getrunken und überlegt, was sie tun soll. Gestern kam sie zu mir und hat mir alles erzählt. Sie weigert sich, zur Polizei zu gehen, obwohl ich ihr wahrlich mit Engelszungen zugeredet habe.«

»Wie kommen Sie darauf, dass zwischen der Vergewaltigung und den Morden ein Zusammenhang besteht?«, wollte Christian wissen.

»Zwei von den drei Mordopfern sind auch vergewaltigt worden, das stand in der Zeitung. Und ich als Psychoanalytiker bin mir natürlich der Tatsache bewusst, dass ein sexuell motivierter Täter, und ich nehme an, bei ihrem Mörder handelt es sich um einen solchen, nicht einfach so wieder Ruhe gibt, sondern seinen Trieben immer häufiger nachkommen muss.«

»Hatte die junge Frau bei der Vergewaltigung das Gefühl, dass eine Tötungsabsicht bestand?«

»Der Täter hat ihr ein Messer an den Hals gelegt und ihr gedroht, sie umzubringen, falls sie nicht stillhält.«

Markus wechselte einen Blick mit Christian. »Sie war nicht bewusstlos, als er sie vergewaltigte?«

»Nein.«

»Wie heißt die junge Dame? Wir müssen unbedingt mit ihr reden.« Markus' Tonfall ließ keine Diskussion zu, doch Egebrecht war nicht der Mann, der sich einschüchtern lässt.

»Ich werde das Vertrauen meiner Studentin gewiss nicht missbrauchen. Aber ich habe Ihnen noch etwas anderes mitzuteilen: Diese Studentin hat mir erzählt, dass sich in den letzten Monaten an der Uni hartnäckig das Gerücht hält, mehrere Frauen seien auf dem Campus und in der Nähe vergewaltigt worden. Man hört nichts Genaues, aber es geht die Angst um.«

»Wie ist die Studentin ihrem Vergewaltiger entkommen?«, fragte Christian.

»Als er fertig war, hat er sie liegen lassen und ist gegangen. Er hat dabei ein Lied gepfiffen. Die Studentin kannte es aber nicht.«

Egebrecht erhob sich. »Das war alles, was ich zu sagen habe.«

Markus und Christian erhoben sich ebenfalls.

»Moment mal, nicht so schnell«, widersprach Markus. »Hat sie das Gesicht des Angreifers gesehen? Kann sie ihn beschreiben? Oder das Messer? Hat er gesprochen? Könnte sie seine Stimme wiedererkennen? Ist ihr irgendwas aufgefallen?«

»Nein, er trug eine schwarze Wollmaske. Nein, es war dunkel und sie aufgeregt. Nein, das Messer hat sie nur gefühlt. Nein, er hat kaum etwas gesprochen. Nein, ihr ist nichts Besonderes aufgefallen. Außer, dass er sie vergewaltigt hat.«

Arrogantes Arschloch, dachte Christian. Ein Blick in Markus' mühsam beherrschtes Gesicht verriet ihm, dass der ähnlich empfand. Dennoch blieb er sachlich, als er insistierte: »Bitte reden Sie noch mal mit der jungen Frau. Ein Hinweis von ihr könnte das Leben einer anderen retten, machen Sie ihr das klar.«

Egebrecht seufzte, als würde er erschöpft aufgeben, einem Kleinkind das Newtonsche Gesetz von der Schwerkraft zu erklären. Als er schon fast zur Tür hinaus war, hatte Christian noch eine Frage: »Wieso hat sie sich ausgerechnet Ihnen anvertraut?«

»Weil ich der väterliche Typ bin.« Dann ging er.

»Der hat ein Verhältnis mit der Studentin, darauf kannst du Gift nehmen!«

Christian stimmte Markus zu. Wichtig waren jetzt jedoch ganz andere Dinge. »Habt ihr mit den Kollegen von der Sitte gesprochen, was im letzten halben Jahr an Vergewaltigungen in Göttingen aufgelaufen ist?«

»Logisch, wir sind doch keine Anfänger! Aber da war nichts Auffälliges. Einen Täter haben die Kollegen eingebuchtet, einen Autoschlosser, der seine Nachbarin überfallen hat. Nichts, was auf eine Verbindung zu den Morden hindeutet.«

Christian grübelte. »Die Dunkelziffer bei Vergewaltigungen ist immer noch hoch. Die meisten Frauen wollen nicht darüber reden. Wir sollten einen Aufruf in der Zeitung veröffentlichen und auf dem Campus plakatieren.«

»Glaubst du wirklich, dass da ein Zusammenhang besteht? Ich nicht. Das war eine ganz normale Vergewaltigung, so weit an einer Vergewaltigung was Normales sein kann. Aber das war nie im Leben unser Killer.«

»Vielleicht. Vielleicht aber auch nicht. Kennst du Carl Gustav Jungs Theorien über die Synchronizität der Ereignisse?«

»Nein, Himmelherrgottnochmal. Aber erzähl's mir, wenn es sein muss. Für mich klingt's nach Seidenschälchen im Hemdkragen.«

Am nächsten Morgen frühstückten Christian und Markus zusammen mit Karen in einem Café am Gänseliesel-Brunnen. Karen hatte fast die ganze Nacht durchgearbeitet, wirkte aber dennoch frisch wie das Brötchen auf ihrem Teller. Sie aß mit großem Appetit.

»Die Arbeit der Göttinger Kollegen war in großen Zügen durchaus anständig, da habe ich schon Schlimmeres erlebt. Ich habe kaum etwas hinzuzufügen. Sagen wir mal so, es ist nicht viel. Aber vielleicht wichtig.«

Sie nahm einen großen Schluck von ihrem Milchkaffee. Markus hing an ihren Lippen, die obere war nun auch noch mit einer kleinen Schaumkrone geschmückt.

»Die toxikologischen Untersuchungsergebnisse stehen noch aus, aber ich glaube nicht, dass sich da was ergeben wird. Interessant sind aber zwei Details, die bislang nicht in den rechtsmedizinischen Gutachten stehen.«

Karen leckte mit der Zunge über ihre weißschaumige Oberlippe, biss herzhaft in ihr Käsebrötchen, rührte gleichzeitig ihren Obstsalat durch und bestellte sich einen Prosecco und einen zweiten Milchkaffee.

»Essen oder erzählen, entscheide dich«, bat Christian, den Karens multifunktionales Herumwerkeln und das Sprechen mit halb vollem Mund zappelig machte.

»Gut. Also essen«, entschied Karen.

Die nächsten Minuten saßen die beiden Männer ihr gegenüber und sahen angespannt zu, wie Karen in aller Ruhe ihr drittes Brötchen belegte, ihr weich gekochtes Ei sauber köpfte und es aufmerksam salzte, den bestellten Prosecco genüsslich probierte …

»Okay, Karen, red' weiter. Von mir aus auch mit vollem Mund.« Christian gab auf, zumal ihm auffiel, dass Markus' Blick von Karen immer wieder zu dem Prosecco schweifte und er sich ständig die Lippen befeuchtete, als sei er Wochen durch eine

Wüste gelaufen und sähe nun eine Oase mit lebensspendendem Nass. Verdursten oder am Trinken verrecken, Markus' Alternativen waren wahrlich nicht erfreulich.

»Nun gut«, fuhr Karen ungerührt fort. »Vor den Details erst mal noch was Grundsätzliches. Ich glaube, der Täter hat die Frauen mit einem Gegenstand vergewaltigt, vielleicht mit einem Vibrator oder einem Mörser oder etwas Ähnlichem. Außerdem trug er Chirurgenhandschuhe. Der Puder, der an Bonnie Falcks Körper gefunden wurde, war kein pflegender Körperpuder, wie ihn Frauen benutzen, sondern sterilisierender Puder, wie er eben auf OP-Handschuhen zu finden ist. Deswegen gibt es keine Körperspuren von ihm. Kein direkter Körperkontakt. Der Täter hat bei allen Morden, auch schon beim ersten, extreme Vorsicht walten lassen. Für mich spricht das gegen eine Tat aus Affekt. Vielleicht war das Opfer nicht vorher ausgewählt, aber die Tat war geplant. Trotzdem glaube ich, dass der Täter diese Maßnahmen nicht zur Spurenvermeidung getroffen hat. Meiner Meinung nach wollte er aus anderen Gründen den Körperkontakt zu den Frauen vermeiden. Frag mich nicht, wie ich darauf komme. Nur so ein Gefühl, genährt von der Erfahrung, dass bei den meisten Sexualdelikten Hautkontakt nicht vermieden, sondern gesucht wird.«

»Das würde zu der These passen, dass er sexuell aktive Frauen aussucht und sie bestraft. Er hat Angst vor ihnen, er hasst sie, er will sie nicht mal anfassen. Obwohl er sie begehrt«, überlegte Christian. »Was gibt es noch? Du hast zwei Details erwähnt.«

»Stimmt. Dieses Auge, das fehlende ... Im bisherigen Bericht steht nur, dass es herausgerissen wurde. In der Tat wurde es nicht gerade fachmännisch entfernt. Es wurde aber auch nicht gerissen oder gefingert, sondern ...«

Karen war gerade dabei, mehrere Löffel Zucker in ihren Milchkaffee einzurühren. Sie zog den Löffel aus der Tasse und hielt ihn hoch. »... ich würde meine Hand dafür ins Feuer legen, dass er einen Löffel benutzt hat. Einen Kaffeelöffel. In der hinteren Augenhöhle gibt es Schabspuren, die das nahelegen. Er hat das Auge rausgelöffelt.« Karen tunkte ihren Löffel in das geköpfte Ei, nahm einen großen Batzen Eiweiß heraus, in dessen Mitte etwas weiches Eigelb schwamm, und steckte es sich in den Mund.

Markus verzog das Gesicht. Kurz war seine Aufmerksamkeit vom Prosecco abgelenkt.

»Niemand hat zufällig nachts einen Kaffeelöffel in der Jacke. Das würde bedeuten, dass er ihn dabeihatte, um genau das zu tun. Das wiederum bedeutet, dass es ihm speziell um diese Handlung ging. Die Entfernung eines Auges. Wozu? Wir müssen das entschlüsseln«, sinnierte Christian.

»Ich hab noch was. Das betrifft die erste Leiche. Leider konnte ich es nicht verifizieren, weil die Leiche schon zu verwest ist. Aber dem Assistenten, der der ersten Obduktion beiwohnte, ist etwas aufgefallen. Die Leiche war bekanntermaßen von Messerstichen übersät. Deswegen hat sein Chef, der die Obduktion verantwortlich durchgeführt hat, ein paar anderen Einstichen keine Bedeutung beigemessen und sie in seinem Bericht unerwähnt gelassen. Vielleicht wollte er auch seinem Assistenten, dem das aufgefallen ist, eine Lektion in Demut erteilen, das glaubt jedenfalls der Assistent. Die beiden können sich nicht riechen.«

»Was für Einstiche? Spritzen?«, fragte Markus.

»Möglicherweise. Aber nicht, um eine Substanz einzuführen. Der Assistent tippte eher auf einen Nagel. Jedenfalls waren diese Einstiche definitiv nicht mit dem Messer erfolgt. Das war der Streit zwischen dem Assistenten und dem Chefpathologen. Der Assistent hatte sich Skizzen über die Form und Tiefe der Einstiche gemacht, und nach denen zu urteilen gebe ich ihm recht. Etwas Rundes. Durchmesser drei Millimeter. Interessant dabei war die Lage dieser Stiche.«

Karen nahm einen Schluck von ihrem Prosecco. Markus schluckte mit.

»Jeder Mensch hat entsprechend seiner Gefäßarchitektur verschiedenste Flecken auf der Haut. Leberflecken, Altersflecken, Blutschwämmchen … Die Einstiche bei der ersten Leiche, die eben nicht mit dem Messer ausgeführt wurden, lagen ausschließlich in solchen Flecken. Der Assistent meinte, es wären bestimmt so an die sieben oder acht gewesen. Nicht tief, sondern offensichtlich kontrolliert ausgeführt. Ganz im Gegensatz zu dem Gemetzel mit dem Messer.«

»Vor oder nach dem Tod des Mädchens?«, fragte Christian.

»Davor.«

»Kannst du dir irgendeinen Grund dafür vorstellen?«

Karen zuckte ratlos mit den Schultern: »Vielleicht wollte einer Doktor spielen. Oder er hat eine Fleckenphobie. Vielleicht haben wir es auch mal wieder mit einem Folterer zu tun. Keine Ahnung, das ist euer Job. Ich hüpfe jetzt in mein Cabrio und fahre zurück nach Hamburg. Dort liegt eine aufgeschlitzte Nutte auf meinem Tisch.«

Der Rest des Aschermittwochs und weite Teile des folgenden Donnerstags verliefen in anstrengender Routinearbeit. Markus verpasste dem Rechtsmediziner, der die von seinem Assistenten entdeckten Einstiche für unwichtig gehalten hatte, einen gehörigen Anschiss, bei dem er seine eigene schlechte Laune und seine kaum noch zu verbergende körperliche Nervosität abbaute. Elli saß in ihrem Zimmer und studierte teils fasziniert, teils amüsiert Bondage- und S/M-Magazine, wobei sie sich jedes Mal, wenn sie über ein besonders abstruses Bild lachen musste, schmerzverzerrt die Rippen hielt. Henning und Egon überprüften mit der Hilfe einiger zusätzlicher Kollegen die Alibis von vorbestraften Sexualtätern und den Göttinger Stadtgärtnern, Christian war bei der Sitte und sah sich die Akten der Vergewaltigungen aus dem letzten halben Jahr an. Er kam nicht weiter, und das nervte ihn gewaltig. Außerdem hatte er die letzten Nächte schlecht geschlafen. Markus hatte ihn wachgehalten, indem er nachts stundenlang durch das Haus getigert war, auf und ab und hin und her, mit sich und gegen seinen Durst auf Alkohol kämpfend. Noch gewann er diesen Kampf, aber Christian bemerkte wohl, dass Markus immer instabiler wurde.

Am späten Donnerstagnachmittag kam Bewegung in die bislang zähen Ermittlungen. Kurz hintereinander meldeten sich zwei Studentinnen, die den Aufruf zur Zeugenaussage auf dem Campus plakatiert gesehen hatten. Die Erste, die unter Beisein einer Polizeipsychologin ihre Aussage machte, war in der Nacht vor Heiligabend an der Sternwarte im Gauß-Garten überfallen worden. Sie beschrieb den Täter als etwa einen Meter achtzig groß, schlank und, in der Art wie er sich bewegte, jugendlich. Er hatte eine Sturmmaske getragen und sie mit einem Messer bedroht. Es schien klar zu sein, dass es sich um denselben Täter wie bei der Studentin von Egebrecht handelte. Die Aussage der zweiten jungen Frau jedoch, einer BWL-Studentin namens Gabriele Baldorf, warf ein völlig neues Licht auf den Fall. Sie war mit einer Freundin als moralischem Beistand gekommen und erzählte von ihrem Fall, der deutlich länger zurücklag.

»Wir waren an der Uni auf der Halloweenparty. Zu dritt. Ich, meine Freundin Petra hier und dann noch Dörte. Wir haben mächtig getankt, und irgendwann bin ich von zwei Typen angelabert worden. Mit denen bin ich dann raus an die Luft, eine Runde um den Block. Wann war das ungefähr?« Sie sah ihre Freundin Petra an.

»So gegen halb zwei, schätze ich.«

»Ich war tierisch breit, und … und, na ja, wir sind Richtung Botanischen Garten, und dann … ich erinnere mich nicht mehr an alles, jedenfalls haben sie mich ins Gebüsch gezerrt und sind über mich hergefallen …« Die Stimme der so selbstbewusst auftretenden Frau war bei den letzten Sätzen immer brüchiger geworden, sie schaute zu Boden und wischte sich über die Augen.

»Es waren zwei?«, fragte Markus überrascht.

Gabriele nickte.

»Und sie haben Sie beide …?«

Gabriele nickte wieder. »Erst hat mich der eine festgehalten, und der andere hat … Und dann umgekehrt.«

»Waren sie bewaffnet?«

Gabriele schüttelte den Kopf: »Nein, aber sie waren doch zu zweit, was hätte ich machen sollen?«

Die Polizeipsychologin mischte sich ein: »Sie müssen kein schlechtes Gewissen haben. Sie sind nicht schuld.«

Nun heulte Gabriele richtig los. »Wenn ich nicht so besoffen gewesen wäre, wäre ich bestimmt nicht mitgegangen.«

Petra legte den Arm um ihre Freundin: »Blödsinn, das hat damit nichts zu tun. Ich wäre auch mitgegangen. Meine Güte, wir wollten Party machen. Wer denkt denn an so was?«

Christian reichte Gabriele ein großes Glas Wasser. Sie trank es dankbar.

»Wie sahen die beiden Kerle aus?«

»Ich kann mich an die ganze Nacht kaum erinnern … Wie Hannibal Lecter und Michael Myers. Sie waren verkleidet und trugen Masken. Aber es liefen mindestens noch zwanzig andere mit diesen Kostümen rum.«

Petra mischte sich ein. »Ich habe beobachtet, wie Gabi mit ihnen am Tresen gesprochen hat. Der eine war ziemlich groß, das war Michael Myers, der andere etwas kleiner. Beide schlank. Mehr konnte man nicht sehen. Der Größere trug sehr schicke, spitze, schwarze Schuhe. Das ist mir aufgefallen, weil ich Schuhe mag.«

»Und der andere?«

»Nichts Besonderes, sonst würde ich mich erinnern. Wahrscheinlich Sneakers. Die Typen tragen doch fast alle Sneakers. Voll langweilig. Deswegen kann ich mich an die schwarzen erinnern. Die sahen teuer aus.«

Gabriele putzte sich die Nase und nahm noch einen Schluck Wasser. »Ich bin am nächsten Nachmittag noch mal hin und hab die Stelle gesucht, wo es passiert ist. Es war irgendwo kurz hinter den Teichen mit den Wasserpflanzen. Weiter hinten, am Großen Teich, war alles abgesperrt, aber da musste ich ja auch nicht hin. Von dem Mord habe ich da noch nichts gewusst.«

»Warum sind Sie nochmals hin?«, fragte die Psychologin.

»Das … das kommt ihnen bestimmt seltsam vor, aber … ich … ich hatte meinen Slip nicht mehr. Und ich wollte nicht, dass der da draußen in der Öffentlichkeit im Dreck rumliegt, weil … das ist so was Intimes, und ich fühlte mich eh schon so …«

Gabriele brach ab.

»Das verstehe ich gut«, sagte die Psychologin und legte Gabriele die Hand auf ihren Unterarm.

»Ich habe ihn sogar gefunden. Und das hier … das lag auf meinem Schlüpfer. Ich wette, das hat einer von den Typen verloren. Sonst hätte es doch nicht auf dem Slip liegen können, oder?«

Gabriele griff in ihre Hosentasche und zog einen kleinen, runden, in Silber gefassten Anstecker heraus, dessen emaillierte Oberfläche in der Art antiker Darstellungen ein Kind zeigte, das mit zwei Schlangen spielte. Darunter stand die Zahl 1856.

Markus und Christian bedankten sich und ließen die beiden jungen Frauen mit der Polizeipsychologin und Elli allein, damit Gabriele ihre Aussage detaillieren konnte, ohne männliche Zuhörer dabei ertragen zu müssen. Sie gingen in Markus' Büro. Dort lag ein Zettel von Henning, der einen anonymen Anruf von einer Frau bekommen hatte, die ebenfalls vergewaltigt worden war. Gegen Mitternacht am 12. Januar auf dem Wall in Bahnhofsnähe. Von zwei Typen.

»Zwei«, sagte Markus.

»Von denen einer wohl auch mal allein seinem Hobby nachgeht«, vermutete Christian.

»Unser Mörder?«

Christian hörte nicht mehr zu. Er drehte gedankenverloren die aufwendig in Silber gefasste Anstecknadel zwischen seinen Fingern.

Am nächsten Morgen um Punkt zehn stand Christian mit Egon in einem winzigen Antiquitätenladen in der Nähe der Jacobi-Kirche. Im Grunde stand Egon vor dem Laden auf der Türschwelle, denn er war zu fett, um in der schmalen Schneise zwischen den Regalen voller Hefte, Plakate, Bilder, Statuetten, Vasen und sonstigem Kleinkram Platz zu finden. Elli kannte den Besitzer und wusste, dass er unter anderem ein Fachmann für alte Wappen war. Der Antiquitätenhändler, ein freundlicher Herr, entschuldigte sich wortgewandt und verschmitzt für den Staub der Jahrhunderte, der seine Exponate mit passender Patina überzog, und besah sich dann mit einem einzigen kurzen Blick den Anstecker, den Christian ihm überreichte.

»Diese hübsche kleine Emailarbeit zeigt Herakles, Sohn des Zeus und der Alkmene, Zwillingsbruder des Iphikles, Vater des Hyllos, der Makaria, des Alexiares, des Tlepolemos, des Aniketos, des Telephos, von drei Söhnen mit Megara und 50 Söhnen mit den 50 Töchtern des Thespios und Vorfahre des Polyphontes. Sein Ziehvater ist Amphitryon. Über die Genealogie seiner Mutter gehört er zu dem Geschlecht der Persiden. Als Kind hat er zwei riesige Schlangen erwürgt, das war seine erste Heldentat. Daraufhin prophezeite ihm der Seher Teiresias eine ungewöhnliche Zukunft. Die er dann ja auch hatte.«

»Wow!« Christian war schwer beeindruckt. »Und was hat es mit diesem Anstecker auf sich? Die Jahreszahl 1856 mag mir nicht so recht zu der griechischen Mythologie passen. Können Sie ihn irgendwo einordnen?«

»Und ob. Dieser Anstecker ist das Abzeichen der Burschenschaft ›Herculania‹, gegründet 1856 in Kassel, inzwischen eine der wenigen noch pflichtschlagenden Verbindungen. In Kassel selbst gibt es schon seit langer Zeit nur noch wenige Herculanier, in Göttingen und anderen Universitätsstädten allerdings haben sie zahlreicher überlebt. Die wenigen Mitglieder dieser Korporation wohnen auf einem schönen Verbindungshaus nahe der Altstadt und kommen den alten Traditionen in unverminderter Weise nach. Viel Zulauf haben sie jedoch nicht, die jungen Männer von heute gehen wohl lieber zum Wellenreiten oder Skateboardfahren oder stürzen sich an einem Gummiseil kopfüber in einen Abgrund, als dass sie Aug in Aug mit einem Gegner fechten.« Christian ging nicht auf die leise Zivilisationskritik des Antiquitätenhändlers ein, er fand sie folgerichtig. Bei dem Beruf wäre es nicht adäquat gewesen, die Götzen der Moderne anzubeten.

Als Christian den Laden etwa anderthalb Stunden später mit Egon verließ, fühlte er sich mehr als umfassend informiert. In der kurzen Zeit hatte er einen ausführlichen und offensichtlich sehr fundierten Abriss über die Geschichte der studentischen Korporationen bekommen, ihre Ursprünge und Ziele und deren Wandel im Laufe der Jahre.

»Kennst du ›Der Mann, der zu viel wusste‹ von Hitchcock?«, fragte Egon.

Christian nickte lächelnd.

Im Laufe seiner langen Berufsjahre war Christian zu der Überzeugung gelangt, dass den Menschen vom Tier erheblich weniger unterschied, als gemeinhin und immer zugunsten des Menschen angenommen wurde. Seiner Meinung nach war es nur die hauchdünne Glasur sozialer Notwendigkeiten, die das Leben in der Gemeinschaft regelte und das Überleben sicherte, eine brüchige Glasur, die mal Gesetz, Moral, Ethik oder Kultur genannt und fälschlicherweise als verbindliche Übereinkunft einer gleich denkenden Gattung verstanden wurde. Als einen der wenigen Unterschiede zwischen Mensch und Tier ließ er den menschlichen Hang zur Selbstdarstellung gelten, während Tiere diesem Hang nur zeitlich befristet unterlagen, nämlich in Brunftzeiten. Der Mensch hingegen kam dieser Neigung permanent nach. Christian brauchte nur an die schweinchenfarbene Oberbekleidung seiner Göttinger Kollegen denken.

Im Moment allerdings war er froh über diese Schwäche. Denn die Burschenschaft Herculania machte ihm das Recherchieren leicht. Auf ihrer Website standen, hübsch und interaktiv präsentiert, alle Informationen, die Christian und Markus vorerst brauchten. Sogar das Abzeichen war abgebildet und erklärt. Der Antiquitätenhändler hatte bis ins Detail recht, war sogar noch über die im Web gebotenen Fakten hinausgegangen. »Der Mann, der zu viel wusste« hatte sein Wissen jedenfalls nicht aus dem Netz zusammengeklaubt, sondern mit Sicherheit ganz traditionell und aus Primärquellen erlesen.

Die Satzung der Burschenschaft, ihre Historie und erklärten Ziele interessierten Christian wenig. Da stand eh nur das übliche Geschwafel, das man auch aus Parteiprogrammen kannte, und das mit der Wirklichkeit so wenig zu tun hatte wie ein Schneesturm in der Sahara. Entscheidend für die Ermittlungen war vielmehr die hierarchische Struktur der Vereinigung und die Zahl der Mitglieder. Laut Homepage waren in der Herculania 687 Mitglieder organisiert, davon ein Gutteil Alte Herren, also ehemalige Studenten, die inzwischen in ganz Deutschland und im Ausland verstreut lebten und von ihren jeweiligen Positionen aus die Herkulanier vornehmlich in beruflicher Zukunftsbildung unterstützten. Die Burschenschaft besaß Verbindungshäuser in Göttingen, Kassel, Bonn und Marburg. Leider war der Homepage nicht zu entnehmen, wie viele Burschenschafter in Göttingen lebten, wer hier der Chef war oder der »Erstchargierte«, wie die Burschenschafter das in ihrem Jargon nannten.

Christian bat Markus, Henning und Egon mit diesen Rechercheaufgaben zu betrauen und sie dabei so tief graben zu lassen wie möglich, aber vorerst noch unauffällig und ohne Ermittlungsgetöse. Eine Hausdurchsuchung würden sie aufgrund des Ansteckers von keinem Staatsanwalt genehmigt bekommen. Sie brauchten Namen, Daten und Beweise. Christian wollte mehr wissen, bevor sie auf dem Verbindungshaus aufliefen und auf den Busch klopften, in der Hoffnung, dass ein paar Schlangen hervorgekrochen kämen. Er selbst verabschiedete sich übers Wochenende nach Hamburg. Sein Verlangen nach Anna war größer als der Nutzen, den er hier hatte.

Zumindest bei Konrad Künzel führten Markus' Anweisungen und vor allem Christians Entschwinden zu Bitterkeit. Obwohl er nicht betroffen war, stänkerte er rum und sah angeblich nicht ein, dass man seinen Kollegen Wochenendarbeit aufbrummte, während die Chefs sich einen Lenz machten. Seine wenig subtile Meuterei fiel allerdings weder bei Henning noch bei Egon und schon gar nicht bei Elli auf fruchtbaren Boden. Elli hatte frei, um sich richtig auszuschlafen. Sie war die Erste, die verstand, dass es noch ein Leben neben dem Beruf gab. Denn sie besaß tief drinnen eine Neigung zur Romantik, auf deren Nährboden Christians Sehnsucht nach seiner Freundin zarte Blüten trieb, in Rosa selbstredend.

Auch Markus hatte sich ins Privatleben zurückgezogen, bitter nur, dass es weder Freude noch Abwechslung bot. Er versank während der Wochenenden wie in Treibsand, wusste nicht, ob und wie er es schaffen sollte, den Kopf oben zu halten. In der Woche lenkte ihn die Arbeit ab, doch es wäre keine Option gewesen, auch den Samstag und Sonntag im Büro zu verbringen. Es kostete ihn viel zu viel Kraft. Tatsächlich brauchte er Schlaf und Ruhe, er musste Energie schöpfen, um die nächste Woche überhaupt antreten zu können. Denn sosehr er sich in Gesellschaft der anderen beherrschte, so deutlich brach er auseinander, wenn er allein war. Es half ihm, seine mangelnde Konzentrationsfähigkeit zwei Tage nicht verbergen zu müssen. Es tat gut, das Zittern nicht permanent unterdrücken zu wollen.

So lief er an den Wochenenden ruhelos durchs Haus, belegte sich ein Brot in der Küche, schaltete den Fernseher im Wohnzimmer ein, nahm ein Buch zur Hand, legte es weg, ging wieder in die Küche, trank Wasser, zappte zurück im Wohnzimmer durch die Programme, stand auf, legte eine CD ein, stoppte sie wieder, setzte sich hin, starrte an die Decke … Dann kamen ihm häufig die Tränen, dann Selbstverachtung und Angst. Die Angst, diesem schier unwiderstehlichen Drang nachzugeben und hinauszugehen, einfach nur zu spazieren, durch die nächtlichen Straßen, wo es Tankstellen gab, mit Alkohol, oder an Lokalen vorbei, wo junge Menschen feierten, mit Alkohol …

An diesem Freitagabend kurz nach Mitternacht klingelte das Telefon. Markus hob ab, ohne aufs Display zu sehen. Elli lag jetzt schon lange im Bett, und außer Norbert und Elli rief kein Mensch mehr bei ihm an. Die früheren Freunde hatte er mit seiner Sauferei längst vergrault, und er legte keinen Wert darauf, sie zurückzugewinnen. Es konnte also nur ein Notruf oder Norbert sein. Seit seiner Entziehungskur war Markus nicht mehr bei Norbert in der Kneipe gewesen, was dieser gut verstand. Er ließ ihn nicht hängen, sondern rief regelmäßig an, um zu sehen, wie es seinem Freund ging. Manchmal kam er sogar auf eine Brotzeit und ein Wasser vorbei.

»Markus, Norbert hier. Es gibt ein Problem. Eigentlich sollte ich nicht ausgerechnet dich anrufen, aber ich weiß mir nicht zu helfen, sie tobt wie eine Furie …«

Am folgenden Montagmorgen kam Christian beschwingt in Göttingen am Bahnhof an. Er hatte ein wunderbares Wochenende mit Anna verbracht, sie waren im Kino gewesen, zum Essen mit Freunden, hatten »Dünner Mann«-Filme auf DVD angesehen und viel Zeit im Bett verbracht. Außerdem hatte er ein gutes Gefühl, was die Ermittlungen betraf. Er spürte, er roch förmlich, dass sie diese Woche endlich vorankommen würden. Es war höchste Zeit. Der zeitliche Abstand zwischen dem zweiten und dritten Mord war schon geringer gewesen als zwischen dem ersten und zweiten. Falls die Frequenz des Killers sich noch weiter verkürzen würde, könnte es sein, dass der nächste Mord unmittelbar bevorstand. Christian hatte einen extrem frühen Zug genommen, er wollte noch bei Markus vorbei, um seine mit frischen Klamotten gefüllte Reisetasche abzustellen. Kaum hatte er die Haustür aufgeschlossen, schlug ihm dicker Dunst von Rauch und Alkohol entgegen. Christians Laune sank sofort auf null. Im Wohnzimmer flogen leere Bierflaschen herum, eine Whiskyflasche war ebenfalls leer und lag in Scherben vorm runtergebrannten Kaminfeuer, die Wodkaflasche auf dem Sofa war offen und hatte sich halb in die Polster entleert. Wütend stürmte Christian die Treppe hoch und riss die Tür zu Markus' Schlafzimmer auf. Doch sein Impuls, einfach loszubrüllen, wurde gekappt. Auf dem Bett lag die nackte Oberbürgermeisterin und schlief in einer unnatürlichen Haltung ihren Rausch aus. Markus, der ebenfalls unbekleidet halb neben, halb über ihr lag, war von Christians eiligen Schritten auf der Treppe geweckt worden und schaute seinen Freund mit glasigen Augen an, noch nicht recht begreifend, was gerade vor sich ging.

Christian knallte sauer die Tür wieder zu und ging nach unten. Er warf die Espressomaschine an und versuchte, sich zu beruhigen. Wenige Minuten später hörte er, wie Markus die Flaschen im Wohnzimmer einsammelte und nach draußen zum Müll brachte. Dann kam er im Bademantel in die Küche geschlurft. Christian sah ihn nicht an, noch grüßte er ihn.

»Ich weiß, du würdest mir jetzt am liebsten in die Fresse hauen …«

Christian gab keine Antwort. Er nahm seinen Kaffee und setzte sich an den Tisch.

»Hast ja auch recht.« Markus machte sich ebenfalls einen Kaffee. Zu Christians großem Ärger zitterte er nicht, sondern wirkte ganz souverän.

»Es war nicht geplant, das musst du mir glauben …«

»Geht mich nichts an. Fahr zur Hölle.«

Markus setzte sich zu seinem Freund an den Tisch. »Norbert rief mich Freitagnacht an. Marlene, also die OB, sie saß stinkbesoffen in seinem Laden.«

»Und da ist ihm nichts Besseres eingefallen, als ausgerechnet dich anzurufen, damit du ein paar mittrinkst?«

»So war das nicht. Aber Marlene steht ganz allein da. Norbert konnte doch wohl schlecht die Streife rufen. Warum nicht gleich die Presse?«

»Er hätte sich selbst um sie kümmern können.«

»Wollte er ja. Aber sie hat ihm die halbe Visage zerkratzt.« Markus grinste in sich hinein, als sei er stolzer Besitzer eines Kampfkätzchens, das einen Grizzly fertiggemacht hatte. Ein bisschen war es ja auch so.

»Und dann?«

»Ich bin sofort hin. Aber ich habe nichts getrunken. Norbert hätte mir auch nie im Leben was gegeben. Ich habe nur Marlene geschultert und zu mir nach Hause gezerrt. Sie war echt total blau. Unterwegs ist sie zutraulich geworden.«

»Wie darf ich das verstehen?«

»Na, wie wohl? Sie hat mich geküsst, hat mir die Zunge in den Hals gesteckt.« Markus Miene verfinsterte sich. »Ich wollte sie zuerst wegschubsen. Aber dann … sie hat nach Whisky geschmeckt, die Lippen, die Zunge, wie ein mit Whisky getränkter Schwamm fühlte sie sich an. Ich konnte nicht mehr, aus jeder ihrer Poren dampfte Alkohol, am liebsten hätte ich ihr die Haut abgeleckt.«

»Hast du ja wohl auch getan«, mutmaßte Christian.

Markus nickte nur.

»Und der ganze Alk im Wohnzimmer? Hatte sie den in ihrem Handtäschchen?«

»Tanke.«

Beide schwiegen kurz und tranken von ihrem Espresso.

»Und jetzt?«, wollte Christian wissen.

»Schau meine Hände an.« Markus hob seine Hände über die Tischplatte. Sie waren ganz ruhig.

»Toll. Ein echtes Kunststück. Du solltest im Zirkus auftreten.«

»Spar dir deinen Sarkasmus. Ich werde weitertrinken. Bis der Fall abgeschlossen ist. Ohne Alk schaffe ich es nicht, das weißt du so gut wie ich. Glaub mir, ich habe genau gesehen, wie verächtlich du mich ansiehst, wenn du meinst, ich merke es nicht.«

»Was brauchst du denn inzwischen so, damit deine Hände nicht zittern? Eine Flasche Wodka? Oder zwei?«

»Ich werde nur so viel trinken, dass ich stabil bin. Und wenn wir den Fall gelöst haben, gehe ich zurück in den Entzug. Okay?«

»Ach, leck mich doch!« Christian schäumte innerlich vor Wut und Enttäuschung.

Auch Elli und die anderen bemerkten, dass mit Markus eine Veränderung vorgegangen war. Er wirkte ruhiger, souveräner, war frisch rasiert und duftete stark, ein wenig zu stark nach Aftershave. Während Henning und Egon diesen Wandel eher zufrieden aufzunehmen schienen, wirkte Elli beunruhigt. Und Konrad misstrauisch. Christian sah es an ihren heimlichen Blicken, die ihm genauso wenig entgingen wie Markus.

Henning und Egon begannen, die Ergebnisse ihrer Burschenschaftrecherche vom Wochenende darzustellen, doch sie verhaspelten sich schnell in substanzlosen Vorreden und widersprüchlichen Einzelheiten und sahen dabei jedes Mal Hilfe suchend zu Elli. Schließlich hob Elli kapitulierend die Hände: »Markus, bevor du dich wieder aufregst … Ich habe die Recherche gemacht, und deswegen werde ich sie jetzt auch vortragen.«

»Du solltest dich ausruhen. Deine Arbeitskraft regenerieren.«

»Du willst immer, dass wir selbstständig denken. Ham wir. Der zweite Mann einer Tante von mir ist Alter Herr der Herculania und hat noch einen ganz guten Kontakt zum Verbindungshaus. Ich kriege also viel mehr raus, als wenn Henning und Egon sich das ganze Wochenende durch Bücher und Festschriften und so 'n Scheiß fressen.«

»Okay. Also, schieß los!«

»Ich war gestern zum Kaffee bei meiner Tante Ingrid. Es gab Herrentorte. Erwin, dieser blöde Mann von ihr, war hocherfreut, endlich mal jemandem von seiner Männerspielgruppe erzählen zu können. Der hat geredet und geredet ...«

Elli zog einen Notizblock aus der Jacke und warf einen Blick in ihre direkt nach dem Gespräch angefertigten Aufzeichnungen. »In Göttingen gibt es 72 Mitglieder der Herculania. Davon sind 17 ältere Herren. Die können wir laut der Zeugenaussagen der Mädchen vermutlich ausschließen. Bleiben 55. Davon sind 23 so was wie Karteileichen. Das heißt, sie sind keine aktiven Mitglieder mehr, sondern haben sich mehr oder weniger aus dem Staub gemacht, oder man hat ihnen nahegelegt, sich zu verpissen. Trotzdem werden sie noch in den Listen geführt, weil man einerseits die Mitgliedsbilanzen den anderen Städten gegenüber nach oben frisiert und andererseits das Lebensbundprinzip nicht aufweichen will ...«

»Was ist das denn?«, fragte Markus dazwischen.

»Wer in den Verein eintritt, bleibt dabei, bis er abkratzt.«

»Warum sind diese 23 ausgestiegen oder ... suspendiert worden?«, wollte Christian wissen.

»Weil sie keinen Bock auf das regelmäßige Fechten hatten, die Mensuren. Bei der Herculania muss man jedes Jahr eine bestimmte Anzahl Mensuren ausfechten, oder wie das heißt, das ist eine Frage der Ehre.«

»Und die 23 waren Weicheier«, gab Konrad seinen Senf dazu.

»So sieht das zumindest mein Onkel Erwin. Jedenfalls haben diese 23 nichts mehr mit der Burschenschaft am Hut und mussten ihre Abzeichen abgeben.«

»Bleiben 32 übrig. Immer noch eine Menge Holz«, überlegte Egon.

»Unter diesen 32 sind 15 Füxe, das heißt neu beigetretene Mitglieder. In den letzten Jahren haben diese Korporationen wieder etwas Zulauf. Unsere Jugend ist ein ganz schön konservatives Pack, fürchte ich. Jedenfalls bekommen die Füxe noch keine Abzeichen, weil sie sich erst mal ihre Sporen mit Saufen und Fechten verdienen müssen. Bleiben 17. Diese 17 wohnen zusammen in einer alten Villa. Die Chefs in dem Haus heißen Alexander Demant und Lukas Voss. Sagt zumindest mein Onkel Erwin. Von den beiden gibt es keine polizeilichen Akten. Die Villa steht übrigens im Nikolausberger Weg.«

»Der an der Nordseite des Alten Botanischen Gartens vorbeiführt«, ergänzte Konrad.

»Was herzlich wenig zu sagen hat«, merkte Markus bissig an. Er wandte sich an Christian. »Was hältst du davon, wenn wir dieser Villa mal einen informellen Besuch abstatten?«

»Darf ich mit?«, bettelte Elli. »Ich würde so gerne mal in solch einen Hort der Mannhaftigkeit reinschnuppern!«

»Riecht sicher wie bei mir zu Hause. Nach alten Socken und verschwitzten T-Shirts«, meinte Henning.

Die Villa stand wie eine Trutzburg zwischen den erheblich kleineren Häusern in ihrer Umgebung. Ein Hochparterre, zwei Stockwerke und ein immenser Dachstuhl mit riesigen Erkern verlieh ihr eine beträchtliche Höhe. Der wilhelminische Bau war von Efeu bewachsen, sogar die Dachgauben waren begrünt. Die mannshohen Fenster sowie die Zinnen der Gauben waren säuberlich freigeschnitten von dem wuchernden Kraut. Das Ganze machte einen gepflegten und wohlhabenden Eindruck.

»Woher haben diese Nasen bloß immer die Kohle, um in den besten Villen zu wohnen?«, fragte Markus mehr sich als die anderen.

»Die Alten Herren. Korporationen pflegen ihre Kontakte. Sie

sind verschworene, häufig sehr elitäre Gemeinschaften, und ihre Mitglieder besetzen nach absolviertem Studium oftmals hochrangige Posten in Wirtschaft und Politik. Auf den von ihnen gesponserten Verbindungshäusern wird der Nachwuchs herangezogen. Hierarchiegläubig und linientreu.« Christian erinnerte sich an Annas bissige Bemerkungen zu dem Thema.

Auf den sonoren Klingelton hin öffnete ein Student Anfang zwanzig mit Pickeln im Gesicht. Markus und Christian zeigten ihre Ausweise und fragten nach Alex Demant oder Lukas Voss. Höflich sagte der junge Mann, er werde Bescheid geben und schloss die schwere Eichentür wieder. Die Polizisten standen wie wartende Dienstboten in der Kälte. Es dauerte eine Weile, bis ein anderer junger Mann zur Tür kam. Christian erkannte ihn sofort, es war der Typ mit dem Menjoubärtchen, der im »Thanners« mit Anna gesprochen hatte. Er stellte sich als Alexander Demant vor, wobei er seinen Namen französisch aussprach. Markus bat ihn um eine kleine, informelle Unterredung. Zuvorkommend öffnete Alex die Tür und bat Markus und Christian herein. Vor Elli deutete er eine kleine Verbeugung an. »Sie müssen verzeihen, meine Dame, aber Frauen ist auf unserem Haus kein Zutritt gewährt. Ein ehernes Gesetz, dem wir Folge leisten, auch wenn wir weibliche Gesellschaft im Allgemeinen sehr zu schätzen wissen.«

Elli wollte protestieren, ihrer verkniffenen Miene nach zu urteilen, lag ihr kein freundlicher Satz auf der Zunge. Doch Markus brachte sie mit einem Blick zum Schweigen. Beleidigt drehte sich Elli um und stakste zu dem geparkten Dienstwagen.

Alexander Demant führte Markus und Christian durch eine imposante Halle, deren Wände vom Boden bis zur Decke mit Echtholzkassetten vertäfelt waren. Zwei riesige Kronleuchter ersetzten das mangelnde Tageslicht in dem düsteren Raum. Alex öffnete eine Tür, steckte den Kopf in die dahinterliegende Küche und orderte eine Kanne Kaffee sowie etwas Gebäck für die Bibliothek.

»Oder möchten Sie vielleicht lieber Tee?«, versicherte er sich kurz bei seinen Gästen, die jedoch den Kaffee bevorzugten. In der eindrucksvollen Bibliothek angekommen, nahm Alex gegenüber von Markus in einem der wuchtigen Klubsessel Platz. Er trug teuer aussehende Lederschuhe in Braun, wie Christian auffiel. »Schöne Schuhe«, sagte er.

Alexander blickte irritiert nach unten. »Ich lege Wert auf gepflegte Kleidung.«

Christian schlenderte ziellos umher und besah sich die wertvoll aussehenden Folianten, die die Bücherregale füllten.

»Was können wir von der Herculania für die Polizei tun?«, eröffnete Alexander, nun ganz entspannt in der Rolle des Hausherrn aufgehend, das Gespräch. Markus nahm den Anstecker heraus und zeigte ihn Alexander. »Wissen Sie, was das ist?«

»Natürlich. Das ist das Abzeichen der Herculania. Es zeigt Herkules, der als Kind zwei Schlangen besiegte.«

»Wie viele Leute haben ein solches Abzeichen?«

»Die Alten Herren, wir hier im Haus, die Füxe natürlich nicht ... Verzeihen Sie, wenn ich Ihnen spontan keine genauen Angaben mache, aber das muss ich erst überprüfen. Darf ich fragen, woher Sie das Abzeichen haben?«

Christian, der sich bislang desinteressiert am Gespräch gezeigt hatte, um die Dringlichkeit zu verschleiern, setzte sich nun betont entspannt dazu.

»Es wurde in der Nähe eines Tatortes gefunden. Sie haben sicher von den Frauenmorden gehört?«, mischte er sich ein. Er hielt mit dem Wissen über die Vergewaltigungen hinterm Berg. Sie waren noch nicht durch die Presse gegangen, und es war ihm lieber, wenn er die Studenten einzeln und überraschend mit diesem Thema würde konfrontieren können.

»Heißt das, dass Sie einen Herculanier in diesem unschönen Zusammenhang verdächtigen?«

Christian hatte seine Lider halb gesenkt, dennoch beobachtete er den jungen Mann genau. Abgesehen von einem winzigen Zusammenkneifen der Augen war keinerlei emotionale Reaktion zu erkennen.

»Dafür gibt es keinen Anhaltspunkt. Ich sagte, in der Nähe

eines Tatorts, nicht am Tatort. Wir hoffen lediglich, dass sich ein junger Mann aus Ihrer Burschenschaft zum fraglichen Zeitpunkt dort aufgehalten hat und uns eventuell als Zeuge dienen kann.«

»Lag das Abzeichen im Alten Botanischen Garten? Dort wurden doch zwei Leichen gefunden, oder?«

»Das stimmt. Wir würden nun gerne wissen, wem von Ihnen sein Abzeichen fehlt.«

Alexander lächelte leicht. »Wer sagt Ihnen, dass das Abzeichen zum Tatzeitpunkt verloren ging? Und nicht eine Stunde oder einen Tag vorher? Oder danach?«

Markus übernahm. »Das wissen wir nicht. Aber wir möchten es gerne überprüfen. Sie werden sicher verstehen, dass wir in diesem Fall jeder Hoffnung auf einen Augenzeugen nachgehen.«

»Wenn einer von uns etwas Illegales wie einen Mord beobachtet hätte, wäre er sofort zu Ihnen gekommen, um eine Aussage zu machen. Das ist Bürgerpflicht, und daran halten wir uns. Mal ganz abgesehen von der moralischen Verpflichtung. Außerdem: Was sollte einer von uns mitten in der Nacht im Alten Botanischen Garten?«

Markus ging der arrogante Tonfall des jungen Mannes langsam auf den Wecker: »Es ist uns bekannt, dass der Garten von Studenten gerade in der Nacht gerne für Schäferstündchen und zum Drogenkonsum genutzt wird. Und auch wenn Sie und Ihre Brüder jeglichen Bürgerpflichten mit Freuden nachkommen, ficken tun sie doch wohl auch? Aber wohl kaum hier im Hause, wo Frauenverbot herrscht, oder?«

Ein Mann Mitte dreißig kam herein und brachte eine Kanne Kaffee sowie drei Tassen, Zucker und eine Schale Gebäck.

»Darf ich vorstellen? Heinrich Kramer, unser Fax«, sagte Alexander.

Kramer gab den beiden Polizisten die Hand: »Fax heißt so was wie Hausmeister. Guten Tag, die Herren.« Dann verschwand er wieder.

Alexander goss Kaffee in die Tassen und reichte sie mit gezierten Bewegungen an seine Gäste weiter.

»Wenn ich an Ihre Bemerkung von eben anknüpfen darf, Herr Hauptkommissar Lorenz. Herculanier nehmen keine Drogen. Den Frauen sind wir nicht abgeneigt, aber unsere diesbezüglichen Zusammenkünfte finden nicht bei Kälte und Nässe unter freiem Himmel statt. Wir sind keine Tiere. Zu diesem Zweck, den wir übrigens nicht als ›ficken‹ bezeichnen, besitzt die Herculania zwei Apartments in Göttingen. Ansprechend eingerichtete Orte, sauber, diskret und mit Heizung. Wir wollen uns standesgemäß mit unseren Couleur-Damen vergnügen können, wir wühlen mit unseren Hintern nicht im Dreck.«

»Oh, der feine Herr ist beleidigt«, spöttelte Markus. »Sagen Sie, sind Sie eigentlich Franzose? Weil Sie Ihren Namen so komisch aussprechen? Und dieses Bärtchen! Sieht irgendwie schwul aus.«

Endlich machte sich in Alexanders Gesicht eine Regung bemerkbar. Er erbleichte und kniff die Lippen zusammen. »Vom Pass her bin ich Deutscher. Aber meine Vorfahren waren Franzosen. Hugenottenadel, um genau zu sein. Deshalb können Sie mich nicht beleidigen. Schon gar nicht mit dieser billigen Provokation der Homosexualität. Viel zu plebejisch.«

»Es lag nicht in unserer Absicht, Sie zu beleidigen. Verzeihen Sie, die Wortwahl meines Kollegen ist manchmal etwas rüde.« Christian fand das alte »Good Cop-Bad Cop«-Spiel zwar öde, aber erstaunlicherweise funktionierte es immer. So auch hier. Alexander entspannte sich wieder und wandte seine Aufmerksamkeit Christian zu.

»Akzeptiert. Dennoch, fürchte ich, kann ich Ihnen nicht weiterhelfen.«

Christian zog eine zusammengefaltete Liste aus seiner Jackentasche. »Wir haben vom Einwohnermeldeamt eine Aufstellung der hier wohnenden Studenten. Ich wäre Ihnen sehr verbunden, wenn Sie mir sagen könnten, ob diese Liste vollständig und korrekt ist.«

Alexander nahm die Liste, blickte darüber und strich zwei Namen durch. »Die beiden haben zu Beginn des Wintersemesters nach Bonn gewechselt. Vermutlich haben sie sich noch nicht umgemeldet.« Er strich einen dritten Namen durch: »Rainer ist zwar hier gemeldet, weilt seit Oktober aber für ein Austauschsemester in Los Angeles. Er kommt also als Mörder wohl kaum in Frage.«

»Als Zeuge«, korrigierte Christian sanft. »Es bleiben also 14 auf der Liste.«

Alexander nickte und gab das Papier zurück.

»Es wäre sehr freundlich von Ihnen, wenn Sie allen Bescheid geben würden, dass wir mit ihnen reden wollen. Das würde uns eine Menge Arbeit ersparen.« Christian erhob sich und streckte Alexander die Hand zum Abschied hin. Markus verzichtete auf den Handschlag. »Morgen früh fangen wir mit Ihnen an. Kommen Sie um neun Uhr in mein Büro in der Groner Landstraße 51. Die anderen sollen sich schnellstmöglich per Telefon melden, um Termine auszumachen. Sonst melden wir uns. Und ja, verstehen Sie das bitte als Drohung.«

Als Markus und Christian auf die Straße traten, war Elli mit dem Dienstwagen verschwunden.

»Was können wir dafür, dass sie draußen warten muss? Aber auch gut. Ich will eh was trinken. Das braucht sie nicht mitzukriegen.« Markus wirkte erschöpft, aus seiner geöffneten Jacke quoll unangenehm scharf riechender Schweißgeruch.

»Hat sie schon. Für wie blöd hältst du deine Leute eigentlich?«

Christian war aggressiv, auch wenn es keinen nachvollziehbaren Grund dafür gab. Es war so, wie es war. Aber dieser Schweiß. Der Geruch war so salzig, dass Christian ihn schmecken konnte. Er kannte diesen Geruch, diesen Geschmack, er erinnerte ihn an einen Moment der Angst im Angesicht des Todes. Die Angst, schon tot zu sein, bevor man stirbt. Wenn man sich ihr auslieferte, war man verloren. Er hasste Markus für diesen Geruch, für diese Erinnerung.

Der Mörder saß im Schneidersitz auf dem Sofa und sah sich sein Buch an. Er wusste, das Buch war eine Dummheit. Aber er konnte nicht anders. Die Aufgabe war zu wichtig, sie war zu groß, als dass er sie hätte nur in seinem Kopf bewegen können, und in seinem Herzen. Es drängte nach außen, aber er durfte nicht darüber reden. Also schrieb er auf. Begründete die Urteile. Wieder und wieder.

> *»Schlecht also ist die Frau von Natur aus.«*

Machte Notizen. Stellte Zitate zusammen. Fertigte Protokolle und Zeichnungen an. Sammelte Zeitungsartikel. Er las sie gerne. Die Ahnungslosigkeit und Ignoranz der Menschen verblüffte ihn jedes Mal. Waren sie wirklich so blind? Wie konnten sie das Offensichtliche nicht sehen?

> *»Diese Mängel werden auch gekennzeichnet bei der Schaffung der ersten Frau, da sie aus einer krummen Rippe geformt wurde, d. h. aus einer Brustrippe, die gekrümmt und gleichsam dem Mann entgegengeneigt ist. Von diesem Mangel rührt auch, dass die Frau immer täuscht, da sie ein unvollkommenes Lebewesen ist.«*

Wenn er in seinem Buch blätterte, fühlte er sich außerordentlich. Die Aufgabe, die er erfüllte, war schwierig. Manchmal sogar ekelhaft. Das mit dem Auge hatte er nicht gerne gemacht, er war ja kein Metzger! Dennoch betrachtete er das Polaroid von dem Auge in dem Einmachglas mit tiefer Zufriedenheit. Endlich konnte er das tun, wozu er bestimmt war. Wer konnte das schon? Die Menschen um ihn herum fristeten ihr kümmerliches Dasein, wurden geboren, Kindergarten, Schule, Arbeit, Heirat, Nachwuchs. Und dann ging der Kreislauf in eine neue Runde ewiger Monotonie und Sinnlosigkeit. Der Mörder war sicher, dass einige Menschen da draußen auch etwas in sich spürten. Eine Sehnsucht nach mehr, ein Verlangen nach Höherem. Aber sie folgten dem Ruf nicht. Sie hatten Angst. Polsterten ihre Zweifel ab mit Bausparverträgen und Jahresurlauben in der Türkei. Gingen weiter jeden Morgen zum Busbahnhof oder in die Garage, fuhren zur Arbeit, verdienten ihre Brötchen, fuhren nach Hause und aßen ihr Abendbrot vor dem Fernseher. Ob die Männer das alles nur taten, damit sie des Nachts in den Schoß ihrer Frauen schlüpfen durften?

> *»Es schleicht sich dieses Böse des Dämons durch alle Öffnungen der Sinne ein, nimmt Gestalten an, passt sich den Farben an, hängt an den Tönen (und) dringt ein mit den Gerüchen.«*

Wenn er das dachte, fühlte er sich unendlich einsam. In melancholischen Momenten dachte er aber auch, dass es vielleicht da draußen doch noch einen gäbe wie ihn. Einer, der den Mut hatte, seiner Berufung zu folgen. Einen, der nicht blind war und nicht feige. Der Mörder wünschte sich sehr, einen solchen Mann kennenzulernen. Aber das ging nicht. Er durfte nicht hoffen, nicht suchen. Er musste allein sein: das war der Preis, den er zu zahlen hatte. Für die Freiheit, die seine Aufgabe erforderte, und für die Größe, die sie ihm schenkte. In der Einsamkeit liegt die Größe des Genies, dachte der Mörder und blätterte durch sein Buch. Am besten gefiel ihm das Zeitungsfoto von der ersten Leiche. Wie schön sich der Busch auseinanderbog und den Blick freigab. Und wie großartig dieser zerlumpte Kommissar, der die Bürgermeisterin ohrfeigte. Der Kommissar gefiel ihm. Der war aggressiv, ordnete sich nicht unter.

Wenn er die Bilder ansah und die Artikel las, erinnerte sich der Mörder an die berauschende Erfahrung von Größe. Es war nicht diese verachtenswerte Größe, die man aus den bewundernden Blicken des Publikums abliest. Dass er die Artikel sammelte, war keine Eitelkeit sondern Dokumentation. Er brauchte und wollte kein Publikum! Er hatte sein Buch. Die letzte Eintragung hatte er fast verblüfft geschrieben. Jetzt genoss er es.

Eine zu große Aufgabe, mag ich mir anfangs gedacht haben. Dann aber … Ich lerne … es ist GUT. Ich fühle mich GUT. Ich bewege. Ich beherrsche. Sie kommen wieder, die im Schlaf. Die aus der stinkenden Wolke, die sich auf mich setzen, um mich auszusaugen. Aber nun herrsche ich! ICH sage ihnen, wie sie ihre Hüften wiegen sollen. Ich habe Macht.

Er war der Herrscher, nicht mehr der Beherrschte. Er war unabhängig von allem und jedem und frei von Angst. Das war besser als alles. Es war die Summe von allem.

Am Donnerstag, dem 1. März, waren die Mitglieder des Göttinger Teams am Rande ihrer Kräfte. Fast rund um die Uhr hatten sie sich die Hacken abgelaufen, Anhörungen durchgeführt, Zeugen befragt, zwischendurch den frisch operierten Kollegen Carsten im Krankenhaus besucht, Alibis überprüft, und waren einer Flut von nutzlosen oder falschen Hinweisen nachgegangen. Am Mittwoch hatte sich noch eine junge Frau gemeldet, die im November in Uninähe von zwei Männern vergewaltigt worden war. Es lagen also seit Halloween drei Morde und fünf gemeldete Vergewaltigungen vor. Das Team um Markus und Christian wurde inzwischen unterstützt von einer bei der Sitte eingerichteten Sondertruppe und einer Anzahl zusätzlicher Kriminalbeamter, die von Haus zu Haus gingen, Zeugen suchten und bei den Bergen von anfallendem Papierkram halfen. Die Befragung der Burschenschafter aber war Chefsache gewesen.

Alle vierzehn Bewohner des Verbindungshauses, die Dienstag und Mittwoch vernommen worden waren, konnten ihre Abzeichen vorlegen. Dennoch wurden die Jungs nicht als Verdächtige ausgeschlossen. Immerhin wussten Christian und Markus sehr gut, dass dreiundzwanzig Herculanier im Laufe der letzten Jahre ihre Abzeichen wegen Fechtunwilligkeit hatten abgeben müssen. Es war also durchaus möglich, ein Fehlendes zu ersetzen. Selbst Alexander Demant musste das schließlich zugeben, auch wenn er zuvor noch vollmundig behauptet hatte, die Abzeichen seien sicher in der Bibliothek in einer abgeschlossenen Schatulle verwahrt, an die keiner seiner Verbindungsbrüder rühren würde. Als man vor Ort nachsah, befanden sich allerdings nur noch einundzwanzig in der mitnichten verschlossenen Schachtel. Anscheinend war es schon öfter vorgekommen, dass ein verlorenes Teil heimlich aus dem Fundus ersetzt wurde.

Die Vernehmungen ergaben, dass von den vierzehn Studenten die meisten trotzdem nicht als Täter in Betracht kamen. Fünf waren am 20. Dezember des vergangenen Jahres in Urlaub gefahren, kamen also weder für den Mord am 21. noch für die Vergewaltigung am 23. in Frage. Da sowohl bei den Morden als auch bei den Vergewaltigungen von Serientätern ausgegangen wurde, möglicherweise sogar den gleichen, konnten die fünf aus dem Kreis der Tatverdächtigen ausgeklammert werden. Blieben noch neun. Von den neun hatten wiederum vier ein wasserdichtes Alibi für mindestens zwei Morde und zwei bis drei Vergewaltigungen. Bei den verbliebenen fünf wurde es knifflig.

Am Donnerstagabend begab sich Christian im Konferenzraum zu der mit Daten, Namen und Tatzeitpunkten beschrifteten Tafel und brachte die Kollegen auf Stand. Markus war nicht dabei. Er hatte sich mit Erschöpfung entschuldigt und angegeben, dass er nach Hause fahre, um sich hinzulegen. Keiner glaubte ihm. Aber ebenso wenig kommentierte es einer. Elli, Henning, Egon und Konrad saßen stumm da und hörten Christian zu.

»Wir gehen in unserer momentanen Tatversion davon aus, dass wir mit den Burschenschaftern der Herculania richtigliegen. Natürlich dürfen wir bei den weiteren Ermittlungen nicht aus den Augen lassen, dass wir uns dabei bislang lediglich auf ein Abzeichen stützen, das nach einer Vergewaltigung aufgefunden wurde. Zu den Morden hat sich dadurch keine Verbindung ergeben. Dennoch scheint diese Spur vielversprechend. Nach den bisherigen Vernehmungen bleiben 5 Herculanier, die entweder keine Alibis haben oder deren Angaben auf wackligen Füßen stehen. Beginnen wir von vorne. Wir haben eine Mordserie und eine Vergewaltigungsserie. Beide Serien beginnen nach bisherigen Erkenntnissen in der Halloweennacht des letzten Jahres. Ein Umstand, der auf einen Zusammenhang hindeuten könnte. Keiner der Herculanier hat für diese Nacht ein wasserdichtes Alibi. Sie befanden sich alle auf der Uniparty, verkleidet und maskiert. Alexander Demant und Lukas Voss geben an, den ganzen Abend zusammen verbracht zu haben, ebenso Oliver Simon und Ingo Lampe. Martin Johansen ist in jener Nacht wie in vielen anderen allein zu Hause geblieben. Er studiert Theologie und macht sich nichts aus Partys, schon gar nichts aus heidnischen Partys.«

Christian deutete auf die nächsten Daten an der Tafel: »Zweite uns bekannte Vergewaltigung am 11. November. Zweite Leiche am 21. Dezember. Für den Mord hat keiner der 5 ein Alibi, alle geben an, zum Tatzeitpunkt am frühen Morgen in ihren Betten geschlafen zu haben. Für die Vergewaltigung decken sich Demant und Voss wieder gegenseitig. Simon hat ein Alibi, denn er schlief mit seiner Freundin in einem der Apartments, das den Herculaniern als Rammelbude zur Verfügung steht. Lampe war bei seinen Eltern zum Essen. Johansen war zu Hause und las in der Bibel.«

Elli meldete sich zu Wort: »Ist es denn sicher, dass die Aussage von Simons Freundin stimmt? Vielleicht hat er sie überredet, ihm zu helfen.«

»Möglich. Aber Simon hat auch für die dritte Vergewaltigung ein Alibi, und das ist wasserdicht. Ich neige dazu, ihn auszuschließen.«

Christian verteilte Kopien eines Schaubildes an alle. »Bevor ich mich mündlich in den ganzen Daten und Tatzeitpunkten verlaufe, seht euch das Schaubild an. Wir haben alle nachprüfbaren Alibis eingetragen. Letztlich geht daraus hervor, dass Demant und Voss sich bei allen Vergewaltigungen gegenseitig decken. Außer bei der bislang letzten in der Nacht vom 17. auf den 18. Februar. Da war Voss nach einer Feier im Verbindungshaus mit den anderen in eine Kneipe gegangen. Nur Demant und Johansen hatten sich nicht angeschlossen. Bei Johansen ist das normal, ihm liegt, wie schon erwähnt, nichts am Feiern.«

»Ich finde das höchst verdächtig, wenn einer nicht feiert. Ist doch gestört!«, warf Egon ein.

Christian lächelte. »Verdächtiger ist es bei Demant, der laut Aussage der anderen sonst nie eine Möglichkeit zum Feiern auslässt. Er selbst hat gesagt, ihm wäre es magenmäßig nicht gut gegangen, er hätte sich hingelegt.«

Alle studierten das Schaubild. Konrad war am schnellsten damit durch: »Was halten wir davon, dass die Vergewaltigungen mit zwei Tätern letztes Jahr erfolgt sind, die von diesem Jahr aber von einem Einzeltäter durchgeführt wurden?«

»Guter Punkt«, fand Christian. »Hast du eine Theorie?«

»Zwei Typen fangen an, junge Frauen zu vergewaltigen. Vielleicht sogar aus einer Partylaune heraus. Im Suff an Halloween. Einem von beiden genügt das nicht. Ich nenne ihn Eins. Eins hat Geschmack an der Gewalt gefunden und geht in der gleichen Nacht noch los und tötet. Zwei hat nichts davon mitbekommen. Sie machen weiter mit den Vergewaltigungen. Irgendwann wird es Zwei zu langweilig oder zu heiß, und er hört auf. Eins macht allein weiter. Mit Vergewaltigungen und Mord.«

Christian fragte sich schon seit Längerem, was Markus eigentlich gegen Konrad einzuwenden hatte. Sicher, er war erst einmal unsympathisch, aber er erwies sich als guter Denker und wertvoller Mitarbeiter.

»Es könnte auch sein, dass Eins sich ausklinkt, weil ihn langsam und heimlich das Gefühl beschleicht, sein Kumpel könnte mit den Morden zu tun haben. Oder er weiß es sogar und hat sich deswegen vom Acker gemacht«, ergänzte Christian.

»Würde er den Mörder decken? Damit macht er sich mitschuldig«, sagte Elli.

»Wenn er seinen Kumpel verrät, ist er selbst wegen der Vergewaltigungen dran«, warf Henning ein.

»Vielleicht ist Zwei aber auch gar nicht ausgestiegen. Vielleicht morden sie ja auch gemeinsam. Zusammen oder abwechselnd. Und sitzen dann auf ihrem Zimmer und erzählen sich gegenseitig von ihren Großtaten. Das würde die unterschiedlichen Tötungsarten erklären. Erstechen, Ertränken, Erdrosseln ...«

Auch hier musste Christian Konrad recht geben. Zum bisherigen Zeitpunkt konnten und durften sie nichts ausschließen. Die Übereinstimmungen bei Tatzeiten, Tatwerkzeugen und Opferpersönlichkeiten sprachen für einen Einzeltäter, die Tathergänge jedoch konnten auf zwei hindeuten. Zwar hatte Christian das deutliche Gefühl, dass es sich bei den Morden um einen Täter handelte, und auf sein Gefühl verließ er sich, aber er hütete sich auch, das deutlich auszusprechen. Er übte einen Beruf aus, bei dem Beweise zählten und sonst nichts.

»Jedenfalls werden wir uns Demant, Voss und Johansen noch einmal vorknöpfen, und zwar richtig. Die von zwei Zeugen angegebene Größe von etwa einem Meter achtzig kommt bei allen dreien plus/minus fünf Zentimeter hin. Außerdem ... Da stinkt was, das rieche ich ganz deutlich. Egal, was es ist, wir kriegen es raus.«

Christian spürte an der allgemeinen Zustimmung, dass auch die anderen vom Jagdfieber gepackt waren. Seit sie den Hinweis auf den Anstecker erhalten hatten, war eine Spur da, die sie verfolgen konnten. Selbst der dickleibige Henning und der schwabbelnde Egon, die die ersten Wochen eher unbeweglich in sich und ihrem Fett geruht hatten, schienen vor Aufregung zu beben. Nur Konrad blieb nach außen völlig ungerührt.

Ellis Handy klingelte. Sie nahm das Gespräch an und ging hinaus, um die anderen nicht in ihren Diskussionen zu stören. Etwa eine Viertelstunde später kam sie zurück.

»Schlechte Nachrichten, Leute. Das war eben Gabriele Baldorf, das Vergewaltigungsopfer von Halloween. Sie hat sich an was erinnert. Einer der beiden Typen hat den anderen, als sie weggegangen sind, Philip genannt. Ich bin die Mitgliedsliste der Herculania schon komplett durchgegangen. Kein einziger Philip. Wir liegen falsch. Bloß wegen dieses blöden Ansteckers. Scheiß auf die Burschenschafter, wir sind in einer Sackgasse.«

Frustriert ließ sich Elli auf ihren Stuhl fallen. Jegliche Spannung war aus ihrem Körper gewichen. Den anderen erging es ähnlich. Diese Nachricht war eine eiskalte Dusche auf ihr Fieber. Christian war klar, dass die Truppe auseinanderzubrechen drohte. Die Leute waren erschöpft, übermüdet, und nun war ihre erste Hoffnung auf einen Sinn in den Anstrengungen der letzten Wochen und Monate zertrümmert worden.

»Vielleicht ist der Anstecker eine falsche Spur. Vielleicht hat vor einem Jahr einer von der Herculania sein Abzeichen verloren, und der Vergewaltiger hat es gefunden. Vielleicht. Vielleicht ist aber auch der Name Philip eine falsche Spur. Leute, wir machen weiter wie geplant. Und auch wenn ich mich wiederhole. Da stinkt etwas. Und wir kriegen es raus.«

Nicht überzeugt, aber dankbar blickten sie Christian an. Es gab Momente auf einer Galeere, in denen der Trommler wichtiger war als die Ruderer.

Müde ging Christian nach Hause. Er hatte halbwegs gut getrommelt, aber dabei seinen eigenen Frust unterdrückt. Wenn er einen Fall bearbeitete, musste jedes Puzzlestück passen, man konnte nicht daran herumschnitzen, und es durfte auch keins übrig bleiben. Er war voreilig gewesen, hatte schon die Ahnung eines fertigen Bildes gehabt. Was für ein Irrtum. Sie wussten nichts, standen immer noch am Anfang. Mit Erleichterung stellte er fest, dass Markus tatsächlich nicht zu Hause war. Seinem Freund beim selbstzerstörerischen Saufen zuzusehen, hätte ihm jetzt den Rest gegeben. Hungrig und ratlos stand er vorm Kühlschrank. Eine schon angegammelte Pizzahälfte, ein abgelaufener Joghurt und vertrocknete Radieschen verhöhnten ihn. Er nahm alles heraus, warf es in den Müll und fing an zu fluchen. Er verfluchte den Inhalt des Kühlschranks, er verfluchte Göttingen, er verfluchte Markus und noch mal Markus, und dann noch die Tatsache, dass er hier war und nicht in Hamburg bei Anna. Der Nachteil beim Fluchen war, es machte nicht satt. Also beschloss er, sich draußen einen Döner und Pommes oder etwas ähnlich Ungesundes zu besorgen. Er zog seine alte, verbeulte Cordjacke über, nahm den Schlüssel von der Kommode im Flur, riss die Tür auf und blickte Anna ins Gesicht, die gerade hatte klingeln wollen. Nach einer Sekunde der Fassungslosigkeit riss er sie in seine Arme.

»Geschenk des Himmels! Du hast ja keine Ahnung, wie sehr du mir gefehlt hast! Gehen wir essen?«

Eine knappe Stunde später bekamen sie in einem nahe gelegenen Restaurant riesenhafte Steaks serviert mit einer doppelten Portion Pommes für Christian und Blattspinat für Anna. Die Gaststätte war gut besucht und anheimelnd eingerichtet. An den vom Rauch vergilbten Wänden hingen Fotos aus alten Göttinger Zeiten, im großen Kamin prasselte ein Feuer und verbreitete den Geruch von harzigem Buchenholz. Christians Laune war sprunghaft angestiegen, er sah trotz seiner Konzentration auf den rosa gebratenen Fleischlappen immer wieder Anna an, glücklich strahlend. Während des Essens sprachen sie kaum. Auch nach dem Essen gaben sie sich noch ein Bier lang einvernehmlichem Schweigen hin und dem stillen Genuss ihrer Gesellschaft. Dann erzählte Christian von den Ermittlungen, den Anstrengungen, den Hoffnungen, einen wichtigen Schritt nach vorne gemacht zu haben und von der Enttäuschung des heutigen Tages. Über Markus' Rückfall war Anna auf dem Laufenden, das hatte Christian ihr schon am Telefon erzählt. Den beruflichen Kram sparte er bei ihren regelmäßigen Telefonaten meist aus. Sie hatten Wichtigeres und Schöneres zu bereden. So erfuhr Anna nun zum ersten Mal von den Vergewaltigungen. Dass immer noch so viele Frauen diese Gewalttat nicht anzeigten, machte sie fassungslos.

»Habt ihr schon ein Täterprofil?«

»Nein. Ich habe heute Morgen Pete und Volker angerufen. Wollte sie bitten, herzukommen. Pete sollte mir ein Profil erstellen, Volker bei den Vernehmungen helfen.«

Volker war der Verhörspezialist der Soko Bund. Er verwirrte die Leute mit absurden Fragen, wenn sie dann verunsichert waren, sah er sie nur noch stumm an. Und ganz so, als wären seine Augen der Schlüssel zu einer geheimnisvollen Pforte, durch die man nur hindurchschreiten müsse, um sich besser zu fühlen, ergaben sich sogar hartgesottene Schweiger und geübte Verweigerer Volkers Blick und kehrten ihr Innerstes nach außen.

»Aber sie mussten nach Kiel. Da sind im Knast zwei Wärter getötet worden von einem Typen, den wir mal verhaftet haben. Der Kerl ist auf der Flucht.«

»Wie blöd. Du könntest sie bestimmt gut brauchen.«

»Die Kollegen hier sind nett und machen ihre Sache gut. Aber es ist kein ausgewiesener Fachmann fürs Profiling da.« Christian überlegte. »Sag mal, hättest du Lust, dir die drei Vernehmungen morgen anzusehen? Durch die Scheibe natürlich nur, die Kerle sehen dich nicht. Den einen kennst du übrigens.«

»Woher denn?«

»Der Typ mit dem schmalen Oberlippenbärtchen, der dich im ›Thanners‹ vollgequatscht hat, als wir zum ersten Mal hier waren.«

Anna erinnerte sich. »Der war ausgesprochen höflich. Fast dandyhaft.«

»Er glaubt, er sei von altem französischen Adel. Ein Musketier, oder so was. Jedenfalls stimmt mit ihm und seinen beiden Kumpels etwas nicht. Sagt mir mein Gefühl. Die Hinweise sind mager, aber … Du hast ein gutes Gespür für Menschen und ihre Abgründe. Schau sie dir an. Aber es ist auch okay, wenn du Nein sagst. Ich will dich nicht schon wieder in was reinziehen.«

Aufgrund ihrer langjährigen Erfahrungen als Therapeutin und einer fundierten NLP-Zusatzausbildung, dem Neurolinguistischen Programmieren, war Anna in der Lage, mit hoher Trefferquote zu beurteilen, welche Zugangshinweise es bei einem Gegenüber gab, wie man am besten Kontakt aufbaute, wie man führen konnte, und wann gelogen wurde.

»Okay. Ich mach's. Du ziehst mich in nichts rein. Außerdem … der Fall interessiert mich. Vielleicht, weil ich es nicht ertrage, wenn junge Frauen abgeschlachtet werden. Vielleicht, weil ich überlege, mich ein wenig in Richtung Kriminalpsychologie zu bewegen. Mal ein Seminar besuchen oder so …«

Christian sah sie überrascht an. »Seit wann denn das?«

»Ich denke schon seit einiger Zeit darüber nach. Als ich damals Carlos Dante therapierte, habe ich gemerkt, dass mich sein Fall weitaus mehr interessierte als die anderen. Vielleicht ist meine theoretische Beschäftigung mit dem Verbrechen aber auch nur eine Form, offensiv mit meinen traumatischen Erlebnissen umzugehen. Das denkt jedenfalls Professor Weinheim.« Anna lächelte. Professor Weinheim war ihr Doktorvater gewesen und seitdem ihr Supervisor, zu dem sie regelmäßig ging, um sich selbst zu justieren.

»Meinen Segen hast du. Dann muss ich kein schlechtes Gewissen mehr haben, wenn ich nur vom Job rede. Ich tue einfach so, als würde ich dich ausbilden wollen.«

Anna lachte kurz auf. Dann zog sie ein bedrucktes Blatt Papier aus ihrer Handtasche.

»Was ist das?«, fragte Christian.

»Freiwillige Hausaufgaben. Ich habe mir ein paar Gedanken gemacht. Aber wenn die Morde und die Vergewaltigungen zusammenhängen, ist das, was ich mir da zurechtgebastelt habe, kompletter Blödsinn.«

»Es ist nicht gesichert, dass es einen Zusammenhang gibt.«

»Nach dem, was du gerade erzählt hast, liegt es aber nahe.«

»Keine Ahnung. Vielleicht stehen wir auch wieder bei null.« Christian sah auf das Blatt Papier: »Samhain, Yule ...? Was ist das für eine Sprache?«

»Keltisch. Ich habe mir mal die Daten der Morde angesehen. Weil Halloween und der 21. Dezember so markante Tage sind.«

»Inwiefern?«

»Halloween ist die Nacht vor dem christlichen Allerheiligen, die vor allem in Irland und Nordamerika gefeiert wird. In Irland hieß das dazugehörige keltische Fest früher Samhain. Der 21. Dezember ist Wintersonnenwende. Die Kelten feierten das Fest Yule an dem Tag. Die dritte Leiche habt ihr am 2. Februar gefunden: Imbolc, das keltische Mondfest im Winter. In der christlichen Tradition heißt es Lichtmess.«

»Ich verstehe nicht ganz. Meinst du, wir haben es mit einem Kelten zu tun? Die gibt's doch gar nicht mehr. Oder mit einem Iren? Oder einem Fan alter keltischer Traditionen?«

Anna zuckte mit den Schultern. »Ich weiß nicht. Es ist mir nur aufgefallen, dass man alle Tatzeitpunkte keltisch zuordnen kann. Die Vergewaltigungen passen allerdings nicht ins Bild. Wahrscheinlich liege ich voll daneben. Ich hab auch noch ein paar andere Sachen ausprobiert. Die Namenstage oder die Quersummen der Daten.«

»Wie kommst du bloß auf so was?«

»Spieltrieb. Jedenfalls war die Keltenkiste das Einzige, was Sinn gemacht hat. Wenn ich damit richtig läge, würde euer Killer am

21. März wieder zuschlagen. Ostara, das keltische Fest der Fruchtbarkeit. Frühlingsanfang.«

Christian betrachtete skeptisch das Blatt, auf dem Anna ihre Recherche skizziert hatte. »Meiner Erfahrung nach morden die meisten Serientäter nach Motiven, die in ihrer kranken Psyche liegen, aber das muss ich dir ja nicht erzählen. Das Muster, nach dem sie vorgehen, ist auf die eine oder andere Art ein verschlüsseltes Bild dieses Motivs. Dass einer nach dem Kalender killt … Aber ich schaue mir deine These mal in Ruhe an.«

»Ist wahrscheinlich Blödsinn. Vermutlich hat mich nur meine Vorlesung über Bernheim und Babinski gelangweilt.«

»Bern… wer?«

Anna winkte lachend ab: »Vergiss es! Bestell lieber noch zwei Bier. Und dann gehen wir nach Hause. Ich habe dich nämlich auch vermisst.«

Am nächsten Morgen kam Anna mit zum Göttinger ZKD. Es war noch früh, aber die drei Burschenschafter warteten schon. Christian hatte alle zur gleichen Uhrzeit herbestellt. Er würde mit Johansen anfangen, dann Voss und zum Schluss Demant vernehmen. Er hoffte, dass Demant durch die lange Wartezeit ein wenig von seiner Selbstsicherheit und Arroganz einbüßen würde. Die drei saßen im Zimmer der Sekretärin, während Christian den Kollegen Anna vorstellte und ihre Anwesenheit begründete. Zu seiner Überraschung war sogar Konrad nett zu Anna und begrüßte die Unterstützung.

Als sie zum Vernehmungsraum gehen wollten, tauchte Markus auf, betrunken, unrasiert und ungewaschen. Er war die ganze Nacht nicht zu Hause gewesen, kam ganz offensichtlich direkt aus der Kneipe. Sofort spürte Christian, wie ihm wieder die Galle hochkam. Er packte Markus rabiat am Oberarm und schleppte ihn mit Gewalt zur Männertoilette. Dort ließ er ein Waschbecken voll kaltes Wasser laufen und tauchte Markus' Kopf hinein. Markus wehrte sich nach Kräften, doch er war noch viel zu betrunken, um dem durchtrainierten Christian ernsthaft etwas entgegenzusetzen. Christian zog Markus' Kopf an den Haaren heraus: »Na, jetzt nüchtern?« Markus japste nach Luft, Christian tauchte ihn wieder unter. Die Tür zum Toilettenraum wurde geöffnet, Elli und Anna kamen mit besorgten Mienen herein.

»Christian. Hör auf«, sagte Anna bestimmt. Sie war zwar dagegen, Alkoholikern mit unterstützendem Mitleid zu begegnen, aber Ertränken schien ihr als therapeutische Maßnahme ebenso ungeeignet.

Christian ließ Markus los. Markus kam hoch, rang keuchend nach Luft, gebückt, die Hände auf den Oberschenkeln abgestützt. »Willst du mich umbringen?«, fuhr er Christian an, sobald er wieder genug Atem hatte.

»Das besorgst du doch selber!«

Christian erteilte Elli den Auftrag, Markus nach Hause zu

bringen, abzuladen und sofort wieder herzukommen. Dann brachte er Anna in das Zimmer neben dem Vernehmungsraum, von wo aus sie durch einen Spiegel die Vernehmungen beobachten und über ein Mikro mithören konnte, ohne selbst gesehen zu werden. Henning und Egon leisteten Anna Gesellschaft, Konrad ging mit Christian in den Vernehmungsraum. Keiner erwähnte Markus' peinlichen Auftritt.

Als Erster wurde Martin Johansen zu Christian und Konrad gebracht. Christian bedankte sich bei ihm für sein Erscheinen, dann wurden unter Einschaltung des Aufnahmegeräts die Formalien wie Feststellung der Personalien und Zeugenbelehrung abgearbeitet. Konrad hatte sich auf einen Stuhl im Hintergrund gesetzt und beobachtete die Vernehmung. Ganz entspannt befragte Christian Martin zu seinen nicht vorhandenen Alibis für die Tatzeitpunkte. Martin wies stöhnend darauf hin, das alles schon zu Protokoll gegeben zu haben. Durch ständiges Wiederholen würde sich an den Tatsachen nichts ändern.

»Wie kommen Sie überhaupt auf die Idee, dass der Mörder ein Herculanier ist? Bloß wegen des blöden Abzeichens? Das kann doch nicht wahr sein!«

»Ich darf Sie noch einmal daran erinnern, dass Sie als Zeuge geladen sind und nicht als Beschuldigter.«

»Dann begreifen Sie endlich, dass ich nichts gesehen und gehört haben kann, weil ich zu den Zeitpunkten, von denen Sie die ganze Zeit reden, nicht an den Orten war, von denen Sie ebenfalls die ganze Zeit reden! Ich pflege nachts in meinem Bett zu liegen und zu schlafen!«

»Wieso gehen Sie eigentlich so selten mit den anderen aus, um sich zu amüsieren?«

»Wir feiern schon genug auf dem Verbindungshaus, und ich muss viel tun für mein Studium.«

»An dem Halloweenabend. Welche Kostüme haben Ihre Freunde getragen?«

»Das habe ich doch auch schon gesagt. Ich weiß es nicht. Die haben alle ein großes Geheimnis draus gemacht. Und mich hat es nicht interessiert.« Fast lauernd fragte er nach: »Wieso ist das denn so wichtig?«

»Was für ein Verhältnis haben Sie zu Schuhen? Mögen Sie schöne Schuhe?«

»Sieht das so aus?«

Martin zeigte genervt auf seine alten, abgetragenen Laufschuhe.

»Was für eine Schuhgröße haben Sie?«

»44. Wieso?«

»Fühlen Sie sich als angehender Theologe eigentlich besonders der Moral verpflichtet?«

Martin sah Christian offen an. »Der Moral und der Menschlichkeit. Auf jeden Fall.«

»Und wie ist das mit Ihren Mitbewohnern? Sind die auch alle so nette Menschen?«

Martin zögerte mit der Antwort. Er konnte nicht recht einschätzen, wohin die Fahrt ging, und wollte ganz offensichtlich keinen Fehler machen. Sich kooperativ zeigen. Aber auch solidarisch zu seinen Freunden. Unruhig rutschte er auf seinem Stuhl hin und her. »Bei einigen ist es mit der Moral nicht so weit her, wenn es um Frauen geht. Zumindest nach meinen Maßstäben. Aber ich halte keinen für fähig, eine Vergewaltigung oder gar einen Mord zu begehen. Wenn Sie das meinen.«

»Wie ist denn Ihre Moral Frauen gegenüber?«

»Ich halte mich von Frauen eher fern. Auch wenn man als evangelischer Pastor nicht zölibatär leben muss, glaube ich, dass die Leidenschaften, die eine Frau in einem Mann zu erwecken versteht, meiner Berufung nicht zuträglich sind.«

»Wozu sind Sie denn berufen?«

Martin Johansen wurde langsam ungeduldig, auch wenn er das zu unterdrücken suchte. »Wird das hier eine theologische Diskussion?«

Lässig erhob sich Christian und schlenderte ein wenig im Raum hin und her. Martin folgte ihm mit Blicken.

»Was ist mit Ihren Freunden Alexander Demant und Lukas Voss?«

»Was soll mit ihnen sein?«

»Die sind den Frauen nicht abgeneigt, nehme ich an.«

»Sie verzeichnen große Erfolge beim weiblichen Geschlecht. Womit klar wäre, dass sie keine Vergewaltigungen nötig haben. Was soll das überhaupt? Zuerst sagen Sie Alexander, Sie wollten uns als mögliche Zeugen wegen der Morde vernehmen, dann tischen Sie uns gleich bei der ersten Befragung was von Vergewaltigungen auf. Und jetzt sind nur noch wir drei vorgeladen. Worum geht es hier eigentlich?«

»Sie glauben, dass nur der vergewaltigt, der sonst nicht zum Schuss kommt?«

»Wäre doch ein Motiv, oder?«

Christian lächelte Martin freundlich an. »Dann hätten Sie wohl eins.«

Über Martins Gesicht huschte der Schatten eines verschlagenen Grinsens. »Nein, habe ich nicht. Im Gegenteil. Ich bin nämlich schwul.«

Nun meldete sich zum ersten Mal Konrad zu Wort: »Sind Sie nicht. Sie gehen nur nicht mit den anderen aus, weil Sie keine Frau abkriegen. Weil Sie hässlich sind.«

Martin sah böse zu Konrad. »Das geht Ihnen wohl so.«

»Ich bin nicht hässlich, ich bin nur klein«, erwiderte Konrad völlig ungerührt. Christian schmunzelte in sich hinein.

»Was machen die da?«, fragte Henning auf der anderen Seite des Spiegels ratlos. »Ich habe gelernt, dass man bei einer Zeugenvernehmung Sachlichkeit, Ruhe und Kompetenz ausstrahlen soll, dass man keine abstrakten Fragen stellen und das Vertrauen der zu vernehmenden Person gewinnen soll!«

»Das ist sicher richtig, wenn man einen Augenzeugen hat, der einem möglichst ruhig und konzentriert von seinen Wahrnehmungen berichten soll«, meinte Anna. »Aber hier sieht das anders aus. Christian hat nichts in der Hand. Er will rauskriegen, wie der Typ tickt, wie er ihn anpacken soll, um vielleicht an Infos oder Hinweise zu kommen, die ihm weiterhelfen bei seiner Einschätzung. Haben die Jungs etwas mit den Vergewaltigungen oder Morden zu tun? Deswegen arbeiten sie da drinnen mit Tricks, Verwirrtaktiken …«

»Überrumpelungsstrategie, Sondierungsstrategie, abtastende Vernehmung, Zermürbungsstrategie …«, mischte sich Egon ein. »Wenn du dein ›Handbuch für Kriminalistik‹ anständig intus hättest, würdest du jetzt nicht so blöd aus der Wäsche gucken.«

»Streber!« Henning war beleidigt, weil sein Kollege ihn vor der attraktiven Psychologin bloßstellte. Dabei wusste er das alles selbst, er hatte nur ein wenig Konversation mit ihr machen wollen. Sie roch so gut. Henning war vor einem halben Jahr von seiner Frau verlassen worden. Sie hatte die beiden halbwüchsigen Kinder mitgenommen und sich mit einem Autoschlosser nach Thüringen aus dem Staub gemacht. Die Scheidung stand demnächst an. Für Henning war das okay, er weinte seiner Frau nicht nach. Nur die Kinder fehlten ihm. Und Sex. Er hatte seit Monaten keinen Sex mehr gehabt. Zu Nutten gehen wollte er nicht, da genierte er sich. Aber jetzt stand diese hübsche Frau neben ihm, und sie roch nach Vanille und Puder. Henning wurde fast wehmütig vor Sehnsucht nach dem Duft einer Frau. Und ihre Stimme klang wie heiße Schokolade. Wenigstens reden wollte er mit ihr.

»Und woher wissen Sie das alles?«, wandte er sich deswegen unbeirrt wieder an Anna. Zu gerne würde er an ihrem kastanienbraunen, langen Haar schnuppern.

Anna sah unverwandt in den anderen Raum hinein. Sie wollte lieber der Vernehmung zuhören, als sich unbeholfen von Henning beflirten zu lassen. »In der Psychologie arbeiten wir ähnlich.«

»Stimmt, ist ja logisch. Unsere Vernehmungsspezialisten belegen ja auch Kurse in Psychologie.«

»Kannst du nicht mal die Klappe halten? Du lenkst mit deinem Gesabbel Frau Maybach und mich nur ab!«

Frau Maybach und mich. Wie albern. Nun war Henning klar, dass Egon auch gerne mal an Annas Haar schnuppern würde. Oder so was Ähnliches.

Drüben in dem anderen Raum beendete Christian die Vernehmung. »Eine letzte Frage. Gibt oder gab es bei der Herculania ein Mitglied namens Philip? Oder jemanden dieses Namens aus dem Umfeld der Burschenschaft?«

»Nein, bestimmt nicht, nicht die letzten drei Jahre, das wüsste …« Martin stutzte kaum merklich und sprach dann weiter: »… das wüsste ich. Vielleicht vor vier oder fünf Jahren, da müssten Sie in die Mitgliedslisten sehen.«

Martin verabschiedete sich knapp und wurde von Konrad hinausgebracht, damit er den anderen beiden vor ihren Vernehmungen nicht mehr begegnete.

»Was hältst du von ihm?«, wollte Christian in der kleinen Kaffeepause von Anna wissen.

»Blitzanalyse ohne Garantie: komplexbeladen, leicht aus der Fassung zu bringen, unsicher, auf seinen Vorteil bedacht, und er versteckt seine Introvertiertheit hinter seiner Denkfähigkeit. Er besitzt ein großes Kontrollbedürfnis, am liebsten würde er direkt fragen, was ihr wisst, aber er traut sich nicht. Er hat mehrfach gelogen. Nicht ganz sicher bin ich mir bei den Kostümen. Da könnte es sein, dass er etwas weiß. Aber wenn ihr nicht bereit seid, ihm zu sagen, worum es geht, will er euch auch nicht helfen. Er will die Kontrolle über seine Informationen behalten. Relativ sicher bin ich mir bei zwei Behauptungen: Er ist nicht schwul, sondern wollte sich mit diesem Argument nur möglichst einfach aus der Schusslinie bringen. Und er kennt einen Philip.«

»Das denke ich auch.« Christian nippte nachdenklich an seinem Kaffee. Kurz darauf zogen sich Anna, Henning und Egon wieder auf ihre Beobachterposition zurück. Christian wartete noch auf Konrad, bevor es mit Lukas Voss weiterging. Als Konrad hereinkam und sich ebenfalls einen Kaffee eingoss, fragte Christian: »Wieso warst du dir so sicher, dass er nicht schwul ist?«

»Weil ich alle Schwulen in Göttingen kenne.«

Christian sah ihn fragend an.

»Nein, meine Kollegen wissen es nicht.«

»Wieso sagst du es dann ausgerechnet mir?«

Konrad zuckte gleichgültig mit den Schultern. »Du hast gefragt. Die anderen nicht.«

Die nächste Vernehmung verlief ähnlich unbefriedigend. Lukas Voss wirkte nervös, konnte oder wollte Christians Blick nicht halten, und versuchte, jeder Frage auszuweichen. Als Christian leichthin meinte, sie wollten alle Bewohner des Verbindungshauses bitten, freiwillig eine DNS-Probe abzugeben, erbleichte Voss und brach das Gespräch ab. Er verlangte, sofort seinen Anwalt hinzuziehen zu dürfen. Ohne Anwalt würde er kein weiteres Wort mehr sagen. Das müsse er auch nicht, zumindest im Moment, beschwichtigte ihn Christian und entließ ihn aus der Vernehmung. Er wurde ebenso wie Martin Johansen aus dem Gebäudeteil hinausbegleitet, sodass er keine Gelegenheit fand, noch ein Wort mit Alexander Demant zu wechseln.

Lukas Voss hatte sich während des ganzen Gesprächs als das personifizierte schlechte Gewissen gezeigt, und Christian brauchte nicht einmal mehr Annas zustimmende Meinung, um zu wissen, dass er Dreck am Stecken hatte. Dennoch war Christian höchst unzufrieden, was sich bei ihm gewohnheitsmäßig in lautstarkem Herumpoltern äußerte. Sie standen alle auf dem geräumigen Flur um den Kaffeeautomaten herum und gossen das braune, lauwarme Gesöff in sich hinein. Ein Praktikant schob einen bis obenhin mit Akten beladenen Rolltisch durch den Korridor, dessen Räder bei jeder Umdrehung quietschten wie ein Geigenschüler bei seinen allerersten Übungen. Dieses sich durch die Gehörgänge bis in die letzte Hirnwindung bohrende Geräusch war eine Reizung zu viel für Christians Nerven. Anna kannte diese Anfälle, doch Henning, Egon und Elli, die inzwischen von ihrem Babysitterjob zurück war, zeigten sich erschrocken. Nur Konrad blieb wie immer ungerührt, als Christian lauthals fluchte, mit der Faust gegen die Wand schlug und mit den Füßen den Kaffeeautomaten traktierte, bis er wackelte. Zu aller Überraschung blies der

Automat plötzlich Milch aus der Düse, als hätten ihn Christians Tritte zum Überschäumen gebracht.

»Wieso, verdammt noch mal«, schrie Christian, »melden sich diese vergewaltigten Tussen nicht bei der Polizei, und zwar direkt danach, und gehen zum Arzt, lassen sich ihr entehrtes Schamhaar durchkämmen und einen Abstrich machen? Dann bräuchte ich jetzt mit einem DNS-Vergleich nicht bloß leer zu drohen, sondern wir hätten garantiert was in der Hand! Verklemmte Weiber!«

»Viele haben Schuldgefühle und fragen sich irrationalerweise, ob sie die Vergewaltigung nicht durch ihr Verhalten provoziert haben. Oder sie schämen sich, darüber zu reden. Oder sie wollen nicht, dass ihre Eltern davon erfahren. In meiner Praxis hatte ich mal ein vergewaltigtes Mädchen, das den Mut aufgebracht hatte, zur Polizei zu gehen. Der Täter wurde nicht gefasst. Aber ihr Freund hat mit ihr Schluss gemacht. Er konnte den Gedanken nicht ertragen, dass ein jeder in der Stadt es gewesen sein könnte, mit dem er seine Freundin nun teilte. Toll, was? Tja und andere, die fürchten sich vor blöden Bullen, denen all diese Gefühle am Arsch vorbeigehen, weil sie den Weibern bloß zwischen die Beine glotzen wollen, um Sperma zu finden und ihre Aufklärungsquote zu verbessern«, erwiderte Anna ruhig.

Christian fuhr sich stöhnend durchs schwarz-grau gelockte Haar und warf seinen leeren Pappbecher in den Müllkorb. »Schon gut. Du weißt doch, wie ich's meine.«

»Ich wollte dich nur erinnern. Damit du nicht vergisst, wie du's meinst.«

Elli grinste in sich hinein, Henning und Egon starrten Anna bewundernd an. Christian beruhigte sich ein wenig, doch der nächste Tobsuchtsanfall ließ nicht lange auf sich warten. Als er Elli bat, Herrn Demant in den Vernehmungsraum zu bitten, wurde festgestellt, dass dieser verschwunden war. Einfach gegangen.

»Was bildet sich dieser Fatzke eigentlich ein, wo er hier ist? An der Uni?« Christian fuchtelte mit dem Finger Richtung Henning.

»Besorg sofort eine Vorladung vom Staatsanwalt, und dann bringt ihr mir den Kerl hierher. Der wird sich noch wünschen …«

»Soweit ich das beurteilen kann, würde ein Staatsanwalt keine Basis für eine gerichtliche Vorladung sehen. Warum auch? Ich bin doch hier.«

Alexander Demant war hinter ihrem Rücken aufgetaucht und lächelte Christian entspannt an. »Sie müssen schon verzeihen, wenn ich Ihren ausgeklügelten Zeitplan ein wenig durcheinandergebracht haben sollte. Aber mir war dringlich nach essen zumute. Bin ich jetzt dran?«

Demants Blick fiel überrascht auf Anna. Er machte eine kleine Verbeugung. »Wir sind uns schon mal begegnet. Eine solch angenehme Erscheinung wie Sie vergesse ich nicht.«

Anna grüßte mit einem Nicken und stellte sich als mehr oder weniger zufällige Besucherin vor. Christian, dem es nicht in den Kram passte, dass Anna von Demant gesehen und erkannt worden war, unterbrach Demants Flirtversuch und ging mit ihm und Konrad ins Vernehmungszimmer. Anna und die anderen bezogen ihren Posten auf der anderen Seite des Spiegels. Anna fragte sich, ob Demant mit seinem blasierten Verhalten Christian bewusst gegen sich aufbringen wollte. Zumindest nahm er es in Kauf. Christian zeigte seine Gefühle nur allzu deutlich, er konnte nicht anders. Deswegen würde er immer einen guten, aber nie einen so brillanten Vernehmungsstrategen abgeben wie der undurchschaubare Volker.

Nach den üblichen Präliminarien begann Christian mit den Standardfragen zu Tatzeitpunkten und Alibis. Doch Demant ließ sich auf nichts ein.

»Wir wollen doch bitte erst einmal klären, ob das hier eine Zeugen- oder eine Beschuldigtenvernehmung ist. Vergessen Sie bitte nicht, ich studiere Jura. Und ich bin der Beste in meinem Semester.«

»Möchten Sie gerne einen Anwalt dabeihaben? Auch wenn Sie sicher der beste Vertreter in eigener Sache sind …«

»Ich sehe keinen Grund für einen Anwalt. Irre ich mich da?«

»Ich weiß nicht. Helfen Sie mir.«

»Deswegen bin ich hier. Nur deswegen. Oder?«

Christian blätterte in seinen Unterlagen.

»Wieso sprechen Sie Ihren Namen französisch aus?«

»Weil ich von einer adligen Hugenottenfamilie abstamme.«

»Ihr Vater ist in einem Autohaus angestellt und verkauft billige Gebrauchtwagen. Ihre Mutter ist Hausfrau und arbeitet als nicht gemeldete Putzfrau bei dem Chef des Autohauses.«

»Wollen Sie meiner Mutter Schwierigkeiten machen?«

»Warum sollte ich? Ich will nur wissen, warum Sie sich Ihrer Eltern schämen. Die sind nämlich ganz schlicht Herr und Frau Demant, sehr deutsch, keine Spur von Franzmannadel.«

In Alexanders Selbstsicherheit zeigten sich kleine Risse, die von unterdrücktem Ärger zeugten. Christian wusste von der ersten Begegnung, dass genau hier Demants Empfindlichkeiten lagen. »Ich würde sagen, Sie sind ein ganz einfaches Arbeiterkind, das sich gerne ein wenig aufspielt.«

»Es bleibt vollkommen Ihnen überlassen, wie Sie das sehen. Wenn Sie meinen Charakter analysieren wollen, um eventuelle Übereinstimmungen mit dem Profil Ihres Mörders zu finden: Touché. Ich bin eitel. Ist Ihr Mörder eitel?«

»Wenn Sie mit Ihrem Studium fertig sind, was wollen Sie machen? Wirtschaftsrecht? Reich werden? Und dann an der Côte d'Azur mit altem Adel kungeln?«

»Ich werde Richter.«

»Sie wollen also richten.«

Alexander lächelte charmant. »Ich will die bösen Buben einsperren. Genau wie Sie.«

»Auch Richter können böse Buben sein. Ich habe mal einen verhaftet, der hat kleine Jungs gefickt.«

»Wie unappetitlich.«

»Und Sie? Sind Sie auch ein böser Junge?«

»Finden Sie's heraus.«

Christian probierte noch das ein oder andere, aber Alexander war nicht zu fassen, aalglatt und mit überlegenem Lächeln schlüpfte er zwischen Provokationen hindurch, ließ sich nicht verwirren und machte exakt die gleichen Angaben wie beim ersten Gespräch. Die meisten der angefragten Abende hatte er mit Lukas verbracht, an Halloween seien sie beide als mittelalterliche Henker verkleidet gewesen, in den frühen Morgenstunden, in denen die Morde passiert waren, habe er geschlafen und am Abend der bislang letzten Vergewaltigung sei ihm schlecht gewesen und er habe die halbe Nacht über der Kloschüssel gehangen, was keiner bezeugen könne, da bis auf ihn und Martin alle außer Haus waren und er keine Notwendigkeit gesehen habe, Martin als Zeugen beim Kotzen zu rekrutieren.

Christian bedankte sich bemüht höflich bei Demant und entließ ihn. Demant deutete eine kleine Verbeugung an, die er Richtung Spiegel wiederholte. Anna auf der anderen Seite hatte das Gefühl, dass er ihr in die Augen sah.

Ein langer, unbefriedigender Tag lag hinter ihnen. Als Christian und Anna nach einem Abendessen beim Chinesen zu Hause ankamen, zog sich Christian sofort ins Schlafzimmer zurück. Anna vermutete, dass er keine Lust hatte, Markus zu begegnen. Aus dem Atelier im oberen Stockwerk drang ein schwacher, flackernder Lichtschein auf den Flur. Anna klopfte zaghaft an die nur angelehnte Tür. Als sie keine Antwort erhielt, trat sie ein. Markus saß mit dem Rücken an die Wand gelehnt auf dem Boden. Neben ihm stand ein halb abgegessener Teller mit Nudeln und Speck, ein Glas und zwei Flaschen Rotwein. Eine war leer, die andere nur noch zu einem Drittel gefüllt. Der Raum war von Kerzen in einem prachtvollen zwölfarmigen Leuchter erhellt. Markus sah erheblich besser aus als am Morgen, hatte offensichtlich geschlafen und geduscht. Anna setzte sich im Schneidersitz neben ihn. Sie sah sich um. An allen Wänden standen Bilder, allerdings mit der bemalten Seite zur Wand gelehnt. Nur auf der Staffelei war eine bearbeitete Leinwand. Ein großer, schwarzer Strich, mit breitem Pinsel in Ölfarbe gezogen, schwang sich quer über das Weiß.

Das einzige Regal im Raum quoll über von Farbtuben, Pinseln, verschmierten Lappen und ungeordneten Haufen von Skizzen. Anna wagte es nicht, sich die Bilder oder die Skizzen im Regal anzusehen.

»Es ist das erste Mal seit der Nacht, dass ich hier bin«, sagte Markus leise. Er klang einigermaßen nüchtern.

»Und? Wie fühlt es sich an?«

Es dauerte eine Weile, bis er antwortete. »Leer. – Wo ist Chris?«

»Im Bett. Du darfst ihn nicht so hängen lassen. Er ist nur wegen dir hier.«

»Ich lasse alle im Stich«, murmelte Markus und nippte an seinem Rotwein.

»Das kannst du jederzeit neu entscheiden.«

Markus nahm einen Schluck Rotwein.

»Hilft dir der Alkohol beim Vergessen?«, fragte Anna.

»Lächerlich. Trinker glauben das oft. Das ist ein weitverbreiteter Irrtum. Ein Credo für Anfänger. Je mehr ich behaupte, trinken zu müssen, um vergessen zu können, desto wertvoller schätze ich die Erinnerung ein, die ich damit doch nur hochhalte. Von wegen vergessen. Trinken ist ein Zelebrieren der Unmöglichkeit oder des Unwillens zu vergessen. Prost.«

Markus nahm noch einen Schluck.

»Fühlst du dich schuldig, weil du Marie nicht helfen konntest, als sie verbrannt ist?« Anna nahm Markus' Glas und trank daraus. Es war ein guter, edler Wein.

»Ich hätte ihr helfen *müssen*. Ich hätte nur hinrennen brauchen und mich auf sie stürzen, um die Flammen zu ersticken.«

»Warum hast du es nicht getan?«

Markus sah Anna verbittert ins Gesicht. »Diese Frage quält mich seit einem Jahr. Vielleicht war ich zu feige. Vielleicht hatte ich Angst um mein eigenes Leben. Sie brannte schon lichterloh, als ich hier ankam. Vielleicht war ich aber auch insgeheim froh, dass sie es getan hat. Weil ich ihre Depressionen nicht mehr ertrug. Weil sie nicht mehr die Frau war, die ich geliebt habe.

Kannst du dir das vorstellen? Vielleicht *wollte* ich unbewusst, dass sie stirbt!«

Markus fuhr sich mit der Hand über die Augen, als müsse er einen dunklen Schatten vertreiben.

»Letztes Jahr bin ich mit Christian in eine sehr unangenehme Situation geraten. Mir wurde eine Entscheidung aufgezwungen: sein Leben oder meines.«

Markus sah Anna fragend an.

»Ich habe mich für meins entschieden.«

»Aber Christian lebt noch.«

»Das ist nicht mein Verdienst.«

Markus trank einen Schluck. »Und jetzt? Tust du dein Leben lang Buße?«

Nachdenklich schwieg Anna eine Weile. »Ich war noch nie der Typ, der an die eine wahre Liebe glaubt. Das war für mich immer mittelalterlicher Minnesang. Was für Burgfräuleins, aber nichts für mich.«

»Und?«

»Aber wenn man so darauf gestoßen wird ... Was heißt es, zu sagen ›Ich liebe dich‹? Was bedeutet es im Ernstfall?«

»Glaubst du an Gott?«

»Ich glaube an italienische Schuhe und teure Kosmetik. Für all die Dinge, die ich nicht verstehe, wie den Urknall oder Antimaterie, gibt es Stephen Hawking und Konsorten. Wozu brauche ich Gott?«

»Damit es einen gibt, der verzeiht.«

»Man muss sich selbst verzeihen. Alles andere nützt nichts. Chris hatte mir nicht mal was vorgeworfen. Aber ich brauchte eine Zeit lang, bis ich mir selbst verzeihen konnte.«

Anna nahm einen weiteren Schluck Rotwein. Leicht schwankend erhob sich Markus, ging zu einem Regal und zog eine dritte Flasche hervor, die er geschickt entkorkte. Er stellte Anna ein sauberes, eigenes Glas hin.

»Wie ist es überhaupt zu der ... Situation mit dir und Chris gekommen? Was hast du getan?«

»Christian und ich haben abgemacht, dass wir nie wieder darüber reden. Es ist letztlich nichts Schlimmes passiert, aber Christian wusste, dass ich bereit dazu gewesen wäre. Ich war wie in Trance. Ich dachte, ich kann ihm nie wieder in die Augen sehen. Zuerst bin ich eine Woche verschwunden und habe mir haltlos Vorwürfe gemacht. Dann dachte ich, wir könnten es vergessen. Oder ich könnte es sogar ungeschehen machen. Eine Zeit lang benahm ich mich vollkommen bescheuert. Ich habe Christian jeden Wunsch von den Augen abgelesen, habe gekuscht, geackert, gedient … nur, um meine Schuld abzutragen. Die Schuld hat mich fast erdrückt. Aber Christian konnte meine gebückte Büßerhaltung nicht ertragen. Und ich begriff, wenn ich nicht damit aufhöre, unser gemeinsames Leben mit meinem Schuldgefühl zu beschweren, würden wir beide daran zugrunde gehen. Er würde sich trennen, weil ich nicht mehr die Frau war, die er liebt. Und mir würde nur die verlogene Überzeugung bleiben, dass er sich wegen meiner Schuld von mir getrennt hätte. Aber um in die Falle der sich selbst erfüllenden Prophezeiung zu gehen, bin ich zu intelligent.«

Markus lächelte. »Was hast du gemacht?«

»Ein bisschen Therapie. Und bewusste Rückkehr ins Leben. Ich bin nur ein Mensch, ich mache Fehler. Wenn es überhaupt ein Fehler war. Meine Wahlmöglichkeiten bewegten sich zwischen Pest und Cholera. Trotzdem waren die Schuldgefühle immens. Es war meine Pflicht, mir selbst zu verzeihen. Der einzige Weg. Damit leben. Fertig. Besser als kuschen, ackern, dienen und buckeln.«

»Du weißt, wofür. Christian ist bei dir.«

Anna erhob sich. »Und du weißt, dass Marie gehen wollte. Du hast nichts getan, außer, sie gehen zu lassen. Oder glaubst du, sie wollte von dir gerettet werden?«

Markus schüttelte den Kopf.

Anna stand auf und ließ Markus allein. In Christians Schlafzimmer brannte kein Licht mehr. Sie zog sich im Dunkeln aus, um Christian nicht zu wecken. Als sie zu ihm unter die Decke schlüpfte, regte er sich. »Wie geht es ihm?«

»Besser als heute morgen.«

»Hast du ihm gesagt, dass es mir leidtut?«

»Tut es das?«

»Nein.«

»Siehst du.«

Anna begann plötzlich zu kichern. »Ich habe noch nie gesehen, dass einer den Ausdruck ›jemandem den Kopf waschen‹ so verdammt wörtlich genommen hat.«

Christian zog Anna zu sich heran und legte beide Arme fest um sie: »Am liebsten würde ich hier verschwinden. Ab nach Dänemark, mit dir. Am Meer spazieren, kochen, Schach spielen und dir das Saunahandtuch vom Leib reißen.«

»Du bist nicht der Typ, der aufgibt, wenn es schwierig wird.«

»Wir kommen nicht vorwärts. Und ich ärgere mich wie verrückt über Markus. Ich bin hergekommen, um ihm zu helfen, nicht um seinen Job zu übernehmen, damit er sich die Hucke vollsaufen kann. Und Elli und Henning, ich glaube, die erwarten Wunder von mir.«

»Du wirst ihn fassen, da bin ich ganz sicher.«

»Ich nicht. Es ist immer das Gleiche. Du läufst kalten Spuren hinterher und findest nichts. Nichts passt zusammen. Und das Einzige, was bleibt, ist der nächste Mord. Die Hoffnung, dass du dann was findest. Aber du willst keinen nächsten Mord! Genau den willst du vermeiden!«

Anna sah im Halbdunkel, dass Christian die Augen offen hatte und zur Decke starrte. Sie bedeckte seine Augen sanft mit ihrer Hand. »Schlaf jetzt.«

Alexander Demant war nach seiner Vernehmung über den Wall spaziert und dann lange im »Thanners« gewesen, ein paar Absacker trinken. Er musste aufpassen, dass ihn seine Arroganz nicht gefährdete. Es war ärgerlich, wie er sich von diesem Hamburger in dem zerbeulten Cordsakko wegen seiner Arbeiterherkunft hatte provozieren lassen. Aber insgesamt hatte ihm der Schlagabtausch Vergnügen bereitet. Weitaus weniger vergnüglich fand er das auffällige Verhalten von Lukas. Als Alexander nach Hause kam, lief ihm Lukas schon in der Halle entgegen und zischte ihm wie eine aufgebrachte Mutter Vorwürfe wegen seines langen Ausbleibens zu. Genervt zog Alex ihn Richtung Bibliothek. »Hey, mach nicht so einen Aufstand! Das fällt nur auf!«

»Stimmt«, ertönte die Stimme von Martin, der mit einem dicken Wälzer in einem der Klubsessel saß. Lukas und Alexander hatten Martin beim Eintreten nicht gesehen, da der Sessel mit seinem riesigen Rücken zur Tür stand.

»Wir wollen dich nicht beim Arbeiten stören«, ging Alexander sofort in die Defensive und wollte Lukas zu seinem Zimmer zerren. Doch Martin bat die beiden, kurz zu bleiben. Er wollte wissen, was sie in ihren Vernehmungen gefragt worden waren. Lukas und Alexander setzten sich zu ihm. Alex goss allen einen Cognac ein und berichtete vollkommen unbeeindruckt von den Fragen, die man ihm gestellt hatte.

»Nur das Übliche, genau wie beim letzten Mal. Alibi hier, Alibi da. Und dabei machen sie immer noch einen auf Zeugenbefragung. Weil sie für eine Beschuldigung nichts in der Hand haben. Außer diesem lächerlichen Anstecker. Die stochern im Nebel.«

»Irgendwas haben sie. Sonst würden sie doch keine DNS-Untersuchung von uns allen machen wollen.« Lukas' Hand zitterte, als er seinen Cognacschwenker zum Mund führte.

Martin und Alexander sahen Lukas überrascht an. Bei ihnen war davon nicht die Rede gewesen.

»Der beste Beleg dafür, dass sie bluffen«, meinte Alexander.

»Und wenn nicht?«, fragte Lukas.

Alexander warf ihm einen warnenden Blick zu, der Martin nicht entging.

»Wir geben unsere DNS ab, und sind aus dem Schneider, ist doch alles ganz einfach. Dann suchen die sich ihren Mörder und Vergewaltiger endlich woanders. Oder?« Martins Blick bohrte sich forschend in Lukas' Augen. Der sah unsicher zu Alex.

»Keiner von uns, kein Einziger aus diesem Haus wird bei einem

DNS-Test mitmachen, dafür sorge ich«, entschied Alex. »Der Test ist freiwillig. Aber da ich sicher bin, dass keiner von uns in diese Verbrechen auch nur irgendwie verwickelt ist, werde ich die Stigmatisierung unserer Korporation verhindern. Leute, das wird durch die Presse gehen: ›Burschenschafter der Herculania wegen Vergewaltigungen unter Verdacht‹. Was glaubt ihr, was die Alten Herren mit uns machen? Die drehen den Hahn zu, bis unsere Unschuld geklärt ist. Nein, so weit lasse ich es nicht kommen.«

»Wieso erwähnst du die Vergewaltigungen? Die Morde sind viel schlimmer«, fragte Martin.

»Wir haben mit beidem nichts zu tun. Und jetzt Schluss mit dem Blödsinn. Ich will ins Bett. Und euch würde ich raten, das Thema zu wechseln. Nacht, Leute.«

»Eine Frage noch«, warf Martin ein. »Als was wart ihr beide eigentlich verkleidet an Halloween?«

Lukas schoss fast aus seinem Sessel: »Wieso willst du das wissen?«

Alexander legte Lukas beruhigend die Hand auf die Schulter. »Du weißt doch, mein lieber Martin, dass wir an Halloween unsere Kostüme geheim gehalten haben, damit wir uns alle mal amüsieren können, ohne dass die Verbindungsbrüder die Biere mitzählen oder den Trinktakt vorgeben. Vor allem im Interesse unserer Füxe. Halloween war privat. Und dabei soll es auch bleiben. Aber ich habe selbst eine letzte Frage: Wo warst du morgens gegen fünf, als Lukas und ich nach Hause kamen? Wir wollten dich erschrecken. Aber du warst nicht in deinem Bett. Das war leer und unberührt wie … wie du.«

Martin erbleichte.

»Wahrscheinlich warst du auf dem Klo, dein Theologenschwänzchen rubbeln. Jeder normale Mensch würde in seinem Zimmer wichsen. Aber da hängt bei dir ja das Kreuz. Jesus könnte dich sehen, oder? Gute Nacht, Martin.« Alex wollte Lukas mit sich aus der Bibliothek ziehen.

»Du … du primitives Unterschichten-Arschloch!« Martin bebte vor Wut.

Langsam drehte Alexander sich um. Er stellte sich weiß wie die Wand vor Martin hin und schlug ihm klatschend ins Gesicht. »Auf den Paukboden! Ich will unbedingte Satisfaktion. Sofort!« Ohne eine Antwort abzuwarten, stürmte Alex die breite Holztreppe zum Dachstuhl hoch. Dort oben befand sich ein großer leerer Raum, in dem sie die Waffen verwahrten und das Fechten übten. Martin wollte sich in Bewegung setzen, doch Lukas hielt ihn am Arm fest. »Tu das nicht. Du weißt, dass das Fechten gegen einen Verbindungsbruder verboten ist! Und du hast gehört, was er gesagt hat: unbedingte Satisfaktion. Der will keine regelgerechte Mensur mit dir ausfechten! Er wird ohne Rücksicht auf Verluste zuschlagen.«

»Glaubst du vielleicht, ich habe Angst vor dem Schwein? Komm mit, du sekundierst.« Martin folgte Alex, und auch Lukas fügte sich. Alexander hatte schon in der Dachkammer Stellung bezogen, als Waffe hatte er einen sogenannten ›Korbschläger‹ gewählt, der sehr geeignet für das Hiebfechten war. Staub wirbelte in dem Lichtkegel, den die nackte Glühbirne an der Decke erzeugte. Martin ging zum offen stehenden Waffenschrank und zog regelwidrig einen Pariser Degen hervor, eine sehr gefährliche Stichwaffe, die im Laufe der Korporationsgeschichte schon zu vielen Todesfällen aufgrund von Lungendurchstößen geführt hatte. Alexander kommentierte Martins aggressive Waffenwahl nicht. Dann nahmen die beiden im vorgeschriebenen Abstand ihre Positionen ein. Die ersten Hiebe wurden ausgetauscht, die Waffen rasselten aneinander. Alexander wirkte eiskalt in seiner Konzentration, nach dem ersten Gang sogar fast amüsiert. Mit hochmütigem Lächeln bat er, den Waffengängen durch eine Rezitation noch zusätzliche Würde verleihen zu dürfen. Er hob mit getragener Stimme an: »Allgemeine Bewunderung folgte jedem Gang; man hatte noch nie so kühn und schnell angreifen, noch nie mit so vieler Ruhe und Kaltblütigkeit sich verteidigen sehen. Meine Fechtkunst wurde von den ältesten Häusern bis in den Himmel erhoben, und man war nun gespannt und begierig, bis ich selbst angreifen würde; doch wagte es keiner, mich dazu aufzumuntern.«

Inzwischen waren aus dem unteren Stockwerk einige Herculanier hinzugetreten, die durch das metallische Klirren auf dem Dachboden aufmerksam geworden waren. Stumm und zum Teil auch erschrocken über den verbotenen Kampf und seine ungewohnte Härte sahen sie zu. Während Martin durch den Vortrag immer gereizter wurde, schien sich Alexanders Vergnügen zu mehren. Er focht und deklamierte ungerührt weiter: »Vier Gänge waren vorüber, ohne dass irgendwo ein Hieb blutig gewesen wäre. Ehe ich zum fünften aufmarschierte, zeigte ich meinen Kameraden die Stelle auf der rechten Wange, wohin ich meinen Theologen treffen wolle. Dieser mochte es mir ansehen, dass ich jetzt selbst angreifen werde, er legte sich so gedeckt als möglich aus und hütete sich, selbst einen Angriff zu machen. Ich begann mit einer herrlichen Finte, der ein allgemeines Ah! folgte, schlug dann einige regelmäßige Hiebe, und klapp! saß ihm mein Schläger in der Wange. Wilhelm Hauff: Mittheilungen aus den Memoiren des Satan, 1826/27.«

Alexander schlug zu. Ohne Gnade.

Kurz darauf schrie Lukas von dem oberen Treppenabsatz nach Heinrich. Der Hausmeister kam aus seiner kleinen Souterrainwohnung herbeigestürzt, zusätzlich traten andere Bewohner des Hauses aus ihren Zimmern, um zu sehen, was los war. Lukas stützte den blutüberströmten Martin und half ihm die Treppe hinab. Er hatte eine tiefe Wunde in der linken Wange, die sich vom Stirnbein bis zur Oberlippe hinzog, und eine am rechten Oberarm. »Wir müssen ihn zum Arzt bringen!« Heinrich nickte und übernahm die blutige Fracht von Lukas. In der Nähe gab es einen Arzt, ein Alter Herr der Herculania, der die Fechtwunden stets heimlich versorgte. Martin sah zwar so aus, als sollte man ihn besser ins Krankenhaus bringen, aber alle wussten, dass die Ärzte dort die Verletzung melden würden und die Verbindung ungeheuren Ärger bekäme.

Alexander erschien oben auf dem Treppenabsatz, die blutverschmierte Waffe noch in der Hand. Kalt erwiderte er die stummen Blicke der Hausbewohner, bis sie sich alle, ohne dass ein Wort gefallen war, in ihre Zimmer zurückzogen.

Lukas stieg langsam und schwerfällig wieder die Stufen nach oben und betrachtete den Korbschläger in Alexanders Hand. »Wie weit willst du noch gehen?«

»Und du? Was ist mit dir?« Alexander grinste Lukas gehässig an. »Glaubst du, ich falle auf dein sensibles Getue rein? Die Bullen vielleicht. Das hoffe ich, in deinem Interesse. Aber ich nicht, mein Lieber.«

Die nächsten zwei Wochen breitete sich eine trügerische Ruhe aus. Selbst das Wetter konnte sich nicht entscheiden zwischen einem vorzeitigen Ende des zu milden Winters und dem vorzeitigen Beginn des Frühlings. Bewölkung, leichter Regen, einige wenige sonnige Abschnitte in so monotoner Abfolge, dass die Unterschiede zwischen grau und nicht ganz so grau kaum ins Gewicht fielen. Göttingen versank in einer lauen Einheitssuppe.

Der Samstag war ein ungemütlicher Tag: Der Himmel – wenig überraschend – bedeckt, die Stadt lag unter einem tristen Schleier. Christian und Anna standen spät auf und stellten erfreut fest, dass Markus alles für ein opulentes Frühstück zu dritt besorgt hatte. Er war nüchtern und ausgeschlafen und saß mit seinem Kaffee am Küchentisch, als Anna und Christian hereinkamen. Sie mussten sich hinsetzen, er kochte ihnen Kaffee, bereitete Rührei mit Schnittlauch zu und ließ sich währenddessen von den beiden die Ereignisse des vorherigen Tages schildern, den er komplett verpasst hatte. Christian erzählte ohne Vorwurf in der Stimme von den unergiebigen Vernehmungen. Er hatte Markus die Bänder mitgebracht, damit er sich auf den aktuellen Stand bringen konnte. Anna stellte zufrieden fest, dass zwischen den beiden Männern keine Bitterkeit herrschte, als hätten die Nacht und der Schlaf den Schleier des Vergessens über die Verletzungen des vorhergehenden Tages ausgebreitet. Nach dem Frühstück begleitete Christian Anna bei einem Einkaufsbummel, Markus blieb zu Hause, um sich die Bänder anzuhören.

Auch auf dem Verbindungshaus der Herculania war es für einen Samstag ungewöhnlich ruhig. Keiner der Anwesenden sprach die blutige Nacht an, keiner fragte nach den Ursachen für die Auseinandersetzung. Martin Johansen hatte, als Heinrich Kramer ihn vom Arzt zurückbrachte, eine Reisetasche gepackt und war übers Wochenende zu seiner verwitweten Mutter nach Frankfurt gefahren. Lukas hatte mit einigen anderen auf Martins Rückkehr vom Arzt gewartet. Er zeigte sich beruhigt, dass Martin keine ernsthaften Verletzungen von dem Duell davongetragen hatte. Nur die Narbe von der Oberlippe zum Stirnbein würde sein eh schon unansehnliches Gesicht noch zusätzlich verunstalten. Ein Leben lang. Martin sprach kein Wort. Er gab auch keinen Ton von sich, als Lukas ihn verunsichert fragte, ob er seiner Mutter oder sonst wem von dem illegalen Duell erzählen wolle. Stumm reiste Martin noch in der Nacht mit seinem Fiat Barchetta ab.

Alexander erkundigte sich am nächsten Morgen nicht einmal nach dem Gesundheitszustand seines Gegners. Er lag bis elf Uhr im Bett, ging dann wie gewohnt zum Joggen über den Wall, verbrachte den Nachmittag mit Lesen, Bügeln und Körperpflege, um sich dann mit einigen anderen aus dem Haus ins Nachtleben zu stürzen. Nur Lukas blieb an diesem Abend zu Hause. Er musste nachdenken.

Nach einem geruhsamen Wochenende fuhr Anna nach Hamburg zurück, um ihren Aufgaben als Dozentin der Psychologie nachzukommen. Christian und Markus, der sich ein wenig gefangen zu haben schien, führten die Ermittlungen nun wieder zusammen weiter. Im Zuge solcher Morduntersuchungen verwandelten sich die damit beschäftigten Einheiten in einen Ameisenhaufen, in dem es wimmelte und wuselte, und jeder, entsprechend seinem Rang und seinen Fähigkeiten den Aufgaben nachging. Ein Ameisenpfad schlängelte sich in die Vergangenheit, in die letzten Monate, entlang der Zeugenbefragungen, die wieder und wieder ausgewertet wurden, ebenso wie die Verhöre der polizeibekannten Sexualstraftäter, Kleinkriminellen und psychisch Gestörten, entlang der Tatortbefundberichte, der Obduktionsberichte und Alibiermittlungen. Wieder und wieder wurde überprüft, ob nichts übersehen worden war. Ein anderer Ameisenpfad wurde von Markus und seiner Truppe geschlagen. Er führte in die nächste Zukunft und betraf neue Ansätze für Ermittlungs- und Untersuchungsplanung und die kriminalistische Versionsbildung. Aber sie kamen nicht weiter, fanden keine neuen Puzzleteile, die sie einfügen konnten. Und die, die sie schon hatten, wollten einfach nicht zusammenpassen. Sie waren aus verschiedenen Ecken des Bildes, lagen lose und vereinzelt auf dem Tisch herum und wollten ihr Geheimnis nicht preisgeben.

Christian nahm frustriert eine Auszeit und zog sich für ein paar Tage nach Hamburg zurück. Er fühlte sich mies, weil ihm sein Verhalten unmoralisch erschien: Er ließ die Göttinger im Stich. Sie waren genauso genervt wie er über den Stillstand, aber sie konnten nicht weg. Tag für Tag saßen sie vor ihrer Tischplatte, schoben die Teilchen hin und her, obwohl sie wussten, dass einfach zu viele fehlten, um auch nur eine Ecke des Bildes zu erkennen. All die Anrufe, die bei ihnen eingingen und von dunklen Gestalten erzählten, die mutmaßlich auf eine nächtliche Vergewaltigung aus waren, all die Denunziationen verfeindeter Nachbarn, die sich gegenseitig der absurdesten Perversionen bezichtigten, brachten nichts ein. Außer Arbeit. Viel Arbeit.

In Hamburg besprach Christian mit seinen dortigen Kollegen deren aktuellen Fall. Ging mit Anna ins Kino. Mit Freunden essen. Er versuchte alles, um sich abzulenken von einem Zustand, den er hasste: dem Warten, bis sich etwas Neues ergab. Er wartete auf den nächsten Mord.

Am Donnerstag, dem 15. März, kehrte Martin Johansen frühmorgens nach Göttingen zurück. Ursprünglich hatte er nur übers Wochenende in Frankfurt bleiben wollen, aber die Wunde im Gesicht hatte sich entzündet. Martin ertrug die Schmerzen, er ertrug die stummen Vorwürfe seiner Mutter, wenn sie ihm den Verband wechselte. Was er nicht mehr ertragen wollte, waren Demütigungen, Beleidigungen und Verletzungen. Als er in Göttingen auf dem Verbindungshaus ankam, packte er seine wenigen Sachen zusammen und zog in eine Wohngemeinschaft auf der südlichen Seite der Altstadt. Er hatte das neue Zimmer schon von Frankfurt aus klargemacht. Der Einzige, von dem er sich auf dem Verbindungshaus verabschiedete, war der Fax Heinrich Kramer, mit dem er sich oft und gerne über Gott und die Welt unterhalten hatte.

Es dauerte nur wenige Stunden, bis er sich einigermaßen in seinem neuen Zimmer installiert hatte. Dann rief er Hauptkommissar Markus Lorenz an und bat um ein Treffen. Er wollte eine Aussage machen. Markus informierte Christian, der noch in Hamburg weilte. Er hatte das Gefühl, dass Martin Johansen ihnen ein paar Puzzlestücke liefern würde. Christian nahm den nächsten Zug. Um sechs Uhr abends saßen er und Markus mit Johansen im Vernehmungszimmer. Johansen hatte gefordert, Konrad aus dem Gespräch auszuschließen, weil der ihn das letzte Mal beleidigt hatte. Auf Christians Frage nach der frischen Narbe in seinem Gesicht gab er eine ausweichende Antwort. Als das Band jedoch lief und die Formalien erledigt waren, wurde Martin Johansen gesprächig.

»Sie haben mich in der letzten Vernehmung einige Dinge gefragt, die ich damals nicht sofort in einen sinnvollen Zusammenhang bringen konnte. Zum Beispiel nach den Kostümen, die die Herculanier an Halloween trugen.«

Christian fiel auf, dass Martin die Mitglieder seiner Verbindung distanziert »Herculanier« nannte und nicht wie vorher

»Freunde«, »Brüder« oder sonst ein solidarisierendes Wort benutzte. Der Zusammenhang mit der Narbe im Gesicht lag für ihn auf der Hand. Aber Christian wollte jetzt nicht unterbrechen. Martin Johansen kam gerade in Redefluss.

»Ich weiß nicht, was Demant und Voss Ihnen erzählt haben. Ich kann Ihnen aber sagen, dass die beiden als Hannibal Lecter und Mike Myers verkleidet waren.«

Markus und Christian tauschten einen Blick.

»Woher wissen Sie das?«, fragte Markus.

»Ich war in der Nacht nicht zu Hause. Als ich zurückkam, habe ich den Hintereingang benutzt, damit die anderen mich nicht sehen. Vom Hof hinten hat man einen guten Blick in das Zimmer von Alex. Die beiden saßen dort, hatten ihre Masken auf und alberten herum. Sie tranken Whisky und waren ziemlich überdreht. Es hat mich nicht weiter interessiert, aber ich habe noch gesehen, wie Hannibal seine alberne Maske auszog. Es war Lukas. Außerdem habe ich die beiden an ihren Stimmen erkannt.«

»Wie viel Uhr war es, als Sie nach Hause kamen?«

»Es war fünf vor vier. Als ich in meinem Zimmer war, habe ich den Wecker für den nächsten Morgen gestellt.«

»Und wo kamen Sie her?«

»Ich war auf einem privaten Pokerabend.«

»Können Sie uns Namen und Adressen der Mitspieler geben?«

Martin wand sich ein wenig. »Wird der Veranstalter Probleme bekommen?«

»Das werden wir sehen. Spielen Sie um hohe Beträge?«

»Die Leute, die dabei sind, können es sich leisten«, wich Martin aus.

»Sie als Student also auch. Wieso?«, fragte Markus.

Ein Hauch von Hochmut zeichnete sich in Martins Miene ab. »Ich bin der Sohn eines Frankfurter Großindustriellen. Mein Vater ist vor einigen Jahren verstorben, und ich erfreue mich schon jetzt großzügiger monatlicher Zuwendungen. Vermutlich mit ein Grund, weshalb Alex mich hasst. Er muss sich seine

Kalbslederschuhe und seine Designerhemden vom Mund absparen.«

»Was machen Sie denn mit Ihrem ganzen Geld, wenn Sie Pastor geworden sind? Spenden oder verzocken?«, fragte Markus.

»Ich habe nicht vor, eine seelsorgerische Tätigkeit zu übernehmen. Meinen Fähigkeiten und Neigungen entspricht eher ein Lehrauftrag an der Universität.«

»Namen und Adresse der Pokerrunde«, insistierte Christian.

Martin zog einen Zettel hervor, auf dem er die Personalien schon notiert hatte. »Ich wäre Ihnen sehr verbunden, wenn Sie das Ganze so diskret wie möglich behandelten.«

»Wir werden sehen, was sich machen lässt. Woher kommt eigentlich diese plötzliche Offenheit, Herr Johansen?«

»Wenn Sie wieder mit Alex und Lukas reden, werden die beiden Ihnen sowieso sagen, dass ich in der Nacht nicht zu Hause war. Interessant ist dabei übrigens, dass Alex mir gegenüber behauptet hat, sie wären um fünf nach Hause gekommen und auf mein Zimmer gegangen, um mich zu erschrecken. Um dann festzustellen, dass ich nicht da bin. Das kann aber nicht stimmen. Sowohl ich als auch Alex und Lukas waren schon um vier zu Hause.«

»Das heißt, Sie sind im Grunde hier, um Ihre früheren Aussagen zu widerrufen. Wer sagt uns, dass Sie jetzt nicht lügen? Ich würde mich nicht wundern, wenn die Narbe in Ihrem Gesicht von einem Streit mit Demant oder Voss herrührte. Stimmt's?«

Unwillkürlich fasste Martin sich an die Narbe. Sie war immer noch leicht entzündet und leuchtete ungesund rot um die Kruste herum, die sich gebildet hatte.

»Das tut nichts zur Sache. Sie können mir glauben, Sie können es auch bleiben lassen. Aber da ist noch etwas anderes.«

Markus und Christian sahen ihn erwartungsvoll an. Natürlich war es für sie äußerst wertvoll zu hören, dass Alex und Lukas als Mike Myers und Hannibal Lecter verkleidet gewesen waren. Es war kaum anzunehmen, dass Martin log, denn niemand außer den Polizisten, der vergewaltigten Studentin und natürlich den

Tätern wusste von dieser Kostümierung. Sicher, es hatten in jener Nacht noch einige andere diese Verkleidung getragen, aber warum sollten Alexander und Lukas in dem Punkt lügen, wenn es für sie keine Bedeutung hatte? Mit der Lüge belasteten sie sich noch schwerer, als hätten sie ihre Kostümierung gleich zugegeben.

»Sie haben mich das letzte Mal nach einem Typen namens Philip gefragt.«

Markus nickte. »Ein Mitglied der Burschenschaft oder jemand aus dem Freundeskreis vielleicht?«

»Alexander ist Philip. Und Lukas ist Brandon.«

Martin machte eine Pause, doch sowohl Christian als auch Markus wussten nichts mit den beiden Namen anzufangen.

»Wieso ist Alexander Philip? Wir haben alle Vornamen geprüft. Er hat keinen zweiten. Und als Spitzname wäre es sehr abwegig«, meinte Markus.

»Es sind keine Spitznamen, eher geheime Codenamen der beiden. Sie benutzen sie nur, wenn niemand dabei ist.«

»Und woher wissen Sie es dann?«

»Ich spiele manchmal Schach mit unserem Fax Heinrich. Ein sehr stilles Spiel. Wir saßen, ohne zu reden, in seiner Souterrainwohnung, hatten nur eine kleine Funzel an, die das Brett beleuchtete. Es war letztes Jahr im November, glaube ich, da hockten sich Alex und Lukas mit ihrem Bier in den Hinterhof. Sie saßen genau über dem Kellerfenster zu Heinrichs Wohnzimmer. Es war sehr spät in der Nacht. Sie waren betrunken und dachten sicher, keiner könnte sie hören. Sie alberten rum, erzählten dummes Zeug, auf das ich nicht geachtet habe, und nannten sich dabei gegenseitig Philip und Brandon. Das fiel mir auf, weil es so sinnlos und bescheuert war. Sie können Heinrich fragen, der hat es auch gehört, nehme ich an. Philip und Brandon. Klingelt da was bei Ihnen?«

Markus und Christian schüttelten synchron den Kopf.

»Hitchcock. ›Cocktail für eine Leiche‹. Der Film steht, oder besser: stand, in unserer hauseigenen Videothek. Ich habe ihn mir letzten Herbst mal angesehen, als die anderen auf Sauftour waren. Kurz darauf war die DVD verschwunden. Ich hatte sie ordnungsgemäß zurückgestellt, aber sie war weg. Der Zusammenhang ist mir jetzt erst klargeworden.«

»Wenn Sie uns freundlicherweise auf die Sprünge helfen würden«, forderte Christian.

Martin nickte überheblich. »In dem Film erdrosseln zwei Studenten, die sich für intellektuell überlegen halten und sich dadurch moralisch an keine Gesetze gebunden fühlen, einen ihrer Kommilitonen. Ein perfekter Mord ohne Motiv. Übrigens nach einem historischen Vorbild. Nathan Leopold und Richard Loeb, zwei reiche, junge Intellektuelle, haben 1924 in Chicago einen Vierzehnjährigen ermordet. Einfach so, um den Nervenkitzel zu spüren. In Hitchcocks Film heißen die beiden Studenten Brandon Shaw und Philip Morgan.«

»Und Sie glauben, Alexander und Lukas halten sich für Brandon und Philip?« Markus wollte nicht so recht glauben, was er da serviert bekam.

»Die beiden sind keineswegs schizophren. Sie machen sich nur einen Spaß daraus. Auf jeden Fall sind sie so arrogant wie die beiden Mörder bei Hitchcock. Vor allem Alex. Der hält sich für eine Art Übermensch. Sicher Kompensation seiner proletarischen Herkunft, mit der er hadert, Gott weiß, warum. Was mich nur überrascht, ist, dass ausgerechnet er den Philip gibt. Der verliert im Film die Nerven, im Gegensatz zu Brandon. In Wirklichkeit, also zwischen Alex und Lukas, sind die Kräfteverhältnisse umgekehrt. Aber vielleicht ist das ein besonderer Spaß für Alex. Er gesteht Lukas eine fiktive Überlegenheit zu, wohl wissend, dass es sich anders verhält.«

Christian sah überdeutlich, wie der Hass aus Martin sprach. »Was haben Sie gegen Alexander Demant? Was hat er Ihnen getan?«

Martin erhob sich. »Ich habe alles gesagt, was ich zu sagen habe. Kann ich jetzt gehen?«

Den Abend verbrachten Markus und Christian vor dem Fernseher. Sie hatten sich ›Cocktail für eine Leiche‹ ausgeliehen. Beide sahen den Film zum ersten Mal und waren überrascht über die zynische Menschenverachtung der beiden dargestellten Studenten. Als Kommissare mit langjähriger Erfahrung kannten sie Morde aus allen möglichen Gründen, Rache, Lust, Eifersucht, Neid … die Liste war lang. Die schlichte Demonstration intellektueller Überlegenheit als Mordmotiv war ihnen noch nicht begegnet. Nachdem der Film zu Ende war, saßen sie eine Weile stumm nebeneinander und fragten sich, ob sie sich das vorstellen konnten. Ganz grundsätzlich und speziell im Fall von Alexander Demant und Lukas Voss. Sie konnten.

Am nächsten Morgen sprachen sie als Erstes mit Heinrich Kramer, um Martin Johansens Angaben zu überprüfen. Kramer war etwas irritiert über die Befragung, erinnerte sich aber dunkel an die Nacht, in der Demant und Voss vor seinem Kellerfenster getrunken hatten. Er glaubte auch, sich zu entsinnen, wie Johansen ihn auf den seltsamen Umstand aufmerksam gemacht hatte, dass Alex und Lukas sich mit den Namen Philip und Brandon ansprachen, beschwören konnte und wollte er es allerdings nicht. Von den Kostümen, die sie in der Halloweennacht trugen, hatte er keine Ahnung. Und über die Narbe, die Johansens Gesicht zierte, wollte er keine Auskunft erteilen. Seine ausweichenden Antworten deuteten darauf hin, dass er darüber Bescheid wusste, aber Christian drang nicht in ihn. Kramer wollte nicht die Hand beißen, die ihn fütterte. Erstaunt war er allerdings über den offenkundigen Verdacht der Polizei, die Studenten, die er unter seinen zumindest organisatorischen Fittichen hatte, könnten etwas mit den Vergewaltigungen oder gar den Morden in der Stadt zu tun haben. Er hielt die Bewohner des Herculania-Verbindungshauses allesamt für »anständige Burschen, denen es lediglich an Lebenserfahrung und den nötigen Einsichten« mangele, wie er sich ausdrückte.

Danach setzte sich das Team um Markus zusammen, um die weiteren Maßnahmen zu koordinieren. Markus stellte genügend

Material zusammen, um den zuständigen Richter von der Anordnung einer Hausdurchsuchung zu überzeugen. Er hoffte, auf dem Verbindungshaus oder den der Herculania gehörenden Apartments irgendwelche Beweise zu finden, möglicherweise einen Hinweis auf die Opfer. Immerhin konnten die Vergewaltiger ihre Halloweenkostüme aufgehoben haben, an denen sich möglicherweise noch Spuren des ersten Opfers befanden – ein Haar oder ein paar Hautschüppchen würden genügen. Und von den Mordopfern war die komplette Kleidung verschwunden, von dem letzten fehlte ein Auge. Christian zweifelte an einem so leichten Erfolg, er hielt Demant für zu klug, um sich im Falle seiner Schuld mit dem Aufbewahren von Trophäen zu belasten. Andererseits mussten sie es probieren. Bei den meisten Mördern siegte zum Glück für die Ermittler der Trieb über jegliche Vernunft.

Da es sich um die sinnfälligerweise gleichzeitige Durchsuchung einer großen Villa und zweier Apartments handelte, bedurfte die polizeiliche Aktion einer genauen Planung, die Egon und Henning übernahmen. Mit Feuereifer und großer Akribie machten sie sich an die logistische Vorbereitung, legten Zeitplan, Führungs- und Einsatzmittel fest. Am Abend lag der Durchsuchungsbefehl des zuständigen Haftrichters vor. Die Anträge auf Haftbefehle für Demant und Voss waren vom Staatsanwalt vorbereitet. Falls sie bei den Durchsuchungen etwas fanden, mussten die Dokumente nur noch unterschrieben werden. Wegen des Verbots, Durchsuchungen – außer bei Gefahr im Verzug – zur Nachtzeit durchzuführen, wurde die Aktion in der letzten Einsatzbesprechung auf den frühen Morgen des kommenden Samstags festgelegt.

Um acht Uhr standen Markus und Christian mit ihrer Einheit vor der Villa im Nikolausberger Weg. Heinrich Kramer ließ sie herein. Innerhalb weniger Minuten waren die Bewohner des Hauses aus ihren Betten, standen diskutierend und protestierend, meist noch in Schlafanzügen oder Unterwäsche, im Foyer und wussten nicht so recht, was sie von der Situation halten sollten. Markus gab eine kurze Erklärung ab und bat um Kooperation, doch erst als Alexander aus seinem Zimmer auftauchte, er hatte sich offenbar in aller Ruhe angekleidet, kam etwas Ordnung in das Chaos der Studenten. Er besah sich die gerichtliche Anordnung, erklärte seinen Freunden mit sachlicher Stimme, dass sie das Recht hatten, der Durchsuchung ihres Zimmers beizuwohnen und forderte sie ebendazu auf. Sie sollten Ruhe bewahren und die Arbeit nicht stören, sonst hätte die Polizei nach Paragraf 164 StPO das Recht, sie vorläufig festzunehmen. Die anwesenden Polizisten ermahnte er im Gegenzug, die Durchsuchung anständig zu protokollieren und den Betroffenen nötigenfalls die Verzeichnisse beschlagnahmter Gegenstände auszuhändigen. Kurz, Alexander Demant führte sich auf wie ein Staranwalt vor laufenden Kameras. Christian beobachtete das Gehabe des jungen Mannes mit Gleichmut, bemerkte aber, wie Markus gefährlich der Kamm schwoll. Lukas Voss, der sich auffällig im Hintergrund hielt, wurde von Markus dazu bestimmt, einen Beamten zu dem etwa einen Kilometer entfernten Haus zu begleiten, in dem die beiden Liebesnester der Herculania angemietet waren. Henning, Elli und Egon warteten mit ihren Einheiten schon vor Ort, sodass niemand in der Lage war, vor ihrem Eintreten in die Wohnungen Beweise verschwinden zu lassen.

Stundenlang wurden die beiden Wohnungen und die Villa systematisch durchkämmt. Gegen Mittag rief Elli auf Markus' Handy an. »Na, wie sieht's bei euch aus?«

»Sehr weit sind wir noch nicht. Diese verfickte Villa hat 18 Zimmer, mehrere Gemeinschaftsräume, Keller und Dachboden. Und bei euch?«

»Ich amüsiere mich prächtig hier. Stell dir vor, die haben die beiden Wohnungen komplett unterschiedlich ausgestattet. Ich würde sagen, die eine ist für den Kuschelsex mit braven Mädchen. Hier ist alles sehr freundlich eingerichtet, eher pastellig und mit vielen Kissen und so. An den Wänden Romantik, im CD-Regal Frank Sinatra, Kuschelrock 1 bis 8, und rate mal, was noch!«

»Der Bolero?«

Elli lachte laut. »Bingo! Und der Vibrator in der Nachttischschublade ist quietschrosa! Auch das Badezimmer ist von Frauenverstehern eingerichtet. Mit Tampons und parfümierter Bodylotion und Schwimmentchen und so. Aber Beweismittel bislang Fehlanzeige. Alles ist komplett harmlos und tipptopp, nichts liegt hier rum, was nicht an seinem Platz ist.«

»Und die zweite Wohnung?«

»Ganz anderer Schnack. Die ist was für die Schweinkram-Fans. Eher Richtung Hardcore. Viel Schwarz, Grau, Metall und Leder. Nette Grundausstattung an Sexspielzeug, jede Menge einschlägiger Pornos im DVD-Regal. Aber bislang haben wir auch da nichts Interessantes entdeckt. Na ja, außer …«

Markus wurde hellhörig.

»Ich finde einen der Dildos hochspannend. Da ist so eine Art Gürtel dran, damit kann man ihn umschnallen. Kennst du so was? Was macht man denn damit?« Elli kicherte verlegen.

»Du kannst ihn ja beschlagnahmen und heute Nacht irgendeinen Mann aufreißen und ihn damit erfreuen.«

»Wieso einen Mann, das … Ach … ach, du meine Güte!«

Markus trennte schlecht gelaunt die Verbindung.

Eine Stunde später meldete sich Elli erneut.

Markus nahm das Gespräch an. »Sexuelle Fachberatung für Elli Schumann, was kann ich für Sie tun?«

»Lass den Blödsinn, wir haben was!« Ellis Stimme war die Aufregung anzuhören. »Im Wasserkasten auf dem Klo der Pornobude. Eine Tüte, wasserdicht eingeschweißt, zwei Frauenslips drin, unterschiedliche Größen, vermutlich nicht von derselben Frau!«

»Ab ins Labor damit!«

»Schon unterwegs! Ansonsten sind wir hier so gut wie durch. Und ihr? Bald fertig?«

»Das dauert noch bis zum Abend. Mach Druck im Labor, ich will schnellstmöglich wissen, ob die Slips von unseren Opfern stammen. Und ob Fingerabdrücke auf der Tüte sind.«

»Geht klar, Chef. Wir sehen uns im Büro.«

Markus informierte Christian, der sofort die Hoffnung teilte, auf etwas Wesentliches gestoßen zu sein. Kein normaler Mensch hatte einen Grund, die Schlüpfer seiner Geliebten im Spülkasten der Toilette zu verstecken.

Christian ging in die Bibliothek, wo Alexander Demant saß und in aller Ruhe im Strafgesetzbuch las.

»Sieht so aus, als hätten meine Kollegen etwas gefunden«, eröffnete Christian.

Alex sah ehrlich überrascht auf. »Ach. Was denn?«

»Ich weiß es noch nicht genau. Drüben in der einen Wohnung.«

Alexander grinste. »Wie schade. Dann können Sie es, was immer es auch sein mag und bedeuten könnte, keiner Person zuordnen. Die Wohnung wird von allen benutzt. Außer von unserer Jungfrau Martin Johansen. Der allerdings auch einen Schlüssel hat. Falls er es sich doch einmal anders überlegt mit seinem freiwilligen Zölibat.«

Entspannt ließ sich Christian in den Sessel Alexander gegenüber nieder. »Indirekt können wir den Fund sehr wohl zuordnen. Sie vergessen, dass nur drei Herculanier keine Alibis zu den Tatzeiten haben.«

»Was Ihnen auch nichts nützt, da Sie keinen schlagenden Beweis auf der Hand haben, dass es sich bei Ihren vermutlich diversen Tätern überhaupt um Herculanier handelt. Ein paar schlappe Indizien, ja. Aber die zerreißt Ihnen selbst ein Jurastudent im sechsten Semester in der Luft.«

Christian lächelte. »Sie denken dabei an sich? Dumme Frage, entschuldigen Sie. Sie denken ja immer an sich, oder?«

Alex gab keine Antwort.

Immer noch lächelnd erhob sich Christian und ging hinaus. Im Foyer und auch um das Verbindungshaus herum waren genügend Beamte aufgestellt. Für den Fall, dass einer der Studenten auf die dumme Idee kommen sollte, das Haus durch irgendeine Tür oder auch ein Fenster verlassen zu wollen.

Ein paar Stunden später kam ein Anruf aus dem kriminaltechnischen Labor. In einem der Slips war ein Schamhaar gefunden worden, das eindeutig dem zweiten Vergewaltigungsopfer, Claudia Schmidt aus Bielefeld, zugeordnet werden konnte. Elli und Henning fuhren mit qualmenden Reifen zum Richter und ließen die Haftbefehle unterschreiben. Alexander Demant und Lukas Voss wurden am Abend kurz vor acht festgenommen. Christian schärfte allen Beteiligten ein, dass jeglicher Kontakt zwischen den beiden vor der nächsten Vernehmung unbedingt zu vermeiden wäre. Er hatte einen Plan. Einen Spielplan.

Am nächsten Morgen nahm Lukas Voss sein Recht in Anspruch, einen Angehörigen zu benachrichtigen. Danach erklärte er Christian und Markus, keine Aussage zu machen, bis sein Vater mit der Anwältin der Familie da wäre. Gegen Mittag fuhr Doktor Udo Voss in einer hochkarätigen Limousine vor dem Göttinger Untersuchungsgefängnis vor. Sein Chauffeur sah aus wie King Kong im Anzug, der sich unter der linken Achselhöhle bedenklich ausbeulte und damit auf die primäre Funktion des affenartigen Riesen als Leibwächter hindeutete. Doktor Voss verdiente seinen erklecklichen Lebensunterhalt als Atomenergie-Lobbyist in Berlin und betrachtete sich als hochgradig gefährdete Person. Dass Greenpeace, Attac und andere Aktivisten jedweder Couleur Wichtigeres zu tun hatten, als ihm nach dem luxuriösen Leben zu trachten, war für Doktor Voss kein Kriterium. Er war es seiner Stellung und vor allem seiner Eitelkeit schuldig, gefährdet zu sein. Dass sein einziger Sohn nun im Zusammenhang mit Vergewaltigung und Mord als Beschuldigter verhaftet worden war, stellte allerdings eine Gefährdung dar, die er absolut nicht guthieß. Eine Gefährdung seines Rufes und seiner Stellung, somit seines Einflusses und damit seines Lebens. Denn Doktor Voss lebte von der Geltendmachung seines Einflusses.

Frau Doktor Kolle, die Anwältin, die Udo Voss für seinen Sohn mitgebracht hatte, verbot ihrem Mandanten als Erstes, im Verhör den Mund aufzumachen. Lukas bestätigte lediglich die Aufnahme seiner Personalien und saß ansonsten zusammengesackt wie ein Häufchen Elend auf seinem Stuhl. Die Anwältin, eine kleine, überaus freundlich wirkende Person, deren gütiges Lächeln jedoch nicht über ihre Professionalität hinwegtäuschen konnte, erbat die Unterlagen, um sich in die Vorwürfe gegen ihren Mandanten und die Beweislage einarbeiten zu können. Danach würde man weitersehen.

Christian war genervt, denn es lief zumindest bei Voss nicht so, wie er es brauchte. Zu seiner Zufriedenheit jedoch war Alexander Demants Hochmut noch größer als seine Intelligenz. Er hatte darauf verzichtet, irgendjemanden über seine Verhaftung zu informieren, nicht einmal seine Eltern hatte er angerufen. Außerdem hielt er es für überflüssig, sich einen Anwalt zu besorgen. Entweder hatte er kein Geld und sah zum jetzigen Zeitpunkt keinen Anlass für die Bestellung eines Pflichtverteidigers, oder er war tatsächlich so arrogant, sich selbst als seinen besten juristischen Ratgeber zu betrachten. Christian tippte auf eine Kombination aus beiden Dummheiten und war zufrieden, dass auch der Staatsanwalt noch keine Notwendigkeit sah, Demant einen Pflichtverteidiger zur Seite zu stellen. Christian bat Markus und Konrad, die bei der Vernehmung anwesend sein würden, ihm keinesfalls in die Strategie zu grätschen. Markus stank nach Whisky, er war durch Alkohol ruhiggestellt. Bei Konrad jedoch musste sich Christian auf dessen Zusicherung und das Hierarchiegefälle zwischen ihnen verlassen. Dann konnte das Spiel beginnen.

Christian setzte sich Alexander gegenüber und bot ihm einen Kaffee an. Nachdem Konrad die Formalitäten erledigt hatte, zog er sich in den Hintergrund auf einen Stuhl zurück. Markus saß neben Christian am Tisch und schwieg. Zu seiner Überraschung schwieg Christian auch. Lange. Alexander gab sich entspannt. Schließlich lächelte er. »Was wird das hier? Ein Wettbewerb? Ich kann länger als Sie?«

»Wir werden sehen. Was halten Sie von Mord?«

»Strafgesetzbuch, Paragraf 211, Absatz 2: Mörder ist, wer aus Mordlust, zur Befriedigung des Geschlechtstriebs, aus Habgier oder sonstigen niedrigen Beweggründen, heimtückisch oder grausam oder mit gemeingefährlichen Mitteln oder um eine andere Straftat zu ermöglichen oder zu verdecken, einen Menschen tötet.«

»Wir wissen, dass Sie ein sehr guter Student sind. Meine Frage zielte eher auf Ihre private Moral.«

»Ich halte Mord für verwerflich.«

»Sie finden also nicht, dass Mord eine Kunst ist?«

Alexander lächelte. »Im Rahmen einer intellektuellen Spielerei gibt es durchaus Gründe, diese Ansicht zu vertreten. Viele Probleme in der Welt könnten durch Mord gelöst werden. Hunger, Armut, Schlangestehen für Theaterkarten …«

Christian wusste, dass Alexander nun Argumente aus Hitchcocks Film zitierte, und stieg darauf ein: »Wenn Mord eine Kunst ist, sollte das Privileg, einen Mord zu begehen, doch denjenigen vorbehalten sein, die den gewöhnlichen Menschen weit überlegen sind. Menschen von so großer intellektueller und kultureller Überlegenheit, dass sie über alle herkömmlichen Moralbegriffe erhaben sind.«

Alexander wurde misstrauisch. »Worauf wollen Sie hinaus?«

»Sie halten sich für einen solch überlegenen Menschen, nicht wahr, Philip?«

»Wie kommen Sie auf Philip?«

»Das hat uns ein Vögelchen gezwitschert. Alexander Demant und Lukas Voss sind Philip Morgan und Brandon Shaw aus ›Cocktail für eine Leiche‹. Die Herrenmenschen, die glauben, entscheiden zu dürfen, wer die Minderwertigen sind, die nur zum Opfer taugen und zu sonst nichts.«

Es dauerte einige Sekunden, in denen Alexanders jugendliches Gesicht wie einbetoniert wirkte und komplett seine Frische einbüßte, dann hatte er sich gefangen. »Ach, du meine Güte, das haben Sie sicher von Johansen, der das irgendwo aufgeschnappt hat. Ein feiner Theologe. Wenn ich ihm einen Platz in der Bibel zuweisen müsste, es wäre der von Judas. Ich hoffe, Johansen beweist Stil und erhängt sich wie sein großes Verrätervorbild.«

»Judas hat Jesus verraten. Wofür halten Sie sich? Für Philip Morgan? Oder gar für eine Art von Jesus?«

Alexander lachte auf: »Um im Kontext zu bleiben: Jetzt wollen wir die Kirche doch mal im Dorf lassen. Ich bin Alexander Demant, ein zu großen Hoffnungen berechtigender Jurastudent mit Spaß an intellektuellen Spielereien. Wie ich anfangs schon sagte: Die Philip-und-Brandon-Nummer ist eine harmlose Spielerei ohne jegliche Bedeutung.«

Christian schwieg wieder. Er schwieg wieder lange.

Alexander war nicht mehr so selbstsicher wie anfangs. Dennoch reichte seine Arroganz noch aus, um Christian weiter zu provozieren. »Ist das alles, was Sie haben? Dann kann ich ja gehen.«

Christian strich sich über sein schlecht rasiertes Kinn und gab sich nachdenklich. »Noch nicht. Ich überlege nur gerade, welche Strategie die richtige ist.«

»Dabei kann ich Ihnen wohl kaum helfen«, gab Alex überheblich zurück.

»Vielleicht doch. Sehen Sie, Herr Demant, ich könnte versuchen, Sie zu bluffen. Aber ich halte Sie für überdurchschnittlich intelligent. Also wird mich das nicht viel weiterbringen und Sie bestenfalls übervorsichtig machen.«

Alexander beugte sich vor: »Sie werden es trotzdem versuchen. Nachdem Sie glauben, mich mit Ihrem hilflosen und albernen Gewäsch in Sicherheit gewogen zu haben. Aber ich bin immer, hören Sie, *immer* vorsichtig. Ich weiß genau, dass ich hier sitze, weil dieser Zwerg von Johansen Ihnen irgendwelche Absurditäten aufgetischt hat. Storys aus dem DVD-Regal, was weiß ich. Ich habe keine Ahnung, was er Ihnen sonst noch erzählt hat, aber seien Sie versichert, Sie sind auf dem Holzweg. Der Kerl hasst mich, weil ich der Erstchargierte des Verbindungshauses bin, obwohl die Ehre vom Semesterrang her ihm zustünde. Aber er hat weder Charisma noch sonst eine Führungsqualität. Da kann sein Vater noch so sehr vor Geld stinken.«

»Sie haben ihm eine schöne Signatur ins Gesicht geritzt.«

»Hat er Ihnen das auch erzählt? So eine widerliche Wurst! Aber ich sitze doch nicht hier, weil Johansen mich wegen Körperverletzung angezeigt hat, oder? Vergessen Sie's! Da müsste ich an den Göttinger Mensurenprozess von 1951 bis 1953 erinnern. Kommen wir also zur Sache.«

»Sehr gerne, Herr Demant. Ich sage Ihnen ganz offen, wie die Dinge liegen. Es geht, wie Sie zur Genüge wissen, um Vergewaltigungen und Mord. Sie und Voss sind in die Vergewaltigungen verstrickt, einer von Ihnen ist der Mörder. Vermutlich können Sie sich vorstellen, dass wir hier von der Mordkommission in erster Linie an der Aufklärung der Morde interessiert sind.«

Alexander hörte schweigend zu. Seine Augen hatten sich kurz verengt, er war in höchster Konzentration und suchte die Falle, in die er tappen sollte.

Christian fuhr fort: »Wir sind in einer schwierigen Situation. Wir haben zwar Indizien, dass mindestens einer von Ihnen in die Morde verstrickt ist, aber keine Beweise. Vielleicht haben Sie die Morde auch gemeinsam begangen. Wir können absolut nichts gegen Sie unternehmen und sind sozusagen auf ein Geständnis angewiesen.«

Alexander lachte trocken auf. Markus und Konrad warfen Christian irritierte Blicke zu.

Doch Christian ließ sich nicht aus der Spur bringen. »Wenn Sie nun beide die Morde leugnen, bringen wir Sie wegen der Vergewaltigungen vor Gericht. Dafür reichen unsere Beweise aus. Das gibt für jeden von Ihnen, sagen wir mal, da es sich um Wiederholungstaten und um besonders schwere Fälle wegen Mitführens von Waffen handelt, eine Freiheitsstrafe nicht unter drei Jahren.«

»Strafgesetzbuch, Paragraf 177, 3«, bestätigte Alexander ungerührt.

»›Vater, vergib ihnen, denn sie wissen nicht, was sie tun‹, kann man in Ihrem Fall also nicht runterbeten.«

Alexander gab keine Antwort und nippte stattdessen entspannt an seinem Kaffee. Auch Christian ließ sich Zeit und nahm einen gemütlichen Schluck. Dann fuhr er fort: »Aus gewissen Beobachtungen und Aussagen können wir schließen, dass wenigstens einer von Ihnen beiden, Sie oder Lukas Voss, die Morde begangen hat. Und dass der andere darüber informiert ist. Ob das dem Mörder bewusst ist oder nicht, er hat einen Mitwisser. Falls Sie nicht Gemeinschaftstäter sind.«

»Woraus schließen Sie das?«

»In die Gunst dieser Informationen werden Sie erst gelangen, wenn Sie Ihrerseits etwas auf den Tisch gelegt haben. Okay, weiter. Sie befinden sich in folgender Situation: Sie und Voss leugnen die Morde. Wir kriegen Sie dran wegen der Vergewaltigungen. Beide drei Jahre. Jetzt Fall A: Sie sind der Mörder. Sie gestehen. Aufgrund des freiwilligen Geständnisses wird Ihre Strafe milder ausfallen. Voss geht für drei Jahre in den Bunker wegen der Vergewaltigungen. Oder Sie leugnen. Und wir versprechen Voss eine Kronzeugenregelung, wenn er Sie dranhängt. Sie bekommen zehn bis fünfzehn Jahre oder lebenslange Sicherheitsverwahrung, er darf, wenn es gut für ihn läuft, und dafür werden wir dann sorgen, nach Hause. Fall B: Voss ist der Mörder. Er gesteht. Sie bekommen drei Jahre wegen Vergewaltigung. Oder Sie hängen ihn dran, der Rest ist klar. Er fährt ein, Sie als Kronzeuge gehen nach Hause. Fall C, die einfachste Variante: Sie haben die Morde gemeinsam begangen. Gleiche Vorgehensweise. Leugnen oder gestehen.«

»Für die Mordkommission wäre die schlechteste Variante, Lukas und ich leugnen alles. Rein theoretisch gesprochen: Vielleicht könnten die Vergewaltigungen nachgewiesen werden, aber Sie sitzen hier und ziehen lange Gesichter wegen der unaufgeklärten Morde. Habe ich das richtig verstanden?«

Christian nickte.

Konrad, der im Laufe der Vernehmung ein immer düstereres Gesicht gezogen hatte, stand auf und verließ ohne ein Wort, ohne einen nach Einvernehmen strebenden Blick den Raum.

Alexander lachte laut los. »Ihr Kollege scheint das Spiel nicht zu kennen, oder er ist schlicht nicht einverstanden damit.«

Als Alex das Wort ›Spiel‹ erwähnte, wurde Christian etwas mulmig zumute. Hatte er diesen Typen trotz allem noch unterschätzt?

Alex beugte sich vertraulich vor: »Ich wette, Sie können uns nicht mal die Vergewaltigungen nachweisen.« Er lehnte sich wieder zurück. »Wie auch? Wir waren's ja nicht.«

»Sie haben sich also für das Leugnen entschieden?«

»Ich sage die Wahrheit. Aber wenn wir im Kontext bleiben wollen: Das Leugnen ist die Gewinnstrategie im ›Gefangenendilemma‹ nach Albert W. Tucker. Das spielen wir doch hier, nicht wahr, Herr Kommissar?«

Christian schwieg, während Alexander vergnügt lachte. »Für wie blöd halten Sie mich? Ich studiere nicht nur Jura, sondern habe auch ein paar Seminare in Kommunikationswissenschaften belegt. Aber Hut ab! Schätze, die wenigsten Bullen kennen spieltheoretische Ansätze. Nur! Falls ich Ihnen etwas ins Gedächtnis rufen darf, nämlich den Paragrafen 136a der Strafprozessordnung. Da steht: ›Die Freiheit der Willensentschließung und der Willensbetätigung des Beschuldigten darf nicht beeinträchtigt werden durch Misshandlung, durch Ermüdung, durch körperlichen Eingriff, durch Verabreichung von Mitteln, durch Quälerei, durch Täuschung oder durch Hypnose. Zwang darf nur angewendet werden, soweit das Strafverfahrensrecht dies zulässt. Die Drohung mit einer nach seinen Vorschriften unzulässigen Maßnahme und das Versprechen eines gesetzlich nicht vorgesehenen Vorteils sind verboten.‹ Sie versuchen mich zu täuschen und mit unzulässigen Maßnahmen zu einem falschen Geständnis zu veranlassen.«

Nun beugte Christian sich vertraulich vor. »Scheiß auf Ihre Paragrafen! Ich freue mich, dass Sie das ›Gefangenendilemma‹ kennen. Dann ist Ihnen sicher auch klar, dass es funktioniert. Immer. Es gibt keinen Ausweg. Auch wenn Sie es kennen. Und wie schön, wenn Ihnen die angebliche Gewinnstrategie bewusst ist. Aber Sie gewinnen damit nur, wenn Lukas Voss genauso denkt, genauso handelt und ebenfalls alles leugnet. Das wissen Sie. Aber er hat auch die anderen Optionen. Kennt Voss das Dilemma? Und wenn. Wie gut kennen Sie Voss? Können Sie ihm vertrauen? Das ist doch der Haken dabei. Interdependenz. Denken Sie mal gründlich darüber nach, Sie Schlaumeier. Sie können jetzt gehen.«

Alexander wollte etwas entgegnen, er wirkte von den letzten Sätzen Christians verunsichert. Doch Christian erhob sich und gab dem Beamten hinter der Tür des Vernehmungszimmers ein Zeichen, Demant wieder in seine Zelle zurückzubringen.

Als Christian mit Markus in das Zimmer hinter dem französischen Spiegel trat, in dem Henning, Elli, Egon und in den letzten Minuten auch Konrad die Vernehmung verfolgt hatten, herrschte Schweigen. Markus ließ sich müde auf einen Stuhl fallen, zog einen silbernen Flachmann hervor und nahm einen ausgiebigen Schluck. Er schwankte leicht auf dem Stuhl. Konrad sah angewidert auf ihn hinab. Dann wandte er sich mit unterdrückter Wut an Christian: »Was war das denn für eine sinnlose und unzulässige Nummer?«

Noch bevor Christian antworten konnte, meinte Markus: »Halt deine dumme Fresse, Künzel.«

»Halt du deine dumme Fresse, du besoffenes Schwein!«

Mit überraschender Schnelligkeit schoss Markus aus seinem Stuhl hoch und ging Konrad an den Kragen. Nur mühsam konnten Christian und Egon die beiden auseinanderzerren.

»Ich hab's auch nicht verstanden. Was ist das für ein Spielmodell, von dem ihr geredet habt?«, fragte Elli, als sich alle wieder halbwegs beruhigt hatten.

»Kommt, wir gehen was essen, dann erklär ich's euch«, erwiderte Christian.

Sie fuhren gemeinsam zu einem späten Mittagstisch in die Altstadt. Nur Markus hatte sich abgesetzt. Vermutlich brauchte er mehr Alkohol, als in einen Flachmann passte. Als alle mit dem Essen, das weitestgehend schweigend eingenommen wurde, fertig waren, gab Christian eine Runde Bier aus und begann mit seiner Erläuterung.

»Das sogenannte ›Gefangenendilemma‹ wurde als spieltheoretisches Modell von einem Mathematikprofessor namens Tucker an der Universität Princeton entwickelt. Den Spielaufbau habt ihr so ungefähr mitbekommen, auch wenn ich ein wenig abwandeln musste. Das Wichtigste ist, dass sie nicht kommunizieren dürfen. Demant weiß, dass wir Voss in genau die gleiche Lage bringen werden. Das Interessante daran ist Folgendes. Was können die beiden tun? Die Antwort scheint einfach, und Demant hat in Kenntnis der Dinge auch sofort danach gehandelt. Leugnen. Damit hätten beide die geringste Strafe zu erwarten, wenn überhaupt eine.«

»Eben. Und wir gucken in die Röhre. Wieso muss man ihnen das auch noch auf dem Silbertablett servieren?«, fragte Egon dazwischen.

»Jetzt geht es ja erst los«, erklärte Christian. »Die sitzen allein in ihren Zellen und beginnen zu zweifeln: Was ist, wenn der andere, der sich unschwer vorstellen kann, dass ich leugnen werde, die Situation ausnutzt und gesteht? Dann bekommt er die Kronzeugenregelung, und ich bin dran. Es hat also keinen Sinn zu leugnen, ich bin besser dran, wenn ich gestehe. Denn wenn er nicht gesteht, bin ich der Kronzeuge.«

»Und das führt dann dazu, dass beide gestehen?«, wollte Henning wissen.

»Schön wär's. Aber wir sind noch lange nicht am Ende des Dilemmas. Es hat nämlich keins. Denn kaum ist das eben Gesagte gedacht, kommen die nächsten Zweifel: Wenn ich gestehe, respektive ihn verrate, enttäusche ich nicht nur das Vertrauen, auf dessen Basis wir beide unsere Verbrechen begangen haben, sondern ich treffe auch nicht die für uns beide beste Entscheidung, nämlich zu leugnen. Aber es kann sein, dass, wenn ich schon so unzuverlässig bin, er genauso unzuverlässig und egoistisch ist und aus den gleichen Überlegungen heraus zu dem gleichen Schluss kommt, also gesteht. Und zwar vor mir. Dann bin ich dran. Und so schmoren die beiden in ihren Zellen in einem Teufelskreis, aus dem sie nicht herauskommen. Denn letztlich geht es um eine Frage: Sie müssen davon ausgehen, dass die Vertrauenswürdigkeit ihres Komplizen davon abhängt, wie vertrauenswürdig sie selbst dem anderen erscheinen, und dies wiederum hängt davon ab, wie weit sie dem jeweils anderen vertrauen – und so geht es unendlich weiter. Das ist diese unauflösbare gegenseitige Abhängigkeit der Bedingungen, die erwähnte Interdependenz. Gibt 'ne Menge schlaue Bücher über dieses Dilemma.«

Elli, Konrad, Henning und Egon ließen das Gehörte sacken.

»Stimmt«, meinte Konrad nach der kleinen Denkpause. »Insofern ist es egal, ob Demant dieses Spielmodell kennt. Er müsste mit Sicherheit wissen, wie Voss sich verhält, um aus dem Dilemma rauszukommen.«

»Und in so 'ner Situation, wo's wirklich um den eigenen Arsch geht, da verlässt sich keiner auf den anderen«, meinte Elli.

»Deswegen müssen wir so schnell wie möglich Voss in das Dilemma mit einbeziehen. Einer von beiden wird einknicken, und wir können dann endlich aufhören zu bluffen«, fasste Christian zusammen. Die Laboruntersuchung der beiden Slips hatte nämlich keinerlei Spuren ergeben, die auf einen Täter hinwiesen. Es war klar, dass die Schlüpfer zweien der Opfer zuzuordnen waren, mehr nicht. In einem Punkt aber hatte Christian nicht geblufft. Sie brauchten ein Geständnis. Nur deswegen hatte er zu dieser Methode gegriffen, die sich, da musste er Demant recht geben, nicht ganz im Rahmen der Strafprozessordnung abspielte.

»Was ist, wenn Demant auf die Idee kommt, mit der Anwältin von Voss reden zu wollen? Wir können ihm das nicht verwehren, wenn er angibt, sie auch als seine rechtliche Vertretung verpflichten zu wollen. Dann können die beiden über die Anwältin kommunizieren, und unser ganzes Drohmodell, denn ein solches ist es ja, kracht zusammen wie ein Kartenhaus«, sagte Konrad.

Christian nickte anerkennend. »Das ist in der Tat ein Haken. Aber erstaunlicherweise funktioniert das ›Gefangenendilemma‹ trotzdem. Selbst wenn die Gefangenen es schaffen, miteinander zu kommunizieren und eine Vereinbarung zu treffen. Können sie sich darauf verlassen, dass der Partner im entscheidenden Moment im Gerichtssaal nicht einknickt? Es gibt keine Garantie dafür. Und schon beginnen die ganzen Überlegungen von vorne. Abrüstungsverhandlungen beispielsweise funktionieren nach dem gleichen Prinzip. Das heißt, sie funktionieren meistens eben nicht.«

Konrad überlegte kurz und nickte dann zustimmend. »Mal aus rein sportlichem Interesse: Gibt es eine Lösung für dieses Dilemma?«

Christian zuckte mit den Schultern. »Ich kenne sie nicht. Angeblich hat ein Mathematiker namens Nigel Howard eine Lösung auf Metaebene entwickelt. Auf Metaebene heißt in dem Fall wohl, mit mathematischen Formeln, in einer Art übergeordneter Wirklichkeit. Also nichts, was uns zu interessieren bräuchte.«

Alle tranken wie auf Kommando ihr Bier aus. Es gab noch einiges zu tun. Laut Gesetz führten sie Demant und Voss dem Haftrichter vor, damit der den Haftbefehl bestätigen konnte. Dabei wurde selbstverständlich darauf geachtet, dass die beiden nicht mal einen Blick tauschen konnten. Danach holten sie Voss zu einem kurzen Gespräch. Es war egal, dass er seiner Anwältin gehorchte und keinen Ton sagte. Er musste nur zuhören. Die Anwältin, die selbstverständlich anwesend war, meinte mit gleichbleibend freundlicher Miene, Christian würde sich auf einer gefährlichen Gratwanderung befinden.

»Ich hoffe, zugunsten Ihres Mandanten«, war Christians ebenfalls freundliche Antwort. Dann verabschiedete er die Anwältin und den sehr nachdenklichen Lukas Voss, der in seine einsame Zelle zurückgebracht wurde, wo ihm vermutlich endlose Spekulationen die Nacht rauben würden.

Am nächsten Morgen verlangte Alexander Demant die Anwältin von Lukas Voss zu sprechen. Christian fluchte, auch wenn er leisen Respekt vor Demants Denkfähigkeit hatte. Zu aller Überraschung jedoch lehnte Frau Doktor Kolle die juristische Vertretung für Demant aufgrund eines Interessenkonflikts ab.

»Das ist ein verdammt gutes Zeichen«, meinte Christian zu seinen Göttinger Kollegen, die sich trotz der langen Wochenendarbeit alle sehr früh im ZKD eingefunden hatten. Nur Markus fehlte. Der war erst gegen fünf Uhr nach Hause gekommen und schlief noch seinen Rausch aus. Christian hatte ihn inzwischen völlig abgeschrieben, und den anderen schien es ähnlich zu ergehen. Sie fragten nicht einmal mehr nach ihm, auch Elli nicht.

»Vielleicht ist diese Kolle auf unseren Kurs eingeschwenkt und hat Voss zu einem Geständnis geraten.«

Henning sah Christian grinsend an. »Wenn die Nummer zieht und wir mit diesem echt frechen Bluff etwas in die Hand bekommen, dann bist du mein Held!«

Tatsächlich bat die Anwältin um eine Unterredung, die sie dann jedoch kurzfristig wieder absagte und bis auf Weiteres verschob. Erst am späten Nachmittag verstand Christian diese Maßnahme. Es war gesetzlich vorgeschrieben, dass Demant und Voss erneut dem Haftrichter vorgeführt wurden. Eine richterliche Vernehmung prüfte in diesem Stadium, ob die Gründe für die Haft Bestand hatten. An diesem Montag war ein anderer Haftrichter zuständig als am vorhergegangenen Wochenende. Und dieser Richter entschied sich mit dem Argument nicht bestehender Flucht- und Verdunkelungsgefahr für Vollzugsaussetzung unter Anordnung einiger Maßnahmen wie etwa der Weisung, dass Demant und Voss ihre Wohnung nur unter Aufsicht verlassen durften.

Es dauerte nicht lange, bis Elli aufgrund ihrer weitverzweigten privaten Verbindungen in der Stadt läuten hörte, dass ein gewisser Lobbyist aus Berlin seinen nicht unerheblichen politischen Einfluss geltend gemacht hatte, der offensichtlich bis zu einem Göttinger Richter reichte.

Christian tobte vor Wut. Sie hatten verdammt knapp vor einem Geständnis von Lukas Voss gestanden, dessen war er sicher. Stattdessen saß Voss nun mit Demant im Verbindungshaus und ließ sich von ihm, soweit möglich, auf eine gemeinsame Strategie einschwören. Christian erfuhr erst später, dass Herr Doktor Voss vom Richter die Erlaubnis bekommen hatte, seinen Sohn mit in die elterliche Villa bei Kassel zu nehmen. Damit war er zwar dem direkten Einflussbereich Demants entzogen, dennoch konnten die beiden telefonieren.

Und noch ein anderer Umstand bereitete Christian Sorgen. Er hatte Annas keltische Theorie weder mit den Kollegen besprochen, noch hielt er selbst viel davon. Die Vergewaltigungen zerstörten das von Anna behauptete Muster. Dennoch. Wenn Anna recht hatte, wenn auch nur irgendetwas dran war an ihrer These, dann würde der Mörder am 21. März erneut zuschlagen. Übermorgen. Und Alexander Demant und Lukas Voss waren auf freiem Fuß.

Wie wenig in den nächsten Tagen von Lukas Voss zu befürchten war, konnte Christian nicht ahnen. Denn er kannte Udo Voss nicht. Udo Voss war für Lukas der schlimmste Richter, den er sich vorstellen konnte. Am späten Abend wurde Lukas in der Voss'schen Villa vor eine Art Tribunal gestellt. Die über die Ereignisse bis zur Hysterie entsetzte Mutter war des Büros ihres Gatten verwiesen worden. Dort bekam Lukas im Beisein der Anwältin vom Herrn des Hauses eine Lektion in Sachen Richtlinienkompetenz. Doktor Voss verwies seinen Sohn kühl und knapp auf den Umstand, dass er als Berater der Regierung wahrlich wichtigere Dinge zu tun hätte, als seinen Sohn aus der Scheiße rauszuboxen, in die er sich geritten habe. In Berlin warte man händeringend auf ihn, und es sei schon schlimm genug, diesen einen Tag verloren zu haben, an dem ihm möglicherweise ein überaus wichtiger Entscheidungsträger von der Konkurrenz abspenstig gemacht worden war. Außerdem stelle es zwar keine unüberwindbare Schwierigkeit dar, sei aber auch kein großes Vergnügen, seine Einflussnahme auf den Göttinger Richter zu vertuschen, um sich selbst in seiner Position nicht angreifbar zu machen. Nun sei Lukas an der Reihe, die Dinge zu regeln, und zwar bitte schön! so, dass weder auf ihn noch auf den Namen seiner Familie respektive die Stellung seines Vaters auch nur irgendein Schatten fallen könne. Zu diesem Zweck stehe ihm Frau Kolle beiseite, die alle erforderlichen Maßnahmen zu treffen bereit und befugt sei.

Noch bevor sein Sohn eine Stellungnahme abgeben konnte, verabschiedete sich Doktor Udo Voss mit gestrengem Blick von ihm, mit einem flüchtigen Kuss von seiner ratlosen Gattin und stürmte mit wehendem Trenchcoat und dickem Aktenkoffer zur Kiesauffahrt, wo der King-Kong-Chauffeur schon mit laufendem Motor wartete. Doktor Voss wurde in Berlin gebraucht.

Zurück blieb Lukas, zusammengesunken auf dem großen Ledersofa in Papas Büro, den Blick schuldbewusst gesenkt vor den freundlichen Augen der Anwältin.

»Lukas«, hob sie mit sanfter Stimme an. »Damit ich dir helfen kann, musst du mir vertrauen. Du musst mir die Wahrheit sagen, die ganze Wahrheit. Ich muss wissen, womit wir es zu tun haben.«

»Mein Vater bringt mich um, wenn er die Wahrheit erfährt.«

Frau Kolle lächelte milde. »Wir beide kennen deinen Vater. Er ist erfolgsorientiert. Er ist auf dem Weg nach ganz oben. Er wird sich keine Steine in den Weg legen lassen, von nichts und niemandem. Auch nicht von Gefühlen seinem Sohn gegenüber, aber …«

»Hat er überhaupt welche?«, unterbrach Lukas.

»Er ist trotz allem ein Mensch.«

»Ist er das?«

Mildes Lächeln. »Das wird sein Geheimnis bleiben.«

Lukas hob zum ersten Mal seit der Ansprache seines Vaters den gesenkten Kopf. »Dann sollte es Ihnen doch auch klar sein. Er wird mich töten, wenn er die Wahrheit erfährt.«

Frau Kolle lächelte wieder ihr mildes Lächeln. »Lukas. Er wird dich töten, wenn er die Wahrheit zu spät erfährt. Und ich sie nicht mehr vertuschen kann. *Dann* wird er dich töten.«

Lukas begriff, dass sie recht hatte. Er stand mit dem Rücken zur Wand, und sein Vater würde nicht zögern, den Schießbefehl zu geben, wenn die Öffentlichkeit erst Wind bekommen hatte und nach Gerechtigkeit schrie. Es gab keinen Ausweg. Lukas begann haltlos zu weinen.

»Wir dürfen Martin Johansen nicht vergessen.« Christian war dabei, Konrad, Elli, Henning, Egon und sich selbst zur Observierung einzuteilen, obwohl die polizeiliche Beobachtung vom Richter nicht ausgeschrieben worden war. Der Richter war der Meinung, dass die von ihm erlassenen Auflagen zur Gefahrenabwehr ausreichten. Christian ließ Markus, der sich den ganzen Tag noch nicht im Präsidium hatte blicken lassen, bei der Einteilung der Schichten außen vor, der war in seinem momentanen Zustand absolut nicht zu gebrauchen. »Auch wenn Johansen erwiesenermaßen in der Halloweennacht an einer Pokerrunde teilgenommen hat, gab es für ihn genauso wie für Demant und Voss die Gelegenheit, eine Stunde nach dem Nachhausekommen die Herculania-Villa wieder zu verlassen und den Mord zu begehen. Auch für die anderen Morde hat er kein Alibi.«

»Und er hasst Demant, hätte also durchaus ein Motiv, ihm die Morde in die Schuhe zu schieben«, ergänzte Elli.

Konrad und Egon erboten sich, schichtweise Johansens neue WG im Süden der Altstadt zu überwachen. Henning und Elli übernahmen die Villa der Burschenschaft im Nikolausberger Weg. Christian würde Henning und Elli unterstützen, da die beiden sich nicht ablösen konnten wie Egon und Konrad. Die Herculania-Villa hatte zwei Ausgänge, die man von unterschiedlichen Straßen aus beobachten musste. Dennoch wollten weder Christian noch die anderen weitere Kollegen in die unzulässige Observierung verwickeln.

»Wie lange wollen wir die Stellungen denn halten?«, fragte Egon.

»Nicht sehr lange. Nur bis zum Donnerstagmorgen, dem 22. März«, erwiderte Christian. Er erklärte den verwunderten Kollegen in groben Zügen Annas Theorie von den keltischen Feiertagen, die mit den bisherigen drei Morden zusammenfielen. Elli fand die Theorie hochspannend und wollte mehr darüber wissen, doch Christian konnte sich nicht mehr an Details wie die festliche Bedeutung der einzelnen Tage erinnern. Er bat Elli, bei weitergehendem Interesse einfach Anna anzurufen. Henning und Egon spotteten ein wenig über die weibliche Neigung zu quasiesoterischen Ansätzen, verstanden aber, dass Christian sichergehen wollte. Auch wenn sie die Theorie für weit hergeholt, wenn nicht gar für blödsinnig hielten, so wollte doch keiner riskieren, in der von Anna bezeichneten morgigen Nacht durch eine neue Frauenleiche der Ignoranz und Leichtfertigkeit überführt zu werden. Das hätte sich keiner je verziehen.

Es war schon spät am Abend, alle waren erschöpft von den Anstrengungen der letzten Tage und Wochen. Dennoch murrte keiner. Weder über die kommende Nachtarbeit noch über die gesetzlich nicht abgesicherte Eigenmächtigkeit, mit der Christian diese angesetzt hatte. Konrad übernahm die erste Schicht bei Johansen, auch Elli und Henning bezogen sofort ihre Posten. Christian ging nach Hause, um ein paar Stunden zu schlafen. Dann würde er zuerst Elli, danach Henning ablösen.

Als er zu Hause ankam, saß Markus mit der Oberbürgermeisterin und ein paar Flaschen Rotwein im Wohnzimmer. Marlene Falck war nur noch ein Schatten ihrer selbst, kein Schimmer mehr vom früheren Glanz einer gnadenlosen Amazone, die komplette Stadtratsversammlungen zu subalternen Stichwortgebern degradiert hatte. Christian grüßte so höflich es ihm möglich war und begab sich ins obere Stockwerk. Markus folgte ihm ins Badezimmer, wo Christian sich notdürftig frisch machte.

»Was ist denn heute noch abgelaufen?«, wollte Markus wissen, sein Schuldgefühl nur schlecht hinter einer Fassade lockerer Selbstverständlichkeit verbergend.

»Falls dich das wirklich interessiert, komm doch einfach mal vorbei in deinem Büro.« Christian putzte sich die Zähne, blickte Markus an und spuckte dann in hohem Bogen ins Waschbecken. Die Botschaft kam an. Markus dreht sich ohne ein weiteres Wort um und ging wieder nach unten.

Als Christian fünf Stunden später, nach einem wenig geruhsamen Schlaf, wieder aufstand, war weder von Markus noch von Marlene Falck etwas zu sehen. Christian vermutete die beiden im Bett. Im Wohnzimmer standen einige leere Flaschen herum, der übervolle Aschenbecher verpestete die Luft. Christian öffnete verärgert das Fenster und lüftete. Nur der Fall und die engagierten Kollegen hielten ihn hier in Göttingen, Markus hatte er schon längst den Rücken zugekehrt. In der Küche trank Christian ein Glas Mineralwasser, brühte sich frischen Kaffee auf, den er in eine Thermoskanne füllte, aus dem Kühlschrank nahm er sich eine eingepackte Salami mit, dann machte er sich auf den Weg. Zuerst ging er bei Konrad vorbei, der die WG von Johansen beobachtete. Konrad meldete keine besonderen Vorkommnisse. Johansen hatte Besuch gehabt von Kramer, dem Hausmeister der Burschenschaft. Die beiden hatten gut sichtbar im erleuchteten Zimmer mehrere Stunden Schach gespielt, dann war Kramer gegangen, und eine halbe Stunde später hatte Johansen das Licht gelöscht. Während Konrad und Christian noch plauderten, kam Egon, um Konrad abzulösen, und Christian machte sich auf den Weg zu Elli.

Ellis Wagen war in diskreter Entfernung zu der Villa geparkt, jedoch mit perfekter Sicht auf den Eingang. Die Nacht war kalt, es herrschten leichte Minusgrade, Schneeregen hatte sich wie eine Glasur auf den Wagen gelegt. Die Scheiben waren beschlagen. Um Elli nicht zu erschrecken, öffnete Christian leise die Beifahrertür. Und blickte auf einen schnarchenden Markus. Keine Spur von Elli. In Sekundenschnelle schwoll Christian der Kamm. Außer sich vor Wut knallte er die Beifahrertür zu, woraufhin Markus aus seinem Schlaf hochfuhr. Was Christian nicht mehr mitbekam. Er war schon unterwegs zur Rückseite des Hauses, wo Henning in seinem Wagen saß und sich die Hände warm blies.

»Hey, Chef, ich dachte, du willst zuerst Elli ablösen?« Henning schien erfreut über die vermeintliche Planänderung.

»Bei dir alles in Ordnung?«, fragte Christian ohne weitere Erklärung. Henning nickte. Christian zog sein Handy hervor und wählte Ellis Nummer. Es dauerte eine Weile, bis Elli sich verschlafen meldete.

»Wieso bist du nicht auf deinem Posten?« Christians Ton ließ keinen Zweifel an seiner Verärgerung.

»Aber … Markus hat doch übernommen. Er hat gesagt, das wäre mit dir abgesprochen.«

»Wann hat er übernommen?«

»Kurz nach meinem Schichtantritt. Er hatte mich angerufen und gefragt, was los war heute. Ich hab's ihm erzählt. Und 'ne halbe Stunde später war er da und hat gemeint, er springt für mich ein. Was ist denn los?«

Christian legte ohne eine Antwort auf. Eine böse Ahnung beschlich ihn. Eilig lief er wieder zur Vorderfront der Villa. Markus stand auf der Straße, an den Wagen gelehnt. Christian würdigte ihn keines Blickes, sondern ging zur Villa und klingelte Sturm. Markus kam zu ihm.

»Mach nicht so 'nen Aufriss, ich hab höchstens ein paar Minuten gepennt.«

»Halt dein Maul, du beschissenes Arschloch!« Christian klingelte weiter.

An einem Fenster im ersten Stock erschien das völlig verpennte Gesicht eines Studenten. »Seid ihr irre? Es ist vier Uhr nachts!«, pöbelte er lautstark zur Straße herunter.

»Polizei. Ich will Alexander Demant sprechen. Sofort!«, rief Christian hinauf.

»Der ist verreist. Nicht da, klar?«

»Wann ist er verreist?«

»Vor ein paar Stunden, halb zwölf oder so, was weiß ich. Er hatte einen Koffer in der Hand und hat Tschüss gesagt. Sonst noch was?«

»Wohin ist er gefahren?«

»Keine Ahnung. Ich bin nicht seine Mami.« Mit einem Knall wurde das Fenster geschlossen.

»Halb zwölf? Das kann nicht sein. Ich habe wirklich höchstens ein paar Minuten …«, stammelte Markus.

Christian packte ihn am Kragen. »Geh in eine Kneipe und besauf dich. Sauf dich von mir aus tot. Mir egal. Aber komm mir heute Nacht nicht mehr unter die Augen. Sonst vergesse ich mich.«

Per Handy informierte Christian Henning, dass er die Beobachtung abbrechen und ihn vor dem Haus abholen solle. Sie mussten ins ZKD, eine Fahndung herausgeben. Alexander Demant hatte gegen die Auflagen des Haftrichters verstoßen. Keiner wusste, was von ihm sonst noch zu erwarten war.

Ostara. Viertes Ritual.

In der kleinen Gemeinde Nikolausberg bei Göttingen schlug die Turmuhr der Klosterkirche sieben Mal. Wie immer verspürte Timmi überhaupt keine Lust, zur Schule zu gehen. Er trödelte im Badezimmer herum, nahm sich zum Waschen wenig Wasser, aber viel Zeit, kleidete sich mit der leidenschaftslosen Trägheit eines Schlafwandlers an und träumte beim Zähneputzen von den wahnsinnig echt aussehenden Brontosauriern aus Hartgummimasse, die ihm seine große Schwester im Internet ersteigert hatte und die hoffentlich heute oder morgen mit der Post ankommen würden. Am liebsten würde er nicht zur Schule gehen, sondern auf der Eckbank in der Wohnküche warten, bis Sepp, der Briefträger, auf seiner Runde bei den Jungfleischs vorbeikam und ihm das heiß ersehnte Päckchen brachte. Aber Timmi wusste mit seinen neunmalklugen neun Jahren sehr genau, dass seine Mutter für diesen Wunsch keinerlei Verständnis aufbringen würde. Und das Vortäuschen von Bauchweh wollte Timmi sich für die kommende Woche aufheben, wo eine Klassenarbeit im Rechnen anstand. Also blieb ihm nichts anderes übrig, als seinen Ranzen zu packen, unter den ständigen Ermahnungen der Mutter, nun endlich sein Müsli zu essen, den Anorak und die festen Schuhe überzuziehen und sich in dem ekelhaft nasskalten Wetter da draußen auf den Schulweg zu machen.

Familie Jungfleisch wohnte nicht direkt in der Gemeinde Nikolausberg, sondern ein wenig abseits am Waldrand. Timmis Vater Rudolf hatte dort gebaut, weil er keine Nachbarn mochte und seine Ruhe haben wollte. Dabei hörte man selbst im Zentrum von Nikolausberg selten mehr als Vogelgezwitscher, ein vorbeifahrendes Auto, ein weinendes Kind und dann und wann mal die Kirchturmglocke. Nikolausberg war beschaulich. Herr Jungfleisch hatte die Abgeschiedenheit gesucht, da die einzige Funktion von Nachbarn seiner Meinung nach darin bestand, den Rasenmäher auszuleihen und tagelang nicht zurückzugeben, Klatsch und Tratsch zu verbreiten und Unkraut und Nacktschnecken heimlich über den Gartenzaun zu werfen. Frau Jungfleisch litt unter dem Arrangement, schließlich musste sie wegen der Misanthropie ihres Mannes zum Einkaufen eine Viertelstunde in den Ort laufen und dann voll bepackt wieder zurück, aber sie litt stumm. Die siebzehnjährige Tochter Monika litt lautstark. Sie schwor täglich, mit Erreichen der Volljährigkeit, auf Glockenschlag zwölf der Klosterkirche, dem verschnarchten Heimatort den Rücken zu kehren und in die Stadt zu verschwinden. Erst nach Göttingen, und wenn sie dort ein wenig Kohle verdient hatte, egal wie, nach London. Schon seit einem Jahr fuhr Monika regelmäßig am Wochenende abends nach Göttingen, um sich dort in den Studentenkneipen zu amüsieren. In letzter Zeit war sie sogar dazu übergegangen, sich schon in der Woche dorthin zu begeben. Frau Jungfleisch vermutete, dass die angebliche Freundin, in deren WG Monika dann ein, zwei Nächte blieb, vielmehr ein Freund war, der sie in die ersten Freuden der Liebe einführte. Manchmal war Frau Jungfleisch ein wenig neidisch auf die Jugend ihrer Tochter und die Hoffnungen und Träume, die damit verbunden waren und die sie selbst längst begraben hatte unter der Ehe, dem Alltag und dem ewig gleichen Weg ins Dorf, vom Waldrand zum Bäcker, Metzger und Supermarkt und wieder zurück zum Waldrand.

Timmi störte es nicht, dass sie ein wenig außerhalb wohnten, der kurze Fußweg machte ihm nichts aus, sondern bot im Gegenteil vielfältige Gelegenheiten, sich vom morgendlichen Ziel, der Schule, ablenken zu lassen. Wenn Timmi zur Schule ging, brauchte er eine halbe Stunde, wenn er zum Fußballtraining ging, waren es nur zwölf Minuten. Obwohl der Weg derselbe war.

Auch heute Morgen sah Timmi keinen Grund, sich zu beeilen. Seine Klassenlehrerin hatte die Fruchtlosigkeit ihrer Ermahnungen längst eingesehen und probierte seit einiger Zeit eine Art Laisser-faire-Strategie aus. Dass dies in Wirklichkeit weniger auf ihrer pädagogischen Fortschrittlichkeit als vielmehr einer antrainierten Gleichgültigkeit zur Schonung ihrer eigenen Nerven beruhte, tat nichts zur Sache. Zumindest nicht für Timmi. Er schlurfte in Richtung Schule, die Augen auf dem schmalen Pfad zwischen Wald und Wiesen, hüpfte zwanzigmal auf dem rechten Bein, hüpfte zwanzigmal auf dem linken Bein, strich mit der Hand über die Gräser am Wegrand, zupfte gedankenverloren einige aus, ließ sie fallen und sprang mit beiden Füßen in Pfützen, um die hauchdünne Eisschicht, die sich in der Nacht darübergezogen hatte, aufzusprengen. Durch einen gut gelungenen Sprung scheuchte Timmi einen Marder auf, der erschrocken von rechts über den Weg huschte und links im Wald verschwand. Ein Leuchten erhellte Timmis Gesicht, in Sekundenschnelle warf er seinen Ranzen ab und folgte dem Marder ins Dickicht. Letztes Jahr hatten sie drei Hühner an das Raubtier verloren, und Timmi sah sich schon auf einem Treppchen stehen mit einem Siegerkranz um die Schulter wie bei der Formel Eins und einer Banderole, die ihn als »Meister der Marder« auszeichnete, während alle Bewohner von Nikolausberg, was für ihn die ganze Welt war, Beifall klatschten. Timmi wusste, dass seine Chancen, den Marder zu fangen, extrem gering waren, aber darum ging es nicht. Es ging um die wilde Jagd, um die Aufregung, das Abenteuer, es ging darum, die Schule zu schwänzen. Er raste durch die Büsche, den Marder schon längst nicht mehr im Blick, zerriss sich die Hose, zerkratzte sich die Hand an einem Dornenbusch, stolperte über Stock und Stein und ein Bein, das nicht sein eigenes war, fiel der ganzen Länge nach hin, spürte kurz einen brennenden Schmerz im rechten Fußgelenk und vergaß ihn sofort wieder. Denn als er das Gesicht aus dem feuchten Laub anhob, sich der seltsamen Ursache seines Sturzes noch nicht voll bewusst, blickte er in das wächserne Antlitz seiner Schwester Monika. Timmis Schrei zerbrach die Stille.

»Das war nicht Alexander Demant. Niemals! Unser Mörder hat bislang nur in Göttingen zugeschlagen!« Man sah Markus deutlich an, wie er sich an die Hoffnung klammerte. Knapp zwanzig Minuten zuvor hatte die Göttinger Kripo Nachricht von der Polizeiwache aus Nikolausberg bekommen. Markus war gerade erst zur Truppe gestoßen, unrasiert und stark verkatert. Konrad hatte es sich nicht nehmen lassen, Markus sofort anzurufen und zu informieren. Er wollte sehen, wie Markus sich wand, wenn er hörte, dass durch die von ihm verpennte Observierung möglicherweise eine junge Frau hatte ihr Leben lassen müssen.

Christian war von der gleichen Befürchtung getrieben: »Wenn er es war, dann gnade dir Gott!«, gab er Markus, bleich vor Wut, zur Antwort. Er sprach damit aus, was alle dachten. Elli, Egon und Henning waren ebenso erschüttert und blickten Markus mit stummem Vorwurf an.

Keine halbe Stunde später waren sie alle mit dem Team von der Spurensicherung und einem Rechtsmediziner vor Ort. Die Leiche lag unter Laub und Reisig versteckt in einem unwegsamen Waldstück. Nur ein Bein schaute heraus und ein Teil des Kopfes. Der ortsansässige Polizist Wolfram Jennewein versicherte, dass bislang niemand etwas angefasst habe. Den kleinen Bruder der Toten hatte man zur Mutter nach Hause gebracht. Der Vater des Mädchens war am Fundort. Er saß ohne Jacke und Schal, nur mit einem Flanellhemd und einer blauen Arbeitshose bekleidet, einige Meter entfernt auf einem morschen Baumstumpf, hatte den Kopf in beide Fäuste gestützt und sah auf den Waldboden. Nach der weiträumigen Absicherung des Tatorts näherten sich Christian und Markus mit dem Mediziner und Jennewein der Leiche, vorsichtig darauf achtend, die Spurenlage nicht zu verändern. Die anderen warteten außerhalb des Sicherheitsbereiches und sahen sich in der näheren Umgebung um.

»Monika Jungfleisch. Gerade mal siebzehn Jahre. Ich kenne sie … habe sie gekannt, seit ihrer Geburt. Unfassbar, dass so was bei uns passiert«, meinte der Nikolausberger Polizist. Nachdem die Fundortfotos gemacht worden waren, entfernte der Rechtsmediziner vorsichtig Laub und Reisig von der Leiche. Das Mädchen lag halb entblößt und mit seltsam verdrehten Gliedern vor ihnen auf der Erde, der Brustkorb war gewaltsam geöffnet worden, das Herz lag frei den Blicken ausgesetzt. Jennewein stiegen Tränen in die Augen, er ging weg.

»Sie hat noch beide Augen«, sagte Markus leise.

»Das heißt überhaupt nichts.« Christian war klar, wie sehr Markus hoffte, dass es sich hier in Nikolausberg nicht um ihren Göttinger Täter handelte.

Die beiden Hauptkommissare ließen den Rechtsmediziner in Ruhe seine Arbeit machen. Sie hatten den jungen Kollegen mitgenommen, der die Nadelstiche an der ersten Leiche entdeckt hatte. Er beugte sich über das Mädchen, besah sich Hals, Augen, den geöffneten Brustkorb, untersuchte die Extremitäten, erfühlte das Stadium der Leichenstarre in den Gelenken.

»Die ist seit mindestens zwei Tagen tot. Das ist natürlich nur eine erste Schätzung.«

Christian warf Markus einen scharfen Blick zu. »Das wäre dann der 21. gewesen. Wie Anna vermutet hat.«

Markus wich Christians Blick aus und wandte sich an den Rechtsmediziner. »Können Sie uns schon was über die Todesursache sagen?«

»Nichts Verbindliches natürlich. Aber ich tippe auf Herzstillstand bei der Öffnung des Brustkorbs, die offensichtlich am lebenden Opfer vorgenommen wurde. Die Organe sind noch alle da, soweit ich das ohne Autopsie beurteilten kann. Möglich wäre auch, dass sie verblutet ist. Außerdem ist sie stranguliert worden, schauen Sie, hier am Hals sind die entsprechenden Unterblutungen. Grober Strick vermutlich, wie bei unseren Opfern Nummer zwei und drei. Keine sichtbaren Stich- und Schnittverletzungen, aber eine Vergewaltigung erscheint mir fast sicher. Außerdem habe ich Brandwunden in den Innenseiten beider Handflächen. Sieht aus, als hätte jemand ein Feuerzeug hingehalten. Eine genaue Einschätzung bekommen Sie mit dem schriftlichen Bericht.«

Markus wollte etwas sagen, doch der Rechtsmediziner winkte ab: »Ja, ich beeile mich.«

»Und?«, fragte Konrad, als Christian und Markus zu den anderen hinter die Absperrung traten. »War es unser Mann?«

Christian zuckte mit den Achseln. »Bleibt ihr hier und dokumentiert mit den Kollegen die Spurenlage. Ich fahre mit Markus und dem Vater der Toten zu der Familie. Wir treffen uns in Göttingen.« Konrad warf Markus einen finsteren Blick zu, nickte aber ohne Widerworte.

Langsam ging Christian auf den Vater zu, der immer noch gramgebeugt auf dem Stumpf saß. Christian sprach ihn vorsichtig an und stellte sich vor. Herr Jungfleisch hob den Kopf, vermied aber, die Leiche seiner Tochter ins Blickfeld zu bekommen. Sein Gesicht war aschgrau, der Blick tränenverschleiert, er zitterte am ganzen Körper.

»Sie können hier nichts mehr tun, Herr Jungfleisch«, sagte Christian. »Würden Sie bitte mit uns zu sich nach Hause fahren? Wir würden gerne mit Ihnen und Ihrer Frau reden. In aller Ruhe.«

Frau Jungfleisch sah ebenso erschüttert aus wie ihr Mann, doch sie hatte sich besser im Griff. Als ihr Mann, zitternd wie Espenlaub, mit Christian und Markus eintraf, schickte sie ihn zuerst unter die heiße Dusche und kochte Tee, bevor sie sich den Polizisten für Fragen zur Verfügung stellte.

»Timmi und ich brauchen meinen Mann jetzt. Er darf mir nicht zusammenbrechen«, sagte sie. Erst als ihr Mann versorgt war, sich einigermaßen gefangen hatte und Tee trinkend neben ihr auf dem geblümten Sofa saß, erzählte Frau Jungfleisch, was sie über das Göttinger Umfeld ihrer Tochter wusste.

»Vor einigen Monaten hat Monika bei einem Einkaufsbummel in Göttingen angeblich eine junge Germanistikstudentin namens Stefanie kennengelernt. Mitgebracht hat sie diese Stefanie aber noch nie. Ich glaube, dass es sich bei ihr eher um einen Stefan handelt.«

Herr Jungfleisch blickte empört auf: »Wie kommst du denn auf so was?«

»Weil Monika in den letzten Monaten sexy Unterwäsche gekauft hat und in ihrer Schublade Kondome versteckt sind.«

»Und wieso weiß ich nichts davon?«

»Weil du dich doch nur aufregen würdest.«

»Zu Recht!«, wollte Herr Jungfleisch lospoltern, die Tatsache verkennend oder verdrängend, dass es für pädagogische Korrekturen nun zu spät war. Seine Gattin legte ihm besänftigend die Hand auf den Oberschenkel und wandte sich wieder an Christian und Markus.

»Monika hatte diese Woche frei, sie arbeitet … sie hat in der Damenboutique im Dorf gearbeitet. Jedenfalls ist sie am Montag nach Göttingen gefahren und wollte die Woche bei Stefanie oder Stefan verbringen. Ich komme auf Stefan, weil ich in der WG mal angerufen habe … Monika hat mir nur auf Druck die Nummer gegeben, ich wollte sie unbedingt, für alle Fälle, sonst hätte ich sie nicht weggelassen … Jedenfalls habe ich mal angerufen, und da hat sich ein Stefan gemeldet, und als ich nach Stefanie gefragt habe, fing er an zu stottern und sagte, die sei mit Monika unterwegs. Alle meine Anrufe danach wurden nie angenommen. Adresse habe ich keine, aber die kriegen Sie sicher raus mit der Nummer.«

Frau Jungfleisch reichte Christian einen Zettel.

»Könnten wir vielleicht kurz mit Ihrem Sohn reden?«, fragte Markus.

Frau Jungfleisch schüttelte den Kopf: »Unser Hausarzt war da und hat ihm eine Beruhigungsspritze gegeben. Er schläft jetzt, und ich werde ihn bestimmt nicht wecken.«

Als Christian und Markus sich verabschiedet hatten, brach Frau Jungfleischs Beherrschung zusammen. Schluchzend lag sie in den Armen ihres Mannes. Sie sprachen beide kein Wort, es gab nichts zu sagen. Erst als Timmi im Schlafanzug und auf nackten Füßen ins Wohnzimmer getappt kam und sich, ebenfalls wortlos, an seine Mutter kuschelte, wischte sie sich die Tränen von der

Wange, stand auf, ging in die Küche und kam mit einem Päckchen zurück.

»Schau mal, Timmi, mein Schatz, das ist heute Morgen für dich gekommen.«

Es waren die Brontosaurier, die Monika für ihn ersteigert hatte.

Zwei Stunden später betrat Christian mit Elli die freundlich hellen Räume einer Wohngemeinschaft in der Nähe des Auditorium maximum. Markus hatte sich zerquält von Schuldgefühlen abgesetzt, vermutlich auf einen oder mehrere Drinks bei Norbert. Er wollte danach im Büro wieder zu den anderen stoßen. Christian hatte Elli mitgenommen, da er eine Frau bei der Vernehmung dabeihaben wollte – falls es sich bei Monika Jungfleischs Kontakt in Göttingen tatsächlich um eine Stefanie und nicht um einen Stefan handeln sollte.

Doch ihr mütterlicher Instinkt hatte Frau Jungfleisch nicht getrogen. In der studentischen Dreier-WG gab es nur einen Stefan, und der war völlig geschockt, als er von Monikas Tod hörte. Fassungslos erzählte er, dass er seit zwei Monaten mit Monika zusammen gewesen sei. Er hatte die Liaison eher als locker und unverbindlich betrachtet, doch Monika übte immer mehr Druck auf ihn aus und verlangte eine Nähe, die er zu geben nicht willens noch in der Lage war. Um weitere emotionale Asymmetrien zu verhindern, hatte er am Mittwochabend Schluss gemacht. Es war zu einer dramatischen Szene gekommen, und Monika hatte schließlich gegen ein Uhr nachts weinend die Wohnung verlassen, um nach Hause zu trampen.

»Und Sie haben sie gehen lassen. Mitten in der Nacht«, warf Christian dem eigentlich nicht unsympathischen Sinologie-Studenten vor.

»Ich habe nicht geglaubt, dass sie wirklich per Anhalter fährt. Ich dachte, sie will mich unter Druck setzen. Wenn ich ihr hinterhergelaufen wäre, hätte sie das als Zeichen meiner Liebe interpretiert, und der ganze Streit wäre von vorne losgegangen.«

»Tja, die Sorge sind Sie jetzt los.« Elli betrachtete den vor ihr auf dem Sofa zusammengesunkenen Studenten mitleidlos.

Da die anderen WG-Mitglieder Stefans Version von dem Abend bestätigten und ihm für den weiteren Verlauf der Nacht ein glaubwürdiges Alibi lieferten, gab es vorerst keinen Grund, Stefan weiter zu belästigen.

Als Christian und Elli gegen Abend zurück in die Dienststelle kamen, befand sich Markus zu ihrer Überraschung in seinem Büro. Er hatte gerade nur so viel getrunken, um die Angst vor seiner Schuld zu betäuben, bis sie bewiesen war. Dann würde er sich richtig volllaufen lassen. Henning und Egon gingen mit ihm den ersten Tatortbefundbericht durch. Gerade hatten sich Christian und Elli auf Stand bringen lassen und wollten sich der ersten Analyse anschließen, als Konrad in den Konferenzraum stürmte. In hohem Bogen warf er die Akte aus der Rechtsmedizin auf den Tisch, stürmte zu Markus und zerrte den viel größeren und schwereren Kerl scheinbar mühelos aus seinem Stuhl hoch. Markus' Reaktion war durch den Alkohol erheblich eingeschränkt, und auch den anderen ging alles viel zu schnell, als dass sie hätten eingreifen können. Sagten sie hinterher. Doch ein jeder von ihnen wusste, dass keiner hatte eingreifen *wollen.* Konrad zog Markus hoch, stieß ihn von sich und verpasste ihm eine harte Rechte, sodass Markus zu Boden ging. Er blieb liegen, ausgeknockt. Christian nahm die Akte vom Tisch und blickte hinein.

»Monika Jungfleisch starb in der Nacht vom 21. auf den 22. März, gegen drei Uhr morgens. Mit an Sicherheit grenzender Wahrscheinlichkeit ist unser Mann der Mörder. Es wurden Fasern von einem handelsüblichen Strick gefunden, die gleichen wie bei Opfer zwei. Außerdem Spuren von desinfizierendem Puder von Chirurgenhandschuhen.«

Mitleidlos blickten alle zu Markus, der sich gerade wieder vom Boden aufrappelte. Nur Elli verspürte den Impuls, ihm zu helfen. Doch sie unterließ es. Christian warf ihm die Akte quer über den Tisch zu. Als hätten sie sich abgesprochen, ging einer nach dem anderen hinaus. Markus sollte lesen, was er zu verantworten hatte. Und er sollte allein sein dabei.

Draußen am Kaffeeautomaten trat Elli zu Christian. »Wenn Alexander Demant nicht der Mörder ist, tun wir Markus bitter Unrecht.«

»Tun wir nicht. Auch wenn er es nicht ist, er könnte es sein. Das reicht. Und das weiß Markus.«

»Aber Konrads Reaktion …«

»Hart, aber gerecht.«

Elli nahm sich auch einen Kaffee. »Ich weiß nicht. Bei den beiden, da geht es doch nicht nur um die Sache, da steckt so viel privater Hass …«

»Wovon redest du?«

»Von Marie. Sie mochte Konrad. Er war immer auf ihren Ausstellungen, hat mit ihr rumgealbert, konnte mit ihr über Kunst fachsimpeln. Markus war irrsinnig eifersüchtig.«

»Aber Konrad ist doch …«, Christian biss sich auf die Lippe. Diese Dinge gingen ihn nun wirklich nichts an.

»Schwul, ich weiß. Marie wusste es auch. Wir Frauen sind nicht so blind wie ihr Männer.«

»Aber wieso hat sie es Markus nicht gesagt? Oder du?«

»Ist nicht mein Bier.«

Christian nickte. »Und wieso hasst Konrad Markus?«

»Er gibt ihm die Schuld an Maries Tod. Jeder hier in der Stadt weiß, dass Markus auf die Terrasse gestürmt kam, wo Marie sich abgefackelt hat. Und dass er dastand und nichts tat. Die Nachbarn haben ihn gesehen. Sie haben zwar gesagt, dass Markus keine Chance hatte, Marie zu retten. Aber das will Konrad nicht akzeptieren. Und jetzt … Monika Jungfleisch könnte vielleicht noch leben … Konrad hat nur getan, was er schon seit einem Jahr tun will. Markus mal richtig in die Fresse hauen.«

Nachdenklich nippte Christian an seinem Kaffee. Er schmeckte bitter.

Am nächsten Morgen erwachte Christian mit dröhnenden Kopfschmerzen. Er sah auf die Uhr und sprang fluchend aus dem Bett. Der Akku seines Handys war leer, der Wecker hatte nicht geklingelt und er verschlafen. In der Küche lag eine Tüte mit frischen Brötchen, die Espressomaschine war vorbereitet, eine Tasse stand in Warteposition. Daneben befand sich ein Zettel, auf dem Markus seiner Hoffnung Ausdruck verlieh, Christian würde sich nach den Aufregungen der letzten Tage mal richtig ausschlafen. Sauer zerknüllte Christian den Zettel und warf ihn in den Müll. Während die Espressomaschine durchlief, duschte er flüchtig. Christian wusste, dass Markus' Bemühungen als freundschaftliche Geste gemeint waren, doch er sah nur dessen schlechtes Gewissen und vergebliche Versuche der Wiedergutmachung. Ihre Freundschaft befand sich auf dem Tiefpunkt, Christian hatte alle Achtung verloren.

Als er in das Präsidium kam, es war schon kurz vor zehn, saßen alle vor dem laufenden Fernseher. Der Regionalsender übertrug eine Pressekonferenz zum aktuellen Mord in Nikolausberg und dem möglichen Zusammenhang mit den Frauenmorden in Göttingen. Auf dem Podium saßen Markus, ein Staatsanwalt und Marlene Falck. Markus sah für seine Verhältnisse frisch und ausgeruht aus, doch neben dem vom Scheitel bis zur Sohle glatt gebügelten Juristen wirkte er wie ein an den Strand gespülter Lederschuh. Auch die Oberbürgermeisterin hatte schon mal bessere Tage gesehen, doch bei ihr würden die Zuschauer den Zerfall eher dem Kummer über die Ermordung der Tochter zuschreiben als ihren Trinkgewohnheiten. Markus verkündete gerade vollmundig, dass es definitiv zu keinen weiteren Morden in Göttingen und Umgebung kommen werde, jedenfalls nicht durch diesen Täter, den die Polizei im Visier habe. Es handele sich nur noch um wenige Tage, bis man den mutmaßlichen Mörder der Öffentlichkeit präsentieren und ihn der Justiz überantworten werde. Genauere Angaben könne er zurzeit nicht machen, um die Ermittlungen nicht zu gefährden. Auch Marlene Falck äußerte sich ähnlich optimistisch und lobte die stringente

Polizeiarbeit. Sie bedauerte, dass es im sonst so friedlichen Göttingen überhaupt zu solchen Gräueltaten gekommen war, und leitete geschickt über zu philosophischen Betrachtungen über die Unausweichlichkeit des Bösen in der Welt, vor dem sich kein Bürger jemals sicher fühlen könne, und lebe er sein Leben noch so brav und unauffällig. Jeder Politiker, der den Menschen vorgaukele, dass der Staat seine Bürger effektiv schützen könne, immer und in jeder Lage, sei ein Lügner und Demagoge.

Selbstverständlich waren die Journalisten entzückt von diesen markigen Aussagen und bestürmten die Oberbürgermeisterin, je nach Couleur des Presseorgans, mit Fragen zur Terroristenbekämpfung versus Bürgerrechte oder mit der reichlich unverhohlenen Bitte, doch zu erzählen, inwiefern der Kummer einer verzweifelten Mutter jetzt und in Zukunft Einfluss auf ihr politisches Denken und Handeln haben werde.

Christian wusste eine Sekunde lang nicht, ob er Respekt empfinden sollte vor der Oberbürgermeisterin, die geschickt die Medien benutzte und nun von heiklen Fragen zum Stand der Ermittlungen ablenkte, oder ob sein Ekel vor derlei manipulativen Manövern überwog. Er entschied sich für Letzteres, schon aus Gewohnheit. Als der Fernsehapparat ausgeschaltet wurde, blickten alle fragend zu Christian.

»Sind wir auch so optimistisch wie Markus und unser aller Bürgermeisterin?«, fragte Egon rein rhetorisch. Die Zweifel in den Mienen der Anwesenden waren Antwort genug.

»Hat Martin Johansen ein Alibi für die Nacht vom 21. auf den 22.? Wer hat ihn observiert?« Christian leitete zur Tagesordnung über, damit er nicht Gefahr lief, seinen Ärger über Markus' kontraproduktiven Auftritt vor der Presse zu kommentieren. Der Mörder, ob Demant oder nicht, würde durch diese Behauptungen noch vorsichtiger agieren und sich womöglich für eine Zeit lang verkriechen. Christian hatte schon oft diese Erfahrungen gemacht, sodass er grundsätzlich mit Informationen an die Öffentlichkeit während einer laufenden Ermittlung geizte.

Henning sah in sein Observierungsprotokoll: »Johansen hat

sich am Mittwochabend um halb zehn im Schachcafé mit Kramer getroffen. Die beiden haben zwei Partien gespielt, wovon Johansen beide gewann. Kurz vor Mitternacht verließ Johansen das Schachcafé, ging zu Fuß nach Hause, wo um ein Uhr das Licht gelöscht wurde.« Henning warf einen unsicheren Blick zu Egon und fuhr fort: »Wenn er uns nicht durch irgendein Schlüsselloch entwischt ist, kann er nicht der Mörder von Monika Jungfleisch sein.«

Der Blick zwischen Henning und Egon war Christian nicht entgangen. Als er nachhakte, gab Henning kleinlaut zu, dass Egon ihn kurz nach ein Uhr abgelöst und dabei heiße Würstchen und Pommes mitgebracht hatte, die sie gemeinsam im Auto verspeisten. Er räumte ein, dass es dabei möglicherweise zu einer kleinen, wenige Minuten andauernden Unaufmerksamkeit hätte gekommen sein können. Auch wenn er das nicht glaube, denn er habe die ganze Zeit aufs Haus gesehen. Allerdings …

»Raus mit der Sprache«, forderte Christian. Dieses verdruckste Geständnis und das zögerliche »allerdings« mussten einen Grund haben.

»Henning ist dann nach Hause, und ich habe übernommen«, fuhr Egon fort. »Am Donnerstagmorgen gegen acht Uhr habe ich Johansen gesehen …«

»Wie er das Haus verließ, hoffe ich«, warf Christian ein.

»Leider nein. Er kam mit einer Tüte vom Bäcker zum Haus zurück. Ich habe ihn nicht weggehen sehen. Aber ich bin mir ganz sicher, dass ich nicht eingepennt bin. Deswegen haben Henning und ich uns gedacht, es kann nur passiert sein, als wir die Würstchen …«

»Womit Johansen für die Mordnacht ab ein Uhr kein Alibi hat«, fasste Konrad ruhig zusammen. Christian gelang es nicht länger, die Fassung zu behalten. »Habe ich es denn hier nur mit Idioten zu tun? Was für blutige Anfänger seid ihr eigentlich?«

»Vergessen wir Johansen. Demant ist abgehauen. Das ist doch eine Art Schuldeingeständnis«, versuchte Elli ihre Kollegen in Schutz zu nehmen.

Doch Christian brüllte weiter: »Und auf der Flucht hat er nichts Besseres zu tun, als gleich wieder ein Mädchen zu ermorden? Statt erst mal die Füße stillzuhalten und abzutauchen?«

»Der Trieb. Er kann nicht anders. Und weil er auf der Flucht ist, hat er zum ersten Mal versucht, die Leiche zu verstecken. Damit wir seine Spur nicht so schnell verfolgen können«, spekulierte Elli. »Wenn der Junge nicht zufällig drübergestolpert wäre, und das zwei Tage nach dem Mord ... Oder glaubst du jetzt plötzlich nicht mehr, dass es Demant war?«

Mit einer harschen Geste schnitt Christian Elli das Wort ab. »Das tut alles nichts zur Sache. Tatsache ist, dass hier keiner seine Arbeit ernst nimmt. Leute, das ist doch kein Spiel, wo man mal kurz auf die Pausentaste drückt, um ein Würstchen zu essen!« Er wandte sich mit funkelnden Augen an Henning und Egon: »Als hättet ihr nicht genug Fett auf dem Leib, um mal eine Nacht ohne Junkfood zu überstehen!«

»Arschloch«, murmelte Egon.

»Was ist denn hier los?« Markus war, ohne dass die anderen es bemerkten, in den Konferenzraum getreten.

Wütend fuhr Christian herum: »Das kann ich dir sagen! Während derjenige, der Schuld hat, dass unser Hauptverdächtiger draußen herumspaziert, sich von der Presse feiern lässt, erzählen mir die Nullnummern hier, dass sie bei der Observierung unseres zweiten Verdächtigen Würstchen fressen und sich gegenseitig Pommes in die Nasenlöcher stecken!«

»Niemand ist perfekt. Tu bloß nicht so, als würde so was in Hamburg nie passieren!« Es war ein feiner Zug von Markus, dass er sich vor seine Leute stellte. Hätte man dabei nicht das Gefühl gehabt, dass er sich eigentlich nur selbst in Schutz nahm.

Christian trat einen aggressiven Schritt auf ihn zu und baute sich vor ihm zur vollen Größe auf, Nasenspitze an Nasenspitze: »In Hamburg, da hatte ich zwei Männer, weißt du, wie man die von ihrer letzten Observierung abgehalten hat? Mit zwei Kugeln! Die Jungs mussten erschossen werden, sonst hätten die ihr Zielobjekt nie aus den Augen verloren! Euch genügt eine Flasche

Schnaps. Oder zwei Würstchen! Und jetzt schafft mir Johansen her, und zwar sofort. Ich will mit ihm reden!«

Türenknallend verließ Christian den Konferenzraum und stürmte zu den Waschräumen, wo er sich mehrere Ladungen kaltes Wasser ins Gesicht warf. Natürlich hatte Markus recht, auch in Hamburg passierten Fehler bei polizeilichen Beobachtungen – wie in jeder Stadt der Welt. Der Mensch war nicht für permanente Wachsamkeit geschaffen. Selbst Piloten fielen in den sogenannten Sekundenschlaf, während sie eine Boeing mit Zighundert Passagieren in zehn Kilometern Höhe steuerten. Trotzdem waren solche Schlampereien für Christian nicht akzeptabel. Er trocknete sich das Gesicht ab, stützte sich mit den Händen aufs Waschbecken und sah in den Spiegel. Ein erschöpfter, frustrierter Mann blickte ihm entgegen. Da war nichts Freundliches, und er erschrak über sich selbst. Er zog sein Handy aus der Tasche seiner verbeulten Cordhose und wählte Annas Nummer. Seit gestern schon wollte er mit ihr über den neuen Mord reden, über die Richtigkeit ihrer Datumsvorhersage. Aber sie hatte keine Zeit gehabt, war unterwegs zu einem Essen mit dem Dekan der Universität gewesen. Auch jetzt erreichte er nur die Mailbox. Er sah auf die Uhr und versuchte, sich an Annas Vorlesungsplan zu erinnern. Es gelang ihm nicht. Plötzlich fiel ihm ein, dass Samstag war. Normale Menschen gingen jetzt einkaufen, mit der Liebsten frühstücken oder lagen einfach noch im Bett. Er spürte, dass er Heimweh hatte. Sehnsucht nach Anna, Lust, mit ihr an der Elbe spazieren zu gehen und mit seinen Kollegen und Kumpeln von der Soko Bund ein Bierchen in seiner Stammkneipe zu nehmen. Oder einfach mit Anna auf dem Sofa zu sitzen und die Bundesligaberichterstattung anzusehen. Er sollte nach Hause fahren, wenigstens für ein paar Tage.

Kurz darauf traf Johansen ein, eskortiert von Elli. Er bestätigte, in der betreffenden Nacht mit Kramer Schach gespielt zu haben. Daraufhin war er ins Bett gegangen. Seine diesbezügliche Angabe stimmte mit Hennings Beobachtung über den Zeitpunkt des Lichtlöschens überein. Blieb noch die Frage, um wie viel Uhr er das Haus wieder verlassen hatte.

»Am Donnerstagmorgen … Moment, ich muss nachdenken … Ja, klar. Ich bin kurz vor acht Uhr am Morgen raus zum Brötchenholen. Sie können in der Bäckerei nachfragen.« Plötzlich grinste Johansen Christian breit an. »Jetzt verstehe ich Ihre Frage! Der dicke Polizist, der unser Haus von seinem Auto aus beobachtet hat, der hat mich nicht rausgehen sehen, nicht wahr? Deswegen habe ich Ihrer Meinung nach kein Alibi für den Mord an diesem Mädchen in Nikolausberg, geht es darum?«

Christian nickte müde. Er hatte keine Lust mehr auf Spielchen.

»Dann passen Sie mal auf: Der Dicke hat just, als ich aus dem Haus ging, in die Krokusse unserer Nachbarn gepinkelt. Diskreterweise mit dem Rücken zur Straße. Er hat mich nicht gesehen, aber ich ihn. Das war etwa zehn vor acht. Fragen Sie ihn. Kann ich jetzt gehen?«

Egon blickte etwas verwirrt, als Christian ihn nach den Krokussen befragte, aber dann dämmerte es ihm. Johansen hatte recht. Aus der Tatsache, dass Egon bei der Observierung hatte pinkeln müssen, konnte man ihm schwerlich einen Vorwurf machen. Bei einer legalen, also vom Staatsanwalt oder zuständigen Richter genehmigten polizeilichen Beobachtung, hätten in jedem Wagen zwei Beamte gesessen, sodass keine Lücken in der Beobachtung entstanden wären, selbst wenn einer mal kurz verschwinden musste. Da sie aber möglichst wenig Kollegen in die nicht genehmigte Maßnahme hatten einbinden wollen, trug jeder des Teams seine Bürde allein. Zwar hätte Egon mit Blickrichtung zum Haus pinkeln müssen, dennoch sah Christian ein, dass sie alle ihr Bestes gegeben hatten. Er hatte sich beruhigt. Die Leute saßen vor ihm, allesamt übermüdet, von ihren Partnern unter Druck gesetzt, weil sie in den letzten Tagen und Nächten kaum noch Zeit für die Beziehung und Familie erübrigt hatten. Christian entschuldigte sich bei Egon und Henning für die Heftigkeit seines verbalen Ausbruchs, bei dem er unter die Gürtellinie geschlagen hatte. Egon nahm es sportlich und hob seinen schweren Bauch an: »Bei mir passt weder ein Gürtel, noch kann man von Linie reden.«

Kurz nach einem Versöhnungskaffee meldete Elli die Ankunft von Lukas Voss und seiner Anwältin. Voss wollte eine Aussage zu Protokoll geben.

Als die Formalien erledigt waren, das Aufnahmegerät jedoch noch nicht lief, erklärte Anwältin Kolle den überraschenden Vorstoß ihres Mandanten. Sie wandte sich dabei ausschließlich an Christian, obwohl auch Markus und Konrad anwesend waren.

»Herr Beyer, bei unserem letzten Gespräch waren Sie so umsichtig, meinem Mandanten eine Art Deal in Aussicht zu stellen für den Fall, dass er sich geständig zeigt. Mein Mandant ist allerdings nicht hier, um diese in Aussicht gestellte Unterstützung zu beanspruchen, sondern aus tatsächlicher Reue, Einsicht und staatsbürgerlicher Verantwortung. Dass ich als seine Anwältin natürlich an Ihrer wohlwollenden Hilfe interessiert bin, wenn es darum geht, den Richter milde zu stimmen, ist meine Aufgabe.«

»Wir werden sehen, was wir tun können.«

»Tun Sie alles, was in Ihrer Macht steht. Wir tun desgleichen.« Mit ihrem milden Lächeln wandte sie sich an Lukas und bat ihn, alles zu erzählen.

Lukas redete. Zuerst stockend, mit so überzeugender Armesündermiene, dass sie einstudiert wirkte, dann lief der Text immer flüssiger. Er war in seiner Rolle angekommen.

Lukas erzählte von Alexander. Wie der ihn von Anfang an mit Intelligenz und Durchsetzungsvermögen beeindruckte. Wie sein Charisma dazu führte, dass Alex auf dem Verbindungshaus die Führungsrolle übernahm. Wie er sich immer mehr um die Freundschaft mit dem reichen Lukas bemüht hatte. Wie sehr Lukas ihn bewunderte. Wie Alex ihm Hitchcocks »Cocktail für eine Leiche« gezeigt und ihn in faszinierende Gedankenspiele verwickelt hatte. Wie er über Frauen sprach. Welchen Erfolg er mit seinem blendenden Aussehen hatte. Lukas, dem unauffälligeren der beiden, waren solche Siege nicht beschieden. Und irgendwann hatte Alex mit seltsamen Scherzen begonnen. Dass Lukas sich nehmen könne, was er wolle. Dass ihm alles zustehe. Sie seien schließlich Philip und Brandon.

Lukas hatte Alexanders kleine Bemerkungen zunächst für Scherze gehalten. Er war auf diese Scherze eingestiegen. Und dann an Halloween, unter erheblichem Alkoholeinfluss, hatte Alexander dieses Mädchen angesprochen. Sie waren zu dritt hinausgegangen. Dann hatte Alexander das Mädchen in einen Busch gezerrt und sie vergewaltigt. Lukas war zuerst geschockt, aber auch so betrunken, dass er seinem von ihm so bewunderten Freund in nichts nachstehen wollte und es ihm gleichtat.

»Natürlich weiß mein Mandant inzwischen, dass er die Grenzen des Legalen und auch des Humanen dabei überschritten hat. Deswegen ist er hier. Aber wir wollen nicht unterschätzen, dass mein Mandant ein Verführter ist. Verführt von einem skrupellosen jungen Mann, der keinerlei Grenzen anerkennt.«

Lukas nickte: »Ich habe noch bei einer anderen Vergewaltigung mitgemacht, und das tut mir unendlich leid.«

Christian war klar, dass Lukas nur gestehen würde, was seine Anwältin aus den Unterlagen als aktenkundig hatte ersehen können. Die Opferrolle, in die Lukas zu schlüpfen versuchte, war widerlich. Aber wenn sie dadurch etwas über die Morde erfuhren, sollte es ihm recht sein.

»Dann habe ich gemerkt, dass Alex nicht aufhört, dass er Alleingänge unternimmt. Ich habe durch Sie gehört, dass auch andere Mädchen vergewaltigt worden sind. Zuerst habe ich gar nicht an die Morde gedacht. Aber eines Abends, da ist mir dieser unheimliche Gedanke gekommen ...«

Lukas tat erschüttert und fuhr sich kopfschüttelnd durch die Haare.

»Nie hätte ich gedacht, dass er so weit gehen würde. Aber Alex ist verrückt, er ist echt verrückt! Sie hätten mal sehen sollen, mit welcher Lust er Martin den Säbel durchs Gesicht gezogen hat! Mordlust war das! Wenn nicht so viele Zeugen dabei gewesen wären, er hätte ihn umgebracht, dafür lege ich meine beiden Hände ins Feuer.«

»Zurück zu den Morden, die tatsächlich begangen wurden«, bat Christian.

»Na ja, ich kriege das alles nicht mehr ganz zusammen, nur ungefähr. In der Halloweennacht sind wir so gegen vier Uhr morgens zusammen nach Hause. Ich weiß nicht, wann die Frau umgebracht worden ist, aber Alex hätte locker noch mal wegkönnen, ohne dass es einer gemerkt hätte. Mir war schlecht von dem Erlebnis, ich fühlte mich total elend und müde und besoffen, aber er war noch fit und unternehmungslustig. Die Vergewaltigung war wie Kokain für ihn. Das hat er gesagt. Er wollte mehr. Ich bin dann ins Bett. Keine Ahnung, was Alex gemacht hat ... Als ich ihn einmal vorsichtig auf die Morde ansprach, lachte er nur und meinte, da sei wohl einer am Werk, der den Spaß noch ein wenig weitertreibe.«

Lukas Voss erzählte, wie wütend Alex auf ihn gewesen war, als er aus dem gemeinsamen »Hobby« ausstieg. Er zertrümmerte alle Alibis für die Mordnächte, die er noch vor Kurzem seinem Freund gegeben hatte. Lukas konnte nichts Konkretes vorweisen, aber er belastete Alexander Demant schwer. In der Nacht, als Bonnie Falck getötet worden war, sei Demant erst am frühen Morgen nach Hause gekommen, mit blutverschmierten Hemdsärmeln. Als Lukas ihn darauf ansprach, habe Alex gesagt, er habe sich mit einem Punk geprügelt, der die Korporation beleidigt habe.

»Damit kommen Sie jetzt erst an?«, fragte Markus.

»Damals habe ich Alex noch jedes Wort geglaubt. Ich hätte nie gedacht, dass er etwas mit den Morden zu tun hat.«

»Und wieso sind Sie jetzt so fest davon überzeugt?«

»Weil alles zusammenpasst. Alex hat sich von den Morden nicht aus der Ruhe bringen lassen. Kurz nach dem Tod der Bürgermeistertochter wollte er mit mir wieder losziehen, das war der Abend, an dem wir auf dem Haus eine Party hatten. Ich bin mit den anderen in eine Kneipe in der Stadt. Alex ist allein losgezogen. In der Kneipe hat dann einer ganz beiläufig erzählt, dass Alex mit dieser Bonnie vor einem guten halben Jahr was hatte. 'ne Affäre. Sie hat ihn abserviert. Glauben Sie mir, so was kommt bei Alex nicht gut an. Ich weiß nicht, ob's stimmt. Alex hat mir nie davon erzählt, was untypisch ist. Sonst gibt er mit jeder Eroberung an. Aber das war wohl eine Niederlage. Fragen Sie Oliver Rüttgers, der hat es erzählt. Er studiert Biologie. Er kannte Bonnie gut.«

Nach etwa zweieinhalb Stunden unterzeichnete Lukas den Ausdruck seiner Aussage und verabschiedete sich mit seiner offensichtlich zufriedenen Anwältin. Auch Markus war hochzufrieden.

»Es wird nicht mehr lange dauern, bis wir das kleine Arschloch gefasst haben. Und wenn er hört, was wir alles gegen ihn in der Hand halten, wird er einsehen, dass ein Geständnis für ihn noch die beste Wahl ist.«

Seltsamerweise war Christian als Einziger nicht zufrieden. Er konnte den Grund für sein Unwohlsein nicht benennen, aber er spürte es deutlich. In Hamburg würde es verschwinden, zumindest hoffte er das. Morgen würde er fahren. Morgen.

Das Herz, ich habe ihr Herz gesehen. Ich habe gesehen, wie es zu schlagen aufhörte. Ich hätte es in Scheiben schneiden können, so nackt lag es vor mir. Aber ich habe es nicht getan. Ich bin kein Tier. SIE war das Tier. Sie hat mir Lust gemacht mit ihrem weißen Fleisch. Da musste ich den Mörser in sie stoßen. Und sie hat geweint.

Ich habe Angst. Dass ich vielleicht einen Fehler gemacht habe. Sie hat geweint, sie konnte richtig weinen. Sie sah unschuldig aus. Aber was hat sie nachts auf der Straße verloren? In ihrem kurzen Rock, wo es doch so kalt ist. Sie hat die Hände im Auto auf ihre Oberschenkel gelegt und immer drüber gerieben. Weil es so kalt ist, hat sie gesagt. Sie hat gelogen. Sie wollte nur, dass ich auf ihre Oberschenkel starre. Dass ich geil werde. Damit ich die Sünde der Lust begehe. Sie war eine von denen. Sie wollen die Männer vernichten, sie wollen unseren Samen. Und unsere Seele.

Sie hat Brandblasen bekommen. Und sie hat geweint. Das hat nicht unbedingt etwas zu sagen. Manche sind so mächtig, dass sie Dinge können, die sie eigentlich nicht können. Aber es hat mich verwirrt. Deswegen habe ich nachgesehen, ob sie ein Herz hat.

Was, wenn ich eine Unschuldige getötet habe?

Gott hat vorherbestimmt, welcher Mensch erlöst und welcher verdammt sein wird. Mich hat er erwählt, ich bemühe mich um moralische Vollkommenheit. Dadurch danke ich Gott für das Geschenk der Erlösung. So ist es, ja, so MUSS es sein. Und weil Gott weiß, dass ich mich bemühe, habe ich diese schwierige Aufgabe bekommen. Sie wurde mir in die Wiege gelegt. Ich habe diese Aufgabe unter Schmerzen, unter großen Schmerzen, erkannt. Ich habe mich gewehrt, natürlich, ich war doch noch so jung. Aber ich habe mich würdig erwiesen.

Bin ich immer noch würdig? Ich bin nicht sündenfrei. Immer wieder erliege ich der Versuchung der Geilheit. Ich bin schwach und minderwertig. Vielleicht habe ich mich von Anfang an geirrt, und ich bin zur Verdammnis bestimmt. Und die Frauen, die zu mir kommen im Schlaf und mir Lust bereiten, die haben mich schon längst auf die dunkle Seite gezogen, und ich bin ein Buhle des Bösen.

Nein, NEIN! Das Böse will mich versuchen, und Gott lässt es zu, um mich zu prüfen. Ich werde die Prüfung bestehen! Ich werde dem Bösen eine endgültige Absage erteilen.

Ich werde Vollkommenheit anstreben.

»Du siehst furchtbar aus.« Anna nahm Christian in die Arme und zog ihn an sich. Er vergrub sein Gesicht in ihren Haaren und sog ihren vanillig-pudrigen Duft ein. Sofort fühlte er sich angekommen. Zu Hause. Alles gut. Christian hob Anna hoch, ging mit ihr nach oben ins Schlafzimmer und liebte sie. Danach trug er auch seine Reisetasche nach oben, packte aus, rasierte sich und duschte heiß. Als er nach unten in die Küche kam, brutzelten zwei Steaks in der Pfanne und eine gefüllte Salatschüssel stand auf dem Tisch. Christian rutschte auf seinen angestammten Platz in der Eckbank.

»Ich habe keine Ahnung, wann ich das letzte Mal etwas Warmes gegessen habe.«

»So siehst du auch aus. Abgemagert.« Anna servierte lächelnd die Steaks und setzte sich zu ihm.

Mit Heißhunger machte sich Christian über das Essen her. Die Steaks waren noch blutig, so wie er sie mochte. Nach dem Essen erzählte er Anna von den letzten Ereignissen. Sie war bestürzt, als sie von dem neuen Mord hörte.

»Wir haben inzwischen eine internationale Fahndung nach Demant herausgegeben. Ich könnte mir vorstellen, dass er versucht, sich nach Frankreich abzusetzen. Er fühlt sich eh wie ein Franzose und spricht die Sprache perfekt.«

»Glaubst du, dass er es war?«

»Die in Göttingen sind fest überzeugt davon.«

»Du also nicht.«

»Alles spricht gegen ihn. Die Flucht wird als Schuldeingeständnis gewertet. Aber ich fange an zu zweifeln. Die Hausdurchsuchungen, die wir bei den Burschenschaftern gemacht haben, ich habe es dir erzählt … Jedes einzelne Zimmer, sowohl auf dem Korporationshaus als auch in den beiden Apartments, war wie geleckt. Kein Staubkörnchen, die Klamotten frisch gebügelt und auf Kante in den Schränken, wie bei der Bundeswehr. Nichts, was man zu finden erwartet, keine Drogen, nicht einmal volle Aschenbecher. Demant hat die Durchsuchungen erwartet und seine Mitbewohner gebrieft. Diese unnatürliche Aufgeräumtheit war eine Demonstration seiner Voraussicht. Demants Art von arrogantem Humor. Und dann finden wir zwei eingeschweißte Slips im Spülkasten der Toilette? Nein, sage ich dir. Nie im Leben hat Demant die dahingetan. Das muss jemand anderes gewesen sein. Einer, der nicht mitgedacht hat und sie nach Demants Warnung vor der Hausdurchsuchung nicht mehr entfernen konnte. Oder einer, der sie bewusst jemandem untergejubelt hat. Ich denke da an Voss oder Johansen. Außerdem ... diese Theorie, die du über den Zusammenhang mit den keltischen Festen aufgestellt hast ... das kriege ich nicht zusammen mit Demant. Der macht auf mich einen hochrationalen Eindruck, fast schon gefühllos. Da ist kein Platz für Mystik oder Mythologie. Und seine Eltern ... Ich habe mit ihnen telefoniert, nachdem er sich abgesetzt hat ... Unglaublich sympathische Menschen. Sie erscheinen weitab von restriktiven Erziehungsmethoden oder wahnhaften Ideen. Seit Monaten haben sie nichts von ihm gehört. Es ist eine Schande, dass er sich ihrer schämt.«

»Hast du meine Notizen zu diesen keltischen Feiertagen noch?«

Christian nickte: »Schon, aber ich werde daraus nicht schlau. Du musst mir alles darüber erzählen. Morgen. Oder übermorgen. Ich will das Wochenende mit dir genießen.«

»Wie lange bleibst du?«

»Bis Markus anruft. Oder sich etwas Neues ergibt.«

»Wie geht es Markus?«

»Ist mir egal.«

Anna zog nur kurz die Augenbrauen hoch und wechselte das Thema. Christian brauchte dringend Ablenkung von den Göttinger Ereignissen, die ihm sowohl beruflich als auch privat jede Menge Energie abzogen, das sah sie ihm an. Die Furchen in seinem Gesicht waren noch tiefer geworden. Er sah um Jahre gealtert aus.

Erst am späten Abend entspannten sich Christians Gesichtszüge allmählich. Zuerst hatte er sich geärgert, dass ausgerechnet an diesem Wochenende kein Bundesligaspieltag war, doch ersatzweise gab es das Länderspiel Deutschland gegen Tschechien. Als er vor dem flimmernden Bildschirm saß, fühlte Anna, wie Christian zu sich zurückkehrte. Er ballte die Fäuste, schimpfte über den Schiri und strahlte bei gelungenen Flanken, raffinierten Spielzügen und natürlich beim deutschen Sieg. Danach gingen sie in ihre Stammkneipe und trafen sich mit Pete, Volker und Daniel. Eberhard, das vierte Mitglied von Christians Soko Bund, war mit seiner Frau und seinen beiden Kindern nach Sylt gefahren. Bei dem ersten Bier in Gesellschaft seiner Freunde taute Christian vollends auf. Sie sprachen nicht über ihre Arbeit, sondern erzählten sich Witze auf Stammtischniveau und alberten herum wie kleine Jungs auf dem Schulhof. Anna hielt sich zurück, sie war in Gedanken versunken. Als Christian gegen halb zwei Uhr nachts bierschwer und zufrieden ins Bett fiel, setzte sie sich an den Computer und vertiefte ihre Recherche über Samhain, Yule, Imbolc und Ostara. Der Gedanke an die siebzehnjährige Tote raubte ihr den Schlaf.

Am kommenden Montagmorgen ließ sie Christian schlafen und fuhr zur Uni. Sie hatte bis zu den Semesterferien, die Ende der Woche begannen, noch ein Seminar zu geben und in den folgenden Tagen drei Vorlesungen, die sie ihrer Assistentin übertrug. Anna plante, mit Christian nach Göttingen zu fahren. Sie hatte das Gefühl, dass er sie brauchte. Außerdem plante sie, wenn es Christian recht war, die Akten der Mordfälle einzusehen, um eventuell Hinweise zu finden, die ihre Recherchen unterstützten oder ad absurdum führten. Sie wollte es einfach wissen. Als sie nach Hause kam, saß Christian bei einem opulenten Brunch. Er wirkte frisch, ausgeruht und entspannt. Kurz darauf klingelte sein Handy. Er nahm das Gespräch an und stand sofort unter Starkstrom. Hektisch gab er Anna, die gerade die Geschirrspülmaschine einräumte, ein Zeichen, keinen Lärm zu machen. Er stellte das Handy auf Lautsprecher. Alexander Demant war am Apparat. Er hatte unter falschem Namen im Göttinger Präsidium angerufen und Elli mit Tricks und Charme Christians Nummer entlockt. Christian forderte ihn auf, sich sofort zu stellen, doch Alexander lachte nur verächtlich. Für ihn gab es keine Zukunft in Deutschland. Er war sicher, dass sein Kumpel Lukas ausgepackt hatte, womit die ursprünglich geplante Karriere als Jurist für ihn ins Wasser fiel und dort final absoff. Er legte aber großen Wert darauf, Christian zu erklären, dass er zwar mit den Vergewaltigungen zu tun hatte, mitnichten aber etwas mit den Morden. Auch wenn er keinerlei moralische Bedenken gegen Mord hatte und der Meinung war, dass die Welt auf jede Menge Zeitgenossen gut verzichten könne. Da er Christian bei den Verhören als intelligenten Gegner schätzen gelernt hatte, wollte er ihm das sagen, bevor er in wenigen Minuten auf Nimmerwiedersehen im Ausland verschwand. Während Alex sprach, waren undeutliche Hintergrundgeräusche zu hören, die auf einen Bahnhof oder einen Flughafen schließen ließen. Plötzlich ertönte die Durchsage einer Frauenstimme. Alexander stutzte kurz, hörte offensichtlich hin, bis ihm ein, zwei Sekunden später die Situation bewusst wurde, er kurz und heftig fluchte und die Verbindung abbrach.

»Hast du die Durchsage verstanden?«, fragte Christian hektisch.

»Der TGV nach Paris hat fünfzig Minuten Verspätung.«

»Genau das habe ich auch gehört.« Während Christian weitersprach, wählte er eine Nummer aus seinem Handy-Telefonbuch. »In ein paar Minuten ist er im Ausland, hat er gesagt. Mit einem TGV. Dann kommt nur Saarbrücken in Frage … Vielleicht Basel, keine Ahnung, ob die auch mit TGV angebunden sind. Egal, die Schweizer sind eh zu langsam, aber wir müssen wenigstens Saarbrücken probieren. Zumal Demant gesagt hat, er will ins Ausland, Basel ist ja schon … Hallo, hier Christian Beyer aus Hamburg. Ich muss dringend mit Kommissar Günter Philipp sprechen … ja, sofort!«

Blitzschnell hatte Christian seinen saarländischen Kollegen, den er bei einem früheren Fall kennengelernt hatte, über die Situation informiert. Ein Fahndungsfoto hatten die Saarländer sowieso, es war in ganz Deutschland und bei Europol verteilt worden. Dann rief er in Göttingen an, damit Markus die französischen Kollegen um Amtshilfe bat, falls Demant es über die Grenze schaffen sollte.

Die nächste halbe Stunde lief Christian nervös auf und ab.

»Ganz schön riskant von Demant, dich vom Bahnhof aus anzurufen«, meinte Anna.

Christian stimmte zu. »Dazu ist der Kerl eigentlich zu intelligent. Aber vielleicht fühlt er sich unwohl mit seiner Flucht. Denn auch dazu ist er zu intelligent. Was will er denn machen? Ab zur Fremdenlegion? Ist doch alles Blödsinn, und das weiß er. Der kleine Arsch ist schlau. Deswegen fürchte ich auch, dass die Saarländer ihn am Bahnhof nicht mehr schnappen werden. Demant weiß, dass ich die Durchsage gehört habe. Der ist längst über alle Berge.«

»Vielleicht schnappen ihn die Franzosen.«

»Wenn der erst mal in Lothringen ist und sich über Land durchschlägt, sieht es finster für uns aus.«

Eine knappe Stunde später klingelte Christians Handy erneut. Er sprach mit Philipp. Die Saarländer hatten Alexander Demant festgenommen. Er hatte tatsächlich sofort nach dem Telefonat mit Christian den Bahnhof in Saarbrücken verlassen. Aber Philipp war so klug gewesen, gleichzeitig mit der Überprüfung des Bahnhofs auch die Saarbrücker Taxizentralen zu informieren. Ein Fahrer hatte kurz darauf gemeldet, dass er einen jungen Mann, der auf die Beschreibung passte, als Fahrgast am Bahnhof aufgepickt hatte. Er wollte nach Luxemburg. Demant hatte offensichtlich kurzfristig sein Ziel gewechselt, weil er dachte, dass Christian sich denken konnte … Die beiden hatten sich beim Geplänkel über das Gefangenendilemma recht gut kennengelernt.

Am nächsten Morgen fuhren Christian und Anna nach Göttingen. Alexander Demant war per Polizeitransport ebenfalls nach Göttingen unterwegs. Als er dort ankam, ließ Markus ihn sofort in den Verhörraum bringen. Doch Demant weigerte sich, mit irgendjemand anderem als mit Christian zu reden. Und nur mit ihm allein. Markus und seine Kollegen hörten das Gespräch auf der anderen Seite des französischen Spiegels mit. Doch Alexander hatte nichts Neues zu bieten. Er versicherte Christian wiederum, nichts mit den Morden zu tun zu haben. Allerdings konnte er auch für die Nacht, in der Monika Jungfleisch gestorben war, kein Alibi vorlegen. Demant hatte sich nach seiner Flucht aus dem Verbindungshaus zu Fuß Richtung Autobahn bewegt, da er fürchtete, dass die Bahnhöfe überwacht wurden. Er war per Anhalter nach Frankfurt gefahren, von dort aus ging es weiter nach Speyer, wo er in die Wohnung eines alten Schulfreundes einbrach, der – wie Alexander wusste – für zwei Monate in Ungarn war. Dort blieb er, bis er sich im Klaren war, wohin er wollte: in die Bretagne. In der Nacht vom 21. auf den 22. war Demant laut eigener Aussage in Speyer. Doch absolut niemand konnte diese Angaben betätigen, er hatte sorgsam darauf geachtet, dass ihn keiner sah. Diese Umsicht wurde ihm nun zum Verhängnis.

Über die Vergewaltigungen legte er ein volles Geständnis ab. Und er empfahl, Lukas Voss kein einziges Wort zu glauben. Die Geschichte, er wäre eines Morgens mit Blut auf dem Hemdsärmel nach Hause gekommen, sei erstunken und erlogen. Lukas wolle nur seine eigene Schmutzweste reinwaschen, indem er Alexander ans Messer liefere.

Diesmal kannte der Haftrichter kein Pardon. Am folgenden Mittwoch, dem 28. März, wurde Alexander Demant vorgeführt. Der Richter ordnete Vollzug des Haftbefehls für die maximale Dauer von sechs Monaten an. Dass Fluchtgefahr bestand, war hinlänglich belegt.

Oberbürgermeisterin Marlene Falck und Hauptkommissar Markus Lorenz feierten den Erfolg vor der Presse. Auf Frau Falck, die nach Sühne, wenn nicht Rache für den Mord an ihrer Tochter gierte, hatte die Festnahme Demants und das neue Belastungsmaterial gegen ihn wie eine Frischzellenkur gewirkt. Sie sah erholt und gepflegt aus, war beim Friseur gewesen und unterstrich ihr neu gewonnenes Selbstbewusstsein mit einem Chanelkostüm. Außerdem war sie ins Rathaus zurückgekehrt und hatte die Geschäfte wieder übernommen, sehr zum Ärger einiger ihrer Stadträte. Markus und Marlene Falck hatten Christian gebeten, an der Pressekonferenz teilzunehmen. Sie wollten die Öffentlichkeit über Christians entscheidenden Anteil an dem Fahndungserfolg informieren, was von Markus als kollegial-freundschaftlicher Akt gemeint war und von der Oberbürgermeisterin als großzügige Geste eines Souveräns präsentiert wurde. Christian lehnte ab, ohne zu danken. Er verspürte keinerlei Veranlassung, in die Rolle des Helden zu schlüpfen. Außerdem war er nicht so überzeugt wie Markus, den Fall gelöst zu haben, was er auch vor versammelter Presse deutlich machen würde. Damit würde er sowohl Markus als auch der Oberbürgermeisterin in die Parade fahren. Als Frau Falck das begriff, legte sie keinen Wert mehr auf Christians Anwesenheit. Stattdessen war sie beleidigt, weil er weder ihre Großzügigkeit zu schätzen wusste, noch einen Sinn für Fraktionszwang zeigte.

Am nächsten Tag waren die Regionalzeitungen und Boulevardblätter voll mit mehr oder weniger triumphalen Meldungen über die Festnahme des mutmaßlichen Frauenmörders von Göttingen. Besonders der Umstand, dass es sich bei dem dringend Tatverdächtigen um einen hochintelligenten Jurastudenten handelte, schien von Interesse. Man war froh, den Lesern endlich einmal einen Übeltäter präsentieren zu können, der nicht aus dem Milieu von Springerstiefel tragenden Neonazis, Arbeitslosen und Hartz-IV-Empfängern stammte. Als wäre dadurch die soziale Schieflage in Deutschland wieder in Balance gebracht.

Christian hatte einen harten Morgen. Zuerst stritt er sich mit Markus über die Bewertung der Indizien, die gegen Demant vorlagen, dann bekam er Besuch von Alexanders Mutter, die mit ihrem Mann angereist war, um den inhaftierten Sohn zu sprechen. Alex verweigerte immer noch jeglichen Kontakt zu seinen Eltern, sodass Frau Demant bei Christian auflief und ihn verzweifelt um Hilfe bat. Sie hatte bei dem Telefonat, das sie mit Christian geführt hatte, als Alexander aus Göttingen verschwunden war, Vertrauen zu ihm gefasst und bildete sich ein, er hätte Einfluss auf ihren Sohn. Frau Demant verstand die Welt nicht mehr. Sie begriff nicht, was mit ihrem Sohn passiert war, sie verstand nicht, warum er jedem Gespräch mit ihr und ihrem Mann aus dem Weg ging. Unter Tränen erzählte sie Christian, dass Alexander schon als Kind besonders klug gewesen sei. Aufgewachsen war er in Gewissenruh, einem kleinen Gemeindeteil von Oberweser im Landkreis Kassel. Dort hatte ihm ein historisch interessierter Nachbar den Floh ins Ohr gesetzt, sie seien alle Hugenotten, weil Gewissenruh im 18. Jahrhundert von Waldenser Glaubensflüchtigen aus Frankreich gegründet worden war. Frau Demant hielt das alles für bedeutungslosen Blödsinn. Aber sie verstand, dass ihr Sohn sich auf diese Geschichte gestürzt hatte, einfach, weil er in der Lage war, Größeres zu denken, als die Welt seiner Eltern ihm bot. Er wollte immer »hoch hinaus«, wie sich Frau Demant ausdrückte. Und sein Wahlspruch war schon früh: »Es kann in diesem Leben doch nicht nur alles geben!« Frau Demant seufzte und weinte unentwegt, sie wusste nicht, woher Alexander diesen hochfliegenden Charakter hatte, jedenfalls nicht von ihr und ihrem Mann.

Die von der Situation völlig überforderte Frau tat Christian leid. Er versprach, mit Alexander wegen einer Familienzusammenführung zu reden, wohl wissend, dass er nichts ausrichten würde. Aber er mochte Frau Demant nicht ohne Hoffnung gehen lassen. Mit beruhigenden Worten und schlechtem Gewissen begleitete er Alexanders Mutter aus dem Gebäude, er wollte sich zur Mittagspause mit Anna treffen, die sich in der Göttinger Universitätsbibliothek mit Büchern über Keltentum beschäftigte.

Vor der Tür stand ein kleines Team des Regionalfernsehens,

das Wind von Frau Demants Besuch bekommen hatte und sie mit aggressiven Fragen bestürmte. Frau Demant fing sofort wieder an zu weinen und beteuerte nervös ihren Glauben an die Unschuld ihres Sohnes. Christian stellte sich schützend vor sie und bat die Journalisten, keine weiteren Fragen zu stellen. Zum jetzigen Zeitpunkt könnte man keinerlei Aussagen über Schuld und Unschuld der beiden Verdächtigen Alexander Demant und Lukas Voss machen, das habe, wie sie alle wüssten, die Justiz zu entscheiden. Bei der Erwähnung von Lukas Voss blickte die Journalistin mit dem Mikro verunsichert zu ihrem Kameramann und gebot ihm, die Aufnahme anzuhalten. Christian nutzte den Moment, winkte ein Taxi heran und setzte Frau Demant hinein. Er versprach ihr, sich zu melden, sobald er mit Alexander geredet hatte.

Anna rückte zum Mittagessen mit einem großen Stapel Kopien an. Sie hatte zusätzliches Material gefunden und alles, was ihr wichtig erschien, so weit zusammengefasst, dass sie es – wie Christian plante – nach dem Essen dem Göttinger Team vorstellen konnte. Dennoch war sie nicht zufrieden. Irgendetwas fehlte, eine These, ein Verbindungsglied, das den Sinn des Ganzen erhellen und das Motiv liefern würde, doch sie wusste nicht, was es war oder sein könnte. Christian verstand gut, was sie meinte, denn ihm erging es ähnlich. Die letzten Wochen wurde er permanent von dem Gefühl verfolgt, etwas vergessen, etwas übersehen zu haben. Doch auch er konnte den Schlüssel zum Verständnis der Morde nicht finden. Und solange er den nicht hatte, war der Fall für ihn nicht gelöst.

Christian dehnte die Mittagspause mit Anna auf knappe zwei Stunden aus. Als sie das Lokal verließen, sah Christian in einer Nische Marlene Falck und den Lobbyisten Doktor Voss zusammensitzen. Voss redete sanft auf die Oberbürgermeisterin ein und hatte seine Hand auf der von Marlene Falck liegen. Es sah nicht nach beiläufiger argumentativer Unterstützung aus. Die Hände wirkten vertraut.

Konrad, Elli, Henning und Egon waren schon im Konferenzraum versammelt und erwarteten Annas kleines Referat. Henning und Egon alberten herum wie die Lümmel von der ersten Bank vor einer Märchenstunde, sie sahen die Notwendigkeit von Annas Vortrag nicht, schließlich war der Mörder verhaftet, und seine möglichen verstiegenen Gedankengänge interessierten sie nur sekundär, wenn überhaupt. Konrad war aus Prinzip immer und für alles aufnahmebereit und vermittelte eine entspannte »Kann ja nicht schaden«-Haltung. Nur Elli schien tatsächlich auf Annas Ausführungen zu brennen, sie war schon bei der ersten Erwähnung der keltischen Thesen neugierig gewesen und hatte sich, wie sich zeigen sollte, auch eigenständig mit dem Thema beschäftigt.

Anna begrüßte die Wartenden freundlich und erklärte, dass sie keineswegs hier sei, um eine Vorlesung zu halten. Sie plante lediglich, einen knappen Überblick über die Bedeutung der einzelnen keltischen Feiertage zu geben, an denen die Morde verübt wurden. Die Interpretation einer möglichen Bedeutung für den Fall wollte sie den Kriminalisten überlassen.

»Die erste Leiche wurde am 1. November gefunden. Sie wurde in der vorherigen Nacht ermordet, in der auch in Deutschland seit einigen Jahren Halloween gefeiert wird. An diesem Datum begingen die Kelten Samhain, das erste Hochfest im keltischen Jahreskreis, den keltischen Winteranfang, beziehungsweise – entsprechend der etymologischen Bedeutung des Wortes – das Ende des Sommers. Das Samhain-Fest symbolisiert den Beginn des dunklen Halbjahres. An diesem Tag und erst recht in der Nacht sind die Grenzen zwischen den Welten offen wie auch an Beltane. Dazu komme ich später.«

»Was für Welten?«, fragte Henning dazwischen.

»Das Diesseits und das Jenseits. Tote kehren zurück, Geister und Dämonen wandeln unter uns.«

»Esokram für Weiber, sag ich doch«, meinte Egon spöttisch. »Sorry, Anna, aber was sollen wir damit anfangen? Unser Killer kam definitiv nicht aus dem Jenseits.«

Elli schlug ihm leicht mit der Hand auf den Hinterkopf. »Darum geht es doch gar nicht, du Ignorant. Hör erst mal zu, bevor du die Klappe aufreißt.«

Anna fuhr fort: »Die nächste Frau wurde am 21. Dezember ermordet. Yule, das Fest der Wintersonnenwende. Es wurde gefastet und geopfert. Früher wurden zum Beispiel in Schweden alle neun Jahre im Auftrag des Königs einige Sklaven abgeschlachtet, um die Götter gnädig zu stimmen. Die Christen haben sich dieses heidnischen Festes bemächtigt, das Datum an den julianischen Kalender angepasst und Weihnachten daraus gemacht. Auf Menschenopfer wird allerdings verzichtet. Dritte Leiche am 2. Februar. Imbolc, das keltische Lichtfest, der Tag der Orakel. Er wird mit Fruchtbarkeitsritualen begangen. Imbolc ist ein Fest des Lichts und wird oft als Mitte zwischen Yule, der Wintersonnenwende, und Ostara, der Frühjahrs-Tagundnachtgleiche, bezeichnet. Ostara wird um den 21. März gefeiert. Die vierte Leiche. Der Name des Ortes Osterode hier im Harz leitet sich übrigens von der Göttin Ostara ab, eine Frühlings- und Fruchtbarkeitsgöttin.«

»Hat Ostara in der Psychologie von Carl Gustav Jung nicht auch eine Bedeutung?«, fragte Elli.

Anna nickte: »Bei Jung gilt Ostara als Sinnbild des Mutterarchetypus. Er steht für die vor allem im männlichen Unterbewussten verankerte Vorstellung der gebärenden, beschützenden Frau, hat aber auch negative und Angst einflößende Aspekte wie etwa die zerstörende, den Sohn verschlingende oder verführende Mutter. Nach Jung kann eine, vereinfacht gesagt, gestörte Ablösung vom Mutterarchetypus bei Männern zu Donjuanismus oder Impotenz führen.«

»Ein Don Juan ist unser Hauptverdächtiger garantiert«, meinte Henning feixend.

»Gut und schön«, mischte sich Konrad ein. »Aber wenn dies alles unterbewusst abläuft, wie kann ein Killer dann das Fest der Ostara bewusst für seine Morde aussuchen? Ich sehe immer noch keinen Sinn in dem Ganzen.«

Anna bemerkte erst jetzt, dass Markus in den Raum getreten

war und mit verschränkten Armen an die Wand gelehnt zuhörte. Sie lächelte ihm zu, er erwiderte das Lächeln nicht.

»Wie ich zu Anfang gesagt habe, eine Deutung muss ich euch überlassen. Ich finde es nur bemerkenswert, dass alle vier Morde an vier aufeinanderfolgenden großen keltischen Festtagen stattfanden.«

»Eben!«, bemerkte Elli eifrig. »Das kann kein Zufall sein. Wir müssen Alexander Demant damit konfrontieren.«

»Waren die Franzosen auch Kelten? Demant hält sich doch für einen Franzosen, oder?«, wollte Egon wissen.

Christian blickte Hilfe suchend zu Anna.

»Die Kelten waren nie ein räumlich abgeschlossenes Volk. In der Eisenzeit war quasi ganz Europa keltisch. Wenn wir etwas zeitgenössischer werden wollen: Keltische Sprachen werden heute noch in Wales, Irland, Schottland und in der Bretagne gesprochen. Alexander Demants Franzosentick bezieht sich, soweit ich weiß, auf die Hugenotten, die haben mit den Kelten rein gar nichts zu tun. Ganz anderes Zeitalter, ganz anderer Schnack, wie wir Hamburger sagen.«

Markus stieß sich locker von der Wand ab und setzte sich zu den anderen an den Tisch. Er hatte schon wieder diesen leicht schwimmenden Gang. »Gibt es denn auch nur irgendetwas an diesem Keltenkram, was mit unseren Morden direkt und konkret in Verbindung zu bringen ist? Außer dem Kalendarischen.«

»Bislang nichts«, sagte Anna. »Aber mit deiner Erlaubnis würde ich gerne mal die Akten durchsehen. Vielleicht fällt mir etwas auf.«

»Ich helfe dir dabei«, erbot sich Elli.

»Ich denke, das wird nicht nötig sein«, widersprach Markus. »Wir können Alex Demant gerne mal nach Yule und dem Kram befragen, aber ich sehe weder einen Sinn darin, Arbeitskraft zu vergeuden auf der Jagd nach Thesen und Versionen, die wir nicht mehr brauchen. Weil wir den Täter haben. Noch sehe ich, entschuldige bitte, Anna, so gerne ich dich mag, keine Möglichkeit, dir als Privatperson Akteneinsicht zu geben, das wirst du verstehen.«

Christian wollte sich einmischen, doch Markus unterband mit Vehemenz weitere Diskussionen und bat Christian unter vier Augen in sein Büro. Es schien ernst zu sein. Während Christian mit Markus weg war, trank Anna mit Elli in deren Büro einen Kaffee.

»Nimm dir das nicht zu Herzen, dass Markus so abweisend war«, sagte Elli, während sie Anna das als Kaffee ausgegebene Brackwasser reichte. »Der meint das nicht so. Er steht nur total unter Druck durch die Falck. Die würde Demant am liebsten sofort und eigenhändig lynchen.«

»Ich hoffe, dass Markus nach Abschluss des Falles wieder in die Entzugsklinik geht, wie er es versprochen hat.«

»Zur Not prügele ich ihn dahin, das kannst du mir glauben. Verflucht sei der Tag, als ich ihn auf Anweisung der Falck rausgeholt habe!«

Anna setzte sich in Egons breiten Bürostuhl. Egon, der mit Elli das Büro teilte, war mit Henning zur Pommesbude gepilgert, um für den Erhalt einer positiven Energiebilanz zu sorgen.

Elli wies auf die Pinnwand, an der Fotos von den ermordeten Frauen und den Fundorten hingen. »Ich habe Christian vor einiger Zeit Kopien von allen wichtigen Akten gemacht. Als er zu dir nach Dänemark gefahren ist. Hast du da nicht reingesehen?«

Anna erhob sich und ging an die Pinnwand. »Da habe ich nur die Zeugenaussagen über die toten Mädchen gelesen. Um eine Art Opferprofil herauszufiltern. Mehr hat mich nicht interessiert. Ich will mich im Grunde von Christians Arbeit fernhalten. Aber immer läuft es anders, ich weiß auch nicht, wieso.«

Elli lachte nur.

Nachdenklich betrachtete Anna das Foto von der Leiche, die aus dem Schwänchenteich gezogen worden war. »Diese seltsame Fesselung … über Kreuz vor dem Körper … Das habe ich schon mal irgendwo …«

Sie kam nicht dazu, den Satz zu beenden, denn Christian stürmte das Büro.

»Komm, Anna, wir können packen und nach Hause fahren!« Er hatte Mühe, seine Wut zu bändigen.

»Wieso das? Was ist denn los?«, fragte Elli an Annas statt.

»Die Journalistin, der ich heute Morgen auf der Straße den Namen Lukas Voss genannt habe, damit sie Frau Demant in Ruhe lässt, hat das Band mit der Aufnahme sofort Herrn Wichtigdoktor Voss zugespielt. Der hat eure Oberbürgermeisterin unter Druck gesetzt, die anscheinend sein neuer Betthase ist. Und die hat beim BKA angerufen und sich in aller Freundlichkeit für meine überaus hilfreichen Dienste bedankt. Die jetzt nicht mehr benötigt werden. Mein oberster Dienstherr schickt mich wieder nach Hamburg.«

»Ja, aber … Was sagt Markus dazu?«, stammelte Elli.

»Frag ihn. Er ist zu Norbert in die Kneipe gegangen. Besser so. Dann kann ich in seinem Haus den Koffer packen, ohne ihm in die Fresse zu hauen.«

Anna erhob sich, packte ihre Papiere zusammen und nahm ihre Jacke. Sie wusste, dass mit Christian im Moment nicht zu reden war. Er musste erst wieder runterkommen.

Wenigstens Elli zuliebe schaltete Christian kurz einen Gang zurück und verabschiedete sich von ihr. Er ließ den anderen seine besten Grüße ausrichten. Irgendwann werde man sich wieder sehen, hoffentlich unter angenehmeren Umständen.

Auf der Straße bat Anna Christian, allein vorzugehen und mit dem Packen ohne sie zu beginnen. Sie plante, in einer guten halben Stunde nach zu kommen. Christian fragte nicht, wo sie hinwollte, er wusste es.

Norberts Kellerkneipe war noch fast leer, es war früher Abend. Markus war der einzige Gast am Tresen, nur im Nebenraum vergnügte sich ein junges Pärchen mit dem Austausch von Zungenküssen. Anna setzte sich neben Markus und bestellte einen Kaffee.

»Hat Christian dich geschickt?«, fragte Markus bissig. Vor ihm standen ein halb leeres Bier und ein Schnaps.

»Ich wollte mich von dir verabschieden. Und wissen, was mit euch beiden los ist.«

Markus stellte Anna seinem alten Freund Norbert vor. Der begrüßte Anna charmant mit einem Handkuss.

»Woher kommt eigentlich die Lust der Göttinger, ihre Gewölbekeller eigenhändig auszubuddeln, um dann ihre Freizeit dort zu verbringen? Unter dem völligen Ausschluss von Tageslicht«, wollte Anna wissen.

»Die Göttinger leben im Zentrum Deutschlands. Daraus schließen sie, dass sie der Nabel der Welt sind, und weil das sonst keiner weiß, sitzen sie im Keller und heulen sich gegenseitig die Ohren voll. Das wäre eine Theorie, aber ich habe eine andere. Schau mich an, schöne Frau: Wir wohnen in Mittelerde, sind Trolle mit knolligen Nasen, langen Haaren und verfilzten Alt-68er-Bärten. Uns will keiner mehr sehen, also ziehen wir uns dahin zurück, wo Trolle hingehören, unter die Erde, ins Reich von Muff und Moder.« Norbert stellte ihr den Kaffee hin und ging grinsend in den Nebenraum, um nach dem Pärchen zu sehen.

Anna wandte sich an Markus. »Und? Was ist mit dir und Chris? Das Ende einer wunderbaren Freundschaft? Wieso?«

Markus zuckte mit den Schultern und tat betont gleichgültig. »Was weiß ich. Chris hat mich überschätzt. Ist von mir enttäuscht. Er hält mich für einen Schwächling und Säufer.«

»Und wofür hältst du ihn?«

»Für einen arroganten Idioten ohne jedes Mitgefühl für menschliche Schwächen.« Markus kippte seinen Schnaps in einem Zug runter, griff hinter den Tresen und goss sich selbst nach.

»Du weißt, dass das nicht stimmt.«

Plötzlich auffahrend drehte sich Markus zu Anna um. Sein Gesicht war verzerrt, beim Sprechen versprühte er einen feinen, nach Schnaps riechenden Spuckeregen.

»Chris und ich … wir waren die besten Freunde, wir waren eins! Ich hatte gehofft, dass er mal mit mir redet. Sich hinsetzt, Zeit nimmt, Fragen stellt …«

»Drüber reden ist nicht seine Stärke, das weiß jeder, der ihn kennt.«

Markus lachte bitter auf. »Warum auch, hat er gar nicht mehr nötig. Chris hat alles erreicht. Er ist der Chef der ersten bundesdeutschen Soko …«

»Faktisch nicht mehr«, widersprach Anna, doch Markus ließ sich nicht beirren.

»Er hat Karriere gemacht, arbeitet mit den besten Leuten des Landes zusammen, lebt in einer wunderschönen Stadt mit einer wunderschönen Frau. Das lässt er mich spüren! Tag für Tag, mit jedem Wort, mit jedem Blick!«

Anna legte die Hand auf seinen Unterarm. »Markus, das empfindest du nur so. Weil du mit dir selbst nicht im Reinen bist.«

Wütend nahm Markus ihre Hand von seinem Arm und hielt sie so fest, dass es wehtat. Mit seiner freien Rechten griff er in Annas Haare, bog gewaltsam ihren Kopf zurück und küsste sie roh auf den Mund. Als er sie wieder losließ, schlug sie ihm ins Gesicht.

Markus kippte seinen Schnaps hinunter. Plötzlich war er ganz ruhig. »Du hast recht. Ich bin eifersüchtig auf Christian. Christian hat recht. Ich bin ein Loser und ein Säufer. Du hast recht. Ich kann mich selbst nicht ausstehen. Ich habe von mir selbst die Nase so voll, das glaubst du gar nicht. Es tut mir leid. Dass ich dich geküsst habe. Dass ich Chris enttäusche.« Sein Blick krallte sich in die Schnapsflasche. »Dass ich lebe und Marie nicht.«

Anna erhob sich. »Wir haben alle recht. Du bist erbärmlich. Pass auf dich auf.« Sie ging.

Markus stierte auf die Holzbalken, aus denen der Tresen gezimmert war. Als Norbert zur Theke zurückkam, bat er ihn um einen Kaffee. Die Schnapsflasche schob er von sich.

Etwa zwei Stunden später saß Anna mit Christian im Zug Richtung Hamburg. Sie verloren beide kein Wort über Markus. Christian blätterte abwesend in der Kundenzeitschrift der Bahn. Erst kurz nach Hannover legte er das Blatt weg.

»Was meinst du? Sollen wir für ein, zwei Wochen nach Dänemark fahren?«

Im April muss man stets mit mehreren Jahreszeiten pro Tag rechnen, auch und insbesondere in der dänischen Jammerbucht. Die einzig richtige Einstellung zum Wankelmut der Natur lässt sich mit einem schottischen Sprichwort zusammenfassen: »If you don't like the weather, wait a minute.«

Christian und Anna hatten kurzfristig ein Haus bekommen, direkt am Meer. Sie verbrachten die Tage mit ausgedehnten Spaziergängen, bei denen sie sich gegen den Wind stemmten oder sich von ihm anschieben ließen, ihre Gesichter in den Regen hielten oder in die Sonne. Oder in beides gleichzeitig, während sich ein vollkommener Regenbogen über die Welt spannte. Nur wenige Touristen waren hier, erst im Hochsommer würden sie den kilometerlangen Strand mit Schweiß und Sonnenölen tränken. An manchen Tagen tobten so heftige Stürme, dass Anna und Christian sich mit aller Kraft gegen die auflandigen Böen stemmen mussten, um die Dünen zu erklimmen, hinter denen sich ihr Haus in eine Mulde duckte. Oben angelangt, bot sich dann ein unendlicher Blick über die aufgewühlte See. Bei hohen Windstärken wurde das Meer über den Strand gepeitscht, trug allerlei Treibgut heran und überzog den Sand mit einem weißen Schaumteppich, der schließlich von den Böen zerteilt und in Form von Wattebäuschen bis zu den Dünen hinaufgejagt wurde.

Die ersten Tage sprachen sie kaum. Sie gehörten beide nicht zu den Menschen, die Stille als etwas Bedrohliches empfinden und sie deshalb unter belanglosem Geschwätz begraben müssen. Verrichtungen wie Lesen, Musikhören, Geschirrspülmaschine ein- oder ausräumen ließen sich weitgehend ohne Worte bewerkstelligen. Da Anna und Christian seit einiger Zeit zusammenwohnten, waren sie ein eingespieltes Team, das selbst beim gemeinsamen Einkaufen im Supermarkt kaum Kommunikationsbedarf hatte. Es war klar, dass sie Vollkornknäckebrot nahmen statt Weißbrot und Bio-Eier statt nach Fischmehl schmeckende Legehennenbatterie-Produkte. Und dass Anna für den Salat samt Kräutern zuständig war und Christian für die Auswahl von TV-Knabberspaß. Es gab keine zwei Meinungen, also auch keine Diskussionen.

Die Stille war eine Art reinigende Nulldiät für die Seele. Auch dabei fanden sie üblicherweise einen gemeinsamen Rhythmus. Doch als Anna nach wenigen Tagen wieder Lust auf Gespräche verspürte, blieb Christian in Schweigen versunken. Er verweilte länger als sonst auf den Dünen, nahm sich mehr Zeit als sonst, um seinen Single Malt Whisky auf die Nacht zu trinken und dann Anna ins Bett zu folgen.

Nach einer Woche, als Christian von einem einsamen Abendspaziergang zurückkehrte und seine Schuhe und Socken vom Sand befreite, sprach Anna ihn an. »Du bist mit dem Kopf und dem Herzen immer noch in Göttingen. Du glaubst, dass sie bald eine weitere Frauenleiche finden werden.«

»Ja«, sagte er. »Weißt du, wann?«

»Beltane. Der nächste, große Feiertag im keltischen Kalender.«

Sie gingen in die Küche und kochten Tee. Das Wetter draußen war extrem ungemütlich, und Christian fröstelte.

»Beltane ist ebenfalls ein Frühlings- und Fruchtbarkeitsfest. Genau wie bei Samhain sollen an Beltane die Grenzen zwischen dem Diesseits und der sogenannten Anderswelt durchlässig sein«, fuhr Anna fort, als sie den Tee im Wohnzimmer tranken. »Wie Samhain und übrigens auch Imbolc ist Beltane ein Feuerfest.«

»Wann wird dieses Beltane gefeiert?«

»In der Nacht vom 30. April auf den ersten Mai.«

»Noch knapp drei Wochen«, sinnierte Christian. »An Walpurgisnacht.«

»Ja. Beltane und Walpurgisnacht sind kulturhistorisch betrachtet ...« Anna brach mitten im Satz ab. Fassungslos blieb ihr der Mund offen stehen. Sie wurde käseweiß.

»Was hast du?«, fragte Christian erschrocken.

»Walpurgisnacht«, flüsterte Anna heiser. »Hexennacht. Natürlich, das ist es!«

»Ist dir schlecht, Anna?« Christian war aufgestanden und legte Anna beruhigend die Hand auf die Schulter. Anna wischte sie nervös beiseite. Ihre Gesichtsfarbe wechselte von weiß nach tiefrot.

»Wie blöd kann man sein? Ich habe bei Elli im Büro dieses Foto gesehen, von der zweiten Leiche, glaube ich. Die im Wasser!« Anna wurde plötzlich sehr hektisch. Christian setzte sich wieder hin und sah sie verwirrt an.

»Im Schwänchenteich. Sie ist ertränkt worden.«

»Die Fesselung! Als ich das Foto sah, wusste ich, dass ich so was schon mal gesehen hatte. Aber dann kamst du reingeplatzt, und wir sind weg aus Göttingen und … Wir packen, wir müssen nach Hamburg. Ich will dir das zeigen, zu Hause habe ich ein Buch …« Anna sprang aus ihrem Sessel auf.

Ihre fahrige, unkonzentrierte Hektik nervte Christian. »Jetzt sag schon, was damit ist! Punkt für Punkt!«

»Diese ganz spezielle Fesselung, die Hände vor dem Körper an die Füße gebunden und das über Kreuz, das habe ich auf einer Zeichnung aus dem Mittelalter gesehen. Es war die Darstellung einer Wasserprobe. Zur Zeit der großen Hexenverfolgungen gab es verschiedene, völlig bescheuerte Prüfungen, um festzustellen, ob jemand eine Hexe war oder nicht. Die Wasserprobe war eines dieser Verfahren. Die verdächtigte Frau, in den seltensten Fällen waren es Männer oder Kinder, wurde ganz genauso gefesselt wie eure Leiche im Schwänchenteich. Dann wurde sie ins Wasser geworfen. Schwamm sie trotz der Fesselung oben auf der Wasseroberfläche, war sie eine Hexe und wurde verurteilt. Ging sie unter, war sie unschuldig. Aber leider ertrunken. Pech. So lief das ab.«

Christian hatte keinen Sinn für die Absurdität der mittelalterlichen Jurisprudenz, sein Puls schlug bis zum Hals. Jagdfieber befiel ihn, er roch plötzlich die Spur. »Was gab es noch für Tests?«

»Lass mich überlegen … Als du den Fall mit dem Folterer hattest, habe ich mich mit dem Thema beschäftigt, aber das Kapitel über Hexen habe ich nur flüchtig gelesen. Es gab vier oder fünf sogenannte Hexenproben, glaube ich. Die Wasserprobe, die Nadelprobe, die Tränenprobe …«

»Das ist es, Anna, das ist es! Los, packen!«

Von der dänischen Jammerbucht braucht man etwa fünf Stunden bis Hamburg, falls man sich einigermaßen im Rahmen der dänischen und deutschen Straßenverkehrsordnungen bewegt. Anna brauchte vier. Es war schon nach Mitternacht, als sie ankamen. Während Christian das Gepäck hereinbrachte und achtlos im Flur stehen ließ, entledigte sich Anna ihrer Jacke und Schuhe und ging in ihr Büro. Sie wühlte im Bücherregal, zog gezielt mehrere Bände heraus. Es dauerte nicht lange, und sie hatte die Abbildung der Wasserprobe gefunden. Zusätzlich legte sie Christian ihre Fachliteratur über Folter hin. Er setzte sich auf das Sofa, breitete die Bücher neben sich und auf dem Boden aus und suchte hin und her blätternd die Kapitel über Hexenverfolgungen und Hexenproben. Anna warf ihren Computer an und recherchierte zusätzlich im Internet. Sie fand jede Menge Material, das sie Christian ausdruckte.

Gegen zwei Uhr morgens kochte Anna eine große Kanne Kaffee. Es stand nun für sie beide felsenfest, dass der Göttinger Mörder auf Hexenjagd ging. Christian hatte den einzelnen Leichen die verschiedenen Hexenproben zugeordnet: Juliane Effenberg, ermordet an Samhain, war der Nadelprobe unterzogen worden. Dabei hatte der Mörder den Körper seines Opfers nach Teufelsmalen untersucht, die heute als Muttermale oder Leberflecken bezeichnet werden. Mit einem Nagel oder einer Nadel hatte er diesen Malen Stiche versetzt, um zu sehen, ob sie bluteten. Wissenschaftler gingen heute davon aus, dass der emotionale Schock, der durch eine solche Folter erfolgt, bei den Opfern eine Schmerzunempfindlichkeit gewisser Hautregionen verursacht. Außerdem wurde bei den Tests häufig nicht tief genug gestochen, um eine Blutung zu verursachen. Blutete die Frau nicht, war sie eine Hexe.

Claudia Schmidt, die Leiche aus dem Schwänchenteich, war, wie Anna richtig erkannt hatte, der Wasserprobe unterzogen worden. Bonnie Falck hatte vermutlich ihr linkes Auge im Verlauf der Tränenprobe verloren. Christian las fassungslos aus einem Buch vor: »Im Mittelalter war man der Meinung gewesen, dass Hexen nicht weinen können. Falls sie überhaupt Tränen vergießen könnten, dann maximal drei mit dem rechten Auge. Heute allerdings ist bekannt, dass Menschen unter Folter und Höllenqualen selten in der Lage sind zu weinen, da der Körper einem viel zu hohen Stresspegel ausgesetzt ist.«

»Diese ganzen Hexenproben sind völlig absurd. Ich habe im Web etwas über die Wiegeprobe gefunden. Dabei ging man davon aus, dass Hexen leichter sein müssen als normale Menschen. Weil sie angeblich fliegen können. Deswegen hat man verdächtigte Frauen gegen andere Gewichte aufgewogen. War die Frau leichter als beispielsweise eine Ente, war sie eine Hexe.«

»Keine Frau ist leichter als eine Ente«, meinte Christian.

»Trotzdem führte auch die Wiegeprobe nicht unbedingt zum Freispruch. War die Frau schwerer als das Gegengewicht, hatte sie die Waage verhext. So einfach war das.«

»Hast du eine Erklärung gefunden, warum Monika Jungfleisch der Brustkorb geöffnet wurde?«

Anna verneinte. »Noch nicht. Die Verbrennungen an den Händen jedoch lassen auf die Feuerprobe schließen. Die kam früher einem Gottesurteil gleich und wurde bei Hexen relativ selten eingesetzt. Verdächtige mussten über glühende Kohlen gehen, glühende Eisen anfassen oder ihre Hände in Feuer stecken. Blieben sie unverletzt oder heilten die Wunden binnen drei Tagen, ohne zu eitern, war Gott auf ihrer Seite.«

»Monika Jungfleisch blieben keine drei Tage zur Heilung«, meinte Christian bitter.

»Wahrscheinlich war Gott nicht auf ihrer Seite.«

Annas Drucker, der die ganze Zeit am Surren war, verlangte neues Papier. Während sie die Maschine fütterte, nahm sie einen Ausdruck heraus und reichte ihn Christian rüber: »Hier, lies mal.

Ich weiß jetzt, wieso die Morde an den keltischen Feiertagen ausgeführt wurden. Samhain, Yule, Imbolc und Ostara sind die Termine für die Hexensabbate. Beltane ist der nächste. Der größte. In diesen Nächten treffen sich die Hexen, feiern und buhlen mit dem Teufel.«

Christian überflog die Information, während Anna weitersprach: »Ich könnte mir vorstellen, dass euer Göttinger Mörder ein gestörter, sexuell vermutlich kaum aktiver Mann ist, der Angst vor Frauen hat beziehungsweise Angst vor seiner Lust auf Frauen und der Macht, die sie aufgrund seiner Verführbarkeit über ihn haben. Deswegen stigmatisiert er sie als Hexen und lebt seinen Hass auf sie aus, indem er sie tötet.«

»Und vorher vergewaltigt.«

»Hass, Lust, Gewalt … Das liegt bei fehlentwickelten Charakteren nicht weit auseinander. Du suchst auf jeden Fall jemanden, der an das Böse glaubt.«

Christian grübelte. »Das Profil passt nicht zu Demant. Der glaubt an gar nichts, nur an sich selbst.«

»Habt ihr ihn psychologisch untersuchen lassen?«

»Demant hat den Mund nicht aufgemacht. Aber ich verlasse mich da auf meinen Instinkt.«

Eine Weile schwieg Christian und trommelte dabei mit den Fingern auf die Sessellehne.

»Es passt zu unserem Moraltheologen. Martin Johansen.«

»Du kannst Demant nicht mit Sicherheit ausschließen. Er könnte trotzdem der Mörder sein. Oder sonst irgendwer. Ein ganz anderer.«

»Nein. Vergiss nicht die Slips der Opfer, die im Apartment der Burschenschaft gefunden wurden.« Er sah auf seine Armbanduhr. Es war kurz vor vier. »Ich muss nach Göttingen. Es wäre schön, wenn du mitkommst.«

»Mache ich. Aber lass uns bitte erst morgen aufbrechen. Ich muss ein paar Stunden schlafen. Du auch.« Anna erhob sich, stopfte die wichtigsten Unterlagen in ihre Aktentasche, gab Christian einen Kuss und ging nach oben ins Schlafzimmer. Innerhalb weniger Minuten war sie eingeschlafen. Christian jedoch blieb noch lange wach. Auch wenn sie heute Nacht einen wichtigen Schritt nach vorne gemacht hatten, das Gefühl, etwas Entscheidendes übersehen zu haben, ließ ihn immer noch nicht los.

Martin Johansen genoss die Rückkehr aufs Haus der Herculania wie einen Triumphzug. Alexander, sein Todfeind, saß im Gefängnis und war in absentia seiner Funktion als Chargierter der Burschenschaft entledigt worden. Lukas Voss wohnte bis auf Widerruf in der Kasseler Villa seiner Eltern, ein Knast, der sicher luxuriöser war als der von Alex, aber kaum mehr Bewegungsfreiheit bot. Eine Delegation der anderen Korporierten war vor einer Woche bei Martin aufgelaufen, hatte ihn demütig gebeten zurückzukommen und ihm gleichzeitig angeboten, die Führung des Hauses zu übernehmen. Was ihm als Semesterältestem auch zustand, immer zugestanden hatte. Martin hatte sie ein paar Tage zappeln lassen, und nun kehrte er mit Sack und Pack in sein holzvertäfeltes Zimmer im Obergeschoss der Villa zurück. Hier fühlte er sich weitaus standesgemäßer untergebracht als in der schäbigen, mit schiefen Billy-Regalen möblierten und albernen Klo-Graffiti verschmierten Wohngemeinschaftsbruchbude, die ihm in den letzten Wochen als Trutzburg gedient hatte. Er packte seine Koffer aus, stellte seine Bücher wieder zurück an ihren Platz und installierte den Computer. Zur Feier des Tages bereitete Heinrich Kramer einen üppigen Brunch vor, an dem er auf Martins Wunsch sogar teilnehmen würde, statt wie sonst nur den Bediensteten im Hintergrund zu geben. Sie würden alle zusammen tafeln bis in den Abend hinein. Ihm, Martin Johansen, zu Ehren. Das gefiel ihm außerordentlich gut.

Unterdessen waren Anna und Christian in Göttingen angekommen. Obwohl Christian lieber mit dem Zug reiste, hatte er sich zugunsten einer größeren Mobilität und der Unabhängigkeit vom Fahrplan der Deutschen Bahn dafür entschieden, sich auf den Beifahrersitz in Annas Mini zu quetschen. Seit dem Morgen versuchte er vergeblich, Markus per Telefon zu erreichen. Da er keinen Schlüssel zu Markus' Haus mehr hatte und der Zustand ihrer Freundschaft auch kaum Nähe zuließ, mieteten sie sich in einem Hotel in der Altstadt ein. Danach rief Christian bei Elli an, die ihn und Anna hocherfreut zu sonntäglichem Kaffee und Kuchen in ihre Wohnung bat. Die Wohnung war wie Elli: klein, kuschelig und in freundlichen Farben dekoriert. Der Duft von frisch gebackenem Apfelkuchen durchzog die Küche. Doch Christian hatte keinen Sinn für Gemütlichkeit. Er fragte nach Markus. Stolz, als hätte sie es selbst bewerkstelligt, erzählte Elli beim Kaffeekochen, dass Markus seit Annas und Christians Abreise trocken war und den heutigen Sonntagnachmittag bei den Anonymen Alkoholikern verbrachte, wo Handyverbot herrschte. Wenn es dringend wäre, könnte sie ihn dort allerdings abholen. Oder einfach ein Taxi hinschicken, das ihn aufsammelte. Christian und Anna berichteten Elli knapp von dem entdeckten Zusammenhang der Morde zu mittelalterlichen Hexenverfolgungen. Elli reagierte wie Christian mit heller Aufregung. Auch sie war überzeugt, dass die psychologischen Voraussetzungen für solch finsterste Gedankenwelten viel eher bei Johansen gegeben waren als bei Demant. Sofort ärgerte sie sich, dass sie die Observierung von Johansen eingestellt hatten. Sie schob den Kuchen, den keiner angerührt hatte, wieder zurück unter seine Frischhalteglocke.

»Markus bleibt vermutlich noch ein bis zwei Stunden bei den Anonymen Alkis. Oder soll ich ihn jetzt gleich abholen?« Es war Elli deutlich anzusehen, wie ungern sie Markus aus seiner Therapie reißen wollte.

Christian sah das und war unschlüssig. Natürlich brannte es ihm unter den Nägeln, mit Johansen zu reden. Aber er war nicht mehr für den Fall zuständig, und konnte ohne Markus nichts unternehmen. Trotzdem wollte er Markus genauso wenig wie Elli bei seinem erneuten Entzugsversuch stören.

»Passt auf, ich mache euch einen Vorschlag«, fuhr Elli fort. »Meine Schwägerin hat einen Cousin, dessen geschiedene Frau ist so eine Neuheidin oder wie das heißt. Ich habe sie mal bei einem Kräuterkurs der Volkshochschule kennengelernt.«

»Was machst du auf einem Kräuterkurs?«, fragte Christian verblüfft.

»Ich koche gerne.« Elli blickte etwas bedauernd auf ihren Hüftspeck und kehrte zum Thema zurück. »Die Frau ist zwar ein bisschen schräg im Kopf, aber ganz nett. Sie heißt Bärbel, nennt sich Walpurga und wohnt ganz in der Nähe von Göttingen in einer Waldhütte. Ihr könntet hinfahren, ich hole nachher Markus ab, und dann treffen wir uns wieder hier.«

»Warum sollen wir freiwillig mit einer Frau reden, die sich Walpurga nennt? Und was ist überhaupt eine Neuheidin?«, fragte Christian.

»Neuheiden oder Neopaganisten praktizieren Religionen mit vor- oder nicht christlichen Elementen, wie etwa aus keltischem oder germanischem Glauben«, erklärte Anna.

Elli nickte. »Deswegen hab ich kürzlich mit ihr gesprochen. Sie wusste sehr gut Bescheid über die keltischen Feiertage. Außerdem bezeichnet sie sich selbst als Wahrsagerin. Sie ist so eine Art moderne Hexe. Und sie kennt hier in der Gegend jeden, der mit solchen Sachen was am Hut hat.«

Anna war neugierig und wandte sich an Christian. »Ich habe mal gelesen, dass viele dieser Neopaganisten tatsächlich weltweit vernetzt sind. Lass uns hinfahren. Vielleicht erfahren wir was Nützliches!«

Christian war im Gegensatz zu Anna überhaupt nicht an einer Walpurga und ihren Riten bei Vollmond interessiert. Er wollte Johansen konfrontieren und sonst nichts. »Wir machen es anders. Elli, du rufst diese selbst ernannte Hexe an. Wenn sie zu Hause ist …«

Elli unterbrach: »Sie hat kein Telefon. Auch keinen Fernseher. Und kein Auto. Aber sie ist immer zu Hause.«

»Wie schön für uns alle. Ihr beide fahrt dahin. Ich gehe zu den Anonymen Alkoholikern und hole Markus ab. Du gibst Henning, Konrad und Egon Bescheid … Ich bin ja offiziell nicht mehr dabei.«

»Das regelt Markus. Wir brauchen dich. Ich rufe auch Carsten an. Der ist seit gestern wieder zurück aus seinem Erholungsurlaub«, ergänzte Elli.

»Gut. In circa zwei Stunden treffen wir uns im Büro und besprechen die weitere Vorgehensweise. Okay?«

Walpurga wohnte in einem kleinen Waldstück Richtung Harz. Als Anna und Elli ankamen, lief sie in Gesellschaft eines fetten Katers und mit einer Art Wünschelrute in der Hand ums Haus und heilte Wasseradern, die ihrer Meinung nach für ihre Schlafstörungen der letzten Zeit verantwortlich waren. Sie war eine kleine, magere Frau um die fünfzig, freute sich über Ellis Besuch und begrüßte Anna ebenfalls mit einer innigen Umarmung. Die drei Frauen betraten die windschiefe Holzhütte. Anna erwartete an einer Schnur getrocknete Kröten über dem Herd und unterm Tisch herumlaufende Mäuse. Die Naturverbundenheit der Neopaganisten machte ihr als eingefleischte Großstädterin ein wenig Angst. Doch das Innere der Hütte war äußerst behaglich und sauber. Die Farben Weiß und Rosa dominierten, ähnlich wie bei Elli. Fast hätte Anna das weiße Kaninchen übersehen, das auf dem hellen Teppichboden im Wohnzimmer herumhoppelte.

»Das ist Ninchen«, stellte Walpurga ihre kleine Mitbewohnerin vor. Sie kochte Tee aus selbst gesammelten Kräutern, servierte ihn in einem schönen, hauchdünnen Porzellan und setzte sich dann zu den Frauen, bereit, ihre Fragen zu beantworten. Anna war schnell angetan von der Frau, denn Walpurga entsprach keineswegs dem Klischee, das sowohl sie als auch Christian sich von ihr gemacht hatten. Sie hörte konzentriert zu und sprach dann mit wissenschaftlicher Präzision und einer gehörigen Portion Selbstironie.

Christian fühlte sich unwohl, als er in den kleinen Raum trat, in dem sich die Anonymen Alkoholiker trafen. Elli hatte ihm die Adresse gegeben, das Gebäude lag, wie so vieles in Göttingen, nur wenige Gehminuten entfernt. Es waren knapp ein Dutzend Menschen anwesend, in der Mehrzahl Männer. Kaum einer nahm Notiz von Christians Ankunft, nur eine verlebt aussehende Frau in der letzten Reihe nickte ihm freundlich zu. Christian setzte sich zu ihr. Markus saß ganz vorne und hatte sich, als Christian eintrat, gerade erhoben, um zum Rednerpult zu gehen. Er stellte sich mit seinem Vornamen vor und der hier üblichen Floskel: »Ich bin Alkoholiker.« Dann erzählte er von seinem Absturz in die Sucht. Er erzählte von Marie, ihrem Tod, seinen Schuldgefühlen und dem Selbsthass. Als er seinen Blick über das Auditorium schweifen ließ, entdeckte er Christian. Er stutzte kurz, dann sprach er weiter. »Ich habe nicht nur meine Kollegen bitter enttäuscht, sondern auch einen alten Freund. Meinen besten Freund. Er sitzt da hinten, und ich habe keine Ahnung, was er hier tut. Wir sind im Streit auseinandergegangen, und ich würde mich nicht wundern, wenn er hier wäre, um mir mal so richtig in die Fresse zu hauen.«

Alle lachten außer Christian. Der wünschte sich in diesem Moment, er wäre mit zu der Kräuterhexe gefahren.

Markus verließ das Pult, nahm seine Jacke vom Stuhl in der ersten Reihe und ging auf Christian zu. Christian erhob sich. Die beiden Männer standen sich gegenüber, die Augen aller auf sie gerichtet. Markus streckte Christian die Hand entgegen und sagte leise: »Es tut mir leid.«

Christian nahm die ihm entgegengestreckte Hand. Die beiden umarmten sich verhalten, dann gingen sie hinaus. Sentimentale Szenen waren nicht ihr Ding, schon gar nicht vor Publikum.

Die Studenten und ihr Fax saßen zusammen an der Tafel, bis der Abend seinen langen Schatten warf. Dass danach alle außer ihm und Heinrich Kramer das Haus verließen, um noch eine Sauftour durch die Göttinger Kneipen zu starten, schien Martin Johansen fast schon wie ein vertrautes Ritual, das seine Rückkehr krönte. Er zog sich mit Kramer in dessen Hausmeisterwohnung im Souterrain zurück und baute die Figuren auf dem Schachbrett auf. Kramer stellte die Schachuhr neben das Brett und legte sein Notizbuch bereit, in dem er alle Züge dokumentierte. Er kochte Tee, und ausnahmsweise goss er einen kleinen Schuss Rum hinein. Das erste Spiel war ein harter Kampf, der über zwei Stunden dauerte. Dann hatte Kramer ein Remis erstritten. Er forderte Revanche, und natürlich gewährte sie Martin. Die Figuren wurden wieder aufgebaut, die Farben getauscht.

Kramer war richtig froh, dass Johansen wieder auf dem Haus wohnte. Er hatte aufgrund der Verpflichtungen in der Villa nicht häufig zu Martin in die WG kommen können. Und ohne die regelmäßigen Schachspiele am Abend war sein Leben recht eintönig gewesen. Außerdem konnte man mit Johansen reden. Der war nicht so oberflächlich wie die anderen Burschenschafter, denen es nur ums Saufen und Vögeln ging. Martin Johansen war wohltuend anders.

Anna und Elli trafen erst am Abend im Kommissariat ein. Christian hatte Markus und die anderen, die vollzählig anwesend waren, schon über die neuen Thesen informiert. Der Moment, wo es einem wie Schuppen von den Augen fiel, und man plötzlich verstand, mit welcher Art von Verbrechen man es zu tun hatte und mit welcher Art von gestörter Täterpsyche, war immer wieder erschütternd. Man fühlte sich dumm, weil man nicht früher dahintergekommen war, wo doch alle Puzzleteile schon auf dem Tisch gelegen hatten und man nur vor lauter Wald die Bäume nicht gesehen hatte. Man fühlte sich ratlos angesichts der unendlichen Möglichkeiten des menschlichen Geistes, in die Irre zu gehen. Und man fühlte sich angespannt und fiebrig wie ein Jäger, der bis in seine letzte Körperzelle plötzlich spürt, dass der Zwölfender, den er seit Monaten verfolgt, ganz in der Nähe ist und sich jeden Moment auf der Lichtung zeigen wird, frei für den Blattschuss.

Alle waren sich zum ersten Mal einig, dass Martin Johansen

der bessere Hauptverdächtige war als Alexander Demant. Er war ihr Zwölfender. Leider konnten sie auch diesmal dem Richter keine neuen Beweise oder zumindest vage Indizien anbieten, um eine polizeiliche Beobachtung zu erwirken. Und sie waren nicht genug Leute, um eine heimliche, aber lückenlose Observierung bis zum Ende des Monats durchzuführen. Sie mussten also alle Kräfte darauf konzentrieren, den Mörder bis zur Walpurgisnacht zweifelsfrei zu überführen. Vielleicht gab es in Johansens Biografie eindeutige Hinweise auf Hexenwahn. Vielleicht konnten sie Johansen im Verhör mit ihrem Wissen in die Enge treiben und zu einem Geständnis bringen.

»Hat euer Besuch bei der Eso-Tussie etwas ergeben, das uns weiterbringt?«, fragte Markus, nachdem er Anna innig begrüßt hatte.

»Nicht direkt«, antwortete Elli, »spannend war es aber trotzdem. Walpurga ist ein Wicca, das heißt sie gehört zu einer neureligiösen Bewegung, deren Mitglieder sich als Hexen oder Hexer sehen.«

»Das soll sie mal nicht an die große Glocke hängen. Sonst kommt sie ins Irrenhaus«, meinte Egon.

»Oder unser Mörder schlitzt sie auf«, sagte Henning.

Markus bat die beiden, ihre Funktion als Pausenclowns bis auf Weiteres einzustellen und Elli ausreden zu lassen.

Elli fuhr fort: »In den USA sind die Wicca seit 1994 als Religionsgemeinschaft anerkannt, bei uns in Deutschland nicht. Walpurga hat uns ein paar Bücher mitgegeben über die Ursprünge des modernen Hexenkults und die feministischen Aspekte daran. Was uns allerdings viel mehr interessierte, war die Verbreitung dieser Religion in unserer Gegend. Hätte doch sein können, dass eines unserer Opfer oder sogar mehrere ein Wicca war. Die Wicca schließen sich in Konvente oder Coven zusammen. Walpurga ist die Hohepriesterin des hiesigen Konvents, der wie üblich nur 13 Mitglieder zählt. Sie kennt alle Wicca in der Gegend und auch die Mitglieder verwandter Religionsgruppen, mit denen sich die Wicca zum Teil an den Sabbaten treffen, an denen unser Mörder seine Opfer ins Jenseits befördert. Trotzdem scheint es keinerlei Verbindung zu geben. Walpurga ist nichts zu Ohren gekommen von irgendwelchen Übergriffen oder sonst einer ungewöhnlichen Begebenheit. Die letzte Wicca, die in unserer Gegend keines natürlichen Todes starb, ist vor ungefähr zwanzig Jahren in Wernigerode ums Leben gekommen. Sie ist in einem Stall verbrannt. Walpurga meinte, dass sich unter den Wicca lange das Gerücht hielt, ihr Tod sei kein Unfall gewesen, wie es im Polizeibericht stand, sondern die letzte Hexenverbrennung Deutschlands. Walpurga weiß darüber aber nichts Genaues, sie hat damals in Santa Fe gelebt, einer internationalen Hochburg der Esoteriker, wie ich heute gelernt habe«, schloss Elli ihren Bericht.

»Wir alle haben heute eine Menge gelernt. Jetzt müssen wir nur sehen, was wir damit anfangen können«, meinte Markus. Er wandte sich an Henning: »Du suchst raus, was es zu der Verbrannten aus Wernigerode gibt.«

»Garantiert nichts«, widersprach Henning maulig. »Das gehörte damals noch zur DDR, falls du dich erinnerst, und wer weiß, wo die hinter der Mauer ihre Akten vergraben haben. Außerdem war Johansen da erst vier und lebte in Frankfurt bei Mama und Papa, also was soll das bringen?«

»Man weiß nie. Versuch es wenigstens. Konrad, du beschäftigst dich mit allem, was über Johansen und seine Familie zu finden ist. Carsten und Egon, ihr erstellt eine Mappe über Johansen mit all seinen Aussagen, Behauptungen und nicht vorhandenen Alibis. Sucht Lücken und Widersprüche, erstellt ein Bewegungsprofil für ihn seit dem letzten Oktober. Elli, du legst eine Art Hexenakte an, mit allem bislang gesammelten Hintergrundwissen und Querverweisen zum Modus Operandi bei unseren Morden. Die Sabbate und Hexenproben, so wie Anna uns das geschildert hat. Und jeder von uns, ich sage jeder, Henning, liest sich gründlich ein.«

Christian war hocherfreut, seinen Freund wieder in alter Form zu sehen. Markus war so konzentriert und führungssicher wie seit Monaten nicht mehr. Vermutlich würde er Christian gar nicht mehr brauchen für die letzten Meter der Wegstrecke, doch es war keine Option für Christian, sich jetzt wieder nach Hamburg zurückzuziehen. Er wollte bei dem Blattschuss dabei sein, egal ob offiziell oder nicht.

Anna nahm ein dickes, altes Buch aus ihrer Tasche und legte es auf den Tisch. »Das hier hat uns Walpurga ausgeliehen. Es ist eine seltene Ausgabe des 1486 erstmals veröffentlichten, angeblich Unheil bringendsten Buches der Welt. Dieses Buch mit dem Titel ›Malleus Maleficarum‹ oder auf deutsch ›Hexenhammer‹ ist schuld am Tod von Zigtausenden Menschen in Europa. Durch diese Systematisierung und Legitimierung der Hexenverfolgungen erreichten die Prozesse im europäischen Mittelalter grausige Dimensionen.«

Anna klopfte mit den Fingern auf das Buch: »Hier drin ist festgelegt, wie man Hexen erkennt und wie man sie zu behandeln hat. Der ›Hexenhammer‹ ist ein Manifest der Dummheit, des Hasses und der Frauenfeindlichkeit. Würde mich nicht wundern, wenn euer Mörder es gelesen hätte. Einige hielten schon damals den Autor dieses Buches, einen Dominikaner-Inquisitor namens Institoris, für komplett verrückt.«

»Sind in diesem Buch auch die ganzen Hexenproben beschrieben, nach denen unser Mörder die Opfer umbringt?«, wollte Konrad wissen.

»Ich glaube schon«, antwortete Anna und nahm das Buch auf, um darin nachzusehen. »Walpurga hat gesagt, Heinrich Kramer habe alles akribisch festgelegt.«

Anna blickte auf, denn die plötzliche Stille war fast greifbar. »Was guckt ihr denn so komisch?«

»Wer bitte? Was hast du gerade gesagt?«, fragte Christian.

»Heinrich Kramer hat alles akribisch …«

»Wieso Heinrich Kramer?« Christians wettergegerbte Jammerbucht-Bräune verwandelte sich erschreckend schnell in Blässe.

»Heinrich Kramer ist der bürgerliche Name des Mönchs Institoris. Er hat den ›Hexenhammer‹ geschrieben.«

Christian, Markus und die anderen tauschten irritierte Blicke aus. Konrad schüttelte ungläubig den Kopf.

»Das kann nur ein Zufall sein«, meinte Elli. »Was glaubt ihr, wie viele Heinrich Kramers es in Deutschland gibt?«

»Kann mir mal jemand sagen, was eigentlich los ist?«, insistierte Anna.

Markus informierte sie: »Der Hausmeister der Burschenschaft heißt Heinrich Kramer.«

»Ja und?«, erwiderte Anna, »der ›Hexenhammer‹ wurde im 15. Jahrhundert geschrieben.«

»Klar. Aber komisch ist es schon«, mischte sich nun auch Konrad ein.

Christian schlug mit der Faust auf den Tisch: »Henning, am Abend des 21. März hat Kramer mit Johansen in der WG Schach gespielt. Um wie viel Uhr ist er gegangen?«

»Gegen halb eins. Er ist nicht gegangen, er ist gefahren. Er war mit dem Kastenwagen von der Burschenschaft da.«

Markus sah Christian kopfschüttelnd an: »Das ist ein bisschen weit hergeholt, oder?«

»Im Gegenteil!« Christian war wütend auf sich selbst. »Die ganze Zeit hatte ich das Gefühl, wir hätten etwas übersehen. Kramer! Bei der Durchsuchung der Villa haben wir alle Zimmer auf den Kopf gestellt, nur seine Wohnung nicht.«

»Dafür hatten wir auch keine Erlaubnis. Er ist kein Mitglied der Burschenschaft«, warf Egon ein.

»Eben. Er war immer sicher vor uns. Und bestens informiert über den Stand der Untersuchungen. Mit Zugang zu den beiden Apartments, für die er garantiert auch als Hausmeister zuständig ist. Vielleicht ist der Gedanke verrückt, aber …«

Egon stand eilfertig auf: »Ich überprüfe ihn. Vielleicht gibt es was.«

»Lass«, hielt Christian ihn auf. Er nahm sein Handy und wählte per Kurzwahltaste eine Nummer. »Hey, Daniel, ich bin's. Such mir bitte sofort mal die Personalien von einem Heinrich Kramer, vermutlich gemeldet in Göttingen im Nikolausberger Weg, raus. Und ruf mich sofort zurück.«

Christian klappt sein Handy zu und wandte sich entschuldigend an Egon: »Sorry, aber Daniel kriegt in einer halben Stunde mehr raus als das BKA in einer Woche. Er ist ein begnadeter Exhacker und arbeitet seit Jahren als Berater für die Soko Bund.«

Es dauerte nervöse zehn Minuten, bis Daniel sich wieder meldete. Christian schaltete sein Handy auf laut.

»Hey, Alter, in deinem verschlafenen Göttingen gibt es nur einen Heinrich Kramer, der heißt aber eigentlich Walter Erich Heinrich Kramer.«

»Nikolausberger Weg? Wie alt?«

»Straße stimmt. 38 Jahre.«

»Das ist er. Was hast du sonst noch?«

»Nur die Basics erst mal: einziges Kind von Ingeborg und Alfred Kramer. Geboren wurde er am 27. Januar 1969 in einem Kaff, das Elend heißt, man glaubt es nicht. Das ist im Harz, beim Brocken, in der Exzone. Wahrscheinlich heißt er Walter Erich nach Ulbricht und Honecker. Heinrich war sein Großvater. Dann ist er mit seinen Eltern nach Wernigerode gezogen. Walter Erich Heinrich, der Vielnamige, war von 87 bis 90 bei der NVA, Grenzbezirkskommando 2, stationiert in Wernigerode. Dann ist er rübergemacht und hat eine Zeit lang in Celle als Briefträger gearbeitet. Dort haben sie ihn rausgeworfen wegen sexueller Belästigung einer Kollegin. Ist aktenkundig, kam aber nicht zur Verurteilung. Dann ist er in Göttingen aufgetaucht. Was willst du denn sonst noch? Für alles Weitere brauche ich mehr Zeit.«

»Nimm sie dir. Ich will alles wissen. Jede Kontobewegung, seine Schuhgröße, du kennst das ja. Und sieh mal nach, ob du was über einen Stallbrand in Wernigerode findest. Ungefähr vor zwanzig Jahren. Dabei ist eine Frau umgekommen.«

»Wird gemacht, ich melde mich, sobald ich was habe. Gruß an Anna. Und danke, dass du mir den Sonntag versaust«, sagte Daniel und legte auf.

Christian sah erwartungsvoll zu Markus.

Markus reagierte ohne Zögern. »Elli, du fährst zum Richter. Ich will einen Durchsuchungsbefehl. Wenn er zickt, lüge das Blaue vom Himmel oder blas ihm einen, mir egal. Beeil dich, dann können wir das Nachtzeitverbot noch umgehen. Dann kommst du sofort zur Villa. Auf geht's, Abmarsch.«

Martin Johansen kämpfte mit der ungewöhnlichen Eröffnung, die Kramer für das neue Spiel gewählt hatte. Kramer hatte die letzten Monate ganz offensichtlich geübt. Martin vermutete, dass es sich bei der Variante um das Blackmar-Diemer-Gambit handelte, war sich aber nicht sicher. Sicher war er nur, dass diese Variante für beide Gegner ein Spiel auf Messers Schneide bedeutete und er keine Ahnung hatte, wie diese Eröffnung am geschicktesten zu parieren war. Als Kramer sich zur Toilette entschuldigte, nutzte Martin die Chance. Er ging zum üppig gefüllten Bücherregal und zog aus der Schachabteilung im mittleren Fach ein Standardwerk über Eröffnungen heraus. Leider enthielt dieses Werk nichts über das Blackmar-Diemer-Gambit, sodass Martin nach anderen Büchern suchte. Wenn Kramer das Gambit spielte, hatte er garantiert Literatur darüber. Hinter zwei dicken Wälzern im Regal lag ein in Leder gebundenes Buch, das Martin ins Auge stach. Ein Notizbuch ähnlich dem, in das Kramer die Spielzüge eintrug. Martin zog es hervor. Als er es öffnete, fiel ein Polaroid heraus. Martin Johansen bückte sich, um es vom Boden aufzuheben. Das Polaroid zeigte die Aufnahme eines Einmachglases, in dem ein Auge schwamm. Auf der Toilette wurde die Spülung betätigt.

Innerhalb weniger Minuten waren Markus, Christian und Konrad im Nikolausberger Weg. Einer der Studenten öffnete auf ihr Klingeln. Höflich fragten sie, ob sie Herrn Kramer kurz sprechen könnten. Der Student ließ sie ein und wies ihnen den Weg ins Souterrain. Auf der Treppe nach unten hörten sie Kampfgeräusche. Konrad stürmte vor, Christian und Markus behinderten sich gegenseitig auf der engen Treppe, sodass sie nach Konrad in Kramers Wohnung ankamen. Auf dem Boden, inmitten herumkullernder Schachfiguren lag Martin Johansen mit einer stark blutenden Platzwunde am Kopf. Die Hintertür zum Garten stand weit offen, hastende Schritte über den Kiesweg zwischen den Beeten waren zu hören. Konrad rannte hinterher, sah sich um. Kramer schwang sich etwa fünfzehn Meter entfernt über den Zaun, ließ sich auf der anderen Seite hinunterfallen und sprintete los. Konrad hatte einen schnellen Antritt, doch am Zaun verlor er zu viel Zeit. Als er auf der anderen Seite ankam, war von Kramer nichts mehr zu sehen. Konrad rannte noch eine Weile genervt in der zum Nikolausberger Weg parallelen Wilhelm-Weber-Straße auf und ab, doch er bekam Kramer nicht mehr zu Gesicht. Als Konrad außer Atem in die Souterrainwohnung der Villa zurückkam, knieten Markus und Christian neben Johansen, der gerade zu sich kam. »Das Buch«, murmelte er und sah sich noch halb im Liegen suchend um. Vor dem Regal auf dem Boden lag ein in Leder gebundenes Notizbuch. Martin Johansen griff danach und hielt es Christian hin. Dann verlor er wieder das Bewusstsein.

Heinrich Kramer bewegte sich zu Fuß aus Göttingen hinaus. Er versuchte, keine Energie damit zu verschwenden, sich zu ärgern. Dass er seine Notizen so nachlässig im Regal hatte liegen lassen. Dass er entdeckt und zur Flucht gezwungen worden war, bevor er seine Aufgabe erledigt hatte. Dass es so schnell gehen musste und er das Notizbuch nicht mitnehmen konnte. Nun fiel es der Polizei in die Hände. Es würde ungemein schwer werden, seine Aufgabe zu bewältigen, ohne von diesen dummen Ignoranten dabei gestört zu werden. Er hatte kaum Geld dabei, er hatte kein Transportmittel. Aber sein Basislager wartete auf ihn. Und er hatte Zeit. Gott war auf seiner Seite. Er würde es schaffen.

Heinrich benutzte kleine Straßen und Waldwege. Seit seiner Kindheit war er im Wandern geübt, die Zeit bei den Grenztruppen der DDR hatte ihn zusätzlich abgehärtet. Heinrich konnte tagelang laufen, ohne müde zu werden. Als er etwa zehn Kilometer von der Stadt entfernt war, postierte er sich an einer Autobahnauffahrt Richtung Norden und hielt den Daumen heraus, wenn ein Brummi kam. Er wollte sich nur von einem Lkw-Fahrer mitnehmen lassen, die wechselten permanent ihren Aufenthaltsort und kümmerten sich nicht um lokale Polizeiaktionen oder Suchmeldungen. Die hatten genug zu tun mit Fahrtenbüchern, Übermüdung und Zeitdruck, die stellten keine Fragen. Um Mitternacht herum stieg er bei Northeim wieder aus. Er hatte dem Fahrer erzählt, dass er einen alten Freund in Paderborn besuchen wolle. Stattdessen wandte er sich nach Osten. Von Northeim aus waren es nur noch läppische dreißig Kilometer bis zu seinem Ziel. In der Nacht kam er nur langsam voran. Er hatte keine Taschenlampe, keine Karten und keinen Kompass dabei. Er würde sich nach den Sternen richten müssen. Aber irgendwann morgen würde er dort sein.

Die Durchsuchung von Kramers Wohnung erbrachte auf den ersten Blick keine zusätzlichen Beweismittel. Das Notizbuch jedoch, das Martin Johansen die Platzwunde eingebracht hatte, kam einem Geständnis gleich, das sah Christian auf den ersten Blick. Außerdem fanden sie im Bücherregal eine moderne Ausgabe des »Hexenhammers«. Einige Stellen waren markiert. Auch dieses Buch wurde als Beweismittel beschlagnahmt. Sie nahmen Kramers Kopfkissen mit, das mit getrockneten Kräutern gestopft war, seine Schuhe und seine gesamte Kleidung, die im Labor nach Blut oder sonstigen Spuren von den Opfern untersucht werden würden. Ebenso wie der Kastenwagen, mit dem Kramer immer die Einkäufe für die Herculania erledigte.

Es war spät, als sie die Villa im Nikolausberger Weg wieder verließen. Christian hatte sich inzwischen abgeregt. Er hatte etwa eine Stunde lang vor sich hin geflucht, weil ihnen schon wieder ein Verdächtiger durch die Lappen gegangen war. Eine Ringalarmfahndung war wenige Minuten nach Kramers Flucht rausgegangen, blieb bislang jedoch ergebnislos. Inzwischen hatten sie eine INPOL-Personenfahndung für das ganze Bundesgebiet abgesetzt. Doch Christian und Markus sahen keine großen Chancen. Kramer zeichnete sich durch seine Unauffälligkeit aus. Er war nicht der Typ, der von einem Bahnhof aus anrief, um herumzutönen. Kramer würde untertauchen in der Mitte Deutschlands, ein Mensch in der Masse, der sehr lange unerkannt bleiben konnte, wenn er keine gravierenden Fehler beging.

Nach der Hausdurchsuchung lud Markus das Team zu sich nach Hause auf einen abschließenden Kaffee ein. Carsten und Henning lehnten dankend ab, Konrad zögerte. Er wusste weder, ob er wirklich willkommen war, noch ob ihm selbst die Einladung willkommen war. Doch seine Neugier auf den Inhalt von Kramers Notizbuch besiegte alle Ressentiments. Auch Elli und Egon kamen mit.

Anna hatte inzwischen ihr und Christians Gepäck aus dem Hotel in Markus' Haus geschafft und das vertraute Gästezimmer wieder bezogen. Als alle im Wohnzimmer saßen, je nach Bedarf bei Kaffee, Wasser oder Bier, zeigte Christian Anna die Ausgabe des »Hexenhammers«, die sie bei Kramer gefunden hatten. Dann zog er Handschuhe über, um keine Fingerabdrücke zu verwischen und nahm das in Leder gebundene Notizbuch aus einer Beweismitteltüte. Alle blickten ihm über die Schulter, als er es von vorne bis hinten durchblätterte. Keiner sagte etwas.

Die Seiten waren übersät mit schwer lesbarem Gekritzel, zum größten Teil mit schwarzer Tinte geschrieben, andere mit einem klecksenden blauen Kugelschreiber. Einige Sätze waren wild wieder durchgestrichen worden, manche in winziger Schrift notiert, als ob der Verfasser den Inhalt vor sich selbst verstecken wollte, manche Wörter sprangen einen in fetten Großbuchstaben an und brannten in den Augen wie aufprallende Insekten. Die Handschrift war mal nach rechts, mal nach links geneigt. Zwei Seiten klebten zusammen und konnten nur schwer voneinander gelöst werden. Ein Kaffeefleck. Zwischen den handschriftlichen Eintragungen, die zu Christians Bedauern nicht mit Datumsangaben versehen waren, gab es verstreute Collagen von Polaroids, eingeklebten Ausschnitten aus Zeitungen, Zeitschriften und fotokopierten Bücherseiten. Das Ganze schien wahllos zusammengefügt. Die Zeitungsberichte über die Mordfälle waren gesäumt von Abbildungen sexueller Teufelsdarstellungen aus der Malerei, Inkuben und Sukkuben. Kopien von Johann Heinrich Füsslis »Nachtmahr« waren immer wieder in die Seiten geklebt. Dazwischen prangten Ausschnitte aus pornografischen Zeitschriften mit Frauen in ähnlichen Posen und Positionen wie auf den Gemälden.

Und es gab mit großem Talent angefertigte Zeichnungen von den Opfern. Mit Bleistift war Juliane Effenbergs Anblick festgehalten worden, wie sie zwischen den Büschen im Botanischen Garten ausblutete. Die detaillierte Bleistiftskizze war mit roter Farbe beschmiert, möglicherweise sogar echtes Blut, das würde das Labor klären müssen. Die nächste Zeichnung war ein Aquarell. Es zeigte das im Schwänchenteich schwimmende blasse Gesicht von Claudia Schmidt, die langen Haare um den Kopf herumschwebend wie eine Korona, das auf der Wasseroberfläche schwimmende Laub in herbstlichen Farben hingetupft.

»Genau wie Frau Simon es geschildert hat. Genau so«, flüsterte Marku s. Christian blätterte weiter. Der Kaffee wurde kalt, Wasser und Bier warm, alle saßen dicht gedrängt um ihn herum. Sie waren absorbiert von der Wirklichkeit, nicht mehr in einem behaglichen Wohnzimmer in vertrauter Gesellschaft, sondern in einer Welt des Wahnsinns, im Kopf einer Krankheit, die sich auf Papier entleert hatte.

Das herausgefallene Polaroid von Bonnie Falcks Auge im Einmachglas ließ sich durch eingetrocknete Klebespuren seiner ursprünglichen Seite wieder zuordnen. Daneben war eine mit dickem Kohlestift gefertigte Zeichnung von Bonnies leerer Augenhöhle, ein schwarzes Loch, dessen tiefster Punkt feuchtrot schimmerte. Dem Zeichner war es hervorragend gelungen, den Eindruck von Dreidimensionalität herzustellen. Durch das Schimmern der Farbe vermochte man das Blut fast zu riechen. Auch bei der Zeichnung von Monika Jungfleisch war das so. Ihr Bild zeigte den geöffneten Brustkorb, die Brüste weit auseinandergeklappt, und mittig eine große Höhle voller Blut. Das Herz ein Boot, schwimmend in einem roten Meer.

Christian schob das Buch von sich und griff nach seinem Bier. Wie in Trance taten die anderen es ihm gleich und nippten an ihren Getränken.

»Kannst du die Schrift entziffern?«, fragte Markus schließlich.

Christian schüttelte den Kopf: »Ich brauche eine Pause.«

Anna zog sich ebenfalls ein paar Handschuhe über, die in einem Karton auf dem Tisch standen, nahm das Buch und blätterte nach vorne. Sie begann vorzulesen:

Heute war wieder eine da. Dieselbe wie beim letzten Mal. Ich war auf dem Kanapee eingeschlafen, mit einer Wolldecke zugedeckt, als sie kam. Die dunkle Wolke schob sich über mich, wurde größer und dichter und schwärzer, und dann nahm ich wieder diesen unangenehmen Geruch wahr, ein regelrechter Gestank, und ich bekam Angst im Schlaf und wälzte mich hin und her und versuchte aufzuwachen, aber die Wolke hatte mich schon fest umschlossen, sich über mich gestülpt und gab mich nicht mehr frei. Da war kein Licht mehr. Ich hörte mich stöhnen und wimmern vor Angst, und ich wehrte mich, weil ich ja schon wusste, was nun kommen würde. Ich wollte es nicht, ich will es nie, und trotzdem passiert es. Und dann schälte sie sich aus der Wolke, wuchs daraus hervor wie schnell wucherndes Fleisch, und als sie dann da war, in der Gänze ihrer Weibesfülle, da zog sie mir langsam und lasziv die Wolldecke von meinem Leib, lächelnd und üppig, sie war schön und von festem Fleisch, ihre Haut so weiß wie die Unschuld, verlogene Brut, und lockiges schwarzes Haar floss in Kaskaden an ihr herab und umspielte ihre Hüften, mit denen sie über mir kreiste. Wollust. Sie war nackt, immer sind sie nackt, vollkommen nackt, und sie streckte mir ihre wogenden, prallen Brüste ins Gesicht, vor die Augen, vor den Mund, vor die Nase, ganz dicht, die Brüste dufteten nach Amber, und ihre Brustwarzen waren unnatürlich rot, so rot wie frisches Blut, sie reckten sich mir entgegen, fordernd, ich wollte wegsehen, meinen Kopf wegdrehen, aber es ging nicht, sie machte, dass ich nach ihnen griff, mit meinen Augen und den Händen, ich fasste die Brüste an, vergaß den Gestank der Wolke, aus der sie geboren war, vergaß meine Angst, und noch mehr Wollust machte sich breit, ich war verloren, denn sie setzte sich auf meine Lenden, heiß war sie und nass, und schwer wie die Sünde wog sie, ich konnte nichts mehr tun, ich war wie Blei, auch der Geist stand still und hielt die Luft an, sie ritt mich, erst sanft, dann mit Gewalt, ich wurde schwitzend in die Polster gedrängt, stöhnend, war hilflos ausgeliefert, meine Männlichkeit schmerzte vor verderbter Lust, bis sie mir schließlich den Samen raubte, ihre Hand in den Schoß vergrub und roch und leckte und triumphierend ihre Haare in den Nacken warf, und sich bewegungslos zurückzog von mir, sie wurde zurückgezogen, langsam, in den Schatten, ihre Dimensionen lösten sich auf in konturlosem Äther, ich hörte nur noch ihr leises, vergiftetes Lachen, bevor sie wieder mit der schwarzen

Wolke verschmolz, und der Duft von Amber wieder überlagert war von dem Gestank der Hölle.

Ich wurde wach, mein Unterleib schmerzte, und mein Bauch und meine heruntergezerrte Kleidung waren nass von meinem Samen. Ich weinte vor Verzweiflung.

Annas Blick fiel auf eine Textstelle weiter unten, die durch ein deutlich anderes Schriftbild hervorgehoben war. Sie übersprang ein paar Zeilen und las die als Zitat gekennzeichnete Stelle nachdenklich vor.

»Der Grund aber, warum sich die Dämonen zu Inkubi und Sukkubi machen, ist nicht die Verlockung, da Geister nicht Fleisch und Knochen haben, sondern vor allem, dass sie durch die Laster der Wollust die Natur der Menschen beiderseits, nämlich körperlich wie seelisch erregen, damit sich die Menschen allen Lastern umso willfähriger ausliefern.«

Anna bat Christian, ihr Kramers Ausgabe vom »Hexenhammer« zu reichen. Sie blätterte ein wenig darin herum, verglich und prüfte.

»Das Zitat ist im ›Hexenhammer‹ markiert. Das Buch von Institoris scheint eine Art Bibel für den zeitgenössischen Heinrich Kramer zu sein.«

»Mir ist diese Namensgleichheit noch immer ein Rätsel«, merkte Markus an.

»Sie ist vermutlich Zufall«, meinte Anna. »Sehr unwahrscheinlich, dass er ein direkter Nachfahre von Institoris ist. Aber irgendwie hat er von dem Buch erfahren, und es hat an ein fehlgeleitetes Modul in seinem Hirn angedockt. Er hat seinen dritten Vornamen zu seinem ersten gemacht, hält sich für Heinrich Kramer oder einen beauftragten Erben und sieht darin seine Rettung vor der eigenen Verderbtheit. Vielleicht hat der ›Hexenhammer‹ und die Übereinstimmung des in Deutschland wirklich häufigen Nachnamens seinem Wahn erst die Richtung gegeben. Diese Passage, die ich gerade gelesen habe, macht jedenfalls deutlich, dass Kramers sexuelle Entwicklung in einer entscheidenden Phase auf Abwege geriet. Genaueres lässt sich dazu erst nach einer gründlichen Analyse sagen. Aber er kommt definitiv nicht klar mit seinen Trieben.«

»Und hat nächtliche Samenergüsse wie ein Pubertierender«, fügte Elli hinzu.

»Heutzutage kein moralisches Problem. Im Mittelalter jedoch, zur Blütezeit der Hexenverfolgungen, machte man dafür böse Geister verantwortlich. So entstand der Mythos vom Inkubus und Sukkubus.«

»Hilfst du mir auf die Sprünge?«, fragte Christian.

»Der Inkubus ist ein männlicher Dämon, der des Nachts zu der Frau kommt und sie im Schlaf begattet. Der Sukkubus ist das weibliche Gegenstück dazu. Sie überfällt den Mann im Schlaf und raubt ihm den Samen, mit dem der Inkubus dann eine menschliche Frau befruchtet. Im Grunde waren diese Geschichten dazu da, sich von der Schuld an sündhaften sexuellen Begebenheiten wie etwa einem nächtlichen Samenerguss oder erotischen Träumen zu befreien. Waren Dämonen im Spiel, konnte man nichts dafür. Allerdings wurde im Zuge der Hexenverfolgung der Geschlechtsverkehr mit Inkubus und Sukkubus gedeutet als bewusst gewünschter Akt mit dem Teufel. Damit war er ein Zeichen des Abfallens von Gott und der Hingabe an den Teufel. Bei Hexenmeistern nahm der Teufel die Gestalt eines Sukkubus an, während er bei Hexen als Inkubus auftrat. Heinrich Kramer fühlt sich von Hexen in Gestalt von Sukkuben verfolgt. Das steht fest. Wie er auf diese Idee kommt, erfahren wir vielleicht, wenn wir weiterlesen.«

Anna las bis drei Uhr nachts. Elli war auf dem Sofa sanft an Egons breiter Schulter entschlummert, und auch Egon schnarchte leise vor sich hin. Markus hatte die beiden etwas verschämt und deswegen betont beiläufig mit einer großen Wolldecke zugedeckt.

»Ich komme jetzt zur letzten Eintragung. Es geht, wie in der vorletzten schon angedeutet, um die Erfüllung der Aufgabe, um das Streben nach Vollkommenheit.«

Anna nahm einen Schluck Wasser und las:

Die Welt wurde in sieben Tagen erschaffen.
Sieben Tage hat die Woche.
Sieben Wochen ein lunarer Zyklus.
Das Buch mit den sieben Siegeln.
Die sieben Wunder Jesu.
Die sieben Bitten des Vaterunser.
Die sieben letzten Worte Jesu am Kreuz.
Die sieben Sakramente.
Die sieben Tugenden.
Die sieben Todsünden.
Das siebenköpfige Tier.

Ich werde Gott ehren, indem ich das Böse mit der Sieben niederreiße.

Gnade, Ruhe und Frieden werde ich erlangen.

Die Welt ist mein. Vier Elemente, vier Wind-, vier Himmelsrichtungen.
Gott ist die Vollkommenheit.

Gott will ich ehren, die Dreifaltigkeit besingen.

Erschöpft klappte Anna das Buch zu. Auch sie war müde. Unendlich müde.

»Was hältst du davon?«, fragte Christian. Konrad, er und Markus sahen Anna erwartungsvoll an.

»Es ist ganz einfach«, meinte Anna. »Auch in der christlichen Zahlenmystik ist die Sieben etwas Besonderes, da sie sich aus der Drei und der Vier zusammensetzt. Die Drei steht für die Dreifaltigkeit Gottes, für Vollkommenheit. Für Gnade, Ruhe und

Frieden. Die Vier steht für das Irdische, für die Welt. Vier Frauen hat er schon getötet. Fehlen drei bis zur Sieben. Er wird noch drei Frauen töten. Die nächsten drei Sabbate sind Beltane Ende April, dann kommen Litha, die Sommersonnenwende am 21. Juni, und Lammas, das Erntefest am 1. August. Danach hört er auf.«

»Nein«, sagte Markus entschlossen und schüttelte langsam den Kopf.

Konrad und Christian sahen ihn überrascht an. Sie verstanden zwar nichts von Zahlenmystik, zogen aus dem Text aber die gleichen Schlussfolgerungen wie Anna. Kramer wollte noch drei Frauen.

»Nein«, wiederholte Markus. »Das lassen wir nicht zu. Er bekommt keine Einzige mehr!«

Der Nationalpark Harz besteht in Sachsen-Anhalt aus dem Nationalpark Hochharz und in Niedersachsen aus dem Nationalpark Harz. Mit einer Gesamtfläche von ungefähr 24 700 Hektar erstreckt er sich vom Südrand des Mittelgebirges bei Herzberg über die Hochlagen bis zum Nordrand bei Ilsenburg. Der Park ist eine ökologische Komplexlandschaft und Heimat für viele seltene Tier- und Pflanzenarten. Die weitverzweigten Harzer Naturhöhlen gehören zu Lebensräumen mit einem komplexen Zusammenwirken von geologischer Struktur, langer erdgeschichtlicher Entwicklung, empfindlicher Lebewelt und verletzlicher Wasserqualität. Die Höhlen bieten für die heimischen Fledermäuse wichtige Überwinterungsquartiere. Aus diesem Grund ist das Betreten der Höhlen in der Zeit vom ersten November bis zum dreißigsten April nur in begründeten Ausnahmefällen gestattet.

Am Mittag des neunten April bezog Heinrich Kramer seine Höhle in der karstigen Landschaft. Er hatte sie vor Jahren bei einer seiner Wanderungen entdeckt, als er eine Schlotte hinabgestürzt war. Sie lag in der Nähe der Jettenhöhle, die mit über sechshundert Meter langen Gängen und bis zu neun Meter hohen Hallen und einigen Teichen wahrscheinlich die größte Höhle des Naturschutzgebietes Hainholz ist. Kramers Höhle war klein und in keiner Karte verzeichnet. Sie war allein seine Höhle. Mit Entdeckerstolz hatte er sie »Fuchsbau« genannt und im Laufe der Jahre zu einem Basislager für seine ausgedehnten Wanderungen ausgestattet. Es gab drei verschiedene, ineinander übergehende Räume. Im größten und höchsten Raum, dessen gewölbte Decke bis zu drei Meter hoch war, stand ein Feldbett mit Nässeschutz. In diesem Raum war im Laufe der Jahrhunderte eine große Nische ausgewaschen worden, die er als Vorratskammer nutzte. Dort lagerten sein Feldgeschirr, ein NVA-Petroleum-Druckkocher und haltbare Vorräte aus Militärbeständen: Dosenbrot, Dauerkekse, Tütensuppen, Getränkepulver und mehrere Rationen Notproviant von der Bundeswehr. Den zweiten Raum benutzte er als Feldküche, denn von dort gab es einen kleinen Schlot nach oben ins Freie, ideal für ein Lagerfeuer. Im dritten, sehr niedrigen Raum hatte Kramer im Laufe der Jahre allerhand Dinge und Gerätschaften angesammelt, die man irgendwann einmal würde brauchen können.

Als er in seinem Fuchsbau angekommen war, kontrollierte er manisch vor sich hinmurmelnd die Räume und ihre Bestände: Decken, Seile, Haken, einen Spaten, eine Spitzhacke, Nägel, Hammer, Bretter, Sägen, Taschenlampen, Batterien, einen Kompass, ein Fernglas, eine Sanitätstasche und eine Makarow, die Dienstwaffe der NVA, samt Holster und ausreichend Munition für einen Kleinkrieg. Alles war unberührt, niemand hatte die Höhle in der Zwischenzeit gefunden. Jetzt brauchte er nur noch ein unauffälliges Transportmittel. Aber zuerst wollte er sich ausruhen. Er hatte genug Zeit. Kramer nahm eine der Decken und legte sich in voller Montur auf das Feldbett. Er dachte an sein Notizbuch. Zu gerne hätte er darin geblättert. Er fühlte sich so einsam wie noch nie. Aber er wusste, er würde sich schnell wieder daran gewöhnen.

Christian und Markus suchten Martin Johansen am nächsten Morgen schon sehr früh im Krankenhaus auf. Die Platzwunde am Kopf war genäht worden, man wollte ihn wegen des Verdachts auf Gehirnerschütterung noch einen Tag zur Beobachtung dabehalten. Auch Johansens Psyche war erschüttert worden, er zeigte sich überraschend offen statt, wie sonst, leicht beleidigt. Sein Erlebnis mit Kramer hatte ihn mehr aus der Bahn geworfen als die Tatsache, dass er bis vor Kurzem noch selbst unter Mordverdacht gestanden hatte.

Er erzählte, wie er zufällig auf das Notizbuch gestoßen war. Wie das Polaroid von dem Auge im Einmachglas herausfiel und er begriff, aber noch nicht begreifen wollte. In dem Moment war Kramer aus dem Badezimmer zurückgekommen und hatte die Situation mit einem Blick erfasst. Dennoch war es nicht gleich zu einer Auseinandersetzung gekommen. Im Gegenteil. Kramer schien erleichtert, bat den völlig konsternierten Martin, sich hinzusetzen. Dann legte Kramer eine Art Beichte ab. Er berichtete Martin, wie er seit ewigen Jahren im Schlaf immer wieder von der Sünde heimgesucht wurde. Er beichtete, welche Angst und auch welche Lust und Scham er fühlte. Dass er fürchtete, verdammt zu sein wegen der sexuellen Träume und der sündhaften Samenergüsse. Bis er eines Tages in einer Buchhandlung auf den »Hexenhammer« gestoßen war. Nun wusste er, was mit ihm passierte, wenn er schlief. Dass er von Sukkuben heimgesucht wurde. Dass Dämonen ihn verhexen wollten. Er begriff seine Aufgabe. In der Namensgleichheit zum Autor sah er einen Fingerzeig Gottes. Und beschloss, sich gegen die Mächte der Finsternis zur Wehr zu setzen. Aber er wusste nicht, wie. In der Halloweennacht des vergangenen Jahres war dann etwas passiert: Er beobachtete die Vergewaltigung eines Mädchens. Erst später begriff er, dass es sich bei den Vergewaltigern um Demant und Voss gehandelt haben musste.

»So richtig habe ich das Ganze nicht verstanden«, fuhr Johansen fort. »Kramer war wie von Sinnen, als er es mir erzählte. Diese Vergewaltigung, die er beobachtet hatte, war wie eine Initialzündung. Sie stieß ein Tor auf. Ein Tor zu einer Erinnerung. Daran, dass es Hexen wirklich gibt und dass sie uns Männer nicht nur als Geister heimsuchen, die auf unseren Samen aus sind, sondern als Frauen aus Fleisch und Blut, die uns auch noch die Seele rauben wollen. So ungefähr hat er sich ausgedrückt. Da habe er gewusst, was zu tun sei.«

»Und ist offensichtlich gleich zur Tat geschritten«, meinte Markus.

Johansen nickte. »Das Mädchen im Botanischen Garten ist ihm zufällig über den Weg gelaufen. Die anderen hat er sich ausgesucht und länger beobachtet.«

»Warum hat er Ihnen das alles erzählt?«, fragte Christian.

Johansen schwieg kurz. »Ich glaube, er hat tatsächlich gehofft, dass ich ihn verstehe. Weil ich doch ein Mann Gottes sei, meinte er. Ich müsse auf seiner Seite sein. Und über die Macht des Bösen Bescheid wissen. Ich glaube, Kramer ist einsam. Er hat einen Vertrauten, einen Mitstreiter gesucht. Als ich jedoch keine Zeichen von Verständnis zeigte, sondern die Polizei rufen wollte, ist er sauer geworden und hat mich niedergeschlagen. Den Rest kennen Sie.«

Als Christian und Markus aus dem Krankenhaus zurückkamen, war eine Mail mit Daniels Recherche über Kramer in Christians Postfach eingegangen. Daniel hatte wenig zu berichten, denn Kramer war wegen keiner noch so kleinen Straftat aktenkundig, wenn man von der sexuellen Belästigung in Celle absah; er kaufte weder mit Kreditkarte ein, noch schloss er Versicherungen ab oder nahm an Gewinnspielen teil. Kramer war ein völlig unauffälliger Bürger, der sich weitestgehend der Datenerfassung entzog. Allerdings hatte Daniel entscheidende Informationen über den Stallbrand in Wernigerode gefunden. Dieser hatte sich 1984 ereignet. Und zwar auf dem elterlichen Bauernhof von Heinrich Kramer, der damals gerade fünfzehn Jahre alt geworden war. Daniel hatte wie so oft in Servern gekramt, in denen er nichts verloren hatte, und dabei eine für ihn typische Kreativität entwickelt. Bei einer Feuerversicherung war er fündig geworden. Ein Schadensgutachter der Versicherung untersuchte damals den Brand, weil man einen Betrug befürchtete. Er konnte dem Versicherungsnehmer Dieter Kramer jedoch nichts nachweisen.

Nicht lange danach begaben sich Christian und Markus mit einem zivilen Dienstwagen der Göttinger Polizei nach Wernigerode. Markus hatte telefonisch einen Gesprächstermin bei Ingeborg Kramer, Heinrichs Mutter, erbeten. Außerdem wollte er bei den Kollegen von Wernigerode vorbeischauen und sie um gesteigerte Aufmerksamkeit bei der Fahndung nach Kramer bitten.

Anna saß im Fond des Wagens. Sie wollte den Ausflug nutzen, um sich das mittelalterliche Harzstädtchen anzusehen. Als sie ankamen, schien die Sonne. Anna wollte sich am Marktplatz absetzen lassen und das nächste Café ansteuern. Doch Christian bat sie, angeblich von einer spontanen Idee geleitet, mit zu Frau Kramer zu kommen. Eine sympathische Frau wie Anna würde sicher besseren Zugang zu ihr finden als er. Dass er inoffiziell ermittelte und Anna Privatperson war, gedachte er sang- und klanglos unter den Tisch fallen zu lassen. Markus gab Christian recht. So könnte er in der Zwischenzeit mit den Kollegen von der dortigen Polizei reden. Und danach würden sie alle zusammen Kaffee trinken und wären noch vor Anbruch der Dunkelheit wieder zurück. Anna begriff, dass das Ganze ein abgekartetes Spiel war, aber sie sagte nicht Nein. Schon allein aus beruflichen Gründen war sie neugierig auf die Mutter eines Serienkillers.

Ingeborg Kramer, eine stark birnenförmige Frau um die siebzig, empfing die Besucher aus Göttingen mit kühler Distanz. Sie bewohnte ein kleines Fachwerkhaus, das in der Unordnung von verstaubtem Nippes versank. Der Hof war nach dem Tod ihres Mannes zehn Jahre zuvor verkauft worden und hatte ihr das Häuschen finanziert. Sie trauerte dem Hof nicht nach. Dem Hof nicht, ihrem Mann nicht, und auch nach dem Sohn schien sie keine große Sehnsucht zu hegen. Von Heinrich hatte sie seit Weihnachten nichts mehr gehört. Jedes Jahr am ersten Weihnachtsfeiertag kam er zum Mittagessen. Dann brachte er einen gekauften Christstollen mit, aß und ging wieder. Bis zum nächsten Jahr. Zu einem weiteren Austausch von Freundlichkeiten reichte die Beziehung zwischen Mutter und Sohn offensichtlich nicht.

Auch als Christian Frau Kramer eröffnete, in welchen Schwierigkeiten Heinrich steckte, zeigte sie weder Betroffenheit noch sonst eine Art von Muttergefühlen. Ingeborg Kramer verzog ihre dünnen Lippen zu einer nach unten weisenden Mondsichel und meinte nur: »Wundert mich gar nicht, wenn der irgendwann im Gefängnis endet.« Anna, die sich schon von Anfang an über die amphibienartige Kälte dieser Frau geärgert hatte, mischte sich in das Gespräch ein: »Wieso wundert Sie das nicht?«

»Weil er schlecht ist. Er war schon immer schlecht. Schon als kleines Kind.«

Anna ließ vor ihrem inneren Auge all die Erwachsenen vorbeiziehen, die mit mehr oder minder starken Persönlichkeitsstörungen ihre therapeutischen Dienste in Anspruch genommen hatten, weil ihnen mit genau solchen Sätzen in ihrer Kindheit jegliches Selbstbewusstsein zerbröselt worden war.

»Ja, es gibt solche Kinder. Die zünden jede Wiese an, und man weiß nicht, wie man ihnen begreiflich machen kann, dass es unrecht ist«, stimmte sie als vertrauensbildende Maßnahme zu. Es wirkte. Frau Kramer kniff die Augen zusammen, beugte sich zu Anna vor und bot ihr einen Tee an. Nur aus Konvention wurde das Angebot auf Christian erweitert. Während Frau Kramer drei Teebeutel in drei verschiedene Tassen hängte und mit heißem Wasser übergoss, plauderte sie aus ihrem Nähkästchen: »Wenn es nur die Wiesen gewesen wären. Das macht jeder Junge, da reicht ein Schlag auf den Hinterkopf oder zwei. Aber … er war verdorben. Von klein auf, wenn Sie wissen, was ich meine.«

Frau Kramer servierte den Tee, setzte sich wieder dazu, schnaufend wie ein Walross, und sah Anna und Christian skeptisch an. »Ich weiß ja nicht, wie Sie gestrickt sind. Heutzutage haben die jungen Leute ganz andere Maßstäbe, als wir sie früher hatten.«

Christian schwenkte auf Annas verlogene Taktik ein: »Was ich bedauere, Frau Kramer. Sie können sich gar nicht vorstellen, wie sehr ich als Polizist etwas mehr Zucht und Ordnung herbeisehne.«

»Vor allem moralisch«, fügte Anna ohne Sinn und Verstand hinzu.

Entspannt ließ sich Frau Kramer in ihrem Sessel zurücksinken und nippte an ihrem Tee. Sie wirkte jetzt wie Queen Mom, die eine Audienz gab. »Dann bin ich ja beruhigt«, sagte sie huldvoll.

Anna nahm ebenfalls einen kleinen Schluck von ihrem Tee, lobte dessen Aroma und fragte möglichst beiläufig, ob Heinrichs Verfehlungen schon früher sexueller Natur gewesen seien, wie seine heutigen Schandtaten vermuten ließen.

»Oh ja«, antwortete Frau Kramer und warf einen zweifelnden Blick zu Christian hinüber, »auch wenn man darüber als anständige Frau gar nicht reden möchte.«

Christian stand auf und bat um die Erlaubnis, sich an der frischen Luft ein wenig die Beine vertreten zu dürfen. Es wurde ihm gestattet. Kaum war er draußen, steckte Anna den Kopf vor und flüsterte Frau Kramer vertraulich zu: »Ich bin mir sicher, dass mein Kollege wieder heimlich mit dem Rauchen angefangen hat. Eine schreckliche Angewohnheit. Aber sonst ist er ein anständiger Kerl. Nicht wie Ihr Heinrich. Obwohl Sie sicher alles getan haben, um einen guten Menschen aus ihm zu machen.«

»Und ob! Krumm und bucklig hab ich mich geschuftet für die Familie und die LPG. Ich war meinem Mann eine gute Frau und meinem Sohn eine gute Mutter. Aber dann kam *sie.*«

Anna hatte einige Mühe, den Eindruck zu erwecken, als hänge sie an Frau Kramers Lippen. Sie machte kugelrunde Augen und fragte gespannt nach.

»Nadja. Sie wurde als Hilfskraft zu uns geschickt. Für den Stall. Aber sie hat sich mehr um die Mannsbilder gekümmert als um die Kühe.«

»Sie … Sie meinen doch nicht etwa Ihren Mann?« Anna tat entsetzt.

Frau Kramer fühlte sich aufgehoben in Annas Abscheu. »Zuerst hat diese Schlampe meinen Sohn verführt.«

»Nein!«

»Doch! Gerade fünfzehn war er, hatte von nichts eine Ahnung. Dass sie ihn liebt, hat er geglaubt, der dumme Kerl. Dann hat er sie im Stroh erwischt mit seinem Vater.«

»Sie wussten davon?«

Frau Kramer war immer noch verbittert über die schmachvollen Ereignisse. »Geschlagen habe ich ihn, aber es hat nichts genützt. Er ist immer wieder zu der Hexe.«

»Wieso Hexe?«

»Sie war heimlich in so einer Sekte. Wicca hießen die. Nur Weiber. Garantiert haben diese schamlosen Schlampen es auch untereinander getrieben. Rote Haare hat sie gehabt. Und Augen wie glühende Kohlen. Alle Männer hat sie verhext. Nicht nur meine beiden, auch die im Dorf waren verrückt nach ihr.«

»Sie Ärmste. Wie haben Sie diese Demütigung bloß überstanden? Ist Nadja weggegangen?«

»Verbrannt ist sie, wie es sich für eine Hexe gehört. Der Herr ist gerecht.«

»Wie ist das denn passiert?«

»Der Herr ist gerecht.«

»Mehr war aus ihr nicht rauszuholen«, fasste Anna zusammen, als sie mit Markus und Christian auf dem Wernigeroder Marktplatz beim Kaffee saß.

»Das reicht ja auch«, meinte Markus. Er hatte auf der Polizeiwache von Wernigerode mit einem Beamten gesprochen, der kurz vor der Pensionierung stand. Der konnte sich noch gut an den Stallbrand von 1984 erinnern. Damals war es in Wernigerode wochenlang das meistdiskutierte Gerücht gewesen, dass Ingeborg Kramer die rothaarige Nadja aus Eifersucht im Stall eingeschlossen und ihn dann angezündet hatte. Beweise hatte es allerdings keine gegeben, und irgendwann war der Tratsch verstummt.

Gegen zehn Uhr am Abend kamen sie wieder in Göttingen an. Sie gingen eine Kleinigkeit essen. Anna beugte sich stumm über ihren Salatteller und dachte über die Auswirkungen von Frau Kramers Hass auf Nadja nach. Ihr fiel ein, was sie erst kürzlich zu Elli über Carl Gustav Jungs Mutterarchetypus-Konzept und die Göttin Ostara gesagt hatte: die ambivalente Mutter, die einerseits nährt und schützt, aber auch verführt und vernichtet ... Das negative Frauenbild war in Heinrichs Unterbewusstsein verankert worden. Für sie stand fest, dass der fünfzehnjährige Heinrich von seiner dummen Mutter indoktriniert worden war und Nadja, die ihn betrogen hatte, schließlich auch als Hexe brandmarkte. Was die Mutter vermutlich eher metaphorisch gemeint hatte, setzte sich bei Heinrich als einzige Erklärung für die Liebeslüge fest, an die er so naiv geglaubt hatte. Anna hielt es durchaus für möglich, dass nicht Frau Kramer, sondern der bitter enttäuschte Heinrich der Pyromane gewesen war, der Nadja ins Jenseits befördert hatte. Diese Frage würde sich wohl nicht mehr klären lassen.

Unterdessen besprachen Markus und Christian die schwierige Lage. Dass sie am ersten Tag nach dem Verschwinden Kramers keinen Fahndungserfolg vorweisen konnten, ja nicht einmal einen einzigen Hinweis auf seinen Verbleib erhalten hatten, war ein schlechtes Zeichen. Zwar waren beide der Meinung, dass er in der Nähe war. Kramer war zeit seines Lebens nie weiter vom Harz entfernt gewesen als bis Celle und Göttingen. Er war nicht der weltläufige Typ, der sich ins Ausland absetzte. Zumal Kramer auch noch eine Aufgabe erfüllen zu müssen glaubte: drei weitere Frauenmorde. Die größten Chancen, dieser eingebildeten Berufung nachzukommen, ohne vorzeitig gefasst zu werden, hatte er in einer Gegend, die er gut kannte. Sie mussten ihn im Harz oder in der näheren Umgebung suchen. Außer seiner Mutter hatte Kramer keine Verwandten mehr. Dass er sich in Wernigerode zeigte, wo jeder ihn kannte, war jedoch äußerst unwahrscheinlich. Kramer war entweder noch in Göttingen oder in Celle, oder er war irgendwo in einem der Harzdörfer untergetaucht, da waren sich Christian und Markus sicher. An diesem Punkt mussten sie ansetzen. Schwierig wurde es allerdings, wenn er sich bei einem alten Freund aus Volksarmeezeiten versteckte. Die waren vermutlich in ganz Deutschland verstreut. Sie mussten warten, bis Kramer den Kopf aus der Deckung streckte. Das konnte dauern. Aber es war ihre einzige Chance.

Es waren immer noch fast fünfzehn Grad Celsius, obwohl die Sonne schon untergegangen war. Der April verwöhnte Deutschland mit einem übermäßig warmen Frühling, und selbst hier im Harz, wo die Temperaturen stets um einiges unter dem Landesdurchschnitt lagen, war die Luft ungewöhnlich mild. Nach wenigen Kilometern geriet Heinrich ins Schwitzen, doch es machte ihm nichts aus. Es gefiel ihm sogar, jede Anstrengung auf dem Weg zu seinem Ziel war eine Art Gottesdienst. Mit gleichmäßigem Schritt bahnte er sich seinen Weg durchs Gehölz. Heinrich liebte den Wald, und er liebte die Nacht. Wenn der Mond ein wenig durch die Wolken schien, konnte er das Licht seiner Taschenlampe löschen, er sah im Dunkeln wie eine Katze. Ähnlich bewegte er sich: geschmeidig und leise. Schon bei der Nationalen Volksarmee hatte er die Nachtmärsche durchs Grenzgebiet genossen. Während seine Kameraden in dem unwegsamen Gelände fluchten und sich die Fußgelenke verstauchten, weil sie ungeschickt über jede Wurzel stolperten und gegen jeden Stein stießen, fühlte er sich zwischen den Gehölz- und Baumgruppen, den Brennnesseln, Farnen und wilden Brombeerbüschen heimisch wie ein Wiesel. Beim Militär hatte er auch die hierarchische Struktur der Gruppe gemocht. Heinrich hatte nie Probleme gehabt, Befehle zu befolgen. Das war er von zu Hause gewohnt. Er schätzte es, wenn jeder eine klare Position einnahm mit klaren Befugnissen, Aufgaben und Zielen. Der Mensch sollte demütig sein und sich einordnen, das lehrte doch schon die Bibel. Die Kameraden in der NVA hatten seine Gesellschaft gemieden, genau wie früher die Kinder im Pionierlager. Warum, war ihm immer ein Rätsel. Aber er war auch nie darauf aus gewesen, Freunde zu finden.

Heinrich war den Weg in der letzten Woche mehrfach abgelaufen, damit er ihn mit der Sicherheit eines Schlafwandlers zurücklegen konnte. Noch etwa eine halbe Stunde, kaum mehr, dann würde er da sein.

Richtung Süden, knappe acht Kilometer von seinem Fuchsbau entfernt, befand sich eine Waldarbeiterstation. In einem großen Schuppen wurden Motorsägen und andere Geräte aufbewahrt, auf dem Hof standen zwei Pick-ups, ein kleiner Traktor und ein Geländefahrzeug mit Anhängerkupplung. Diese Station löste sein Transportproblem. Die Forstarbeiter kamen frühmorgens, erledigten ihre Arbeit in den umliegenden Waldabschnitten, und nachmittags gegen vier Uhr fuhren sie mit den Pick-ups zurück zur Station, stiegen in ihre Privatwagen und kehrten heim zu Frau und Kindern.

Als Heinrich kurz vor Mitternacht an der Station ankam, lag sie wie erwartet verwaist. Es war kein Problem für ihn, einen der Pick-ups kurzzuschließen. Er würde ihn ausleihen und nachher wieder an seinen Platz zurückstellen. Die Waldarbeiter würden nichts davon bemerken. Gott war mit ihm.

Dorfdiskotheken, diese Brennpunkte der Landjugend, befinden sich stets außerhalb der Ortschaften, weit genug von diesen entfernt, um Anzeigen wegen Lärmbelästigung durch laute Musik und knatternde Mofas zu vermeiden, und weit genug, um den betrunkenen Gästen ausreichend Möglichkeiten zu geben, ihre Kleinwagen mit Aufschriften wie »Abi 07« oder »Brustvergrößerung durch Handauflegen« auf dem Heimweg gegen einen der zahlreichen die Straße säumenden Bäume zu brettern. Die Lage bietet zudem den Vorteil eines geräumigen Parkplatzes, wird gerne argumentiert, ganz im Gegensatz zu Klubs der Großstädte. Dass diese Klubs zu Fuß oder mit öffentlichen Verkehrsmitteln zu erreichen sind und somit keine Parkplätze brauchen, tut dabei nichts zur Sache.

Die Parkplätze dieser Dorfdiskotheken wiederum sind nicht einfach freie Flächen, wo Fahrzeuge abgestellt und Stunden später wieder abgeholt werden. Sie sind PS-Parcours für tiefergelegte Corollas und Catwalks für junge Frauen, die sich kurzberockt mit Hüftschwung aus den Autos ihrer pickeligen Galane schwingen und, sich gegenseitig taxierend, zum Eingang des Tanzlokals defilieren. Deshalb sind diese Parkplätze im Idealfall gut ausgeleuchtet, wodurch andererseits gewisse Ecken umso mehr im Dunkeln liegen und ebenfalls einen nicht zu unterschätzenden Wert erhalten. Licht und Schatten gehören eben zusammen.

Heinrich parkte seinen Pick-up in einer dunklen Ecke. Von außen konnte man nicht sehen, ob jemand hinter dem Steuer saß. Niemand nahm Notiz von dem verbeulten Fahrzeug, das im Auge des flüchtigen Betrachters von einer Baufirma dort abgestellt schien.

Auch das junge Pärchen, das torkelnd aus dem Haupteingang der Diskothek trat und sich lachend und knutschend immer weiter in Richtung der dunklen Ecke begab, in deren unmittelbarer Nähe der Pick-up stand, achtete nicht auf ihn. Heinrich konnte ungestört zusehen, wie die junge Frau ihren Begleiter in die Ecke zog, ihm ihre Zunge in den Hals steckte und schamlos an seinem Hosenschlitz herumnestelte. Sie war sehr hübsch: ziemlich klein, wohlgeformte Beine, die sie in voller Länge den Blicken darbot, und wundervolle, pechschwarze Haare. Sie gefiel Heinrich. Es ging ihm wie dem Typen. Der genoss das Gefummel des Mädchens sichtlich. Er flüsterte ihr etwas ins Ohr, sie lachte laut auf und warf ihre langen Haare nach hinten. Dann legte sie ihre Umhängetasche auf dem Boden ab, hob ihren Rock an und stieg aus dem Schlüpfer, den sie gekonnt über ihre Stiefel streifte und in der Brusttasche ihrer Jeansjacke verstaute. Sie stellte sich mit dem Gesicht zur Wand, spreizte die Beine und forderte den Typen auf, sie »an die Wand zu nageln«.

Heinrich konnte alles sehen, er konnte alles hören, und so angewidert er von der Sündhaftigkeit dieser Schlampe auch war, sosehr erregte ihn die Szene auch. Er kam fast gleichzeitig mit dem jungen Mann.

Das Mädchen nahm ein Papiertaschentuch aus ihrer Jacke und forderte den Typen auf, schon vorzugehen und Drinks zu bestellen. Der junge Mann küsste sie auf den Hals und ging. Das Mädchen wischte sich mit dem Papiertaschentuch zwischen den

Beinen, warf es weg, holte ihren Slip aus der Brusttasche und zog ihn wieder an. Als sie dabei nur auf einem Bein stand, verlor sie fast das Gleichgewicht. Sie strich kichernd ihre Kleidung glatt, fuhr sich durch die Haare, schulterte ihre Tasche und machte sich auf den Weg von der dunklen Ecke ins Licht des Parkplatzes. Weit kam sie nicht.

Viktoria wachte auf. Ihr Kopf tat weh. Sie war benommen, konnte nicht einordnen, wo sie sich befand und was passiert war. Kalte, feuchte Dunkelheit umschloss sie. Sie konnte sich nicht bewegen. Es dauerte einige Minuten, bis sie begriff, dass sie gefesselt war. Ihre Hände und Füße waren auf dem Rücken zusammengebunden, ihre Arme taten weh und die Gelenke schmerzten. Langsam kehrte die Erinnerung wieder. Sie war mit Uli vor die Disco gegangen, hatte es mit ihm in der dunklen Ecke bei den Müllcontainern getrieben. Dann wollte sie wieder hinein. Ihre nächste Erinnerung war, dass sie in dem stinkenden Auto aufgewacht war. Da war dieser Mann, der kein Wort sprach. Sie konnte ihn nicht deutlich sehen, alles war dunkel. Er parkte im Wald zwischen dicht stehenden Bäumen und zerrte sie aus dem Wagen. Er zeigte ihr seine Pistole. Da waren ihre Hände schon auf den Rücken gefesselt. Der Mann trieb sie vor sich her durch den Wald. Sie konnte nichts sehen, stolperte, fiel hin, tat sich weh. Dem Mann ging es zu langsam. Er hob sie auf wie ein Bündel Reisig und schulterte sie. Als sie zappelte, setzte er sie wieder ab und verpasste ihr einen Schlag. Schwärze. Nun lag sie hier, auf nasser, bloßer Erde im Dunkel. Die Luft roch muffig. Sie hörte Wasser tropfen. Es klang hohl. Viktoria fror. Sie hatte Angst. Noch nie im Leben hatte sie solche Angst gehabt. Wo war der Mann? Ob sie es riskieren konnte, zu schreien? Viktoria rief um Hilfe, zuerst brüchig, ängstlich, dann immer lauter. Sie schrie, bis sie nicht mehr konnte. Dann begann sie zu weinen. Sie war allein. Ganz allein.

Heinrich hatte den Pick-up wieder in der Waldarbeiterstation abgestellt und war die acht Kilometer bis zu seinem Fuchsbau zurückgelaufen. Als er in der Höhle ankam, war alles still. Er trank Wasser, durstig vom Marschieren. Dann durchsuchte er die Umhängetasche des Mädchens. Sie hieß Viktoria Saalfeld, war neunzehn Jahre alt und kam aus Scheerenberg. Mit einer großen Stablampe ging er in den hinteren der drei Räume, um nach ihr zu sehen. Sie war wach, schloss zuerst die Augen vor dem grellen Licht, das sie blendete, öffnete sie aber gleich wieder, kniff sie zusammen, blinzelte mehrfach und versuchte angestrengt, etwas zu erkennen. Heinrich stellte die Lampe auf den Boden, sodass sie zur Decke strahlte und den Raum erhellte. Er kniete sich neben sie, hob ihren Oberkörper an und setzte eine Wasserflasche an ihren Mund. Sie trank gierig. Als sie jedoch sah, dass Heinrich hauchdünne weiße Handschuhe trug, erschrak sie und zuckte zurück. Heinrich fiel die Wasserflasche aus der Hand.

»Wer sind Sie? Was wollen Sie von mir? Wo bin ich?«

Heinrich gab keine Antwort. Er hob die Wasserflasche auf, legte Viktoria auf zwei Wolldecken, breitete eine dritte über ihr aus und verließ gebückt den Raum. Müde ging er in den vorderen Teil der Höhle, wo er sich auf seinem Feldbett ausstreckte. Es war schon fast fünf Uhr morgens. Die Nacht war anstrengend gewesen, aber erfolgreich. Es war Freitag, der 13., Heinrich hatte gewusst, dass das Böse sich heute zeigen würde. Zufrieden schlief er ein. Das Wimmern aus dem hinteren Raum störte ihn nicht.

Viktoria hatte keine Ahnung, dass seit ihrer Entführung bereits eine Woche vergangen war. Jegliches Zeitgefühl war ihr abhandengekommen. In der Höhle bekam sie weder vom Sonnenauf- noch -untergang etwas mit. Nur ein paar Stunden pro Tag kroch aus dem vorgelagerten Raum ein wenig Licht herein, gerade so viel, dass sie im diffusen Halbdunkel die Umrisse ihres Gefängnisses ausmachen konnte. Die meiste Zeit war sie allein zwischen Spinnen, Asseln und sonstigem Getier. Manchmal hörte sie ein Trippeln und Huschen, sie vermutete, dass es Ratten waren. Bislang hatten sich die widerlichen Nager jedoch nicht in ihre unmittelbare Nähe gewagt. Viktoria hoffte, dass das so bleiben würde.

Ein paarmal am Tag brachte sie der Mann, der inzwischen einen Vollbart trug und sich den Schädel glatt rasiert hatte, aus der Höhle hinaus. Dazu löste er ihre Fesseln und legte ihr ein langes Seil um den Hals, als wäre sie ein Hund. Sie musste vor ihm einen beschwerlich steilen und engen Gang hinauf, der in einen noch steileren Anstieg mündete, bis sie endlich auf allen vieren aus einem Loch kriechen konnte und Tageslicht sah. Wenn sie dabei eine plötzliche oder ruckartige Bewegung machte, zog er das Seil um ihren Hals zu. Viktoria trank absichtlich so viel wie möglich, sodass sie alle paar Stunden pinkeln musste. Sie traute sich nicht, nur so zu tun, als ob. Der Mann sah zwar nicht zu, aber er stand mit seiner Pistole dicht bei ihr, damit er sie hören konnte. Es gab keine Chance wegzulaufen. Sie hätte auch nicht gewusst, in welche Richtung. Der Wald war so dicht und unheimlich, wie sie es noch nie erlebt hatte. Natürlich kannte sie den Harz von Schul- und Familienausflügen, aber sie hatte sich bislang immer auf ausgewiesenen Wanderwegen bewegt. Und selbst da hatten sie und ihre Eltern sich einmal stundenlang verirrt. Aber auch wenn der Wald ihr Angst machte, so genoss sie doch die wenigen Minuten, die sie an der Erdoberfläche verbringen durfte. Nach der Verrichtung ihrer Bedürfnisse wurde sie wieder hinuntergebracht. Und sofort wieder gefesselt. In regelmäßigen Abständen brachte der Mann ihr Waschwasser und Essen. Meist schmeckte es scheußlich. Es gab trockenes Brot oder Kekse und Tütensuppe. Einmal briet der Mann Fleisch. Viktoria vermutete, dass es ein Hase war, den er gejagt hatte. Der Mann sprach die ganze Zeit kein einziges Wort. Das war das Unheimlichste. Sie fürchtete sein undurchdringliches Schweigen mehr als die Gummihandschuhe, die er stets trug, wenn er sie anfasste.

Am Anfang dachte sie, er wolle sie vergewaltigen. Manchmal sah er sie voller Lüsternheit an, doch dann wandte er sich abrupt ab und ging in den vorderen Raum. Manchmal hörte sie ihn dann stöhnen, und ihr war klar, was er tat. Aber noch hatte er sie nicht angerührt. Nicht so. Meistens sah er sie nur angewidert an. Als hätte sie die Pest oder Cholera. Einmal, vor einigen Tagen schon, hatte er sie ganz ausgezogen und untersucht wie ein Arzt. Sie hatte gefroren und gedacht, jetzt wäre es soweit, jetzt würde er sie vergewaltigen. Aber er hatte nur ihre Muttermale angestarrt, ein Stück Papier und einen Bleistift aus seiner Ledertasche genommen und eine Zeichnung von ihr gemacht. Danach hatte sie geweint. Sie weinte oft, wenn er nicht da war. Aber immer, wenn seine Schritte sich näherten, wischte sie sich die Tränen vom Gesicht. Sie wollte nicht, dass er ihre Tränen sah. Sie wollte versuchen, keine Schwäche zu zeigen. Inzwischen band er ihr die Hände nicht mehr auf dem Rücken, sondern vor dem Körper zusammen, sodass sie ohne seine Hilfe aus der Wasserflasche trinken konnte. In die hintere Felswand hatte er einige Haken getrieben, an einem von ihnen war sie mit dem rechten Fuß festgekettet.

Viktoria wusste nicht, was hier vor sich ging. Sie verstand den Mann nicht, und das machte ihr am meisten Angst. Sie wusste nicht, wie sie sich verhalten sollte. Sie hatte Angst, etwas falsch zu machen, hatte Angst vor dem, was er von ihr wollen könnte. Sie hatte so große Angst, dass sie sich weigerte, darüber nachzudenken. Aber am schlimmsten war, dass niemand mit ihr sprach.

Das änderte sich in dieser Nacht. Viktoria schlief auf ihren Decken einen unruhigen Schlaf, als sie hörte, wie er sich mit schweren Schritten näherte. Die Taschenlampe leuchtete ihr kurz ins Gesicht. Erst jetzt konnte Viktoria erkennen, dass er etwas Schweres trug. Es war eine Frau mit blonden, halblangen Haaren. Sie war bewusstlos. Der Mann lud sie ab, nahm eine von Viktorias Decken, bettete die Fremde darauf, fesselte sie wie Viktoria und kettete sie an einen der anderen Haken an. Dann ging er und nahm das Licht wieder mit. Die beiden Frauen versanken in der Finsternis.

Viktoria robbte so dicht sie konnte an die Frau heran. Sie glaubte zu spüren, wie der Brustkorb der Frau sich gleichmäßig hob und senkte. Viktoria weinte vor Glück über diese unerwartete Gesellschaft, auch wenn sie sich schäbig dabei fühlte. Mit dem linken Bein konnte sie den Körper der Frau erreichen. Sanft schubste sie sie an. Es dauerte eine Weile, bis die Frau zu sich kam. Zuerst schrie sie und schlug wild um sich. In der Höhle herrschte absolute Finsternis. Viktoria redete beruhigend auf die hysterische Frau ein. Nach einer knappen Viertelstunde hatte die Frau sich so weit gefasst, dass sie zusammenhängende Sätze formulieren konnte. Sie hieß Sylvia Krasske, war aus Wollershausen, südwestlich von Osterode, 28 Jahre alt und arbeitete als Stripteasetänzerin in einem Nachtklub zwischen Herzberg und Osterode. An diesem Samstagabend war ein Mann mit Bart und Glatze in die Bar gekommen und hatte sich dicht vor die Bühne gesetzt. Mit kaltem Blick habe er sie die ganze Zeit angestarrt, kalt, aber auch irgendwie hungrig. Sylvia hatte sich davon nicht irritieren lassen, die seltsamsten Typen kamen in die Bar und starrten sie an. Als er ihr aber nach Schichtende auf dem Parkplatz hinter dem Haus aufgelauert hatte und ihr ein eindeutiges Angebot machte, war sie vorsichtig geworden. Während sie versuchte, sich wieder in Richtung Haus zu arbeiten, um den Türsteher zu Hilfe zu rufen, machte sie ihm mit freundlichen Worten klar, dass sie nur tanze, aber keine Nutte sei. Er ging ihr nicht aus dem Weg, versperrte ihr den Rückzug in die Bar. Da wurde sie wütend und beschimpfte ihn aufs Übelste. Sie hatte die Erfahrung gemacht, dass die meisten Kerle vor selbstbewussten Frauen zurückschreckten. Dieser jedoch nicht. Er schien nur darauf gewartet zu haben. Er versuchte, sie anzufassen. Sie bekam einen Riesenschreck, als sie sah, dass er Gummihandschuhe trug, sie wollte schreien, und das war das Letzte, woran sie sich erinnerte.

Viktoria begriff entsetzt, dass sie schon eine ganze Woche in Gefangenschaft war. Ein Umstand, der auch bei Sylvia großes Entsetzen hervorrief. Sie lebte als alleinerziehende Mutter mit ihrem neunjährigen Sohn und sorgte sich mehr darum, wer nun auf ihren Jungen aufpassen und ihn pünktlich zur Schule bringen würde, als um ihr eigenes Leben.

Viktoria begriff, dass Sylvia noch unter Schock stand. Behutsam klärte sie Sylvia über die ähnlichen Umstände ihrer eigenen Entführung auf, konnte jedoch den größten Teil der Fragen, die Sylvia beschäftigten, nicht beantworten. Es dauerte Stunden, bis Sylvia sich in den Schlaf weinen konnte. Viktoria legte sich so dicht es nur ging neben sie. Sie war froh, nun nicht mehr allein zwischen diesen kalten Steinen begraben zu sein.

Die Stimmung in Markus' Truppe war auf dem Nullpunkt. Seit zwei Wochen war Kramer verschwunden, und sie hatten nicht den Hauch einer Spur. Christian war schon zehn Tage zuvor zurück nach Hamburg gefahren. Anna war auf einem Kongress in Österreich, und Christian wollte seiner Hamburger Soko bei einer komplizierten Mordserie im Kiezmilieu unter die Arme greifen.

Markus, Konrad und die anderen fühlten sich wie gelähmt. Sie beschäftigten sich mit zwei Todesfällen, die zügig als gemeinschaftlicher Selbstmord aufgeklärt werden konnten, dann verfielen sie wieder in eine Art nervösen Stillstand.

Elli hatte sich den Freitag freigenommen. Sie fuhr übers Wochenende nach Lerbach im Harz, wo ihre beste Freundin Kerstin Gebhart am Sonntag heiraten wollte. Für den Freitagabend war eine Art »Hen Party« geplant, ein rauschender Junggesellinnenabschied für die Braut mit allerlei Albernheiten. Elli und zwei andere Schulfreundinnen hatten als freiwilliges Festkomitee den Nebensaal eines Restaurants etwas außerhalb des Dorfes angemietet. Schon bei dem mehrgängigen Essen wurde dem Alkohol tüchtig zugesprochen. Danach spielten die elf Frauen Charaden, deren zu ratende Inhalte ausschließlich schlüpfriger Natur waren. Elli hatte sich schon lange nicht mehr so gut amüsiert, wenn sie ehrlich war, hatte sie sich überhaupt schon lange nicht mehr amüsiert. Der Höhepunkt des Abends erwartete Kerstin um Mitternacht und kam aus einer Runddeckeltruhe gehüpft. Ein öliger, aufgepumpter Stripper sollte ihr vor Augen führen, was sie nie gehabt hatte und nun, da sie sich auf lebenslange Monogamie mit ihrem wenig erotischen Hans einschwor, auch vermutlich niemals haben würde.

»Gott sei Dank«, kommentierte Kerstin lachend Ellis diesbezügliche Ansprache. Dennoch leuchteten ihre Augen vergnügt auf, als der glänzende Muskelmann begann mit elvisartigem Hüftkreisen zum Rhythmus der Musik billiger Pornofilme sein Hemd aufzuknöpfen.

Dreißig Meter weiter stand Heinrich Kramer an einer Tankstelle und befüllte den Pick-up. Er war verärgert, dass er dazu in die Öffentlichkeit musste, aber die Waldarbeiter hatten den Pick-up mit nur noch wenigen Litern Diesel übers Wochenende stehen lassen. Kramer war schon seit zwei Stunden herumgefahren, auf der vergeblichen Suche nach einer sündigen Frau, die er zur Vollendung seines Plans mit in die Höhle nehmen konnte. Es war nicht leicht, aus seiner Deckung heraus das passende Opfer zu finden. Er konnte nicht planen und musste sich auf die unergründlichen Wege des Herrn verlassen. Mit tief ins Gesicht gezogener Baseballkappe bezahlte er bei einem jungen, unaufmerksamen Mann in bar. Er startete den Pick-up, kontrollierte die Treibstoffanzeige, und fuhr langsam an. Das Wagenfenster hatte er geöffnet, der Abend war sehr milde. Als er auf Höhe des Restaurants wieder in die Straße einfädeln wollte, hörte er das vielstimmige Gekreische von Frauen. Sie klangen amüsiert und betrunken. Kramer sah sich nach der Tankstelle um, dort regte sich nichts. Er parkte den Pick-up neben dem Restaurant und stieg aus. Die Wege des Herrn waren unergründlich.

Der Stripper stand auf dem Tisch und hatte sein Gemächt auf Kerstins Augenhöhe platziert. Er wippte und zuckte mit dem Unterleib, dass man einen Bandscheibenschaden im unteren Lendenwirbelbereich befürchten musste. Kerstin versuchte schon geraume Zeit trotz dieses Unterleibbebens einen Geldschein in den Leoparden-Stringtanga zu klemmen, ohne dem Mann versehentlich an die Genitalien zu fassen. Da sie schon sehr betrunken war, misslang ihr Vorhaben immer wieder. Von dem ständigen Wippen und Zappeln des Strippers und dem übermäßig genossenen Alkohol wurde Kerstin plötzlich schwindelig. Sie drückte Elli den Geldschein in die Hand, lallte ein undeutliches »Mach du!« und eilte hinaus an die frische Luft. Die Freundinnen kommentierten Kerstins überstürzten Abgang mit Gelächter und konzentrierten sich auf den Stripper, der sich nun anschickte, die letzte Hülle fallen zu lassen. Nur Elli sah ihre Aufgabe als beste Freundin in der Betreuung der Braut und folgte ihr hinaus.

Kaum vor der Tür angekommen, hörte sie einen unterdrückten Schrei. Alarmiert rannte sie um das Haus herum und sah, wie eine dunkle Gestalt versuchte, Kerstin in einen Pick-up zu zerren. Mit wenigen Sätzen war Elli dort. Ohne weiter nachzudenken, trat sie dem Mann von hinten zwischen die Beine. Er stöhnte auf, ließ Kerstin los, die nach Luft schnappend auf die Knie sank. Der Mann fuhr herum, und Elli erkannte Heinrich Kramer. Perplex sagte sie seinen Namen. Diese Sekunde der Irritation brachte Elli den alles entscheidenden Nachteil. Kramer zog ihr seine Makarow über den Schädel, und noch bevor Elli auf dem Boden aufschlagen konnte, hatte er sie aufgefangen, mit der gleichen Bewegung auf den Beifahrersitz gehoben und die Wagentür zugeschlagen. Er rannte um das Auto herum, dessen Motor lief, und startete durch. Kerstin, die sich gerade aufgerappelt hatte, trommelte verzweifelt mit den Fäusten gegen die Beifahrertür, dann schluckte sie den Staub, den der mit Vollgas davonrasende Pick-up aufwirbelte.

Eine gute Stunde später riss das Schrillen des Telefons Markus unsanft aus dem Schlaf. Der für Lerbach zuständige Beamte berichtete überfordert, dass er seit zwanzig Minuten versuche, eine Horde betrunkener, hysterischer Weiber zu verhören und eine dieser Frauen ihn unter abwechselnder Androhung von Brutalitäten oder Anwälten gezwungen habe, sofort den Göttinger Kollegen anzurufen. Dann reichte er den Hörer an Kerstin Gebhart weiter. Sie berichtete fahrig, dass Elli von einem Mann entführt worden sei, den sie als Friedrich oder Heinrich Kramer erkannt hatte. Zumindest habe sie diesen Namen gesagt. Noch nie war Markus so schnell aus dem Bett.

Es war gegen Mittag am folgenden Samstag, als Christian im Göttinger Zentralkommissariat ankam. Markus hatte ihn morgens um acht Uhr informiert, Anna war sofort bereit gewesen, mitzukommen. Auch sie hatte Angst um Elli, da sie bei der Suchaktion aber nur im Wege zu sein fürchtete, wartete sie in Markus' Haus und hoffte auf eine schnelle Erfolgsmeldung.

Alle waren bei Markus im Büro versammelt: Konrad, Egon, Henning und Carsten. Sie sahen einer wie der andere komplett übernächtigt aus, ein dicker Geruch aus Schweiß und verbrauchter Luft füllte das Zimmer. Christian riss die Fenster auf, während Markus berichtete: Weder die sofortigen Straßensperren noch die Hubschrauberaktion hatten etwas gebracht. Der Pick-up, der vom Tankwart beschrieben worden war, blieb verschwunden. Von Kramer und Elli keine Spur.

Konrad hatte ebenfalls schlechte Nachrichten. Im Gespräch mit den Beamten vor Ort hatten sie erfahren, dass in der Gegend von Osterode in den letzten beiden Wochen zwei Frauen verschwunden waren. Keiner der Polizisten, die die Vermisstenanzeigen aufgenommen hatten, war auf die Idee gekommen, die Fälle könnten etwas mit dem flüchtigen Frauenmörder von Göttingen zu tun haben. Auch Markus und seine Kollegen wussten nicht mit Sicherheit zu sagen, ob die vermissten Frauen ebenfalls von Kramer verschleppt worden waren. Aber an Zufall glaubte hier keiner.

»Drei«, sagte Christian. »Drei fehlten ihm noch. Die hat er sich besorgt. Er wartet nicht die nächsten drei Hexensabbate ab. In der Walpurgisnacht will er alle auf einmal erledigen. Das versteht er unter Vollkommenheit.«

»Und wir haben nur noch zwei Tage, um ihn zu finden.«

Beltane. Letztes Ritual.

Als gegen Mittag ein wenig Licht in den kleinen Höhlenraum kroch, sah Elli, in welch erbärmlichen Zustand ihre beiden Mitgefangenen waren. Viktoria, die schon über zwei Wochen hier vor sich hinvegetierte, war abgemagert, ihre langen Haare waren verfilzt, die Haut von Insektenbissen und kleinen Kratzwunden, die sie sich selbst zugefügt hatte, bedeckt. Sylvia war äußerlich in besserer Verfassung, jedoch völlig apathisch. Sie hockte in ihrer Ecke, brabbelte manchmal leise und unverständlich vor sich hin, ließ sich von Kramer willenlos für die Notdurft zur Höhle hinaus- und wieder hereinbringen, aß schweigend alles, was er ihr brachte, und trank mechanisch, sobald man ihr die Flasche hinhielt. Vicki erzählte Elli, wie Sylvia die ersten Tage voller Überlebenskraft gewesen war, um ihres Sohnes willen. Sie hatte Kramer angefleht, ihn beschimpft, sich gegen ihn aufgebäumt, ihn getreten und geschlagen und als letztes Mittel versucht, ihn zu verführen. Daraufhin hatte Kramer sie vor Viktorias Augen mit dem Stiel eines Hammers vergewaltigt. Seitdem saß Sylvia gebrochen in der Ecke.

Elli war klar, dass sie nun die Verantwortung übernehmen musste. Am liebsten hätte sie ohne Rücksicht auf Verluste alles versucht, um Kramer auszuschalten, ihm heimzuzahlen, was er Sylvia und den anderen Frauen angetan hatte. Und wenn sie selbst dabei draufging. Aber sie musste ihre unvernünftige Wut zügeln, sie musste einen Plan ersinnen, bei dem das Leben ihrer beiden Mitgefangenen nicht in Gefahr kam. Elli wusste, dass sie höchstens zwei Tage Zeit hatte, bevor Kramer sie alle töten würde. Ihre Kenntnisse über ihn waren der einzige Vorteil, den sie hatte. Kramer hingegen wusste nicht, wer sie war. Sie hatte während der Ermittlungen die Villa im Nikolausberger Weg nicht betreten, und auch bei Kramers Vernehmung im Kommissariat war sie nicht zugegen gewesen. Sicher vermutete er, dass sie ihn vor dem Restaurant in Lerbach aufgrund von Fahndungsfotos in der Zeitung erkannt hatte. Er hatte sie weder danach gefragt, noch sich sonst irgendwie geäußert. Auch Sylvia und Vicki hatte Elli ihren Beruf vorerst verschwiegen.

Sie überlegte, ob sie einen Nutzen aus ihrem Wissen über Kramers Wahn ziehen konnte. Vielleicht war schon etwas gewonnen, wenn sie ihn zum Reden brachte. Allerdings hoffte Elli nicht ernsthaft darauf, dass sie Kramer damit von seinem Plan abbringen konnte, wie auch immer der konkret aussehen mochte. Und sie gab möglicherweise ihren Vorteil aus der Hand. Garantiert würden alle Polizisten im Harzer Umland unter Hochdruck nach ihnen suchen. Markus würde wissen, dass nur noch zwei Tage blieben. Das Risiko, dass Kramer seine Pläne änderte und die Ermordung der drei Frauen vorverlegte, wenn Elli preisgab, welche Informationen sie und die Polizei über ihn besaßen, war zu groß. Außerdem fürchtete Elli um die psychische Verfassung von Vicki und Sylvia. Die beiden hatten immer noch keine Ahnung, dass sie in die Hände des Frauenmörders von Göttingen gefallen waren. Möglicherweise verdrängten sie diesen Gedanken. Garantiert hatten auch sie die Zeitungsberichte gelesen. Aber sie zogen keine Querverbindung. Vor allem Vicki hielt sich mit der Vorstellung aufrecht, Kramer würde sie bald gehen lassen. Wie sie darauf kam, war Elli ein Rätsel. Wenn sie jetzt allerdings mit Kramer zu argumentieren begann, würden die beiden unweigerlich die Zusammenhänge begreifen. Und sie würden sich an die Bilder und Beschreibungen erinnern von herausgerissenen Augen und aufgebrochenen Brustkörben. Sylvia würde vollkommen abdriften und auch das Bollwerk von Vickis Naivität würde zusammenkrachen – mit unabsehbaren Folgen. Falls sich jedoch auch nur die geringste Möglichkeit zur Flucht ergab, brauchte Elli die beiden einigermaßen funktionierend. Sie würde definitiv nicht ohne sie gehen.

Der Samstag verlief ohne besondere Vorkommnisse. In den wenigen Stunden, in denen etwas Licht in ihren Höhlenraum sickerte, hatte Elli die Umgebung aufmerksam begutachtet. Nun war sie sich im Klaren darüber, dass sie in der Höhle nichts ausrichten konnte. An den Füßen angekettet, weit und breit kein

Hilfsmittel, nicht einmal eine Haarnadel oder ein kleines Stück Draht, womit sie versuchen könnte, die Schlösser zu öffnen. Kramer hatte gründlich aufgeräumt. Die Chance, zufällig von ihren Kollegen hier unten gefunden zu werden, lag ebenfalls bei null. Ellis einzige Hoffnung war, dass Kramer sie nicht in der Höhle umbringen wollte, sondern an einem Ort, der der Zelebrierung seines Wahns entsprach. Dazu musste er drei gefesselte Frauen transportieren. Das war die Schwachstelle, auf die Elli hoffte.

Die Nacht von Samstag auf Sonntag machte sie kein Auge zu. Vicki schlief unter ihrer Decke wie ein Baby. Sylvia saß an die Wand gelehnt in der Ecke. Ob sie schlief oder wachte, wusste Elli nicht zu sagen. Ratten huschten zwischen ihren Beinen umher. Elli hörte Kramer im vorderen Raum mit Gerätschaften hantieren. Sie hörte, wie seine Schritte sich entfernten. Sein Gang klang schwerer als sonst. Kramer trug etwas. Dann war ein paar Stunden lang alles still. Elli konnte die Zeit schlecht einschätzen, ihre Uhr hatte Kramer konfisziert. Als er zurückkam, klangen seine Schritte wieder so leicht wie sonst. Elli schauderte. Kramer hatte draußen Vorbereitungen getroffen. Bald war es soweit.

Am Sonntagmorgen um acht Uhr trafen sich im Zentralen Kriminaldienst von Göttingen Vertreter aller Polizeidienststellen, die im Harz lagen. Christian saß mit Henning, Egon und Carsten zwischen den anderen Beamten im Auditorium. Sogar Oberbürgermeisterin Marlene Falck war anwesend, hielt sich aber im Hintergrund. Markus und Konrad leiteten die Einsatzbesprechung im großen Konferenzraum.

»Wie Sie alle wissen«, begann Markus, »wird es uns unmöglich sein, die knapp 25 000 Hektar des Naturparks Harz flächendeckend zu überwachen. Aufgrund des von der Psychologin Anna Maybach erstellten Täterprofils, das Ihnen allen schriftlich vorliegt, konzentrieren sich die eingeteilten Sondereinheiten auf folgende Ziele.«

Markus legte eine vorbereitete Folie auf den Overheadprojektor. Die Anwesenden blätterten in ihren Unterlagen.

»Einsatzgruppe 1 übernimmt den Hexentanzplatz südlich von Thale. Einsatzgruppe 2 übernimmt die Rosstrappe über dem Bodetal. Gruppe 3 fährt zur Teufelskanzel. Die Einsatzgruppen 4 bis 8 patrouillieren über den Hexenstieg. Gruppe 9 ist in Elend stationiert und überwacht das dortige Walpurgisfest auf der Kirchwiese. Die Einsatzgruppen 10 bis 15 übernehmen die ihnen zugewiesenen Ortschaften mit gleichem Auftrag. Gruppe 16, das sind meine Leute und ich, wird auf dem Brocken sein.«

Konrad übernahm: »Der Einsatz beginnt um zwölf Uhr mittags. Machen Sie sich auf einen langen Dienst gefasst. Wir haben keine Ahnung, wann und wo der Täter zuschlagen wird. Vermutlich erst nach Einbruch der Dunkelheit. Dennoch wird kein Risiko eingegangen. Wir müssen mit äußerster Umsicht vorgehen, der Täter ist wahnsinnig und laut der Zeugenaussage von Kerstin Gebhart bewaffnet. Oberstes Ziel der Aktion ist die Befreiung der weiblichen Gefangenen. Unter gar keinen Umständen darf eine Gefährdung der Geiseln in Kauf genommen werden.«

Ein Beamter meldete sich. »Falls eine der Einsatzgruppen den

Täter sichtet, erfolgt ein sofortiger Zugriff in Eigenregie oder halten wir uns zurück, bis Sie die Aktion per Funk koordiniert haben?«

Markus schaltete sich ein: »Natürlich würde ich am liebsten die Kontrolle über den Zugriff haben. Wie Sie wissen, ist eine der Gefangenen eine Kollegin von uns. Aber bei den räumlichen Entfernungen und der möglicherweise geforderten Schnelligkeit des Zugriffs müssen wir uns alle aufeinander verlassen. Jede Einsatzgruppe hat ihren Einsatzleiter, der vor Ort nach Sachlage eigenständige Entscheidungsbefugnis hat. Falls die Umstände es erlauben, ist eine koordinierte Aktion sicher erwünscht. Aber ich halte das für unrealistisch. Seien wir ehrlich, Kolleginnen und Kollegen, wir werden im Ernstfall so weit voneinander entfernt sein, dass die einzelnen Truppen auf sich gestellt sind. Was wir da draußen brauchen, sind Glück und Initiative.«

Zustimmendes Gemurmel begleitete Markus' Worte.

»Trotzdem ist es wichtig, den Funkkontakt zu halten. Wir werden bei der Operation stark auf die Hubschrauber angewiesen sein, die seit heute Morgen über dem Zielgebiet kreuzen. Vor allem in der Nacht werden wir sie brauchen. Sie müssen unsere Augen sein. Wir haben drei Hubschrauber mit Infrarotgeräten im Einsatz, zwei sind mit Wärmebildkameras ausgestattet.«

»Fünf für diesen riesigen Bereich? Das ist wie ins Meer pissen«, merkte einer der Beamten frustriert an.

Konrad antwortete ruhig und sachlich: »Kramer kennt die Gegend wie seine Westentasche. Er weiß, dass in der Walpurgisnacht immer ein, zwei Hubschrauber über dem Harz fliegen, um eine Ausbreitung der Hexenfeuer durch unsachgemäßes Zündeln zu kontrollieren. Wenn heute Nacht aber die Luft nur so schwirrt von zig Hubschraubern, könnte Kramer dadurch gewarnt werden und seine Pläne ändern.«

»Das dürfen wir nicht riskieren«, fügte Markus hinzu. »Diese Nacht ist unsere Chance, ihn zu fassen. Vielleicht bekommen wir irgendwann eine zweite. Die drei Frauen aber bekommen keine mehr. Noch Fragen?«

Gegen Abend kam Heinrich Kramer in den kleinen Höhlenraum. In der Hand hatte er einige Seilstücke. Damit band er jeder Frau die Hände auf den Rücken. Danach löste er zuerst Sylvia die Fußfesseln und zerrte sie in den höheren mittleren Raum. Danach kam Viktoria an die Reihe. Elli bemerkte verärgert, wie zutreffend Heinrich Kramer die Widerstandskräfte der einzelnen Geiseln beurteilte. Von Sylvia hatte er nichts zu befürchten, die wartete im vorderen Raum sanft wie ein Lamm, das zur Schlachtbank geführt wurde. Als Elli nach vorne gezerrt wurde, sah sie, dass Viktoria inzwischen mit Sylvia zusammengeschnürt war. So konnte auch jene nur schwer entwischen. Kramer nahm das lange Tau und band alle drei Frauen in einer Reihe aneinander. Elli zuvorderst, Sylvia in der Mitte, Viktoria als Schlusslicht.

»Wir gehen«, sagte er. Es waren die ersten Worte, die er an die drei richtete.

Viktorias Gesicht wurde von einem Schimmer der Hoffnung erhellt. Was für ein Irrtum, dachte Elli. Es war sehr beschwerlich, ohne Zuhilfenahme von Händen den steilen Anstieg bis zum Ausgang der Höhle hochzuklettern. Die letzten Meter musste Elli auf den Knien nach vorne robben, mehrfach fiel sie mit dem Gesicht zu Boden, sie bekam Dreck in den Mund und in die Lunge, hustete, spuckte, robbte weiter, die apathische Sylvia dabei hinter sich herziehend. Viktoria half Elli so gut sie konnte, indem sie immer wieder ihren Kopf in Sylvias Rücken stieß, um diese voranzutreiben. Viktoria konnte es offensichtlich nicht erwarten, ins Freie zu kommen. Vor der Höhle ließen sich die drei Frauen, erschöpft von dieser ersten Anstrengung, ins feuchte Laub fallen und atmeten tief durch. Die frische Luft tat gut. Doch Kramer zerrte das Menschenpaket am Strick hoch und schubste die drei mit der Pistole fuchtelnd vor sich her. Zwischen ein paar Bäumen stand der Pick-up. Kramer drängte sie auf die Ladefläche, band ihnen die Füße zusammen und zurrte sie an der Karosserie fest, sodass sie keine Chance hatten, sich vom Wagen fallen zu lassen. Er fuhr los, ohne Licht quer durch den Wald. Bei jedem Schlagloch, bei jedem Ast, den der Wagen überrollte, hüpften die Gefangenen auf und prallten unsanft wieder auf das kalte, harte Metall. Elli hatte das Gefühl, dass ihr jeder einzelne Knochen gebrochen wurde. Auch Viktoria schrie mehrfach laut auf. Zwischendurch fragte sie Elli nach ihrer Meinung über Ziel und Zweck dieses Ausflugs. Elli versuchte, vage optimistisch zu klingen. Die beiden würden noch früh genug bemerken, worum es ging.

Nach etwa einer Stunde hielt Kramer an, parkte den Pick-up mitten im Unterholz. Er zerrte die drei Frauen von der Ladefläche, brachte sie in Aufstellung und befahl ihnen loszulaufen. In der linken Hand trug er eine große Stablampe, doch er schaltete sie nicht ein. Elli musste vorausgehen. Um Kramer dazu zu bringen, die Lampe anzumachen, und damit die Aufmerksamkeit ihrer hoffentlich patrouillierenden Kollegen zu erregen, stolperte sie absichtlich oft. Mehrfach riss sie dabei auch Sylvia und Viktoria mit um. Sylvia wimmerte jedes Mal leise, doch sie sagte nichts. Kramer ließ sich nicht beeindrucken, er zerrte und schubste sie durch die Finsternis, egal, wie oft Elli sich auch fallen ließ. Auf den ersten Metern versuchte Viktoria, ein Gespräch mit Kramer anzufangen. Sie wollte wissen, ob er sie jetzt freilassen würde. Kramer schlug ihr mit der Lampe ins Gesicht. Nun schwieg auch Viktoria.

Mindestens eine Stunde lang stiegen sie nur bergauf. Elli begriff, dass sie in Richtung Brocken unterwegs waren. Und plötzlich begriff sie auch, was Kramer plante. Welchen Tod er für sie vorgesehen hatte. Der Schock der Erkenntnis brachte Elli abrupt zum Stehen, sodass Sylvia auf sie auflief. Elli wurden die Knie weich, sie spürte die kühle feuchte Luft auf ihrer Haut, die Verdunstungskälte ihres Schweißes, und sie begann zu zittern. Zum ersten Mal seit ihrer Entführung packte sie nackte Angst. Angst, dass Markus sie nicht rechtzeitig finden würde. Den ganzen Weg hatte sie nach Anzeichen von Einsatztruppen Ausschau gehalten, aber nichts gesehen oder gehört. Gar nichts, nicht mal einen Hubschrauber in der Entfernung. Elli bekam Todesangst.

Gnadenlos trieb Kramer sie weiter den Berg hinauf. Plötzlich hörte Elli das Geräusch von Rotorblättern in der Ferne. Also doch, frohlockte sie innerlich. Kramer jedoch war nicht einmal beunruhigt. Der Hubschrauber näherte sich langsam. Doch lange bevor er über ihnen war, drängte Kramer seine kleine Reisegruppe vom Weg ab, und Ellis Hoffnung wurde auf einen Schlag zerstört: Es ging erneut in die Unterwelt.

Sie mussten in einen Erdfall klettern, eine trichterförmige Senke, wie sie in Karstgebieten häufig vorkommt. Kramer schaltete die Stablampe ein und beleuchtete den versteckten Eingang zu einer Höhle. Nachdem sie ein paar Meter weit durch einen schmalen Gang bergabgestolpert waren, öffnete sich ein riesiger, über fünf Meter hoher Raum, dessen Boden zur Hälfte von einem See bedeckt war. Von zahllosen Stalaktiten tropfte das Wasser in den See. Das Tropfen hallte in dem Gewölbe wie ein gespenstisches Glockenspiel.

Kramer zwang die Frauen auf einen schmalen Geröllpfad, der leicht erhöht an der rechten Seite des Sees vorbeiführte. Nach wenigen Metern ging es wieder bergauf. An die große Halle schloss sich ein Engpass an, der sich in einen weiteren Raum öffnete. Als Elli, die Vorhut, den ersten Schritt in die weitaus kleinere Grotte tat, schrie sie vor Entsetzen auf. Sie hatte Hunderte von Fledermäusen aufgescheucht, die nun dicht über ihren Köpfen in die große Halle schwärmten. Die drei Frauen bückten sich instinktiv und stellten sich gedrängt zusammen. Die Hände über die Köpfe zu heben war ihnen wegen ihrer Fesseln unmöglich. Viktoria fing leise an, ein Kinderlied zu singen. Es hatte etwas Tröstliches.

»Weiter«, sagte Heinrich, als das schauerliche Flattern vorüber war. »Weiter.«

Henning und Egon saßen im Raum der Bergwacht und hielten Funkkontakt zu den anderen Einheiten. Carsten hockte vor dem Gebäude auf einer Bank und rauchte eine Zigarette. Markus und Christian umrundeten zum x-ten Mal die Freifläche auf dem Gipfel des Brockens und spähten in alle Richtungen in die Nacht hinaus. In dem großen Kreis, in dessen Mitte auf einer Tafel die

Entfernungen zu deutschen und europäischen Städten angegeben waren, saß Anna allein auf einem Stein und zweifelte. Die kompletten Polizeikräfte der Gegend waren hier, weil sie eine Theorie über die Ziele eines geisteskranken Täters aufgestellt hatte. Wenn sie sich nun irrte und Kramers letzte Eintragung in seinem Buch anders zu interpretieren war? Natürlich lag es nahe, dass ein von Hexenwahn Besessener in der Walpurgisnacht den Blocksberg, also den Brocken, aufsuchen wollte, wo sich laut Mythologie die Hexen versammelten, um bei einem wüsten Fest die Ankunft ihres gehörnten Fürsten zu erwarten. Gab es einen besseren Platz, wenn Kramer den Mächten der Finsternis als strafende Gewalt der lichten Seite entgegentreten wollte? Anna versuchte sich zu beruhigen. Es musste stimmen, sie lagen richtig. Sie mussten einfach richtig liegen. Anna stand auf und ging zu Markus und Christian, die sich etwas oberhalb der verwaisten Schienen der Brockenbahn die Beine in den Bauch standen. Seit fast zwölf Stunden waren sie hier, und es hatte sich nichts Bemerkenswertes getan. Gegen neun Uhr am Abend war eine kleine Gruppe betrunkener Jugendlicher den Weg heraufgestolpert. Sie wollten sich oben auf dem Berg final die Kante geben. Einer der Männer von der Bergwacht hatte sie in Gewahrsam genommen und mit seinem Jeep ins nächste Dorf zurückverfrachtet. Seitdem herrschte Stille auf dem Gipfel, eine unheimliche Stille. Plötzlich hörte man einen der Hubschrauber, der sich näherte.

Anna trat neben Christian und Markus. »Seht ihr was?«, fragte Anna eher hilflos denn hoffnungsvoll.

»Zu nebelig, wie immer«, murmelte Markus.

Christian griff nach Annas Hand, die er sanft drückte. Ihre Hand war eiskalt.

Nur etwa sechshundert Meter von ihnen entfernt, noch unterhalb der Baumgrenze, kletterten die drei Frauen aus einer schmalen Erdspalte. Kramer schaltete sofort die Taschenlampe wieder aus. Im Gegensatz zu ihm keuchten die Frauen, vollkommen erledigt von dem beschwerlichen Aufstieg durch ein langes und zum Teil extrem enges Höhlensystem. Kramer gönnte ihnen eine kleine Pause. Er ging zwei Meter weiter zu einem dornigen Busch und zerrte die Äste auseinander. Elli beobachtete ihn genau. Sie hatte bei einem vorgetäuschten Sturz auf dem Geröllpfad einen scharfkantigen Stein aufgehoben, mit dem sie schon seit geraumer Zeit an ihren Fesseln sägte. Es ging sehr langsam. Das Risiko, die hinter ihr laufende Sylvia um Hilfe zu bitten, hatte sie nicht eingehen wollen. Sylvia war kaum noch ansprechbar. Inzwischen hatte Elli mehr von ihrer Haut weggeschabt als von dem Seil. Sie spürte das klebrige Blut an den Handgelenken. Aber sie spürte auch, dass das Seil sich ein wenig gelockert hatte.

Kramer nahm einen großen Kanister aus dem Unterholz. Als er dicht neben ihnen stand, konnten sie riechen, was für eine Art von Kanister es war. Nun begriff auch Viktoria instinktiv, wohin die Reise ging. Sie brüllte ihr Entsetzen laut hinaus, doch Kramer versetzte ihr einen Fausthieb, der sie verstummen ließ.

»Habt ihr das gehört?«, fragte Anna aufgeregt. Ihre Frage ging unter im Lärm des Hubschraubers, der über ihnen hinwegflog und sich nun den Berg hinunter entfernte.

»Habt ihr das gehört?«, wiederholte Anna ungeduldig.

»Was denn?«, frage Christian zurück.

»Ruhe«, bat Markus und rückte sein Headset zurecht. Er empfing einen Funkspruch. Zwei Sekunden später hatte er seine Dienstwaffe im Anschlag und stürzte über die Bahnschienen dem Wald entgegen. »Wärmekamerasichtung, vier Personen, 600 Meter von unserem Standpunkt, nordwestlich«, rief er Christian zu. Christian riss ein Funkgerät heraus, informierte Henning, befahl Anna, auf dem Gipfel zu bleiben, und rannte Markus hinterher.

Kramer hatte die Frauen noch etwa fünfzig Meter nach oben getrieben. Sie kamen auf einer kleinen Lichtung an. Vor drei Bäumen waren drei Holzhaufen aufgeschichtet. Viktoria schrie nur noch, sie war nicht mehr zu beruhigen. Inzwischen war es Kramer egal, er arbeitete schnell und konzentriert. Als Erste holte er Viktoria aus der Reihe, zerrte sie zum rechten Scheiterhaufen und band sie an den Baum. Viktoria wehrte sich nach Kräften, doch sie hatte Kramer nichts entgegenzusetzen. Elli schabte in wilder Entschlossenheit weiter mit dem Stein an ihren Fesseln. In dem Moment, in dem Kramer Sylvia von ihr losband, zerriss die letzte Faser des Seils, und sie war frei. Sie sprang Kramer von hinten auf den Rücken und drückte ihm die Kehle zu. »Lauf, Sylvia«, schrie sie. Doch Sylvia ließ sich einfach nur fallen und kniete kraft- und willenlos auf dem Boden, als ginge sie das alles nichts an. Kramer rannte ein paar Schritte rückwärts und rammte Elli, die ihm wie eine Klette auf dem Rücken hing und ihn würgte, mit voller Wucht gegen einen Baum. Ein Aststumpf fuhr ihr ins Fleisch. Elli konnte nicht anders, sie musste loslassen. Mit einem Schmerzensschrei ging sie zu Boden. In einiger Höhe flog ein Hubschrauber über sie hinweg. Zu Ellis Entsetzen jedoch begann er nicht zu kreisen oder zu sinken, sondern entfernte sich in schnurgerader Linie mit unaufgeregt gleichbleibendem Tempo. Kramer zog die Makarow und schlug sie Elli gegen den Schädel. Elli verlor das Bewusstsein.

Als sie kurz darauf wieder zu sich kam, stieg ihr ein beißender Geruch in die Nase. Sie war wie die beiden anderen an einen Baum gebunden. Kramer übergoss Elli mit Benzin. Von Viktoria, die immer noch aus Leibeskräften brüllte, und Sylvia tropfte es schon herab.

»Kramer«, schrie Markus. Er kam als Erster auf der Lichtung an, doch Christian war dicht hinter ihm. Viktoria verstummte vor Verblüffung, als hätte man ihren Schrei mit einer Schere abgeschnitten.

Kramer fuhr herum, in der Hand ein brennendes Sturmfeuerzeug.

»Machen Sie sofort das Feuerzeug aus«, forderte Markus ihn auf. Er richtete seine Pistole auf ihn.

»Das kann ich nicht«, sagte Kramer ungerührt. Er stand etwa zwei Meter von Ellis Scheiterhaufen entfernt. Markus war nicht sicher, wie weit das Benzin verteilt war. Wenn er schoss und Kramer das brennende Feuerzeug fallen ließ, könnte Ellis Scheiterhaufen trotzdem entzündet werden.

»Doch, das können Sie«, ertönte Annas Stimme ganz sanft und ruhig. Sie trat aus dem Wald auf die Lichtung.

»Anna, geh zurück«, zischte Christian.

Anna machte zwei weitere Schritte auf Kramer zu. Christian musste sich ein wenig seitwärts bewegen, damit Anna ihm nicht die Schusslinie versperrte.

»Diese Frauen sind unschuldig. Und Sie wollen sich doch nicht an unschuldigen Geschöpfen versündigen«, fuhr Anna im gleichen beruhigenden Tonfall fort.

Kramer zeigte auf Viktoria: »Die hier ist eine Schlampe. Sie hat einen Mann dazu verführt, sie von hinten zu ficken!« Kramer schrie jetzt. Er zeigte auf Sylvia: »Und die hier spreizt ihre Beine vor Männern! Und die hier«, er wies auf Elli, »hat mit anderen Weibern einen Mann gezwungen, sich nackt vor ihnen auszuziehen. Sie alle wollen nur unseren Samen, um Dämonen zu zeugen. Sie sind Buhlinnen des Teufels! Hexen! Sie verdienen es nicht anders!«

In hohem Bogen warf Kramer das Feuerzeug auf Ellis Scheiterhaufen. Fast gleichzeitig krachte ein Schuss. Kramer sackte tödlich getroffen zu Boden. Flammen schlugen über Elli zusammen. Markus ließ seine Waffe fallen und sprang ins Feuer. Funken stoben, die Holzscheite flogen auseinander. Christian riss sich aus seiner Entsetzensstarre und wollte Markus folgen. Anna hielt ihn verzweifelt fest. Christian rang mit ihr, versuchte, sich loszumachen. In der Zwischenzeit waren Konrad und Henning herangekommen. Aus Angst, das Feuer könnte überspringen, befreiten sie hektisch die beiden anderen gefesselten Frauen. Markus stand in den Flammen, zerrte, vor Schmerz und Wut schreiend, an Ellis Fesseln und gab ihr, als er das Seil endlich zerrissen hatte, einen heftigen Stoß, sodass sie vom Scheiterhaufen weg einen

Meter nach vorne geschleudert wurde. Christian stürzte sich auf Elli und löschte die Flammen mit seinem Körper.

Als er wieder hochsah, brannte Markus lichterloh. Er stand auf dem Scheiterhaufen wie eine lebende Fackel und gab keinen Ton mehr von sich. Zu Christians Entsetzen schien Markus zu lächeln. Dann sackte Markus in die Knie.

Die Formalitäten für Markus' Beerdigung überließ Christian Elli. Vom Krankenhaus aus traf sie alle Entscheidungen, Konrad setzte sie um. Es war eine würdige Feier, auch wenn Elli nicht daran teilnehmen konnte. Sie hatte Verbrennungen dritten Grades erlitten und eine Hauttransplantation vor sich.

Christian hatte die letzten Tage viel geschwiegen, hatte stumm in Markus' kleiner Bibliothek gesessen und auf den verlorenen Freund getrunken.

»Weißt du, was ich nicht verstehen kann?«, fragte er, als er nach der Beerdigung an Annas Seite den Friedhof verließ. Anna war froh, endlich wieder seine Stimme zu hören.

»Er hat gelächelt, als er verbrannt ist. Er hat gelächelt!«

Anna nickte. »Ja. Ich habe es auch gesehen.«

Sie gingen schweigend durch den wunderschönen Frühlingstag. Die Kastanien blühten sehr früh dieses Jahr. Das Leben kehrte in die Natur zurück.

DANKSAGUNG

Ich danke der Tourist-Information Göttingen für die freundliche und großzügige Unterstützung, ebenso dem Göttinger Antiquitätenhändler Hans-Werner Wolf für die bereitwillige und spannende Vermittlung seines großen Wissens über die Göttinger Geschichte.

Endlich danke ich auch dem vertrauensvollen Piper Verlag. Und meinen wunderbaren Agenten Nadja und Lars.

Auch Du, Jochen, hab Dank, nicht nur für deine hilfreichen Anmerkungen und die vielen Tees in Dänemark.

Außerdem danke ich ganz grundsätzlich Dr. Mark Beneke für seine Bücher und die großartige Website, und ihm und seiner Kollegin Saskia Reibe für den »Forensic Biology Day«, der mich u. a. Ferkel nun mit ganz anderen Augen sehen lässt.

TEXTNACHWEIS

Die im Buch zitierten Textstellen stammen aus:
Heinrich Kramer »Der Hexenhammer – Malleus Maleficarum«. Herausgegeben von Günter Jerouschek und Wolfgang Behringer. Neu aus dem Lateinischen von Wolfgang Behringer, Günter Jerouschek und Werner Tschacher, München: Deutscher Taschenbuch Verlag, 2000

Marina Heib

Weißes Licht

Kriminalroman. 288 Seiten.
Piper Taschenbuch

Sie nennen ihn nur den »Bestatter«, weil er bei jeder Leiche einen Bibelvers hinterläßt. Der tote Junge auf der Waldlichtung ist sein viertes Opfer – und Kommissar Christian Beyer und seine Sonderermittler müssen den Täter finden, bevor er noch einmal zuschlagen kann … »Weißes Licht«, ein packender psychologischer Kriminalroman, der unter die Haut geht!

»Ein fesselndes Krimidebüt, das feinfühlig die Hilflosigkeit der Opfer und die psychischen Abgründe der Täter auslotet.«
Bücher

05/2344/01/L

Marina Heib

Eisblut

Thriller. 304 Seiten.
Piper Taschenbuch

Schnittverletzungen am ganzen Körper und Salz in den Wunden: Uta Berger ist das erste von drei Opfern, die vor ihrem Tod offensichtlich grausam gefoltert wurden. Die Zeit drängt, denn der Täter geht mit größter Akribie und Intelligenz vor. Und seine Motive zu verstehen, scheint der einzige Schlüssel zur Lösung des Falls. Daher ziehen die Hamburger Sonderermittler um Christian Beyer auch in diesem Fall die Psychologin Anna Maybach hinzu.

»Höchst unterhaltsam. Mit den vielen verschiedenen Handlungssträngen und Verdachtsmomenten gehört der Krimi zu den besten seiner Art.«
Heidelberg aktuell

05/2345/01/R